BLIND VERLEDEN

URSULA POZNANSKI BIJ UITGEVERIJ CARGO

Vijf

Ursula Poznanski

Blind verleden

Vertaald door
Bonella van Beusekom

2014
DE BEZIGE BIJ
AMSTERDAM

Cargo is een imprint van Uitgeverij De Bezige Bij, Amsterdam

Copyright © 2013 Rowohlt Verlag GmbH, Reinbek bei Hamburg
Slaughterhouse Books is a trademark of Karin Slaughter
Used by permission
Copyright Nederlandse vertaling © 2014 Bonella van Beusekom
Oorspronkelijke titel *Blinde Vögel*
Oorspronkelijke uitgever Verlag GmbH, Reinbek bei Hamburg
Omslagontwerp Wil Immink Design
Omslagillustratie © Robert Jones / Hayden Verry / Arcangel Images
Foto auteur Martin Vukovits
Vormgeving binnenwerk Adriaan de Jonge, Amsterdam
Druk Koninklijke Wöhrmann, Zutphen
ISBN 978 90 234 8228 4
NUR 305

www.uitgeverijcargo.nl
www.slaughter-house.nl

Ira Sagmeister
Hoe vonden jullie dat gedicht over de roos gisteren? Het blijft maar in mijn hoofd zitten.

👍 5 personen vinden dit leuk

Silke Hernau *ha* heel somber en heel mooi.
Irena Barić Altijd rozen. Ik zou willen dat mensen beter zouden kijken, dan zouden ze vaak zien dat die zogenaamde roos een camelia of een tulp is...
Ira Sagmeister @Silke - somber en mooi, exact zoals ik het zelf ervaar.
@Irena: Soms weet je het alleen absoluut zeker. Als je goed thuis bent in de rozen, herken je ze meteen.
Thomas Eibner Irena, het gaat hier om poëzie, niet om biologie. Zou het kunnen dat je het een beetje door elkaar haalt?
Helen Crontaler Het was trouwens van Hebbel, het verbaast me dat niemand dat erbij heeft geschreven. Past prachtig bij dit jaargetijde.
Nikola DVD Ik ben dol op rozen. Ik zou graag weten of Hebbel deze speciale roos ook heeft gezien. Of hij die in het echt heeft gezien of alleen in zijn fantasie.
Ira Sagmeister Ik weet zeker dat hij die in het echt heeft gezien. En waar? Misschien in de buurt van een fontein. Een fontein in de buurt van een kerk - denk ik. Zo'n roos had hij nog nooit gezien.
Thomas Eibner Ik vind jullie gesprekken hier heel eigenaardig.

Proloog

Donker. Krap. Geen lucht. Elke oneffenheid in de weg een schok. Ze kon de knevel in haar mond niet met haar tong wegduwen, haar neus was opgezwollen van het huilen. De dikkerd lag tegen haar aan. En jammerde. Ze voelde zijn geboeide handen trekken. Misschien zouden ze met hem genoegen nemen. In tegenstelling tot hem was zij snel, zij kon rennen. Met alle macht zoog ze door haar verstopte neusgaten lucht naar binnen.

Een wit kasteel in witte eenzaamheid.

Zonder dat ze het wilde, dreunden haar hersenen de woorden nog een keer op.

Een stille huiver sluipt door blanke zalen.
De muren zijn begroeid met zieke, schrale
klimop; besneeuwd de weg die naar de wereld leidt.

Hij was naakt geweest toen hij het haar voor het eerst had laten zien en ze had naakt naast hem gelegen. Intens gelukkig.

Ze kneep haar ogen stijf dicht, probeerde terug te gaan naar dat moment. Te ontstijgen aan de tijd, de afgelopen maanden uit te wissen. 'Somber,' had ze gezegd. 'Hoe kan een wit kasteel zo somber zijn?'

'De echte duisternis komt van binnen,' had hij geantwoord. 'En is als een gezwel. Het vreet verder, weet je. Stukje bij beetje, door alles heen. Zwarte uitzaaiingen.'

Ze was wat bij hem vandaan geschoven om hem aan te kunnen kijken en had verbaasd gezien dat hij glimlachte.

Zijn vergelijking had een schaduw over haar dag geworpen. Maar nu zou ze wel willen dat ze op een dag aan kanker kon sterven. Over een jaar over dertig, vijftig. Doodgaan op een leeftijd waarop je dood hoorde te gaan, alsjeblieft. Niet vandaag, niet nu, nee!

Een stille huiver sluipt door blanke zalen.
De muren zijn begroeid met zieke, schrale

Tussen haar vingers voelde ze het blaadje dat haar als een reddingslijn met hem verbond. Het was zijn printer geweest die het snorrend had uitgespuugd.

klimop; besneeuwd de weg die naar de wereld leidt.

Er ging een koude rilling over haar rug, ook al zat ze benauwend dicht op de dikkerd, die stonk naar angst.

Voorin werd iets gezegd. De ene man klonk gespannen, de andere lachte.

Schokken. Ze tilde met moeite haar hoofd, zodat het niet bij elke oneffenheid tegen de bodem van de kofferbak sloeg.

Daarboven hangt de hemel, kaal en wijd. Haar hersenen spuugden telkens weer nieuwe verzen uit. Ze klampte zich eraan vast als aan een gebed.

Het slot straalt koud. Langs kille, witte wanden
tast het verlangen met verdwaasde handen.
En elke klok staat stil: hier stierf de tijd.

'Ik ken het gevoel,' had hij gezegd en zijn hand was langs haar wervelkolom gegleden, van boven naar beneden, van beneden naar boven. 'Ken jij het ook?'

'Nee,' had ze geantwoord, maar nu begreep ze het, en godsamme, hoe. De tijd was dood en zwol op als een lijk in ontbinding. Elke seconde duurde tergend lang en ging tegelijkertijd veel te snel voorbij, elke seconde bracht het moment dichterbij dat niet mocht komen...

En langs kille, witte wanden
Tast het verlangen met verdwaasde handen –

Toen stopte de auto. Een portier dat open- en weer dichtging. Een van de mannen zei iets wat ze niet verstond.

Een stille huiver sluipt door blanke zalen, stille huiver, stille huiver... de woorden vraten zich in in haar hersenen en verstikten al haar gedachten. De dikkerd maakte achter zijn knevel gorgelende geluiden.

De muren zijn begroeid met zieke, schrale

Passen die dichterbij kwamen. Metaalachtig gerinkel. Twee korte hoge tonen. Er werd iets ontgrendeld.

De achterklep ging open.

Besneeuwd de weg die naar de wereld leidt.

Een

De tafel was gedekt, de glazen – zelfs de waterglazen – waren opgewreven. Beatrice controleerde de kalkoen in de oven en verzette zich tegen het volkomen ontoepasselijke gevoel dat ze straks een date had. Dat was namelijk niet zo, helemaal niet, maar toch wilde ze zich nog douchen en verkleden voor ze de borden op tafel zette.

Een 'date', wat een woord. Alsof ze zeventien was en niet zesendertig. Hoofdschuddend draaide ze de temperatuur van de oven lager en trok ze haar spijkerbroek uit. Nog een kwartier, dat moest genoeg zijn. Met een beetje geluk vonden ze niet meteen een parkeerplek, dan had ze zelfs nog tijd genoeg om een ongedwongen glimlach op haar gezicht te toveren.

Snel nam ze een hete douche, föhnde haar haren half droog, schoot een lichtblauwe zomerjurk aan en deed een schort voor voordat ze de borden neerzette en de kalkoen uit de oven haalde.

De avond moest vreedzaam verlopen, dat moest gewoon.

De sla stond op tafel met de rijst in een porseleinen kom er dampend naast. Het ziet eruit alsof ik het elke dag zo doe, dacht Beatrice.

Ze had de kalkoen net voorgesneden toen er werd aangebeld. Op de seconde op tijd natuurlijk.

Het lawaai van de kinderen in het trappenhuis was zelfs door de dichte deur heen te horen; het hardst klonk Jakobs schelle stem: 'Ik ben lekker sneller, ik ben lekker sneller!' Beatrice deed de deur open en de kinderen stormden haar buiten adem tegemoet.

'Ik was sneller, mama,' hijgde Jakob. 'Dat had je toch gezien? Of niet?'

Mina wierp hem een geringschattende blik toe. 'Wat maakt mij dat uit, dwerg.' Ze duwde Beatrice aan de kant en snoof de geur binnen op.

Nu had ook Achim de laatste tree genomen. Hij stond afwachtend te kijken, met een fles wijn in zijn hand en een gezichtsuitdrukking die bleef aarzelen tussen glimlachen en fronsen. Beatrice liep op hem af en pakte hem bij de arm.

'Kom binnen. Het eten staat al op tafel. Bedankt voor de wijn.'

Zijn gezicht klaarde op en hij veegde bijna verlegen door zijn dunne, blonde haar.

Het zou lukken, dit keer. Ze zouden geen ruziemaken, maar met elkaar praten als mensen die met elkaar verbonden waren. En misschien ontdekten ze zelfs iets waar ze samen om konden lachen.

'Hebben jullie het leuk gehad?' vroeg ze.

'Ja, we zijn naar de dierentuin in Hellbrunn geweest,' blèrde Jakob uit de badkamer. De kinderen wasten uit zichzelf hun handen. Bijna niet te geloven.

'De neushoorns zijn heel leuk, mama. Bijna net zo groot als een huis en ze stinken als... als...' Hij wist niets te vinden om het mee te vergelijken en schudde demonstratief zijn hoofd.

Beatrice wisselde een glimlach met Achim, een van de eerste sinds de scheiding. 'Ga zitten, jongens! Wie wil er appelsap?' Ze merkte dat de spanning die ze de hele dag had gevoeld langzaam van haar af gleed. Dit was een normale avondmaaltijd. Met het gezin. Geen examen dat ze moest halen. Als de kinderen in bed lagen zou ze met Achim praten, heel rustig, en eindelijk een modus vinden voor hun relatie als gescheiden ouders.

'Relatie als gescheiden ouders', god nog aan toe. 'Ex-partnerrelatie' dan? Dat klonk ook niet beter.

'Wijn?' Achim zwaaide met de fles boven haar glas.

'Ja, graag.'

Ze toostten. Beatrice zocht naar de bittere trek om zijn mond die 'en dit heb jij allemaal weggegooid' zei, maar vandaag was die nergens te bekennen.

'Mina wil graag weer een keer gaan zeilen,' merkte hij op, nadat hij de wijn had geproefd. 'Ik vind dat ze nu oud genoeg is om haar zeilbrevet te halen. Zou een leuke hobby zijn, vind je niet?'

'Natuurlijk. Als ze dat wil.'

Mina wipte op en neer op haar stoel. 'Ja, dat wil ik! Dan bestuur ik de boot en jullie hoeven alleen maar te zitten en...'

Beatrices mobieltje ging over. Het was de schelle, niet te missen ringtone die ze had ingesteld voor telefoontjes van het bureau.

'Tringgg!' herhaalde Jakob met volle mond.

Haar eerste impuls was niet opnemen. Misschien was het Hoffmann maar, die een nog ontbrekend verslag wilde opeisen.

Nee, dat kon helemaal niet. Hoffmann was nog twee dagen in Wenen.

'Hè, shit.' Ze legde haar vork neer en keek verontschuldigend naar Achim.

'Neem maar op.'

Was dat een neerbuigende glimlach? Of deed ze hem dan onrecht? Probeerde hij begripvol te zijn? Beatrice viste haar mobieltje uit haar zak. Florin.

Dat was goed. Hij begreep vast wel dat ze nu geen tijd had om dingen van het werk te bespreken. *Geen nieuwe zaak alsjeblieft, niet vandaag, niet nu!*

Maar aan de klank van zijn stem hoorde ze al dat ze het avondeten wel kon vergeten.

'Het spijt me, Bea. Er is net een telefoontje binnengekomen, wandelaars hebben twee doden gevonden, niet ver van kasteel Aigen. Ik rij er meteen heen. Kun jij onmiddellijk komen?'

Ze antwoordde niet direct en keek eerst naar Achim, die ook zijn bestek had neergelegd. Hij wreef over zijn kin; er liep een geërgerde rimpel over zijn voorhoofd. Dit soort telefoontjes had ze vroeger vaak gehad, en hij had er nooit vriendelijk op gereageerd.

De vredesonderhandelingen waren nog niet eens opgestart of ze waren alweer mislukt, dacht ze. 'Waar precies?' In de pennenhouder zocht ze naar een pen die het nog deed, maar ze vond alleen een half uitgedroogde groene markeerstift. Daar moest het mee lukken.

13

Florin gaf haar een routebeschrijving. In de buurt van de vindplaats lag een camping, waar ze kon parkeren en op hem zou wachten.

Stevige schoenen, een jas, haar haren in een staart. Maar eerst moest ze nog met Achim praten.

'Het spijt me echt, maar...'

Hij maakte haar zin af: 'Een noodgeval. Maar is dat niet altijd zo?' Hij klonk berustend, maar niet agressief, heel anders dan normaal. 'Wie had je aan de lijn? Wenninger?'

'Ja. Florin. Hij is al onderweg naar de vindplaats.'

'Dan heb je dus haast.' Achims glimlach kwam gespannen over, maar hij glimlachte tenminste. Hij deed echt zijn best.

'Ja. Dank je voor je begrip,' zei ze voorzichtig. 'Zou jij willen wachten tot ik weer terug ben? Vanwege de kinderen – en misschien kunnen we daarna nog iets drinken.'

Nu zakten zijn mondhoeken naar beneden, maar zijn stem bleef gelukkig vriendelijk. 'Als je terugkomt lig ik allang op de bank te snurken. Ik ben niet vergeten hoe dat gaat, laten we ons geen illusies maken.'

'Dank je.' Beatrice liep naar de slaapkamer, verkleedde zich, gaf de kinderen een kus en zat binnen vijf minuten in de auto. Ze schaamde zich een beetje over haar eigen opluchting en over haar dankbaarheid jegens Achim. Alsof het een hele prestatie van hem was dat hij geen scène had gemaakt.

Toen ze uitstapte rook ze gebraden kip. De geur kwam uit de bistro van de camping en herinnerde Beatrice eraan dat ze bijna niets van de kalkoen had gegeten.

Dat was waarschijnlijk maar beter ook. Florin had niets over de toestand van de lijken gezegd. Het was goed mogelijk dat ze de aanblik daarvan met een volle maag niet zou verdragen.

Ze strikte haar veters strakker en pakte haar jas van de achterbank. Aan de rand van het bos was een groep campinggasten samengedromd; drie geüniformeerde agenten spraken met hen terwijl ze er tegelijkertijd op letten dat niemand tussen de bomen verdween.

Toen ontdekte ze Florin. Hij zat aan een tafel voor de campingsnackbar met twee jongemannen te praten. Die wel heel jong waren stelde Beatrice vast toen ze dichterbij kwam, hoogstens negentien. Ze zagen allebei bleek en de een hield zijn handen voor zijn mond, alsof de geur van gebraden kip hem te veel werd.

Florin zwaaide naar Beatrice. 'Goed dat je er bent. Dit zijn Samuel Heilig en Daniel Radstetter. Ze studeren in Freiburg en kamperen hier een paar dagen.'

Beatrice gaf hun beiden een hand. Die van Radstetter was ijskoud en vochtig, ondanks de zomerse temperatuur.

'Ik ben Beatrice Kaspary. Van de recherche, net als mijn collega. Ik neem aan dat jullie de doden hebben ontdekt?'

Samuel Heilig slikte en deed even zijn ogen dicht. 'We waren de hond aan het uitlaten. Onze vriendinnen waren in de tent gebleven.'

Naar zijn accent te oordelen kwam hij uit Schwaben.

'De hond begon ineens hard te blaffen en te trekken. Naar een... lage plek. Een laagte waar nogal veel struiken groeien en daar...' Heilig onderbrak zichzelf en wierp zijn vriend een hulpeloze blik toe. Die schudde echter alleen maar zijn hoofd.

'Verschrikkelijk,' fluisterde hij met zijn handen nog steeds voor zijn mond.

'Ik ga daar eens een kijkje nemen.' Beatrice schoof haar stoel naar achteren en stond op. 'Is Drasche er al?' Ze keek naar de parkeerplaats maar zag de auto van de technisch rechercheur niet.

'Nee, maar hij is onderweg.' Florin gaf een van de geüniformeerde agenten een teken dat hij naar hun tafel moest komen. 'Wil jij bij de twee getuigen blijven?'

Aan de rand van het bos werden Beatrice en Florin meteen al omzwermd door muggen, die om hen heen bleven hangen toen ze het donkere bos binnen gingen. Bij de vindplaats zou het nog erger zijn. Een feest voor vliegen.

Zwijgend liepen ze een lichte helling op. Beatrice voelde dat Florin van opzij naar haar keek. Bezorgd. Zag ze er zo afgepeigerd uit? 'Met mij gaat alles goed,' legde ze uit.

Hij knikte en glimlachte. 'Goed om te weten.'

Ze dacht na of ze hem moest vragen wat haar daarbeneden te wachten stond. Op welke aanblik ze zich moest voorbereiden. Maar ze zag ervan af. Het zou haar eerste indruk tenietdoen.

Beatrice hoorde de vindplaats van de lijken voor ze hem zag. Een woest gezoem begroette haar toen ze op de met rood-witte band afgezette plek af liepen. Ze had gelijk gehad wat betreft de vliegen. Maar ze rook nog niets.

Ze kroop onder de afzetting door en probeerde de brok in haar keel weg te slikken. Maar de spanning bleef. Die zou haar in dit soort situaties wel altijd vergezellen. De ontmoeting met de dood werd er ook na al die keren niet eenvoudiger op.

Ze lagen te midden van dorre bladeren, een man en een vrouw. Hij op zijn buik, zij op haar rug. Zijn lichaam was klein en gedrongen, dat van haar lang en heel slank. Uitersten, dacht Beatrice.

Dr. Vogt zat op zijn knieën tussen de lijken; hij was bezig met een scalpel de broek en onderbroek van de man door te snijden. De thermometer waarmee hij zo dadelijk de rectale temperatuur zou opmeten lag al klaar.

Beatrice onderdrukte de opwelling zich af te wenden. Ze hield haar blik gericht op het opzij gewende gezicht van de vrouw, op de blauwige verkleuring van haar huid, de tong die uit haar mond hing. Haar ogen waren halfopen, weggedraaid. Geen wonder dat de twee jonge kampeerders zo ontdaan waren geweest.

'Gewurgd,' legde Vogt uit voor ze het kon vragen. 'Met een stuk waslijn dat hier nog ligt.'

'En de man?'

De forensisch patholoog-anatoom gebaarde haar dichterbij te komen en wees op het half met bladeren bedekte hoofd van het lijk.

Een inschotwond in zijn rechterslaap. Een aanzienlijk grotere uittredewond aan de andere kant – zijn halve oor en wang waren weggeschoten. Pal naast de hand van de dode ontdekte Beatrice nu ook een pistool. Als ze de vingerafdrukken van de man daarop aantroffen en het wapen was geregistreerd op zijn naam, konden ze ervan uitgaan dat het om moord en zelfmoord ging. Onbeantwoorde liefde, geschonden vertrouwen, bedrog – ze probeerde zich voor te stellen hoe de relatie van deze twee was geweest.

Eigenaardig genoeg lukte haar dat niet.

Het lag aan de vrouw. Haar gezicht was opgezwollen en verkleurd, maar je kon nog steeds zien dat ze heel knap was geweest. Popachtige gelaatstrekken, een getraind lichaam met lange armen en benen. Chique kleren – een enorm contrast met de op de bovenbenen versleten spijkerbroek van het mannelijke slachtoffer, dat verder een oversized zandkleurige polo droeg.

Het was natuurlijk geen geldige conclusie, maar de indruk was te sterk om zomaar te kunnen negeren. Moord en zelfmoord kwamen voornamelijk voor in relaties, maar Beatrice geloofde niet dat de dode vrouw een intieme verhouding met de man had gehad. Eerder dat hij achter haar aan had gezeten.

Een onbeantwoorde liefde. Misschien stalking.

Vanaf de weg waren haastige passen en de vertrouwde, slechtgehumeurde stem van Drasche te horen, die zoals vaker zijn misnoegen te kennen gaf omdat anderen voor hem op de plaats delict waren. Alsof hun blikken alleen al belangrijke sporen konden uitwissen.

'Hallo, Gerd,' luidde Beatrices begroeting. 'Voor je het vraagt: nee, we hebben niets aangeraakt.'

'Goed.' Drasche zette zijn sporenkoffer neer en haalde er handschoenen, plastic bordjes met nummers en zijn gebruikelijke verzameling buisjes, flesjes en zakjes uit.

Intussen was ook zijn collega Ebner erin geslaagd het hellinkje af te dalen; hij groette iedereen en pakte zijn camera uit.

'Wat brengt twee zulke verschillende mensen in de dood bij elkaar?' mompelde Beatrice – voornamelijk tegen zichzelf, maar Florin hoorde haar woorden.

'Het leven, denk ik. We weten immers nog helemaal niets over hen, Beatrice.'

'Ja, maar toch.' Ze liep er wat dichter naartoe, om Drasche bij zijn werkzaamheden beter te kunnen gadeslaan. Florin ging bij Vogt staan, die net onder het afzetlint door dook en zijn dicteerapparaat in zijn jaszak stopte.

'De man had een identiteitsbewijs bij zich, de vrouw niet.' Drasche stak een versleten leren portemonnee omhoog, waar hij een rijbewijs uit haalde dat nieuw was en het formaat had van een creditcard. 'Gerald Pallauf, geboren in 1985. Waarschijnlijk hier uit de buurt, het document is afgegeven in Salzburg. De rest komt later.'

Wat *vanaf nu wil ik niet meer gestoord worden* betekende.

Beatrice schreef de gegevens in haar notitieboekje en kneep haar ogen dicht om beter te kunnen zien. Het werd snel donkerder. Zonet was nog elk detail van de bodem van het bos zichtbaar, nu was die veranderd in een wazige vlakte vol plekken waar je kon struikelen.

Ebner stelde twee schijnwerpers op. Vlak daarna sneed het licht ervan een verblindende, felle schijf uit het donker en legde elk detail van de dood bloot. Beatrice concentreerde zich weer op Drasche, die zich net aan de handen van de vrouw wijdde en eerst de linker en vervolgens de rechter onderzocht. Hij bekeek de kromme vingers. Stopte ineens en pakte zijn pincet. Hij trok iets duns en wits tevoorschijn. Het was nauwelijks groter dan een postzegel.

'Is dat papier?' Als je Drasche al bij zijn werk stoorde, leverde het naar Beatrices ervaring het meeste resultaat op om vragen te stellen die alleen met ja of met nee beantwoord hoefden te worden. Ook vandaag lukte dat weer. Drasche knikte en liet de papiersnipper in een plastic zakje vallen.

'Staat er iets op?'

Hij keek even op; verstoorde rimpels dwars over zijn voorhoofd. 'Nee. Ditmaal geen brieven aan jullie, zo te zien.'

Beatrice ging bewust niet op de toespeling in. De zaak van het voorjaar stond haar nog te duidelijk voor de geest. Met een paar dingen die daarmee samenhingen werd ze elke dag geconfronteerd, tijdens haar werk maar ook thuis.

Een stukje blanco papier dus. Te zien aan de vorm en de randen was het van een groter vel afgescheurd. Voor zover ze kon zien was dat blaadje hier op de laagte nergens te bekennen.

'We moeten ons gaan bezighouden met de kampeerders.' Florin was weer naast haar komen staan. 'De campinggasten ondervragen.' Hij legde een hand op haar schouder.

'Straks.' Ze verloor Drasche niet uit het oog en wachtte tot hij het lijk omdraaide. Ook hier niets. Geen papier.

Ze vertelde Florin onderweg terug naar de camping van de papiersnipper. 'Maar de rest is hier nergens te zien. De vrouw had iets tussen haar vingers dat eruitzag alsof het ergens afgescheurd was. En dat moet kort voor haar dood zijn geweest, anders had ze de snipper niet meer in haar hand gehad. Er zijn dus twee mogelijkheden.' Beatrice stapte over een dikke tak heen die dwars over de weg lag. 'De eerste is dat ze op een andere plek is vermoord en hiernaartoe is gebracht. Maar dat lijkt me onwaarschijnlijk, omdat zo'n klein stukje papier onderweg eigenlijk gegarandeerd verloren zou zijn gegaan.'

Volgde Florin haar redenering? Hij knikte. Mooi.

'De tweede is dat ze hier in het bos is vermoord. Maar waar is het blaadje dan waar ze het stukje van af heeft gescheurd? Iemand heeft het meegenomen. En daarmee hebben we nog een betrokkene. Een potentiële moordenaar.'

'De wind,' zei Florin.

'Wat zeg je?'

Florin bleef staan en keek haar glimlachend aan. 'De wind, Bea. Papier vliegt weg als de wind het te pakken krijgt. Ik kan je gedachten volgen, maar je trekt wel heel grote conclusies uit een klein stukje papier.'

Als om zijn argumentatie te ondersteunen stak er een zacht briesje op dat zijn donkere haar van zijn voorhoofd blies.

Weggewaaid. Dan moest het blaadje nog te vinden zijn in het bos. Ergens aan de voet van een boom. Als dat zo was, zou het Drasche niet ontgaan.

De eigenares van de camping stond te wachten bij de receptie, een donkere houten toonbank vol krassen waar een stapel oude tijdschriften op lag. Tussen twee gele vingers had ze een sigaret, die ze op de rand van een uitpuilende asbak legde toen ze Beatrice en Florin begroette. 'Het spijt me, eigenlijk rook ik helemaal niet meer.' Ze pakte de sigaret nog één keer, nam er een flinke trek van, drukte hem uit en schoof de asbak aan de kant. 'Maar ik ben helemaal kapot. Mijn hemel, wat een drama. En uitgerekend hier. Als ze nu maar niet allemaal vertrekken.'

Haar ogen werden groot en ze sloeg haar hand voor haar mond. 'Wat zeg ik nou. Sorry – wat die twee jonge mensen is overkomen, is natuurlijk veel erger. Want ze waren jong, toch?'

'Ja.' Florin zette de glimlach op die Beatrice heimelijk zijn wolfslachje noemde. 'U kunt mij vast wel de inschrijfformulieren van alle mensen geven die nu bij u kamperen?'

De vrouw aarzelde; daarna knikte ze. 'Maar het was vast niet een van mijn gasten.'

Het wolfslachje werd intenser. 'Interessant. Hoe weet u dat zo zeker?'

De vrouw krabde onzeker in haar nek. Ze was grijs en haar kapsel was kort en praktisch, zoals Beatrices moeder het zou noemen. 'Nou, ja. Ik bedoel… die zijn hier immers met vakantie. Om bij te komen.'

Als om aan Florins blik te ontsnappen dook ze onder de toonbank en haalde een verfomfaaide map tevoorschijn. 'Hier, dit zijn de inschrijvingen.'

Beatrice keek ze door. Geen Gerald Pallauf.

'Mist u een van uw kampeerders?' informeerde ze. 'Is er misschien iemand overhaast vertrokken of niet teruggekomen van een wandeling?'

'Nee.'

Beatrice betwijfelde of de kettingrokende niet-rookster het komen en gaan van haar gasten echt zorgvuldig in de gaten hield, maar goed.

'Ik zal u later vragen om de twee slachtoffers te bekijken; we moeten weten of u ze al eens hebt ontmoet.'

Weer sloeg de vrouw haar hand voor haar mond. 'Dat kan ik niet,' klonk het gesmoord.

'Dan laten we u foto's zien. We kunnen de inschrijfformulieren toch meenemen, hè? Bedankt voor uw hulp.'

De twee jongemannen zaten op een picknickdeken voor twee koepeltentjes, allebei met een flesje bier in hun hand. De ene had zijn arm om de schouder van zijn vriendin geslagen, de andere had zijn knieën opgetrokken tot zijn kin. Hij schommelde telkens heen en weer.

Die krijgt vannacht nachtmerries, dacht Beatrice.

'Kende iemand van jullie de doden? Of hebben jullie ze hier eerder op de camping gezien?'

Ze schudden eensgezind hun hoofd. Het meisje had haar gezicht verborgen gehouden tegen de borst van haar vriend en keek nu op.

'U zei dat we niet mochten vertrekken.' Ze streek een haarlok weg. 'Maar ik kan hier toch niet blijven? Ik besterf het van angst. Er zijn moordenaars die het vooral op stelletjes gemunt hebben, en als dit er ook zo een was... dan doe ik geen oog dicht.'

'De politie is hier vannacht. Maar we brengen u ook graag ergens anders onder.'

Ze regelden nieuwe logeeradressen voor de mensen die bang waren en ondervroegen daarna de andere kampeerders – een voor een. Hoewel de camping niet groot was, duurde dat tot na middernacht. Niemand hier had een stel gezien dat leek op de overledenen. En niemand kende Gerald Pallauf.

Ze duwde de sleutel millimeter voor millimeter in het slot en draaide hem geluidloos naar links. Gelukt. Het korte klikje dat klonk op het moment dat het slot werd ontgrendeld, kon niemand gewekt hebben.

Beatrice liet haar schoenen van haar voeten glijden en sloop door de gang. Bijna één uur, Achim was vast al in slaap. In de oorfauteuil in de kinderkamer die Mina de 'verhaaltjesstoel' had gedoopt, of op de bank in de woonkamer. Allebei was prima, ze hoefde er niet langs om in haar slaapkamer te komen. Door de spleet onder de woonkamerdeur kwam zwak licht. Waarschijnlijk stond de televisie nog aan en was Achim bij het late journaal in slaap gevallen. Het maakte niet uit. Het belangrijkste was dat ze elkaar vandaag niet meer tegen het lijf liepen. Over iets meer dan vijf uur moest Beatrice weer op, en haar hele lichaam werd bij die gedachte al zwaar van vermoeidheid. En als ze moe was, was ze prikkelbaar.

Even voorzichtig als zonet deed ze de slaapkamerdeur open en achter zich weer dicht. Gelukt. Nu alleen nog haar kleren uit en onder de dekens. Ze zou snel in slaap vallen en niet dromen, dat voelde ze, en dat was...

'Bea?'

Ze schrok op; kennelijk was ze al ingedommeld. Haar hart ging tekeer. 'Jezus, Achim.'

'Waarom sluip je als een inbreker door je eigen huis?'

'Waarom denk je? Om jullie niet wakker te maken, natuurlijk.' Dat klonk geïrriteerd. Verdorie. Achim sloeg zijn armen over elkaar. Snel probeerde ze een beledigd antwoord van zijn kant voor te zijn.

'Sorry. Ik ben alleen een beetje geschrokken en we hebben vandaag een gruwelijke vondst gedaan. Twee jonge mensen, zo te zien nog geen dertig.'

'Mmm.'

Ze wist wat er achter zijn hoge voorhoofd in hem omging. *Je hoeft dit immers niet te doen, je zou het zo gemakkelijk kunnen hebben, het is jouw beslissing...*

'Wil je dan helemaal niet weten hoe het vanavond met de kinderen is gegaan?'

'Natuurlijk wel.'

'Waarom ben je dan niet naar me toe gekomen in de woonkamer om het me te vragen?'

Daar trapte ze niet in. 'Als er iets mis was gegaan, had je me wel gebeld. Dus was alles in orde en kon het verslag tot het ontbijt wachten.' Beatrice dwong zichzelf tot een glimlach. 'Ja toch?'

Zijn lippen krulden. 'Perfect, mevrouw de rechercheur. Dan ga ik weer terug naar mijn doorgezakte bank. Slaap lekker.'

Zonder haar antwoord af te wachten draaide hij zich om en deed de deur achter zich dicht, iets harder dan nodig.

Door al haar vermoeidheid heen voelde Beatrice haar oude woede opborrelen. Waarom was Achim er altijd op uit om haar een schuldgevoel te bezorgen?

Ze begroef haar hoofd in het kussen, heel diep, alsof ze daar de rust kon vinden waar ze zo naar verlangde. Maar haar hart bonsde te hard en haar gedachten gingen uitgeput heen en weer tussen Achim en het dode stelletje, tot ze zich eindelijk gewonnen moesten geven aan de slaap.

Ik begrijp niet hoe dit heeft kunnen gebeuren. Het was niet zo dat ik niet oplette, zo zit ik niet in elkaar, en juist daarom vind ik deze inbreuk in mijn leven ongehoord. Zo plotseling. Zonder waarschuwing.

Je zoon wil je zien, je zoon. Ik zag aan het meisje dat ze heel erg had gehoopt dat slechts dat woord haar zou redden. En misschien was het ook gelukt, als er een zoon was geweest die naar mij had kunnen verlangen. Maar zelf geloofde ze elk woord dat ze zei. Geen leugen in haar blauwe ogen, alleen pure angst. Niets maakt spraakzamer.

Eigenaardig. Ik raakte in een soort shock, ik moest mezelf vermannen om niet in lachen uit te barsten of weg te rennen. Het is niet waar, dacht ik de hele tijd, natuurlijk niet, waarom ook? Maar aan wat ze zei en wat ze me liet zien, viel niet te tornen. Ze was heel hulpvaardig. Pas toen ik haar vroeg hoe mijn zoon dan wel heette, kwam er geen antwoord meer. Dat was het moment waarop ze het vast wel begreep.

En dus blijf ik met maar één aanknopingspunt achter – en met een alomtegenwoordig gevoel van dreiging.

Misschien was het slechts het ongelukkigste en laatste toeval van haar leven waardoor het meisje bij mij aanspoelde. Maar daar mag ik niet op vertrouwen.

Haar dikke metgezel bij wie het snot uit de neus liep was een jammerend hoopje ellende, zijn karakter was even slap als zijn lichaam. Hij kon er niets aan doen, hij had geen idee, hij wist van niets, hij zou het tegen niemand zeggen, en telkens weer dat 'alsjeblieft'. Ze leren het als ze twee zijn en denken dan dat ze ermee kunnen krijgen wat ze willen en dat het hen beschermt tegen alles wat verschrikkelijk is.

Maar het zijn slechts drie lettergrepen en ze betekenen niets.

Twee

De foto's lagen uitgespreid op haar bureau, een collage van gruwelijke details. De printer van Ebner had kennelijk de halve nacht aangestaan. Florin was bezig een paar van de foto's op het prikbord te prikken. De close-up van de bijna stervormige inschotwond in het hoofd van de man hing hij in het midden.

'Drasche en Vogt zijn het met elkaar eens, het is een contactschot,' zei hij. 'De gevonden patroonhuls past bij het wapen, de rooksporen aan hoofd en handen zullen nog gedetailleerd worden onderzocht, maar we mogen ervan uitgaan dat het pistool tijdens het schot tegen zijn slaap werd gehouden.'

'Lijkt dus echt zelfmoord.' Beatrice zocht haar koffiekopje en ontdekte het naast de wasbak. 'Weten we al wie de vrouw is?'

'Nee. Daar moeten we vandaag meteen achteraan, en ook achter de mensen die Gerald Pallauf hebben gekend. Ik wil Stefan weer in het team als jij het er ook mee eens bent.'

Dat was ze, en meer dan dat. De hulp van Stefan Gerlach – rossig, slungelachtig, bijna tien jaar jonger dan zij en met een aanstekelijk enthousiasme – was tijdens haar laatste grote zaak van onschatbare waarde gebleken.

'Ik vind het altijd prettig om hem erbij te hebben,' zei ze daarom. Ze controleerde of er vlekken op haar kopje zaten. Dat bleek niet het geval en ze zette het espressoapparaat aan. 'Maar als het echt om moord en zelfmoord gaat, is de hoeveelheid werk te overzien. Dan haalt Hoffmann hem algauw weer van de zaak.'

Florin prikte de volgende foto aan de muur. Het pistool in de dorre bladeren. 'Inderdaad. Als dat zo is, dan wel. Maar kijk eens naar dit wapen.'

Terwijl het espressoapparaat gorgelend melkschuim uitspuugde, liep Beatrice naar het prikbord. 'Wow, ik ben geen deskundige, maar is dat geen Glock?'

'Precies. Een Glock 21, kaliber 45.'

Ze bekeek Florin van opzij. Hij rook een beetje anders dan normaal. Een nieuwe eau de toilette? Ze bedwong haar neiging om nog dichter bij hem te gaan staan. 'Ik begrijp het. En met een Glock 21 kun je geen zelfmoord plegen?'

'Dat wel. Maar er kunnen dertien kogels in. En er zaten er nog twaalf in het magazijn.'

Het begon Beatrice te dagen waar Florin naartoe wilde. 'Hij had de vrouw kunnen doodschieten en daarna zichzelf. Maar hij heeft haar gewurgd. In de openlucht, ook heel ongebruikelijk.'

Ze nam de foto's door die nog op het bureau lagen. Het verkleurde gezicht van de vrouw, het stuk waslijn dat half onder en half naast haar lag. 'Het kan natuurlijk dat hij haar wilde straffen, met een langzamere dood, door haar heel bang te maken.'

Daar was een foto met de rechterhand van de vrouw erop. De duim en de wijsvinger tegen elkaar aan, alsof ze nog steeds de papiersnipper vasthielden. 'Heeft iemand de rest van het briefje gevonden?'

'Nee. Drasche heeft er lang naar gezocht en vanochtend heeft hij er opnieuw drie mensen van zijn team naartoe gestuurd, maar tot nog toe...'

Als het geen zelfmoord was, was het dan de toevallige daad van een psychopaat die de twee tegen het lijf was gelopen? Of moord uit jaloezie?

Beatrice haalde haar koffie, ging op haar draaistoel zitten en keek de beschikbare officiële gegevens van Pallauf door. Het was niet veel en het was nietszeggend. Dus haalde ze haar computer uit de sluimerstand en typte ze in Google *Gerald Pallauf* in.

Het aantal treffers was verrassend groot. Er waren twee mannen met die naam, maar die uit Salzburg was op internet duidelijk veel actiever geweest dan de andere. Hij was lid van een film-, een computerspel- en een sciencefictionforum, had een Facebook- en een Twitteraccount en last but not least een eigen blog – dat was alleen al de oogst van de eerste twee pagina's die Google gaf.

Tevreden leunde ze achterover. Pallauf zou hun veel over zichzelf vertellen, hij had uitgebreide sporen achtergelaten, waar ze altijd op konden terugvallen. De laatste tijd had Beatrice die internetsporen steeds meer leren waarderen. Ze rondden het beeld af dat dossiers en getuigen gaven van slachtoffers, maar ook van verdachten.

In Pallaufs geval zou een van die getuigen een zekere Martin Sachs zijn. Sachs had met Pallauf een woning aan de Schumacherstraße gedeeld. Florin stond al bij het portier van zijn auto met de sleutels te rinkelen. Als er geen files waren konden ze er in een kwartier zijn.

Het was een groot gebouw tegenover de stadsbibliotheek van Salzburg. Ze gingen met de lift naar de vijfde verdieping, waar een smalle, bleke man in joggingbroek al in de deuropening op hen stond te wachten.

'Ik ben Martin Sachs.' Hij gaf Beatrice een zachte, vochtige hand. 'Komt u binnen. Ik heb geprobeerd een beetje op te ruimen, maar...' Hij haalde zijn schouders op.

Ofwel was dat opruimen bij een halfslachtige poging gebleven, dacht Beatrice, ofwel was de chaos daarvoor onbeschrijflijk geweest. In de hal stonden stapels oud papier en lege pizzadozen, in de woonkamer lagen allerlei hopen vuile was. Een enorme boekenkast nam de hele langste muur in beslag en was zo volgepropt met boeken dat het leek alsof hij elk moment uit elkaar kon barsten. Twee computertafels, een bank en een salontafel, allemaal tot op de laatste centimeter volgestouwd.

Zichtbaar verlegen raapte Sachs een stapel tijdschriften, een wollen deken vol gaten en een kussen bij elkaar en maakte de bank voor de helft vrij.

'Wilt u iets drinken?'

'Nee, dank u.' Beatrice' antwoord kwam een beetje te snel om beleefd te zijn. Ze probeerde dat met een hartelijke glimlach weer goed te maken. Zou Sachs een raampje open willen zetten, als ze het hem vroeg?

Die vraag kon ze beter voor zich houden, want de man had er toch al moeite mee om rustig te blijven. Hij had zijn vingers in elkaar gevlochten en keek Beatrice en Florin beurtelings aan. Wipte van zijn ene been op zijn andere.

'Misschien kunt u ook gaan zitten,' stelde Florin voor. 'Ons gesprek kan best even duren.'

'O. Ja.' Sachs keek om zich heen alsof hij zijn eigen huis niet kende, pakte toen de bureaustoel voor een van de computertafeltjes en rolde die in de richting van de bank.

'U woont hier samen met Gerald Pallauf?' begon Beatrice. 'Hoe lang al?'

'Dat is, eh, dat is...' De vingers van de man vervlochten zich steeds heftiger, alsof ze vertwijfeld probeerden zich van elkaar los te maken. 'Tweeënhalf jaar. Ongeveer. We hebben elkaar op de universiteit leren kennen. Gerry studeerde Germaanse en ik Romaanse talen. We hadden veel gemeenschappelijke hobby's en daarom – met z'n tweeën is een woning nu eenmaal gemakkelijker te betalen. Een kamer in onderhuur is ook duur en dan woon je veel krapper.'

Beatrice knikte en keek om zich heen. Als ze er zulke opvattingen over netheid op na hielden, had waarschijnlijk ook niemand die jongemannen lang als onderhuurder willen houden.

'Hoe oud bent u, meneer Sachs?' Florin had zijn clipboard tevoorschijn gehaald en begon te schrijven.

'Zesentwintig. Sinds april. Kunt mij zeggen hoe Gerry...'

'Straks. Maar eerst wil ik u verzoeken mijn vragen te beantwoorden. Schrikt u niet. U staat niet onder verdenking, maar waar was u eergisternacht tussen tien uur 's avonds en vijf uur 's nachts?'

Sachs kreeg een lege blik in zijn ogen. 'Is dat de tijd, eh, is Gerry toen...'

'Ja. Onze forensisch patholoog-anatoom zegt dat Gerald Pallauf tussen die tijdstippen om het leven is gebracht.'

Eindelijk gingen Sachs' handen uit elkaar, maar alleen om zijn gezicht erin te verbergen. 'Thuis. En er is niemand die dat kan bevestigen. Dat wilde u me toch vragen? Rond halfelf heb ik een pizza gehaald, hier op de hoek. Vraagt u het maar aan Ahmed, hij heeft me geholpen.'

Dat zouden ze doen, ook al verschafte het Sachs geen alibi. Beatrices blik bleef rusten op de lege koekjesdoos die opgefrommeld onder de salontafel lag, met allemaal kruimels eromheen. Ze deed alsof ze moest hoesten om haar grijns achter haar hand te verbergen. Als Sachs de dader was, hadden ze zijn schuld binnen twee dagen bewezen. Iemand die zo'n chaos om zich heen creëerde was onmogelijk in staat de sporen van zijn daad grondig uit te wissen.

'Kunnen we de kamer van meneer Pallauf zien?' vroeg ze. 'En die van u?'

'Ja. Natuurlijk.' Sachs bracht hen met snelle passen naar zijn kamer, alsof hij er zo snel mogelijk van af wilde zijn. 'Alstublieft.'

Het zag er net zo uit als in de woonkamer, met slechts marginale verschillen. Op het smalle, omgewoelde bed streden tijdschriften om een plek met lege cd-doosjes en een afstandsbediening. De vloer lag bijna helemaal vol. Overal T-shirts, reclamefolders en boeken.

In de kamer van Gerald Pallauf trokken kleurige posters aan de muren de aandacht. Het waren voornamelijk filmposters: De Wrekers, James Bond, Batman. De kamer maakte een iets schonere indruk dan die van Sachs, bijna alsof Pallauf een wanhopige poging had ondernomen om het effect van jarenlang niet schoonmaken in een halfuur ongedaan te maken. In een hoek ontdekte ze een stoel met over de rugleuning een paar spijkerbroeken in een extra grote maat. Het dekbed was opgevouwen, het kussen opgeschud. 'Heeft u sinds eergisteren iets veranderd?' vroeg ze aan Sachs.

Die schudde zijn hoofd. 'Nee, het is allemaal precies zoals Gerry het heeft achtergelaten.'

'Kunt u ons zeggen of hij een wapen bezat?'

Sachs ogen werden groot. 'Gerry? Nooit van z'n leven. Oké, hij heeft een laserzwaard en een dwergenbijl, maar die is niet scherp.'

Kennelijk viel van haar en Florins gezicht te scheppen dat ze niet begrepen waar hij het over had. 'De bijl van Gimli,' voegde Sachs eraan toe, op een toon die kennelijk alles duidelijk moest maken. 'Uit *In de ban van de ring*. Daar zijn wij allebei grote fans van.'

'En vuurwapens? Had meneer Pallauf een pistool? Of een pistool dat hij voor iemand anders bewaarde?'

'Vast niet. Dan zou ik het geweten hebben.'

Ze gingen weer naar de woonkamer. Florin plakte twee stukken afzetlint kruiselings over de deur van Pallaufs kamer. 'Wilt u hier alstublieft niet meer binnengaan tot onze mensen er geweest zijn? Als u het toch doet, merken we het.'

'Oké.' Sachs begon aan de nagelriem van zijn linkerduim te bijten.

De zon scheen achter de doffe ruit. Beatrices verlangen naar frisse lucht werd zo groot dat ze het bijna niet meer volhield.

'Had meneer Pallauf een vriendin?' informeerde Florin terwijl hij een half chipje van de bank plukte. 'Of een vriend? Een intieme relatie?'

Voor het eerst vertrok de mond van Martin Sachs tot een soort glimlach. 'Ik dacht al dat u dat nooit zou vragen!' Het vleugje vrolijkheid ebde ook meteen weer weg. 'Tot vijf dagen geleden zou ik nee hebben gezegd, maar een poosje geleden... was een vrouw in hem geïnteresseerd. Meer dan dat om precies te zijn. Ze stond ineens voor de deur en wilde Gerry spreken. Hij liet haar binnen en ze is gebleven, een paar dagen, eigenlijk tot...' Sachs hief zijn hand op en liet hem weer vallen. Het was duidelijk wat hij bedoelde.

'En dat kon u ons niet meteen vertellen?' Florins stem was alleen nog maar oppervlakkig vriendelijk. 'U heeft toch vast wel in de krant gelezen dat hij samen met een dode vrouw is gevonden?'

'Maar u vroeg het me niet.'

Florin en Beatrice wisselden een blik. 'U heeft helemaal gelijk,' kwam ze tussenbeide. 'En maakt u zich geen zorgen, we zouden er nog over zijn begonnen. Weet u hoe de vrouw heette? Dat is nu heel belangrijk voor ons.'

'Sarah – zo stelde ze zich in elk geval aan mij voor. Maar we hebben elkaar nauwelijks gesproken. Meestal waren ze samen op stap in de stad. Helemaal niks voor Gerry eigenlijk. En als ze hier waren zat Sarah de hele tijd op zijn kamer. Hij sliep 's nachts op de bank, zij mocht van hem in zijn bed slapen, dus zijn ze waarschijnlijk nog niet... Nou ja, u weet wel.'

Ja, ik weet het, dacht Beatrice. Het treurige beeld van de twee doden zweefde door haar herinnering. Geen stel. Zoals ze al had vermoed.

'Sarah – en hoe nog meer?'

'Weet ik niet. Dat heeft ze niet gezegd.' Hij fronste zijn voorhoofd. 'Maar ik geloof niet dat ze hiervandaan kwam. Door haar manier van spreken, weet u? Ze praatte niet als een Salzburgse. Maar als iemand uit Duitsland. En dan niet uit Beieren, maar meer uit het noorden.'

Dat zei helemaal niets. Er kwamen steeds meer Duitsers in Oostenrijk werken en vooral in de stad Salzburg, die vlak bij de grens lag.

Beatrice zag dat Florin *Sarah uit Duitsland –???* aan zijn notities toevoegde.

'Probeert u het zich alstublieft te herinneren,' zei ze. 'Had Gerald het al eerder over haar gehad? Elk detail dat hij heeft verteld kan belangrijk zijn.'

'Nee.' Sachs' antwoord kwam er met grote stelligheid uit. 'Hij heeft haar nooit genoemd. Ik weet vrij zeker dat hij haar helemaal niet kende toen ze bij ons aanbelde. Hij vroeg haar zelfs een paar keer of het geen vergissing was.'

Beatrice probeerde zich het scenario voor te stellen. Een blond, glimlachend meisje en de schuchtere, uiterst verraste Pallauf. 'Maar als ze een volkomen vreemde was, zou hij haar hier dan hebben laten logeren?'

Sachs glimlachte, vermoeid ditmaal. 'Het was echt een heel knap meisje. Zulke meiden kijken normaal toch niets eens naar mannen als wij. En als ze dat wel doen, dan toch ook alleen maar om ons te laten blozen zodat ze zich rot kunnen lachen.' Hij trok aan zijn linkerduim alsof hij die wilde uittrekken. Toen hij Beatrice weer aankeek had hij iets uitdagends in zijn blik. 'Dat weet u zelf toch ook wel. Vrouwen als u merken onopvallende mannen niet op. U loopt voorbij, blond, met lange benen en...' Omdat Sachs kennelijk niet op de juiste woorden kon komen, hief hij zijn handen op.

Beatrice schudde haar hoofd. 'Ik vrees dat ik geen goed voorbeeld voor uw theorie ben. Laat mij maar buiten beschouwing.'

'Oké. U bent immers ook ouder... niet oud, natuurlijk, maar – u weet wel wat ik bedoel.' Alsof hij wilde demonstreren wat hij daarvoor had gezegd werd zijn gezicht vlekkerig rood.

'Bedankt,' antwoordde Beatrice droog. 'Hoe oud had u Sarah geschat dan?'

'Hm. Twee-, drieëntwintig? In die richting. En Gerry was helemaal weg van haar.'

Vooralsnog lieten ze het daarbij. Ze vroegen Martin Sachs nog naar de familie van Pallauf – die had geen broers en zussen, zijn moeder was overleden en zijn vader was naar Scandinavië geëmigreerd. 'We nemen weer contact op. Blijft u in de stad.'

Toen ze de deur buiten weer achter zich dichttrokken haalde Beatrice diep adem. 'Zal wel even duren voordat ik daar chocola van kan maken. En zuurstof zou me nu echt goeddoen.'

Onderweg terug naar de auto praatten ze niet veel. Het zou een warme dag worden. De fles water die Beatrice in de auto had liggen was dat al.

'Ze kenden elkaar niet,' zei Florin peinzend, en hij ging achter het stuur zitten. 'Er staat ineens een vreemde vrouw voor de deur. Pallauf laat haar binnen, ze mag een paar dagen blijven slapen en nu zijn ze allebei dood.'

'Is dat normaal bij jonge, verlegen mannen?' Het moest zakelijk klinken, niet plagerig. Mislukt. Beatrice beet op haar lippen.

Florin ging erop door. 'Wat bedoel je?'

'Dat ze knappe vrouwen bij zich in huis nemen, zonder goed door te vragen wie ze zijn en wat ze willen.'

Florins wenkbrauwen gingen omhoog. 'Denk jij dat ik die vraag zou kunnen beantwoorden?'

'Nou, ja.' Ze haalde haar schouders op. 'Zou jij het gedaan hebben? Toen je halverwege de twintig was?'

'Wie weet. Maar waarschijnlijk niet. Ik had toen een heel serieuze vaste relatie. Dat is vermoedelijk ook het verschil tussen mij en Gerald Pallauf. Geen vriendin, geen ouders – ik zou me zo kunnen voorstellen dat hij eenzaam was.'

Ik had toen een heel serieuze vaste relatie.

Beatrice liet de woorden in haar hoofd weergalmen. Ze vroeg zich af hoe Florin op zijn vijfentwintigste was geweest en keek snel voor zich uit toen ze merkte hoe lang ze al naar hem staarde.

Hij startte de auto. 'Eenzaamheid maakt hongerig, Bea. Naar bevestiging, naar genegenheid, geef er maar een naam aan. Als ik er goed over nadenk, heeft Pallauf dat meisje misschien toch gedood. Toen hij merkte dat ze dat allemaal wist en misbruik maakte van zijn eenzaamheid voor haar eigen doeleinden.'

De eerste resultaten van het forensisch lab bevestigden Florins aanname. Op de Glock waren Pallaufs vingerafdrukken aangetroffen – en alleen die van hem. Bovendien zaten er rooksporen op zijn hand. Maar niets wees erop dat hij het wapen mee had genomen naar de plaats delict – geen vezelsporen die overeenkwamen met de stof van zijn jas, niets. Alsof hij het pistool nog grondig had schoongemaakt voordat hij zichzelf ermee van het leven had beroofd.

Kon het toch zelfmoord zijn? De voetafdrukken rond de plaats delict waren volgens het verslag van Drasche nauwelijks bruikbaar – de twee studenten hadden totaal geen rekening gehouden met het forensisch bewijsmateriaal, evenmin als de andere wandelaars die de hele dag over het nabijgelegen wandelpad door het bos waren gewandeld zonder de lijken op te merken.

Ook over het feit of Pallauf schuldig was aan de dood van het meisje kon niets exacts gezegd worden. Op het stuk waslijn waren zijn vingerafdrukken niet aangetroffen. Of liever gezegd, daar zaten helemaal geen vingerafdrukken op; de enige organische sporen waren afkomstig van de huid van het slachtoffer.

Van Sarah. Als ze echt zo heette.

Na haar terugkeer op het bureau had Beatrice meteen contact opgenomen met de Duitse federale recherche, hun een foto van het meisje gestuurd en om hulp bij de identificatie gevraagd.

Nu was het een kwestie van wachten.

Ze was net de gegevens aan het doorlopen die ze van Drasche hadden ontvangen, toen Stefan kwam binnenvallen. 'Morgen krijgen we de pc van het slachtoffer. Die neem ik voor mijn rekening, oké? Dan kan ik jullie misschien 's avonds al heel wat meer over die arme man vertellen.'

'Goed.' Florin tikte peinzend met zijn potlood op zijn bureau. 'Let vooral op websites over zelfmoord – daar zijn speciale fora voor, toch? Waar je kunt afspreken om samen een eind aan je leven te maken.'

'Doe ik.' En weg was Stefan weer. Beatrice vroeg zichzelf onwillekeurig af of ze in haar leven ooit nog zoveel energie zou hebben als hij.

In de loop van de middag druppelde de informatie binnen. Sarah was niet verkracht en had in de laatste achtenveertig uur voor haar dood ook geen geslachtsverkeer gehad. Haar lichaam vertoonde echter, net als dat van Pallauf, lichte bloeduitstortingen. 'Niet erg genoeg om als sporen van mishandeling te worden aangemerkt,' legde Vogt aan de telefoon uit. 'Meer alsof ze allebei een flinke duw hebben gehad.'

Zoals hij het zei klonk het alsof hij uitging van een derde betrokkene. Iemand die, zoals Vogt het noemde, 'een flinke duw' had gegeven.

Toen ze 's avonds op het punt stond om naar huis te gaan kwam er weer nieuws. De Glock was drie jaar geleden als gestolen opgegeven.

'Denk je dat een obese Tolkienfan pistolen steelt? Of gestolen pistolen koopt?' vroeg Beatrice.

Florins gezicht had al sporen van vermoeidheid vertoond, maar nu schoot hij in de lach en hij zag er in één klap weer helemaal fris uit. 'Bea! Hoe vaak wrijf je me niet onder de neus dat je niet op de eerste indruk mag afgaan? En nu stel jij zo'n vraag?'

Ze grijnsde half geamuseerd, half verlegen. 'Natuurlijk niet. Maar die kamer van hem! Onschuldiger kun je je het nauwelijks voorstellen – James Bond en superhelden aan de muur! Pallauf maakte op mij de indruk van een kind dat te snel volwassen is geworden. Naïef, te goed van vertrouwen en waarschijnlijk dankbaar voor elk vriendelijk woord.'

En dat heeft hem waarschijnlijk het leven gekost. Ze sprak het niet uit, dacht het alleen. Florin verloor haar nooit uit het oog. Het viel haar de laatste tijd steeds vaker op dat hij haar in de gaten hield, haar gedrag peilde. Sinds de zaak van afgelopen voorjaar leek hij… bezorgder. Alsof hij bang was dat ze nog een keer in zo'n levensbedreigende situatie terecht zou kunnen komen.

'Ik moet gaan.' Ze deed haar tas om haar schouder en was al bijna de deur uit toen haar mobieltje aankondigde dat er een sms'je was binnengekomen.

Moon River, wider than a mile
I'm crossing you in style some day…

Beatrice voelde dat haar gezicht warm werd. Koortsachtig woelde ze in haar tas, vond haar telefoon en legde de ringtone met één druk op de knop het zwijgen op.

Ze begreep niet waarom ze het elke keer weer zo pijnlijk vond dat Florin merkte dat ze de beltoon die hij had ingeprogrammeerd na maanden nog niet had veranderd. Waarom kon ze niet met een grapje over haar gêne heen stappen?

'Jammer,' hoorde ze Florin achter zich mompelen. 'Ik vind het eind zo mooi.'

Het bericht was van Katrin, de dochter van de buren, die vandaag op de kinderen paste.

DUURT HET NOG LANG?

Beatrice typte dat ze al onderweg was. 'Ik vind het eind ook mooi,' zei ze half hardop voor ze de deur van hun kamer achter zich dichtdeed.

Spaghetti carbonara, dat maakte Jakobs dag duidelijk goed. Terwijl Mina elk stukje spek met haar vork naar de rand van haar bord verbande, stortte hij zich met zoveel enthousiasme op zijn avondeten dat Beatrice zich weer eens heilig voornam vaker fatsoenlijk te koken. Ook al had ze zelf, zoals vandaag, niet veel trek.

Ze steunde haar hoofd in haar handen en keek met een mengeling van trots en angst naar haar kinderen.

Hoe was Gerald Pallauf op hun leeftijd geweest? Wat had hem eenzelvig gemaakt? Waardoor eindigde iemand die nog maar achtentwintig en van onbesproken gedrag was met een schot door zijn hoofd in het bos?

'Ik wil nog wat sap, mama!' Jakob zwaaide met zijn glas; zijn mond zat onder de bechamelsaus.

'Ga het zelf halen,' volgde prompt Mina's kribbige commentaar. 'Zie je niet dat mama moe is?'

Het gefronste voorhoofd en de bazige toon van haar dochter maakten Beatrice aan het lachen. 'Bedankt, wat attent van je. Maar tot de koelkast red ik het nog wel.'

Ze schonk het laatste beetje appelsap in Jakobs glas en lengde het – onder hevig protest – aan met water.

'Zo smaakt het immers nergens naar!' Hij trok zijn mondhoeken naar beneden. 'Ik krijg ook nooit mijn zin!'

Wen daar maar aan – de woorden lagen Beatrice op het puntje van haar tong, maar ze hield zich in. Mijn hemel, ze was nog niet eens veertig en nu al bijna een verbitterd oud mens.

Stefan zat voor Pallaufs laptop, omringd door stapels papier, lege waterflesjes en schilderachtig in het rond gestrooide chipszakken. Tussen zijn lippen zat een tandenstoker die hij op en neer liet wippen op de maat van de melodie die hij neuriede. Beatrice meende 'Love Is in the Air' te herkennen.

36

Ze schoof een deel van de creatieve chaos opzij en haalde voor zichzelf een stoel. 'Al iets gevonden?'

Bechner, met wie Stefan tegen zijn zin een kamer deelde, hief zuchtend zijn hoofd op. 'Geweldig. Als jullie hier gezellig gaan koffieleuten ben ik weg. Bij al die achtergrondgeluiden van Gerlach kun je onmogelijk werken.'

Hij pakte zijn dossiermap en een groene markeerstift en verliet de kamer zonder groeten.

'Echt niet normaal, hoe die man me op de zenuwen werkt,' stelde Stefan vast zonder dat hij ophield met glimlachen. 'Superslecht gehumeurd, elke dag. Maar wat maakt het uit.' Hij draaide de laptop zodat Beatrice het beeldscherm beter kon zien.

'Ik neem net de e-mails van Pallauf door. Er zijn heel grappige bij. Jammer dat hij dood is, ik had waarschijnlijk goed met hem kunnen opschieten.'

Het bericht dat geopend was kwam van een zeker Nils Ulrich, die Pallauf een computerspel dat *Torchlight 2* heette toevertrouwde. Het e-mailadres eindigde op .de – waarschijnlijk dus een Duitser.

'Je moet niet te vroeg juichen,' antwoordde Stefan op Beatrices vraag of dat misschien de verbinding met Sarah was. 'Hij had massa's contacten met Duitsland, met mensen uit alle deelstaten. Daar is niets vreemds aan, ik heb die ook.' Hij klikte het e-mailprogramma weg en er verscheen een lijst met de titel 'activiteiten G. Pallauf'.

'Tot dusverre heb ik negen fora gevonden waar hij op zat. Afgezien van zijn accounts bij Facebook, Studivz en Twitter.'

'Goed gedaan, jochie.'

Stefan streek door zijn haar en wierp Beatrice een schalkse blik toe uit zijn halfgesloten ogen.

'Dank je. Maar laat ik eerlijk zijn, het was een koud kunstje. Pallauf had van al die sites bladwijzers gemaakt en kennelijk koos hij er standaard voor om aangemeld te blijven. Ik heb geen enkel wachtwoord hoeven kraken, het was kinderspel. Zelfs jij had het gekund.'

Beatrice gaf hem een vriendschappelijke por. 'Nou, geweldig. Je bent een genie. Maar dan heb je vast ook wel verwijzingen naar Sarah gevonden. Of naar waar Pallauf het wapen vandaan had. eBay, misschien?'

Nu werd Stefan ineens serieus. 'Nee, ik heb tot dusverre nog geen relatie met Sarah ontdekt. Ik loop eerst de mailtjes door, dat zijn de persoonlijke contacten, en dan ga ik zijn Facebookvrienden onder handen nemen. Dat kan jammer genoeg tot volgende week duren, want hij heeft er 2677. Er zitten een paar Sarahs bij, maar op het eerste gezicht niemand die er zo uitziet als ons vrouwelijke slachtoffer.'

Hij opende de browser en riep Pallaufs Facebookprofiel op. 'Wat betreft een wapen vermoed ik trouwens dat hij er geen bezat. Kijk maar.' Hij ging met het muishandje trefzeker naar het midden van de pagina en stopte toen. 'Je kent Facebook toch?'

'Een beetje. Ik heb drie jaar geleden een account gehad, maar dat heb ik algauw weer gewist.' Beatrice was toen van plan geweest weer contact op te nemen met haar vroegere medestudenten uit de tijd dat ze nog in Wenen woonde, maar toen de eerste zich aandiende was het klamme zweet haar uitgebroken. Hij had Evelyn gekend, was op het feestje geweest dat Beatrices beste vriendin uiteindelijk het leven had gekost en zou er op een gegeven moment vast over beginnen. Wat had ze ervan verwacht? Vanaf dat moment had ze Facebook gemeden en een paar maanden later had ze haar nauwelijks gebruikte profiel verwijderd.

'Oké. Maar je weet toch dat je bij bijna alles wat er daar te zien en te lezen is "vind ik leuk" kan aanklikken?'

'Ja.'

'Bij de reacties van andere mensen, maar ook bij sites over een specifiek onderwerp. Ik vind bijvoorbeeld de Simpsons, Dexter en Elvis Presley leuk.'

Kijk eens aan. Zo nostalgisch had ze Stefan niet ingeschat. 'Elvis? Echt?'

'Ja, als kind was ik dol op zijn films, maar dat doet er nu niet toe. Kijk maar eens wat Gerald Pallauf allemaal leuk vond.'

Hij klikte op de lijst met 'vind-ik-leuks' en scrolde naar de rubriek 'activiteiten'.

'Zie je?'

Dat was een lijst met de meest verschillende dingen waar Pallauf in geïnteresseerd was geweest. Er stond een voetbalclub bij, een poëziesite, de *In de ban van de ring*-trilogie en een biermerk. Waar Stefan naartoe wilde was het initiatief 'Nee tegen particulier wapenbezit', waar Pallauf ook 'vind ik leuk' had aangeklikt.

Dat kon je niet wegwuiven. Op die manier had Pallauf zich natuurlijk ook kunnen indekken, maar waarom zou hij die moeite nemen? Des te meer omdat dit de resultaten van Drasche ondersteunde: hij had geen enkele aanwijzing gevonden dat het moordwapen van Pallauf was geweest.

Stefan klikte op de site. De posts vormden een mengeling van persoonlijke verhalen – *Mijn oom is alcoholist en heeft een jachtgeweer in de kast, wat moet ik doen?* – en links naar artikelen over schietpartijen, moorden uit jaloezie en... inderdaad, ook over zelfmoord.

'De Glock waarmee Pallauf naar alle waarschijnlijkheid heeft geschoten is als gestolen opgegeven,' zei Beatrice. 'Ik denk... ach, ik weet het ook niet.'

'Zeg maar.' Stefan draaide zich om. 'Jij gelooft ook niet dat het zelfmoord was, hè?'

Beatrice schudde haar hoofd. Nee. Dat geloofde ze steeds minder.

Het stukje papier hield haar nog steeds bezig. Ze zou er wat voor geven om de rest van het blaadje te zien.

Dat Drasche in een straal van driehonderd meter niet had gevonden.

Het weer in Salzburg trok zijn trukendoos open – een hele dag zachte, maar aanhoudende regen, en de grond was modderig. Een hernieuwd bezoek aan de camping leverde alleen maar vieze schoenen op.

Bechner was er de dag ervoor nog geweest om opnieuw mensen te ondervragen, maar geen van de kampeerders had Pallauf en Sarah in het bos zien wandelen of een schot gehoord. En een blaadje met een hoek eraf gescheurd had al helemaal niemand gezien. Het waren vooral studenten en oudere mensen die hier half september nog een paar dagen van de nazomer hadden willen genieten. Ze stonden niet onder verdenking, dus lieten ze hen naar huis gaan.

Hoewel Drasche, grondig als hij was, vast elk blaadje in het bos had omgedraaid, besloot Beatrice nog één keer de wandeling van een halfuur naar de vindplaats van de beide lijken te maken.

Het afzetlint hing er nog; verder was er niets meer. Ze draaide zich een paar keer om en liet het bos op zich inwerken. Het was niet zo dicht dat je takken aan de kant moest duwen als je naast het pad wilde lopen. Maar toch: het was zo dichtbegroeid en de vindplaats was zo ver van de bosrand verwijderd dat een blaadje er niet zomaar uit zou waaien. Als ze het niet over het hoofd hadden gezien, was het vast door iemand meegenomen.

Moord, dacht Beatrice. Ik weet het zeker, het was moord.

Diezelfde avond nog kreeg haar theorie onverwachts steun van dr. Vogt.

'De mannelijke dode,' zei hij op docerende toon door de telefoon, 'had een zwakke constitutie. Hij was totaal niet getraind. Als het tussen de twee tot een gevecht zou zijn gekomen, had de vrouw het gewonnen. De lijken vertoonden lichte bloeduitstortingen die op een... hoe zal ik het noemen? Op een stoeipartij zouden kunnen wijzen.'

'Maar daar zou ook iemand anders bij betrokken kunnen zijn geweest?'

'Absoluut. Ik heb nog iets wat u echt moet weten. Beiden zijn niet lang voor hun dood geboeid geweest, maar de boeien hebben niet in het vlees gesneden. De sporen zijn zo licht dat je ze haast niet kunt vaststellen. Ik gok op lappen, en dan van een zachte stof, viscose of zijde. Die worden ook bij sm vaak gebruikt, dat laat dezelfde sporen na.'

Beatrice stelde de onbewogenheid waarmee Vogt zijn inzichten presenteerde op prijs. Ze vond het alleen irritant dat hij er meestal bij at. Ook nu hoorde ze hem kauwen.

'O, ja. Knevels. In de mond van de vrouw heb ik vezelsporen gevonden, waarschijnlijk linnen. Bij het mannelijke lijk heb ik niets
kunnen vinden, maar bij hem is de mondholte immers door het
schot verwoest.'

Geboeid. Dat gaf de doorslag. 'Dus geen zelfmoord. Ik wist…'

'Rustig.' Vogt viel haar in de rede. 'Natuurlijk is het uw taak om de
conclusies te trekken, maar zoals ik al zei – mislukte sm ziet er ook
zo uit. Wie zegt dat ze niet met z'n tweeën naar het bos zijn gegaan
om een beetje te spelen? Ik weet dat de vrouw de laatste dagen geen
geslachtsverkeer had gehad, maar dat zou iets later misschien wel
zijn gebeurd. Eerst boeit zij hem, vervolgens boeit hij haar. Hij doet
haar ook een strop om – maar jammer genoeg te strak, en dan is
zijn stoeipoes dood. Als dat tot hem doordringt schiet hij zichzelf
dood. Ik geef het maar mee als idee.'

Beatrice schudde haar hoofd, maar dat kon Vogt natuurlijk niet
zien. 'En daarom neemt hij een volledig geladen pistool mee? Om
een spelletje te spelen? Nee, dat slaat vrees ik nergens op. Maar bedankt voor alle informatie. U heeft me heel erg geholpen.'

Kauwgeluiden, slikgeluiden. 'Zoals altijd: graag gedaan.'

Hoffmanns terugkeer uit Wenen wierp een schaduw over de dag
daarna. De hele ochtend ging op aan hem bijpraten, hoewel Florin
hun baas telefonisch aldoor op de hoogte had gehouden.

Hoffmann liep op en neer voor de muur waarop de foto's van de
beide doden, de vindplaats en het wapen geprikt waren. Hij stelde
Florin, Stefan, Vogt en Drasche vragen, vermeed het echter angst-
vallig ook maar één woord tot Beatrice te richten.

Zo ging dat sinds de laatste grote zaak. Ze was lucht voor hem. Dat
was in zekere zin een verbetering, want daardoor liet Hoffmann
ook zijn hatelijke opmerkingen achterwege. Toch had Beatrice er
veel zin in bij de volgende gelegenheid gewoon het woord te nemen.
Ze wilde weleens zien wat haar baas dan zou doen.

Ach, wat een flauwekul, wat schoot ze daar nou mee op? Ze kon
zich beter helemaal op haar werk concentreren, dat goed doen en…

De deur vloog open. Een van de medewerksters van het hoofdbureau kwam binnen.

'Kunt u niet kloppen?' snauwde Hoffmann haar toe.

De vrouw deed haar mond open en weer dicht en wendde zich vervolgens tot Beatrice. 'Er is een bericht via het alarmnummer binnengekomen. De beller is niet meer aan de lijn, maar de alarmcentrale heeft ons de opname gestuurd.' Ze keek onzeker naar Hoffmann. 'Het gaat over de twee doden. U weet wel.'

Beatrice schoof haar stoel naar achteren en stond op. Al zou het bericht misschien onbelangrijk blijken, dan nog was het een welkom excuus om even de gespannen sfeer van de vergaderruimte te ontvluchten.

'Ik ga met u mee.'

Een mannelijke stem, gejaagd. Hij had een licht accent – Oost-Europees, vermoedde Beatrice. Op de achtergrond straatgeluiden.

'Wat er in de krant staat – dat klopt niet.' Korte stilte. Zwaar ademen. 'Ik wil u iets uitleggen, maar het is lastig en… ik weet ook niet alles.'

De stem van de medewerker die het gesprek had aangenomen klonk langzaam en vriendelijk. 'We willen u graag helpen. Met wie spreek ik?'

Er werd twee keer ademgehaald. 'Kan ik u niet zeggen. U… u moet me… beloven… Wat er in de krant staat, weet u… Het was geen zelfmoord. Als ik u help, dan helpt u mij, oké?'

'Natuurlijk.' De toon van de medewerker was alerter geworden. 'Maar zeg me alstublieft wie u bent. Dan doen we wat we kunnen om u te helpen.'

Een kort, rauw lachje. 'Dat gaat helaas niet. Vanmiddag om vier uur, op het station, spoor 2. Koop een bos bloemen en hou die zo dat ik hem goed kan zien. Ik draag een geel baseballpetje en een groen jasje van de New York Yankees.'

Het regelmatige tuten van de ingesprektoon. De beller had opgehangen.

Als ik u help, dan helpt u mij. Dat had angstig en tegelijkertijd zakelijk geklonken. Een merkwaardige combinatie.

Beatrice pakte een stift. 'Hebben we een telefoonnummer dat we kunnen natrekken?' vroeg ze.

De medewerkster fronste spijtig haar hoofd. 'Jammer genoeg niet. De man belde met een afgeschermd nummer.'

Waardoor hij zich net zo gedroeg als de overgrote meerderheid van de anonieme tipgevers. Ze kregen telkens weer zulke telefoontjes, vooral als er uitgebreid over een zaak in de media was bericht. Tachtig procent van de mensen deed gewichtig of was gewoon dom. De resterende twintig procent had een belangrijke reden om contact op te nemen, ook al bleken hun observaties vaak onjuist.

Beatrice liet de opname nog een keer afspelen. De man klonk niet als een gewichtigdoener. Eerder als iemand die zichzelf had moeten overwinnen om te bellen.

Het was geen zelfmoord had hij gezegd, en daarmee had hij woordelijk datgene uitgesproken waarvan Beatrice sinds de avond van de vondst overtuigd was. Dat was voldoende voor haar om 's middags langs het station te gaan.

'Sarah Beckendahl.' Stefans stem klonk triomfantelijk door het mobieltje. 'Uit Hannover. De collega's van de federale Duitse recherche hebben gebeld en sturen meteen foto's.'

'Heel goed.' Beatrice knikte naar Florin, die achter het stuur zat en door een omleiding al voor de tweede keer om het station heen reed. 'We weten wie Sarah is,' fluisterde ze hem toe, terwijl Stefan verdere details gaf. 'Drieëntwintig jaar, kapster van beroep, werkte in een nagelstudio in het centrum van Hannover.'

'Dank je. We nemen straks weer contact op, oké?' Ze wees koortsachtig naar links, waar net een parkeerplaats vrijkwam. 'Het is al bijna vier uur en we moeten nog bloemen kopen.'

Op een hoek links van het station ontdekte Florin een klein winkeltje waar hij een smaakvol bosje rozen met gerbera's kocht.

'Een beetje overdreven, vind je niet?' plaagde Beatrice hem toen ze samen door de voetgangerstunnel liepen. 'Straks denkt de man met het gele baseballpetje nog dat je iets van hem wilt.'

'Tja, je weet het tenslotte nooit.' Florin begroef zijn neus in de bos. 'Ik krijg het gewoon niet over mijn hart om verdorde anjers in de aanbieding te kopen – oké, jij vindt me een snob, dat weet ik. Waarschijnlijk heb je gelijk.'

Zijn serieuze gezicht, de gepikeerd opgetrokken wenkbrauwen en het lachje dat hij bijna niet wist te onderdrukken maakten Beatrice aan het lachen. Ze bood weerstand aan de neiging hem een arm te geven. Als ze het nadrukkelijk kameraadschappelijk deed kwam het onnozel over, en hij moest en mocht het niet als teder gebaar opvatten.

Nog tien minuten, dan was het vier uur. Spoor 2 lag voor de helft in de schaduw, waar Florin een bankje zocht. De bos bloemen hield hij goed zichtbaar in zijn rechterhand. Beatrice wachtte in de zon, die de muur had opgewarmd waar ze tegenaan leunde. Het was beter om apart van elkaar te wachten. Als de beller opdook zou ze zich bij hen tweeën voegen, maar hun informant moest niet al vanaf het begin het gevoel hebben in de minderheid te zijn.

Er werd omgeroepen dat er over enkele minuten op spoor 1 een trein binnenkwam. Beatrice keek om zich heen, zoekend naar iemand met een geel baseballpetje. Niets.

Ze liep een rondje over het perron, ontweek een skateboarder en gluurde naar beneden, de roltrap af.

De trein op spoor 1 reed binnen en vertrok twee minuten later weer. Beatrice hield het spoor tegenover dat van hen in de gaten, maar niemand voldeed aan het signalement waarmee de beller zichzelf had beschreven.

Vier uur. Vijf over vier. Een oude vrouw liep op Florins bank af en ging steunend zitten.

Dat was waardeloos – als de man toch nog kwam opdagen, zou hij niet meer in de buurt durven te komen. Florin stond glimlachend op, wisselde een paar woorden met de vrouw en liep vervolgens langs het perron, bijna helemaal tot het eind. Daar was niemand meer.

Acht over vier. Onze kansen nemen snel af, dacht Beatrice. Niet dat dat een verrassing was: veel anonieme tipgevers bedachten zich op het laatste moment, besloten buiten schot te blijven.

Alleen had Beatrice ditmaal het gevoel gehad dat het zou lukken.

Twaalf over vier. Florin stond nog steeds aan het eind van het perron. Met de bos bloemen in zijn hand zag hij eruit als iemand die een blauwtje had gelopen. Over twee minuten zou hier een trein binnenkomen; die wilde Beatrice in elk geval afwachten, maar ook dat bleek tevergeefs. Geen geel baseballpetje, geen jasje met het embleem van de New York Yankees.

Het was bijna halfvijf toen ze het opgaven en terugliepen naar hun auto. Met een heel klein buiginkje overhandigde Florin Beatrice de bloemen, en ze slikte de opmerking in dat ze nu heel blij was dat hij er zoveel geld aan had uitgegeven. Ze wist niet hoe ze het grappig moest zeggen.

Haar avond bestond uit een pizza en een onaangenaam telefoongesprek met Achim, die dat weekend samen wilde gaan wandelen.

'Ik heb geen tijd, er zit nog geen enkele voortgang in de zaak, dan kan ik niet zomaar gaan wandelen.' Hij deed altijd alsof dat nieuw voor hem was. Nieuw en heel onredelijk.

'Als het aan jou ligt, dan blijft dat zo, toch? Er komt altijd wel weer een nieuwe zaak en het is altijd belangrijk.' Hij snoof. 'Ik ben het meer dan zat.'

In de keuken verdampte sissend water op de kookplaat. 'Ik weet het,' antwoordde ze ten slotte. 'Dat je het zat bent is een van de redenen waarom we zijn gescheiden. Welterusten.'

Drie

Florin zat niet op zijn plek, maar er hing de volgende ochtend wel een felgele Post-it op Beatrices computermonitor. Haar stemming kelderde meteen. Geeltjes waren Hoffmanns favoriete middel om bevelen uit te delen.

Ditmaal was het echter niet zijn handschrift.

Goedemorgen! Kom je meteen naar me toe? Ik moet je iets laten zien. Stefan.

Ze snakte naar koffie, maar dat moest maar even wachten. Als Stefan handgeschreven notities achterliet meende hij het serieus.

Hij zag er moe uit en zijn rode haar kleefde nat van het transpiratievocht op zijn voorhoofd of stond in korte plukjes omhoog.

'Daar ben je!' Hij keek haar stralend aan. 'Die arme Florin zit bij Hoffmann, maar jij kunt hem er straks over informeren, goed? Ik heb hier iets ingewikkelds voor je.' Hij wees met zijn beide wijsvingers op het beeldscherm.

'Heb je doorgewerkt?' Stefan droeg hetzelfde hemd als gisteren, onmiskenbaar. Niemand zou twee van dat soort hemden kopen.

'Nou ja, min of meer. Afgezien van een dutje in de vergaderruimte.'

'Oei!' Op die verschrikkelijke bank met de lichtbruine bekleding had Beatrice ook een keer geslapen, of ze had daar in elk geval een poging toe gedaan. Ze was er niet door uitgerust, maar had wel vier dagen rugpijn gehad. 'Zal ik voordat we beginnen koffie voor je halen?'

Hij grijnsde. 'Dat zou vandaag dan al mijn vijfde kop zijn. Dus liever niet.' Hij klopte met de vlakke hand op de stoel naast zich. 'Ga zitten. En kijk.'

Op het beeldscherm was het Facebookprofiel van Gerald Pallauf geopend. 'Ik heb al zijn mailtjes gecontroleerd, ben zijn contactenlijst doorgelopen en de mensen die hij op Twitter volgt. Ik heb vooral zijn Facebookvrienden heel goed bekeken.' Stefan klikte op de desbetreffende link en typte in het zoekvenster 'Sarah' in.

'We hebben hier twaalf treffers, maar niemand van die Sarahs heeft als achternaam Beckendahl. Maar als je die naam in het algemene zoekvenster intypt – voilà!'

Er werd een nieuw Facebookprofiel geopend. Beatrice herkende het gezicht op de foto in de linkerbovenhoek meteen. 'Dat is ze, geen twijfel mogelijk. Kan ik daar gewoon alles lezen?'

'Ja, ze maakte zich kennelijk nooit zorgen om haar privacyinstellingen.' Het muishandje van Stefan maakte een cirkeltje om de laatste post die Sarah had achtergelaten.

Sarah Beckendahl
Zeg Hannover voor een paar daagjes vaarwel!
reiskoorts

Zeven mensen hadden het geliket en vijf hadden een reactie achtergelaten, de ene nog nietszeggender dan de andere. Drie mensen wensten haar een goede reis en twee zeiden dat ze jaloers op haar waren.

'Tot nog toe weet niemand dat ze dood is,' mompelde Stefan. 'Als dat openbaar wordt gaan de mensen zich hier te buiten aan blijken van ontzetting, rouwteksten en foto's van kaarsen, daar kun je op wachten.'

'Ja, natuurlijk.' Beatrice liet haar kin in haar hand rusten. 'Dat moeten we in de gaten houden en onderzoeken op aanwijzingen...' Ze onderbrak zichzelf toen ze merkte dat Stefan ongeduldig werd.

'Dus,' begon hij opnieuw. 'Ze hebben allebei Facebook, maar zijn niet bevriend. Geen e-mailverkeer, niets. Voor zover ik het kan beoordelen, hebben ze maar één ding gemeen.'

Hij liet een effectvolle stilte vallen. Beatrice hield zich in, ze wilde Stefans uitleg absoluut niet verpesten.

'Dat hier.' Weer de Facebookpagina van Pallauf. 'We zijn met zijn wachtwoord ingelogd, dus hebben we toegang tot al zijn informatie. En kijk eens…' Hij scrolde naar beneden tot in de linkerkolom de link 'groepen' opdook. 'In groepen sluit je je aan bij mensen met wie je bepaalde interesses deelt. Er zijn openbare, besloten en geheime groepen. De groep die ons interesseert is besloten. Je kunt hem wel vinden als je ernaar zoekt, maar de posts kun je alleen meelezen als je er lid van bent.'

Stefan bewoog het muishandje naar een icoontje in de vorm van een opengeslagen boek waar de woorden 'Poëzie leeft' naast stonden.

'Hij had toch germanistiek gestudeerd? Dan is het niet zo vreemd dat hij van gedichten houdt.'

Beatrice schoof heen en weer op haar stoel. Gedichten! Nou, nou, dat klonk nog eens veelbelovend.

'En kijk nu eens hier.' Hij scrolde omlaag en Beatrice las het gedicht.

Sabine Scharrer
De liefde is in jou voorgoed gesmoord,
en achter je gesloten nu de poort,
je ijlt op wilde rossen van de wanhoop voort
wordt door het dorre leven heen gejaagd,
waar geen vreugde je te volgen waagt.

Het was duidelijk dat de groep wist wat voor Sabine Scharrer de aanleiding was geweest om deze dichtregels online te zetten, want bijna alle eenentwintig reacties waren betuigingen van medeleven, die uiteenliepen van 'Het lot bewandelt vreemde wegen waarvan de betekenis pas later duidelijk wordt' tot het wel heel onpoëtische 'Vergeet die zak toch'.

Sarah Beckendahls reactie was de twaalfde. 'Wat een prachtig gedicht. Ook al kennen we elkaar niet, het spijt me als je verdrietig ben. Bij ons in de straat groeien ook wilde rosen.'

Beatrice las de reactie één keer door en toen nog een keer voordat ze het doorhad. 'Bij ons in de straat groeien ook wilde rosen! Ze houdt de anderen voor de gek of ze kan gewoon niet spellen.' Eerder het laatste voegde ze er stilzwijgend aan toe, gezien het 'als je verdrietig ben.'

Wat zocht een vrouw die kennelijk moeite had met de Duitse taal onder louter poëzievrienden?

Niet zo arrogant zijn, vermaande Beatrice zichzelf. Om van gedichten te houden hoefde je ze immers niet zelf te kunnen schrijven?

'Zijn er nog andere reacties van haar?'

'Waarschijnlijk wel. Ik ben nog aan het zoeken, maar het zou natuurlijk veel gemakkelijker gaan als ik haar login wist en haar tijdlijn zou kunnen bekijken. Onze collega's in Hannover zijn al met Sarahs computer bezig. Ze nemen contact op als ze het wachtwoord hebben. In principe zou ik haar account ook kunnen hacken' – hij ontblootte zijn tanden in een strijdlustige grijns – 'een kind kan de was doen, maar dat is strafbaar, toch?'

Op het vierkante fotootje was een stralende Sarah te zien. Wie de foto ook had genomen, ze had hem kennelijk aardig gevonden. 'Hoe staat het met de posts van Pallauf? Hebben die meer niveau?' vroeg Beatrice.

'Dat zeker,' antwoordde Stefan. 'Hij schijnt een zwak voor heel uitvoerige interpretaties van gedichten gehad te hebben. Net als veel leden van deze groep. Die heeft er overigens bijna achthonderd, wat me echt verbaast.'

Achthonderd! Ze moest het idee dat ze iedereen konden checken uit haar hoofd zetten. 'Heb je al gekeken of Beckendahl en Pallauf elkaar in deze groep hebben gesproken? Of er een post is waar ze allebei op hebben gereageerd?'

Stefan scrolde steeds verder naar beneden op de pagina. 'Tot nog toe niets gevonden wat daarop lijkt. Maar ik hou het natuurlijk in de gaten,' mompelde hij.

Gedichten. Iets onschuldigers kon je je nauwelijks voorstellen. *Twee mensen interesseren zich voor poëzie, ontmoeten elkaar en zijn kort daarna dood.*

Je moet niet alles op één hoop gooien, waarschuwde ze zichzelf. De gedichten hebben hen alleen bij elkaar gebracht. Er moet een heel andere reden zijn voor hun dood.

In gedachten keerde Beatrice terug naar haar kamer. Toen ze op twee passen afstand van de deur was bleef ze staan. Die stond op een kier en Florins stem klonk gedempt, maar wat hij zei was tot op de gang te verstaan.

'… ik vind het ook jammer.' De toon die hij voor Anneke reserveerde was teder als altijd. Maar klonk er ditmaal ook een zweempje ongeduld in mee? 'En toch is het beter dat je dit weekend in Amsterdam blijft.' Een korte stilte. Het gaf Beatrice een steeds ongemakkelijker gevoel om daar voor hun kamer te staan luisteren. Vastberaden pakte ze de deurklink vast.

'Ik dacht dat we dat hadden opgelost.' De liefdevolle toon had een scherp randje gekregen en Beatrice besloot zich nu toch liever terug te trekken – vooral ook omdat ze uit het trappenhuis de stem van Peter Kossar dichterbij hoorde komen. Het laatste waar ze zin in had was om zich door de forensisch psycholoog in een met Engelse woorden doorspekt gesprek te laten verstrikken.

Ze ging even naar het restaurant, kocht daar twee muffins en keerde daarmee terug naar de kamer. Florin had het telefoongesprek beëindigd en zat met een somber gezicht achter zijn beeldscherm.

'Ik heb een tweede ontbijt voor ons meegenomen.' Ze zette een van de muffins pal voor Florin neer voordat ze het koffiezetapparaat aandeed en met een druk op de knop het bevel gaf een dubbele espresso uit te spuwen.

'Dank je,' mompelde hij.

Zo kort van stof was hij normaal niet. Beatrice schraapte haar keel en legde alle luchtigheid die ze kon opbrengen in haar stem. 'Heb je ruzie? Je kunt het mij gerust zeggen, hoor.'

'Wat zeg je? Nee, geen ruzie. Maar er zijn resultaten van Vogt en

Persoonlijke aanraders van Karin Slaughter

'Gardner is het grootste thrillertalent van dit moment. De psychologie van haar personages en de manier waarop ze hun handelen door-grondt, zijn fenomenaal.'
– Karin Slaughter

'Elizabeth Haynes wist mij te overtuigen met haar grote inzicht in de menselijke geest. Haar thrillers zullen je nog lang bijblijven.'
– Karin Slaughter

'Dit verhaal heeft mijn hart gestolen. Een prachtige, literaire roman.'
– Karin Slaughter

'Ursula Poznanski schrijft psychologische thrillers van grote klasse, die op alle niveaus weten te verrassen.' – Karin Slaughter

Drasche die erop wijzen dat Pallauf zichzelf heeft doodgeschoten – Drasche heeft het pistool nog een keer heel goed onderzocht en alleen Pallaufs vingerafdrukken zijn erop te vinden. Vogt heeft nog wel meer bloeduitstortingen ontdekt, maar die zouden ook afkomstig kunnen zijn van het gevecht met Sarah. Het ziet ernaar uit dat ze zich heeft verweerd.'

Beatrice probeerde het zich voor te stellen. Dat de onbeholpen Gerald Pallauf de gespierde Sarah Beckendahl wurgde. Als die de tegenwoordigheid van geest had gehad, had ze zelfs met geboeide handen alle kans gehad om te vluchten.

Het klopte niet. Er was nog iemand in het spel. De bezitter van het pistool. Degene die Sarah het stuk papier uit haar handen had getrokken. Er waren vezelsporen van een knevel – waar was die gebleven?

'Wat zegt Drasche over de voetafdrukken? Is daar nieuws over? En hoe zijn die twee in het bos gekomen?'

Florin draaide zich weg van zijn pc, pakte het verslag en bladerde erin. 'Waarschijnlijk via een wandelpad dat begint bij een parkeerplaats aan de rand van het bos en vlak langs de vindplaats tot aan de camping loopt. We weten nu trouwens dat de vindplaats ook de plaats delict is. Het staat vast dat Pallauf zichzelf daar heeft doodgeschoten.'

'Zonder dat iemand het heeft gehoord?' Voor haar geestesoog zag Beatrice vingers in zwarte handschoenen een geluiddemper op de loop van het pistool schuiven. Als het zelfmoord was geweest, had die nog op het wapen moeten zitten.

'Heeft Drasche iets gevonden wat in de richting wijst van moord? Wat dan ook?'

Florin bladerde verder en weer terug. 'Sorry,' zei hij. 'Ik ben vandaag een beetje traag. Hoofdpijn.'

'Maakt niet uit. Zal ik er zelf even naar kijken?'

'Nee, wacht... hier. Ja, hij heeft de kwestie van het papiertje genoteerd en dat de bezitter van het pistool onbekend is. En ook dat Beckendahl en Pallauf tot vlak voor hun dood geboeid waren.'

'Ja, dat vertelde Vogt ook. Maar die is van mening dat de sporen ook van een seksspelletje afkomstig zouden kunnen zijn.'

Florin tikte met zijn wijsvinger op een plek in het verslag. 'Klopt. Maar tussen Sarahs bovensnijtanden is een lichtgroen woldeeltje gevonden dat niet overeenkomt met de andere vezels in haar mond. Als haar handen voor haar lichaam waren vastgebonden, heeft ze waarschijnlijk geprobeerd de knoop met haar tanden los te maken, vlak nadat ze de knevel kwijt was.'

Beatrice voelde het vertrouwde brandende gevoel vanbinnen. Op de plaats delict had niets van groene wol gelegen. Nog iets dus wat iemand kennelijk had meegenomen.

Geen zelfmoord. Geen sprake van. Ze bekeek Florins roerloze profiel met een mengeling van medeleven en… van iets wat ze niet nader wilde benoemen.

Het zou nog wel even duren voordat hij tijd voor Anneke had.

Vier

De volgende dag arriveerde Pallaufs vader uit Zweden. Zijn gezicht was grauw en zijn ogen zagen eruit alsof hij er uren in had gewreven. Hij was een oudere, ongelukkige kopie van zijn zoon.

'Gerald zou nooit zelfmoord plegen.' Die zin herhaalde de man wel tien keer, alsof dat de treurige conclusie was die hij uit het leven van zijn zoon trok.

'Hij was een beetje een kluizenaarstype, weet u? Maar niet depressief. Als kind speelde hij al uren alleen.' Met mollige vingers aaide Pallauf over het tafelblad, alsof het een dier was dat gekalmeerd moest worden. 'Hij zou nooit zelfmoord plegen. We hebben... immers nog getelefoneerd.' Hij veegde zijn tranen niet af maar liet ze gewoon over zijn gezicht lopen en op zijn overhemd druppen. Beatrice zag vanuit haar ooghoek dat Florin naar zakdoekjes zocht.

'Zegt de naam Sarah Beckendahl u iets?'

De man schudde zijn hoofd. 'Nee. Ik weet dat dat de vrouw is die hij zogenaamd gedood heeft, maar... dat idee is zo krankzinnig dat ik het wel kan uitschreeuwen. Gerald was nooit ruw of opvliegend. Nooit.' Pallauf trok zijn neus op. 'Dat iedereen nu gelooft dat hij een moordenaar is, is zo... onrechtvaardig.'

Beatrice boog zich naar voren en pakte zijn hand vast. 'Weet u wat? Het is goed mogelijk dat wij de onjuistheid van die bewering kunnen aantonen. Ik wil u alleen vragen u zo goed mogelijk alles te herinneren wat Gerald u de laatste maanden heeft verteld, ook al leek het u op dat moment misschien onbelangrijk. Ik wil weten hoe hij was. Wat hij graag deed. Wat zijn dromen waren.'

Dromen die niet meer in vervulling zouden gaan. Beatrice beet op haar lippen, bij haar laatste zin had de vader een geluid uitgestoten dat haar fysiek pijn deed.

Ze liet zijn hand niet los terwijl hij praatte en Florin aantekeningen maakte.

Wat de vader van Gerald Pallauf vertelde, maakte het beeld compleet dat Beatrice zich in de woning van hem had gevormd. Een schuchtere jongeman, speels, die naar een vriendin verlangde, maar de kans steeds kleiner zag worden om er ook echt een te vinden. Slechts een paar vrienden. De vader kende er maar twee van naam. Hij had zonneallergie. Was muzikaal. Droomde ervan ooit een boek te schrijven.

'En hij hield van gedichten, hè?'

'Ja. Een groot liefhebber. Vooral van Rilke.'

'Ik wil het internetonderzoek overnemen.' Beatrice stond voor het bureau van Hoffmann en deed haar best niet te wippen of haar nervositeit op een andere manier te tonen. Waarschijnlijk had het geen enkele zin – iemand die ze niet mocht om een gunst vragen. Maar zonder Hoffmanns toestemming ging het niet.

Hij had maar één keer kort opgekeken van zijn dossiers en zijn hoofd meteen weer laten zakken.

Eenentwintig, tweeëntwintig, drieëntwintig. De seconden gingen voorbij.

'Hoezo?' vroeg hij eindelijk.

'Omdat Facebook de enige verbinding tussen Pallauf en Beckendahl vormt, in elk geval voor zover we nu weten. Ik denk dat we vooral Facebook in de gaten moeten houden.'

Hij leunde achterover in zijn stoel en legde zijn vingertoppen tegen elkaar. 'Aha. En dat wilt uzelf doen, bedoelt u.'

'Ja. Omdat de gemeenschappelijke noemer een groep is die zich met gedichten bezighoudt, moet dat door iemand gebeuren die enigszins bekend is met poëzie.'

'Zoals u?'

'Zoals ik.'

Er viel opnieuw een stilte. Hoffmann streek door zijn dunne haar. Wat was er toch met hem? Normaal zou hij met het grootste plezier

Beatrices plan hebben neergesabeld. Maar vandaag zag hij er moe uit en alsof hij er met zijn hoofd niet helemaal bij was.

'Eigenlijk is Gerlach onze man voor dat soort zaken.'

Op die tegenwerping had ze gewacht. 'Dat klopt. Maar hij heeft het niet zo op gedichten en is blij als ik een kijkje wil nemen in de groep. Zodra er technische vragen zijn ga ik naar hem toe.'

Hoffmann sloot even zijn ogen en toen hij ze weer opende waren ze op de telefoon gericht. Verwachtte hij een telefoontje?

'Voor mijn part, Kaspary. Maar ik onthef u daarmee niet van uw andere plichten. U kunt een klein beetje gas terugnemen, maar u moet ook aan de bak met het échte onderzoek.'

Aha. Hij deed haar internetonderzoek dus af als goedbedoelde onzin. Daar kon ze mee leven.

'Goed. Dan heb ik alleen nog toestemming nodig voor een vals Facebookaccount. Ik wil dat alles volgens de regels gaat.'

Ook daarmee stemde hij in, om haar vervolgens met een nonchalant gebaar te verzoeken of ze het vertrek wilde verlaten.

Voor ze de deur achter zich dichtdeed, kwam ze bijna in de verleiding hem te vragen of alles wel in orde was. Stom idee. Dan had hij daar morgen weer de draak mee gestoken.

Ik doe mijn werk. Ik zit in de auto. Massive Attack is op de radio en ik tik het ritme met mijn vingers op het stuur. In het restaurant bestel ik gegrilde snoekbaars met gebakken aardappelen en ik drink er riesling bij. Er is niets veranderd.

Behalve dat ik een strijdmakker ben kwijtgeraakt. Geen groot verlies, voor niemand. En toch word ik sindsdien vergezeld door een eigenaardige onrust, die even storend is als een vliegje in je oog of een steentje in je schoen – onaangenaam, moeilijk te negeren en bij elke beweging waarneembaar.

En dan, na het tweede glas wijn, komt er nog een gevoel bij. Die enorme levenskracht die je alleen ervaart in aanwezigheid van de dood, als je die in de ogen kijkt en weet dat het niet je eigen dood is.

Ik herinner me hoe het was om niets te verliezen te hebben. Het maakt je duizelig, het bedwelmt je meer dan welke drug ook. Wat verachtte ik ze, die kleine mensen, die zich aan alles moesten vastklampen, die me niet gewoon open tegemoet konden treden en tegen me konden lachen, zoals ik andersom wel gedaan zou hebben.

Tegenwoordig is het anders. Veracht ik mezelf er nu om?

Een prachtig leven heb ik. Op dit moment. Ik wil weten hoe het verdergaat. Veel dingen heb ik leren waarderen. Ik wil niet dat het ophoudt. Alsjeblieft, wil ik zeggen. Alsjeblieft, laat me toch.

Alsof ik niet beter weet dan wie ook hoe weinig zin dat heeft.

'Je steekt de geheugenstick in de USB-poort en je maakt verbinding met internet; het is heel simpel.' Sinds een halfuur zat Stefan naast Bea achter haar bureau om haar te demonstreren hoe de laptop werkte die ze voor haar onderzoek ter beschikking had gekregen. Ze deden hun best om zachtjes te praten, want Florin was aan de andere kant van het bureau bezig met het proces-verbaal van de ondervraging van Pallaufs vader.

'Als je wilt kunnen we je Facebookprofiel nu meteen aanmaken.' Stefan had de site met de vertrouwde blauw met witte letters al geopend.

'Dank je. Maar dat doe ik liever alleen. In alle rust, begrijp je? Ik wil een overtuigend alter ego bedenken, en daarvoor heb ik tijd nodig.'

Hij tilde zijn hoofd op, zichtbaar verrast; zijn mond ging open en weer dicht, als bij een teleurgesteld kind, dat met zijn mond vol tanden staat. 'Maar... ik heb alles al voorbereid. Een e-mailadres bij GMX, een profielfoto.'

Ze pakte hem bij zijn schouders en gaf hem een knuffel. 'Je bent een schat, Stefan. Maar ik denk dat ik overtuigender met het profiel kan werken als ik me ermee kan identificeren. Begrijp je dat?'

'Natuurlijk,' bromde hij. 'Maar het e-mailadres dan? Dat kun je toch wel overnemen?'

Ze keek hem glimlachend aan. 'Natuurlijk. Laat maar eens zien wat je voor me hebt bedacht.'

toverveer123@gmx.net

Aha. Beatrice keek hem van opzij aan. 'Dat is, eh... creatief. Hoe ben je op "toverveer" gekomen?'

Uit Florins gekrulde mondhoeken maakte ze op dat die een grijns nauwelijks wist te onderdrukken. 'Waarschijnlijk denkt Stefan aan de beeldende verslagen die je altijd voor Hoffmann schrijft. Kort, maar van toverachtige precisie,' merkte hij op.

'Ach, jullie!' mokte Stefan. 'Jullie begrijpen helemaal niet hoe perfect dat adres is, juist omdat het helemaal niets met Beatrices leven te maken heeft. Wie "toverveer" leest, denkt niet meteen aan een politieagente. Eerder aan een vrouw met te veel tijd en een voorliefde voor kitscherige gedichten.'

'Of aan een trouwe Harry Potterfan.' Beatrice merkte dat ze met haar vingers op het bureaublad tikte en hield zich in. 'Stefan, je hebt gelijk. Onschuldiger kan bijna niet. Perfect.'

Hij straalde. 'Je login is "happiness4u". Gemakkelijk te onthouden, vind je niet?'

En heeft óók niets met mijn leven te maken, dacht ze een tikje bitter. 'Duidelijk. Dan ga ik mijn best doen om mijn posts ook zo vrolijk te maken.'

Ze wachtte tot de kinderen sliepen voordat ze de laptop op de salontafel zette en aandeed. De balkondeur stond open. Een koele windvlaag blies de geur van de aanbrekende nacht naar binnen.

Beatrice voelde een aangename rilling over haar rug gaan. Ze had haar pas gewassen haar in een paardenstaart gedaan en haar badjas stevig om zich heen geslagen.

Tijd om op jacht te gaan. Die gedachte riep onwillekeurig beelden op van de laatste grote zaak. De dader die haar telkens opnieuw had bedankt voor de jacht. Maar dat was voorbij, net als de kou en de angst en de duisternis.

Ik had een ander e-mailadres voor jou uitgekozen, had Florin gezegd toen ze met de laptop onder haar arm het bureau had verlaten. Welk, dat had hij voor zich gehouden.

Ze dacht aan zijn armen, die het eerste waren geweest wat ze weer had gevoeld die nacht – en ze beet op haar onderlip tot de herinnering vervaagde.

Zo, Kaspary, en nu stoppen we met die onzin en vinden we onszelf opnieuw uit. We gaan Toverveer123 de wereld in sturen.

Ze typte 'www.facebook.com' in in het adresvenster van de browser. Daar was het aanmeldingsformulier. Voornaam, achternaam. E-mailadres.

Ze wilde een naam waar ze zich thuis bij voelde en die toch niet met haar leven in verband kon worden gebracht.

En toen, bijna alsof hij plotseling de kamer was binnen gestapt, stond Herbert voor haar. Haar oudere collega zoals hij voor de beroerte was geweest – luidruchtig, massief en onweerstaanbaar.

'Precies.' Beatrice lachte weemoedig. 'Laten we nog een laatste keer samen op onderzoek uitgaan.' Ze typte 'Herbert' als achternaam in.

Voor de voornaam had ze meer tijd nodig, en ze gaf zichzelf op haar kop dat ze aan een voor de zaak totaal onbelangrijk detail zoveel tijd verspilde. Haar tweede naam was Johanna, naar haar oudtante. Even overwoog ze die te nemen, maar daarna keurde ze hem toch af.

Evelyn.

Beatrices vingers zweefden boven het toetsenbord. Als Evelyn Herbert zou ze twee van de belangrijkste mensen uit haar verleden als het ware bij zich dragen.

Je bent kitscherig, haasje. Dat zou Evelyns commentaar geweest zijn. *Neem gewoon een of ander stomme naam, en laat het daarbij. Dolly of Molly of Pussy.*

'Oké.' Als meisje van achttien wilde ze Christina heten en had ze haar moeder gesmeekt haar naam te veranderen. Die had dat nauwelijks een vermoeide glimlach waard gevonden.

Nu dan dus. Kennelijk was er voor alles het juiste moment.

'Christina' typte ze in. Ze dacht even na en corrigeerde het in 'Tina'. Daar kon je nog niet zoveel uit afleiden, dat kon evengoed een verkorting zijn van Bettina, of Martina.

E-mailadres, herhaal e-mailadres. Wachtwoord. 'Happiness for you,' mompelde Beatrice en toostte met haar glas water met de laptop.

Bij het invoeren van haar geboortedatum aarzelde ze even voor ze 28 augustus koos. Niet haar eigen verjaardag, maar die van Goethe, die ze voor de lol had gegoogeld. Ten slotte maakte ze zichzelf vier jaar jonger – een alter ego van tweeëndertig gaf haar een goed gevoel. Klaar.

De bevestigingsmail van Facebook was er binnen een paar seconden. Eén klik op de link en Tina Herbert sloot zich aan bij de bijna

900 miljoen gebruikers. Als profielfoto uploadde Beatrice een foto van drie jaar oud die ze nog steeds als een van de beste beschouwde die ze ooit had genomen: een druivenblad met de rode avondzon erachter. Smaakvol, nietszeggend, ideaal.

Veel van je vrienden zitten misschien al op Facebook, zei de site vervolgens. *Het doorzoeken van je e-mailaccount is de snelste manier om je vrienden te vinden op Facebook.*

Beatrice wist dat deze stap nodig zou zijn, en ze had het probleem tot nu toe voor zich uit geschoven. Vanzelfsprekend had Tina Herbert geen vrienden, en Beatrice keek wel uit om haar eigen vrienden ter beschikking te stellen.

Het was niet erg als je aan Tina's profiel meteen kon zien dat ze net lid was – het moest alleen niet zo overkomen alsof ze zich alleen vanwege de poëziegroep had aangemeld. Maar nul vrienden leidde juist wel naar die conclusie.

Puur uit nieuwsgierigheid typte Beatrice 'Florin Wenninger' in het zoekvenster in. Zoals verwacht geen resultaat; ze vond alleen een Maxim Wenninger, pianist. Het gezicht op de profielfoto leek op dat van Florin, hoewel het lastig was om uit te leggen wat de overeenkomsten waren. Hij had ooit gezegd dat zijn broer pianospeelde, maar het woord 'pianist' was niet gevallen.

Verder zoeken. Drasche was niet geregistreerd, maar Ebner wel. Zijn foto's waren openbaar toegankelijk en prachtig: golvende heuvels in de ochtendmist, de rug van een halfnaakte vrouw, een als uit steen gehouwen lichaam. Beatrice moest denken aan de foto's die hij van de dode Sarah Beckendahl had gemaakt. Geen wonder dat hij in zijn vrije tijd naar schoonheid verlangde.

Nee, ze zou Ebner geen vriendschapsverzoek sturen. Maar ze snuffelde wel in zijn vriendenlijst, die hij op openbaar toegankelijk had staan. Ze vond een Erwin Fischer met 3488 vrienden – die kon hij onmogelijk allemaal persoonlijk kennen. Waarschijnlijk een 'verzamelaar', zoals Stefan de Facebookgebruikers noemde die hun betekenis afmaten aan het aantal virtuele vriendschappen dat ze bezaten.

Ze stuurde Erwin Fischer een verzoek, en ook Carina Offerman en Roman Dachs, beiden gezegend met meer dan duizend vrienden. Ze surfte van het ene profiel naar het andere, vond telkens weer mensen met absurd veel kennissen en klikte vervolgens op 'vriend toevoegen'. Binnen een minuut kwamen de eerste drie vriendschapsbevestigingen binnen. Tina's startpagina vulde zich met statusmeldingen van volslagen onbekenden. Een goed begin. Nu nog interesses verzamelen, zoals het een behoorlijk lid van Facebook betaamde.

Wat zou Tina leuk vinden, afgezien van gedichten? Muziek natuurlijk. Moby, Diana Krall, Maria Callas. Van alles wat en allemaal van hoog niveau.

Een paar films, een paar boeken, het liefst literaire. Ze gaf aan dat ze van skiën hield. Er sloten zich nog twee 'vrienden' aan bij de lijst. Uitstekend.

Tijd voor de eerste statusmelding.

Tina Herbert verkent de wereld van Facebook.

En Beatrice Kaspary zoekt naar de groep 'Poëzie leeft'.

Het icoontje met het opengeslagen boek. Besloten groep. 798 leden.

Beatrice ging met het pijltje van haar muis zachtjes over het schakelvakje 'lid worden van de groep'. Klik.

Eerst dacht ze dat dat het was, want de site van 'Poëzie leeft' opende zich onmiddellijk. Uit vierkante foto's keken de gezichten van een aantal leden haar aan – keurig op een rijtje langs de bovenkant. Onder hen ook een verlegen glimlachende Gerald Pallauf.

Intussen was de groep zijn dood misschien ter ore gekomen. Twee van de gratis sensatiebladen hadden kiekjes van hem geplaatst, met koppen als GERALD P.: HIJ WURGDE DE KNAPPE SARAH! en op de volgende regel, kleiner: '... voordat hij zichzelf een kogel door het hoofd joeg'. Maar Beatrice kon de reacties van de leden nog niet lezen. Eerst moest de beheerder haar toegang verlenen tot de groep.

Beatrice hoopte dat ze de beroering voor zou zijn die dat nieuws ongetwijfeld onder Pallaufs internetvrienden zou teweegbrengen. Ze wilde de reacties het liefst meteen zien als ze werden geplaatst. Bovendien vroeg ze zich af of het hoofd van de beheerder wel zou staan naar de opname van nieuwe leden als zijn groep net werd geteisterd door een storm van verbijstering, verdriet en sensatiezucht.

Beatrice logde uit en logde weer in met het e-mailadres en wachtwoord van Gerald Pallauf. Een stap die ze graag had vermeden; ze mocht nu geen enkele fout maken. Allereerst vergewiste ze zich ervan dat zijn chatstatus op 'offline' stond. Daarna keek ze rond op 'Poëzie leeft'.

Nee, nog geen vermelding van zijn dood. De veelbesproken anonimiteit van het internet was hier realiteit – niemand leek Pallauf zo goed gekend te hebben dat hij de juiste conclusies uit de koppen in de sensatieblaadjes trok. Dat was goed en tegelijkertijd oneindig triest, want daaruit bleek dat Pallauf inderdaad heel eenzaam was geweest. Niettemin was het natuurlijk een kwestie van tijd. Een dag nog, hoogstens twee.

Op dit moment richtte de belangstelling van de poëzievrienden zich echter op een gedicht van Hugo von Hofmannsthal:

Ik doof het licht
Met purperen hand,
Leg de wereld af
Als een kleurig gewaad,

en duik in het donker,
naakt en alleen,
het diepe rijk
en ik worden één.

De beheerder had het gepost en in diverse reacties eronder dweepte ze met de regels die zo kort waren en toch, of misschien juist daarom, zo sterk en pregnant.

Ze heette Helen. Helen Crontaler. Die naam kwam Beatrice ergens vertrouwd voor. Crontaler... Ze googelde de naam en kwam meteen uit bij Peter Crontaler, hoogleraar aan het instituut voor germanistiek van de Universiteit Salzburg. Schrijver van talrijke boeken, literatuurcriticus in de pers en op tv.

Kijk eens aan. Eén link verder en ze had zijn biografie op haar beeldscherm.

Getrouwd met Helen Crontaler, twee dochters: Paula en Xenia.

Tot zover was alles logisch. De vrouw van de hoogleraar germanistiek liefhebberde in het vakgebied van haar man en had op grond daarvan in de door haar opgerichte groep vast een zekere status als deskundige. En ze had een flinke hoeveelheid gelijkgezinden om zich heen verzameld – bijna achthonderd.

Tussen de profielen waren heel wat studenten germanistiek te vinden – net als Pallauf. Verwachtten ze misschien dat hun lidmaatschap voordelen zou opleveren voor hun studie?

Ze zocht verder. Iemand die heel origineel was had Goethes 'Tovenaarsleerling' in zijn geheel gepost, samen met een erbij passend plaatje uit Phantasia: Mickey Mouse in een tovenaarspak. De weinige reacties gingen over de vraag of het zinvol was om de site vol te spammen met werken die iedereen al kende. Waarop Helen Crontaler vaststelde dat je met Goethe nou niet bepaald iets 'volspamde' en dat ook de honderdste herhaling nog gerechtvaardigd was.

Verder. Wanneer had Gerald hier voor het laatst iets laten horen? O, bijna een week geleden. Een reactie op 'Herinnering aan Marie A.' van Brecht. Pallauf schreef dat hij altijd problemen met dat gedicht had gehad omdat het woord 'stil' er zo vaak in werd gebruikt. Dat had Brecht anders kunnen oplossen.

Er kwamen een paar tegenargumenten, allemaal zakelijk. Geen mensen die snel op hun teentjes getrapt waren, ook niet in de andere discussies. Men stelde hier kennelijk prijs op beschaafde omgangsvormen.

Nog meer reacties, en kijk: ongeveer twee maanden geleden had Pallauf een gedicht van Franz Wedekind gepost, als tekst bij een foto waarop een koorddanser te zien was.

Al is hij nog zo dik en zwaar,
eens scheurt de strop toch uit elkaar.
Want ook de dikste strop kan scheuren,
al zal dat niet altijd gebeuren.
O nee, integendeel;
Menige strop blijft heel.

Als hij niet doodgeschoten maar opgehangen was gevonden, zou ik betekenis aan deze regels moeten hechten, dacht Beatrice.

Nu waren ze eigenlijk niet meer dan een aanwijzing dat Pallauf van woordspelingen had gehouden.

Oudere verslagen weergeven. Beatrice liep alles door, telkens ook op zoek naar Sarah Beckendahl, maar die reageerde bijna nooit, en als ze dat deed, dan heel kort. *Vind ik ook leuk; bevalt me niet zo; ik denk dat Nikola gelijk heeft.* Niemand ging uitvoerig in op haar reacties, anders dan bij Pallauf, wiens bijdragen van oprechte belangstelling voor poëzie getuigden.

Daar. In februari had hij een serieus gedicht gepost, samen met een foto van de besneeuwde vesting Hohensalzburg, genomen vanaf de Kapitelplatz. Het was een goede en sfeervolle opname, ook al deden de voorbijgangers en toeristen op de voorgrond er een beetje afbreuk aan. Een kinderwagen kwam als paarse vlek heel dominant rechts het beeld binnen.

'Een wit kasteel in witte eenzaamheid' luidde de titel van het gedicht, dat toch maar half bij de foto paste. Wit, ja, maar eenzaam: niet echt.

Een wit kasteel in witte eenzaamheid.
Een stille huiver sluipt door blanke zalen.
De muren zijn begroeid met zieke, schrale
klimop; besneeuwd de weg die naar de wereld leidt.

Daarboven hangt de hemel, kaal en wijd.
Het slot straalt koud. Langs kille, witte wanden

Tast het verlangen met verdwaasde handen.
En elke klok staat stil: hier stierf de tijd.

Is nou niet bepaald eenzaam, had ook ene Finja Meiner erbij geschreven. Daarna ging de discussie over de dode tijd en wat dat betekende; een paar leden van de groep vroegen waar het kasteel was en Helen Crontaler schreef bijna beledigd dat het natuurlijk in Salzburg lag.

Beatrice klikte nogmaals op *Oudere verslagen weergeven.* Zo langzaamaan voelde ze de vermoeidheid opkomen. Nog tien minuten en dan ging ze slapen.

Eind december van vorig jaar had Pallauf een avondopname van de kerstmarkt in Hellbrunn gepost ter illustratie van het 'Kerstlied' van Theodor Storm:

Een glimlachende ster zie 'k schijnen
Tot op de bodem der ravijnen
Teder – het naaldwoud wasemt zacht
Zijn geuren door de winternacht
Die helder is van kaarsenpracht.

Wat onschuldig allemaal. Beatrice geeuwde en keek op haar horloge. Halfelf. Als deze verzameling rijmpjes haar ooit op een spoor zou brengen, dan vast niet meer vanavond. Ze zette haar mobieltje op stil en ging slapen.

'Er zit te weinig cacao in mijn chocolademelk!' klaagde Jakob, en hij stak Beatrice zijn beker toe.

'Er zit evenveel in als altijd.' Ze vond het steeds lastiger om geduldig te blijven. Vanaf het moment dat hij was opgestaan jengelde Jakob over alles wat je maar kon verzinnen – zijn T-shirt, de hoeveelheid tandpasta op zijn tandenborstel, de wolken aan de lucht.

'Nietes! Ik proef alleen naar melk!'

Beatrice besloot hem te negeren. Of hij zijn chocolademelk nu opdronk of niet, het belangrijkste was dat ze op tijd de deur uit kwamen. Ze at staand een boterham en sloeg een kop koffie naar binnen. Waar was haar mobieltje ook alweer gebleven? Ze had het gisteren op stil gezet en daarna… op de salontafel natuurlijk, naast de laptop, die ze ook nog moest inpakken.

Ze haalde haar mobieltje uit de stand-bystand en haalde diep adem.

5 gemiste oproepen.

Spanning en meteen een schuldgevoel. Waarschijnlijk was het Achim maar geweest, die 's nachts zijn verwijten had willen lozen om daarna beter te kunnen slapen. Ze opende de lijst.

Alle telefoontjes waren van Florin; het laatste was pas twee minuten geleden binnengekomen.

Er was dus duidelijk iets gebeurd. Ze zette de beltoon aan en belde Florin terug. Hij nam meteen op, en uit de achtergrondgeluiden maakte ze op dat hij in de auto zat.

'Bea? Goed, dat je contact opneemt. Kom zo snel je kunt, ik ben al onderweg. Er is een lijk gevonden in de Salzach, bij de Makartsteg.'

'Oké.' Ze wierp een blik op haar horloge: tien over zeven. 'Ik ben er om halfacht.'

De laatste slok koffie, dan snel alles bij elkaar grissen. 'Mina, Jakob? Dooreten, we moeten ervandoor.'

'Maar ik…'

'Alsjeblief! We moeten echt opschieten. Jullie kunnen jullie brood meenemen in de auto en het daar verder opeten.'

Mina haalde haar schouders op en schoof haar stoel naar achteren, maar Jakob protesteerde, zoals te verwachten viel. 'We moeten altijd opschieten. Dat is toch stom!'

'Het spijt me, maar het is nu eenmaal niet anders!' Ze hoorde zelf dat ze het harder zei dan nodig was. 'Morgen nemen we er meer tijd voor, goed?'

'Altijd morgen, morgen, morgen, morgen, morgen…'

Hij herhaalde het woord nog toen ze de trappen in het trappenhuis af liepen. Beatrice dwong zichzelf er niet mee te zitten. Gelukkig was er die ochtend niet zoveel verkeer als ze had gevreesd. Vijf minuten later zette ze de kinderen af voor de school.

Een lijk. Dat kon veel betekenen: een ongeluk, zelfmoord of – als ze echt pech hadden – nog een moord.

De kijklustigen vormden een muur voor de oever van de Salzach. Op de plekken waar de agenten hen terugdrongen – *er valt hier niets te zien!* – vulden de ontstane gaten zich meteen weer. Het was dan ook een leugen, want er viel van alles te zien. Drasche bijvoorbeeld, die naast een brandweerauto op de oever van zijn ene been op zijn andere stond te wippen terwijl reddingswerkers in een boot op het lijk afstevenden dat op zijn buik in het water dreef.

'Terug!' Een van de politieagenten trok een man die weer langs hen heen wilde dringen de smartphone uit de hand, maar hij was niet de enige die het allemaal filmde.

Geweldig. Binnen twee uur zou YouTube overstroomd worden met filmpjes waarop je zag hoe een lijk geborgen werd.

'Afsluiten,' beval Beatrice. 'Het hele gebied en ook de bruggen. De mensen moeten weg, ze belemmeren de politie bij hun werk.' Ze ontdekte Florin, die net naast Drasche ging staan, en klauterde het talud af.

'Wat weten we inmiddels?'

Florin wierp snel een blik naar boven, waar de mannen en vrouwen in uniform er langzamerhand in slaagden de menigte van kijklustigen onder controle te houden. 'Een groep wielrenners zag de dode in de rivier drijven, vanaf de Tauernradweg. Ze hebben ons meteen op de hoogte gesteld, maar het lijk is natuurlijk verder gedreven, en nu hebben we het midden in de stad.'

De boot draaide midden in de rivier bij en twee brandweermannen namen hun positie in. Beatrice keek om: ook van de bruggen waren de mensen intussen verdwenen. Mooi zo. Ze kneep haar ogen tot spleetjes om beter te kunnen zien hoe het lijk aan boord werd gehesen. Een man, als ze zich niet vergiste. Van gemiddelde lengte. De hulpverleners legden een zwart zeil over hem heen en de boot begon de terugtocht naar de oever.

'Het derde lijk in de Salzach in vijftien maanden,' bromde Drasche. 'Allemaal ofwel dronken of zelfmoord, maar voor dat eindelijk vaststond! Het water, ik zeg het jullie, ruïneert zoveel sporen. Alsof het zo al niet moeilijk genoeg is.'

Het klonk bijna alsof mensen er lol in hadden om zich te verdrinken, alleen om Drasche dwars te zitten. 'Als iemand sporen kan vinden, dan jij toch wel, Gerd.' Beatrice gaf hem een vriendschappelijke por in zijn zij, wat haar een verbaasd-verontwaardigde blik en hoog opgetrokken wenkbrauwen opleverde.

Drasche kon niet goed omgaan met overdreven complimenten, en daarom overlaadde Beatrice hem daar graag mee – als ze ervoor in de stemming was of als ze, zoals nu, iemand nodig had om haar zenuwen op af te reageren.

De boot voer langzaam een stukje stroomopwaarts om bij een geschikte aanlegplaats af te meren, en ze volgden hem langs het talud. Een jonge arts stond met over elkaar geslagen armen bij de aanlegplaats en keek gespannen naar de rivier.

Toen ze bij hem gingen staan glimlachte hij nerveus naar Beatrice en Florin. Pas toen hij Drasches blik in ontvangst nam hield hij op met glimlachen.

Op de weg boven op de oever stopte een lijkwagen exact op het moment dat de dode van de boot aan land werd gebracht. De arts knielde naast hem neer en begon met zijn werk.

Beatrice had tijdens haar loopbaan al heel wat waterlijken gezien. Als ze al een poos dood waren zagen ze er verschrikkelijk uit en stonken ze vreselijk, veel erger dan normale lijken.

De man voor hen wasemde echter nog geen sterke ontbindingsgeur uit en zag er niet al te misvormd uit, ook al was zijn gezicht opgezwollen en vertoonde het, vooral op het voorhoofd, schaafwonden. Beatrice schatte hem ongeveer vijftig, want het donkere haar was al grijs aan de slapen. Zijn handen waren in verhouding tot zijn lichaamslengte heel groot en krachtig. Zijn kleren…

Beatrices hart begon sneller te slaan, ook al begreep ze nog niet waarom. Zijn kleren.

De man had geen broek meer aan, maar dat was niet wat Beatrice van haar stuk bracht. Lijken die uit stromend water werden geborgen waren vaak half of helemaal naakt.

Haar belangstelling werd juist gewekt door wat de rivier niet had verzwolgen. Een T-shirt met een jasje eroverheen. Het was groen. Op de linkerborst stonden de letters NY gedrukt. De Y groeide als een boom met twee krachtige, gevorkte takken door de schuine streep van de N heen. Het logo van de New York Yankees.

Onwillekeurig keek ze of ze het gele baseballpetje kon ontdekken, wat natuurlijk onzin was.

Ik wil u iets uitleggen, maar het is lastig en... ik weet ook niet alles.

Niet alles, maar altijd nog te veel, leek het. Ze riep de opgenomen stem exacter op in haar geheugen. Die had een licht accent gehad. En de man had gehaast gesproken, dat kon zeker angst zijn geweest.

Was de man niet op het station verschenen omdat iemand hem het zwijgen had opgelegd?

U moet me...beloven. Wat er in de krant staat, weet u... Het was geen zelfmoord. Als ik u help, dan helpt u mij.

Het was natuurlijk te vroeg om het zeker te weten en hele volksstammen droegen groene jasjes met het embleem van de New York Yankees. Maar toen Beatrice opkeek en Florins blik ontmoette zag ze dat hij hetzelfde dacht. Onze informant.

Hij zou hen niet meer kunnen helpen en zij hem nog veel minder.

Twee uur later zaten ze op kantoor en brachten ze orde aan in wat ze te weten waren gekomen. De dode had zijn portemonnee nog gehad – het Yankeesjasje had een binnenzak met rits – en daarmee stond zijn identiteit zogoed als vast: Rajko Dulović, drieënvijftig jaar oud en door diverse veroordelingen wegens drugshandel geen onbekende van de politie.

Beatrice haalde op haar beeldscherm zijn dossier op. Florin was bezig met het espressoapparaat, en een paar seconden later verspreidde zich een koffiegeur door de ruimte.

'Verbanden,' mompelde Beatrice. 'Laten we verbanden leggen,

anders komen we al heel snel uit bij een afrekening in de drugs-scene die niets te maken heeft met Pallauf en Beckendahl.'

Ze keek op naar Florin, die net een kopje naast haar monitor zet-te. 'Je beschouwt dit toch niet als toeval? De beller had een accent en heeft zijn jasje beschreven. We zijn het er toch over eens dat hij en de dode een en dezelfde persoon zijn?'

Voor de eerste keer die dag gleed er iets van een glimlach over Florins gezicht. 'We zijn het erover eens dat dat een bruikbare werk-hypothese is.' Hij wreef in zijn ogen en nam een slok uit zijn kopje. 'Naast een paar andere. Nu hebben we drugs als nieuw element er-bij; wie weet of ook Pallauf en Beckendahl daar niet iets mee te ma-ken hebben. Zo ja, dan hebben we de zaak gauw rond.'

Florins woorden waren optimistisch, maar zijn stem klonk uitge-put. Gisteren had Beatrice al een poging willen doen om hem te vra-gen wat hem zo bezighield. Mijn hemel, hij deed het zelf immers ook, hij gaf haar telkens weer de mogelijkheid haar hart te luchten over alle persoonlijke dingen die ze als een loden last met zich mee-sleepte.

'Het gaat op dit moment niet zo goed met jou, of wel?'

Jippie, dat klonk nog eens inlevend. Ze had het zinnetje snel ge-mompeld en hem er niet eens bij aangekeken. In gedachten gaf ze zichzelf een draai om de oren en ze haalde al adem voor een tweede poging, maar Florin was haar voor.

'Sorry. Ik ben een beetje afgeleid, dat klopt, maar ons werk zal er niet onder lijden.'

'Nee – natuurlijk niet. Zo bedoelde ik het ook niet. Maar als ik je kan helpen…'

Hij schoot in de lach, wat krenkend over had kunnen komen als hij haar niet tegelijkertijd met die warme blik van hem had aangeke-ken. 'Dat mankeert er nog maar aan. Alsof jij al niet genoeg aan je hoofd hebt, Bea. Nee, ik red me wel, maak je over mij geen zorgen.'

Heb je problemen met Anneke? Of gaat het om iets heel anders? Ze slikte de vragen die haar op de tong lagen in.

'Ik heb hier in de database een foto van Rajko Dulović,' zei ze in plaats daarvan. 'Volgens mij is dat onze man uit de rivier.' Wat een verandering van onderwerp. Ze kon het zo niet laten liggen. 'En voor het geval je toch met iemand wilt praten, ik stel me graag beschikbaar. Tenzij je natuurlijk de voorkeur geeft aan Hoffmann.'

Hij lachte opnieuw; ditmaal klonk het vrolijker. 'Dat hou ik in mijn achterhoofd.'

'Goed.' Ze draaide het beeldscherm van haar computer zo dat Florin er ook een blik op kon werpen. 'Vooruit. Wat zeg je ervan?'

Hij bestudeerde de foto zorgvuldig. 'Ik ben het met je eens, dat is hem. Maar Bea – we moeten wel rekening houden met de mogelijkheid dat hij niet onze informant was, ondanks het jasje en het accent.'

Ja, ja. Niet vastroesten, zoals Herbert altijd had gezegd. Over Herbert gesproken.

Ze trok de laptop naar zich toe en logde in op Facebook. Perfect, in de linkerkolom was onder de rubriek 'groepen' nu het boekicoontje verschenen. 'Poëzie leeft' had Tina Herbert toegelaten en Helen Crontaler had haar een vriendschapsverzoek gestuurd. Beter kon haast niet! Jammer genoeg moest de groep tot vanavond wachten. Voordat Beatrice weer uitlogde, typte ze in het venster *Zoeken naar mensen, plaatsen en dingen* de naam Rajko Dulović in.

Geen resultaten gevonden voor je zoekopdracht verkondigde de site en gaf een lijst met alternatieve spellingen van de naam. Er waren heel wat mensen die Dulović heetten, maar daar was geen Rajko bij. Dus was hij ook geen lid van de groep.

Dat had ze kunnen weten. Hij zou de eerste man geweest zijn uit de drugsscene die ze kende met een zwak voor gedichten.

Stop. Wie zei dat ook hij niet onder een valse naam op internet zat? Veel moeite kostte dat niet, had ze zelf gemerkt.

'Iemand van ons moet de computer en het mobieltje van Dulović onderzoeken,' zei ze hardop, en ze maakte er een notitie van. 'Ik wil weten wanneer hij welke sites bezocht. En of hij ooit op Facebook heeft gezeten.'

Vijf

'Bedankt dat jullie me hebben toegelaten tot de groep en hallo allemaal,' had Beatrice als nieuw lid willen posten. Maar toen ze
's avonds op Facebook inlogde, gezellig op het terras met een glaasje
wijn in haar hand, stuitte ze op een golf van ontzetting en verbijstering. Gisteren had ze daarop gerekend, vandaag stom genoeg niet.

Christiane Zach Ik heb zojuist iets verschrikkelijks gehoord.
De man die in Salzburg een vrouw heeft gewurgd en zichzelf
daarna heeft doodgeschoten, was Gerald Pallauf uit onze
groep. Ik sta echt perplex. Weten jullie er meer van?

 nog 45 reacties weergeven

Ivonne Bauer O mijn god. Waar heb je dat vandaan? Ik hoop
echt dat hij het niet was! Gerald, als je dit leest, neem dan alsjeblieft contact op!!!
Dominik Ehrmann Nee, dat kan ik gewoon niet geloven.
Ren Ate Ik heb net op zijn profiel gekeken, daar staat er niks
over. Maar zijn laatste reactie is van een week geleden.
Helen Crontaler Wat vreselijk. Ik hoop heel erg dat het niet
waar is en ik zal proberen meer te weten te komen. Ik kom immers zelf uit Salzburg.
Ivonne Bauer Ja, Helen, wil je dat svp doen?
Christiane Zach Iemand uit het ziekenhuis heeft het me verteld. Ik ben immers verpleegkundige.
Nikola DVD Wat wij aanschouwen wijzigt,
de dag verzinkt in 't avondrood,

zelfs hartstocht heeft iets ijzigs,
aan alles kleeft de dood.

Ira Sagmeister Ja, aan alles kleeft de dood. Die is overal, en soms kan ik daar niet goed tegen.

Ivonne Bauer Nikola, vind je dat gepast? We genieten van gedichten, daarom zijn we hier, maar dit is nu niet erg smaakvol.

Nikola DVD Als Gerald echt dood is, gaat me dat heel erg aan het hart, neem dat maar van me aan. En zo erg dat ik vreemde woorden gebruik om mijn ontsteltenis te uiten.

Ren Ate Zolang het maar niet ontaardt in een wedstrijd om het mooiste rouwgedicht. Ik steek in elk geval een kaarsje op voor Gerald en een voor dat arme meisje.

Ivonne Bauer Wat een fantastische foto, Renate. De kaars drukt gevoelens beter uit dan woorden.

In die trant ging het verder, ze gaven allemaal blijk van hun ontzetting en constateerden dat je niet wist wat er in andere mensen omging. Dat ze Gerald Pallauf nooit in staat zouden hebben geacht tot een geweldsmisdrijf. Dat hij op hen absoluut niet de indruk had gemaakt van iemand die het gevaar liep zelfmoord te plegen. Maar ja, op internet lieten de meeste mensen nu eenmaal alleen hun zonnige kant zien…

Elke paar seconden een nieuwe reactie. Beatrice las ze, noteerde de namen en probeerde een eerste overzicht te krijgen. Onder Helen Crontaler en Christiane Zach zette ze een dikke streep – die twee woonden in Salzburg. Van de anderen moest ze nog natrekken waar ze woonden.

Uit geen enkele reactie kon je opmaken dat de schrijver ervan Pallauf persoonlijk had gekend.

Beatrice nam een slok van haar merlot. Het was waarschijnlijk niet handig als ze in deze situatie voor het eerst van zich liet horen. Als ze pech hadden zouden ze denken dat ze sensatiebelust was of zouden ze haar gebrek aan invoelingsvermogen verwijten.

Wie maakte hier echt een aangedane indruk? Ze las de reacties nog een keer door. De meesten waren vooral happig op meer informatie of wilden laten weten wat hun eigen o zo belangrijke inschatting van de situatie was.

Heel normaal gedrag, voor zover Beatrice kon beoordelen. De dood was heel dicht bij deze mensen gekomen, op een plek waar ze dat niet hadden verwacht. En nu moesten ze uit alle macht laten weten dat zij nog leefden, zochten ze naar verklaringen en de verzekering dat hun niet hetzelfde kon overkomen.

Beatrice besloot te wachten op de eerste post die aangaf dat het weer normaal was geworden. Dan zou ze zich voorstellen en als Tina Herbert contact leggen met de anderen.

Om de avond niet helemaal nutteloos te laten voorbijgaan, bekeek ze de profielen van een paar leden, als eerste dat van Helen Crontaler. Met haar was ze immers al 'bevriend', dus had ze toegang tot haar informatie, ook tot foto's, en dat waren er heel wat. Helen met haar man, hij in smoking, zij in avondjurk. De foto was kennelijk bij een voorstelling van de Salzburger Festspiele genomen – inderdaad, het stond er: *Così fan tutte*.

Op een andere foto was ze nonchalanter, maar nog steeds heel elegant gekleed, en ze lachte zelfverzekerd in de camera. Een bekende Weense schrijver had een arm om haar schouders geslagen.

Een knappe vrouw, vond Beatrice. Je moest drie of vier keer kijken voor je zag dat Helen stevig op de vijftig afkoerste. Op het eerste gezicht dacht je dat ze halverwege de dertig was.

Ze had een flinke lijst van bijna duizend vrienden; velen van hen waren kunstenaars. Beatrice zocht naar Sarah Beckendahl, maar vond haar niet onder de uitverkorenen.

Het volgende profiel. Christiane Zach. Zij vermeldde als werkgever het Landeskrankenhaus Salzburg en had een kat die ze kennelijk elke dag wel een paar keer fotografeerde, afgaande op het aantal foto's. Verder was ze een liefhebber van reggae, schaatsen en oude televisieseries. Oké. Beatrice vergrootte de profielfoto: een rond gezicht, bruin, gepermanent haar en een bril. Op straat zou niemand haar herkennen. Alleen misschien haar kat.

Het profiel van Ivonne Bauer was alleen toegankelijk voor vrienden. Aan onbekenden gaf ze niets prijs, niet eens hoe ze eruitzag, want op haar profielfoto was een zeilschip te zien. *Ken je Ivonne?* was het enige wat onder de rubriek 'Over' te lezen viel.

'Nee, die ken ik niet,' mompelde Beatrice.

Nikola DVD. Hetzelfde probleem. Als profielfoto een blond meisje met een paardenstaart dat een tand miste – waarschijnlijk Nikola's dochter of Nikola zelf als kind. Een beetje verouderd, misschien met een van de fotobewerkingsprogramma's die nu populair waren. Instagram of Lomo, of hoe ze ook maar heetten. Maar verder geen informatie. Nikola had heel zorgvuldig gebruikgemaakt van de privé-instellingen. Hoogstens kon je uit de afkorting 'DVD' opmaken dat ze misschien een flinke verzameling films thuis had. Verder niets.

'Petje af, los van de kinderfoto,' zei Beatrice tegen het meisje dat haar zelfbewust toegrijnsde. 'Maar voor mijn doeleinden jammer genoeg lastig.'

In een noodsituatie was dat slechts een tijdelijke belemmering. Met een rechterlijk bevel zou Facebook hun inzage in de betreffende profielen geven; alleen moesten ze die toestemming wel zien te krijgen. De overheid had op dit moment de bescherming van de privacy hoog in het vaandel: niemand zou zijn vingers eraan branden, al helemaal niet als de betreffende gebruikers niet onder zware verdenking stonden. Het was dus beter dat Tina Herbert Nikola en Ivonne een vriendschapsverzoek stuurde. Maar vanavond niet meer.

Ze had meer geluk bij Dominik Erhmann. De statusmeldingen op zijn tijdlijn kon ze weliswaar niet lezen, maar zijn persoonlijke informatie maar al te goed:

Heeft sociale wetenschappen gestudeerd aan: Universiteit Bielefeld
Woont in: Waar het me bevalt
Werkt bij: Stedelijk Gymnasium Gütersloh

Ehrmann woonde dus in Duitsland en was waarschijnlijk leraar. Zijn interesses getuigden van een grote maatschappelijke betrokkenheid – Amnesty International, Greenpeace, WWF – en hij had een sympathieke profielfoto. Licht, enigszins golvend haar, blauwe ogen en een glimlach die deed vermoeden dat hij een open karakter had. Ze betrapte zichzelf erop dat ze keek bij *Relatie*, maar daar was niets ingevuld.

Tot slot nam Beatrice een kijkje op het profiel van Ira Sagmeister, de vrouw die niet tegen de alomtegenwoordigheid van de dood kon.

Ook zij behoorde tot degenen die hun gezicht niet lieten zien, hoewel Beatrice vermoedde dat op de profielfoto haar eigen silhouet te zien was. Maar Ira had een tegenlichtopname uitgekozen, waarop je alleen zag dat ze lang haar en smalle schouders had.

Beatrice klikte op 'Over' en was verrast dat ook Ira, zoals velen van de groep, naar eigen informatie in Salzburg woonde. Ze zette twee strepen onder de naam op haar lijst voordat ze verder las.

Veel was er niet meer. Maar Ira had de rubriek 'Over jou' voor iedereen zichtbaar ingevuld:

Jij vult me aan als bloed de verse wonde
waarvan je het donkere spoor mee neerwaarts neemt,
jij breidt je nacht uit in die stonde
dat de weide kleurt tot schimmenbeemd,
jij bloeit zwaar als rozen in tuinen, in alle,
jij, eenzaamheid van verlies en van het oude,
jij, overleven, wanneer de dromen vallen,
te veel geleden en te veel onthouden.

Wow. Dat was krasse taal, maar niet van Ira Sagmeister zelf. Beatrice kende het gedicht en was er bijna voor honderd procent van overtuigd dat het van Gottfried Benn was.

Ze googelde het. Yes. 'Afscheid' van Gottfried Benn. Op het couplet dat Ira tot haar motto had gemaakt volgden er nog drie, geen van alle optimistischer dan het eerste. Het was genoeg voor vandaag. Beatrice verliet het profiel van Sagmeister en ging nog een keer terug naar de poëziesite. Intussen was het aantal reacties gestegen naar zevenenzestig, maar geen ervan wees erop dat de betreffende schrijver Gerald Pallauf persoonlijk had gekend. En nog steeds had niemand het gewurgde slachtoffer in verband gebracht met Sarah Beckendahl.

De volgende ochtend draaide op het bureau echter alles om Sarah. De collega's uit Hannover hadden de contacten van het meisje onderzocht en hun resultaten naar Salzburg gestuurd.

Het rapport schetste het beeld van een vlinderachtige en gretige vrouw met wisselende verhoudingen, die geen vaste relatie had. Een van haar exen had haar omschreven als 'iemand die op zoek is naar de prins op het witte paard'. De nagelstudio waar ze werkte was vast geen geschikt jachtterrein geweest en daarom had ze veel disco's en datingsites bezocht.

'Wie van de hier aanwezigen kan zich voorstellen dat Sarah in Gerald Pallauf haar prins op het witte paard had gevonden?' Beatrice keek eerst Florin en vervolgens Stefan aan. De laatste kauwde op een donut en leunde met zijn lange, magere lichaam tegen de muur naast de printer.

'Ik vind sjowiesjo dat vrouwen altijd op eigenaardige typesj vallen,' mompelde hij met volle mond.

Beatrice steunde met haar onderarmen op het tafelblad. 'Best mogelijk, maar als dat het geval is dan zijn die types op een andere manier eigenaardig.' Ze bladerde in de aan elkaar geniete blaadjes. 'Niemand van haar vrienden of haar familie wist dat ze naar Salzburg zou gaan. Ze had het aan niemand verteld. Waarom niet?'

Florin leunde in zijn draaistoel achterover en vlocht zijn vingers in elkaar. 'Misschien vond ze het gênant omdat Pallauf nou niet bepaald voldeed aan het cliché van de prins op het witte paard.'

'Maar ze kenden elkaar immers nog helemaal niet!' Weer bladerde Beatrice door de blaadjes, op zoek naar de juiste passage. 'Daar!

In het overzicht van alle gesprekken met haar mobieltje komt Pallaufs nummer niet voor. Er is geen e-mailverkeer tussen hen geweest. Als ze elkaar niet vanuit twee telefooncellen hebben gebeld, kenden ze elkaar niet.'

Het was om knettergek van te worden. De poëziegroep bleef de enige, flinterdunne verbinding tussen de beide doden, en zelfs daar hadden ze nooit rechtstreeks met elkaar te maken gehad.

'Pallauf behoorde overigens tot de mensen die de naam "Facebook" letterlijk opvatten en hun pasfoto op hun profiel zetten. Hij deed zich niet mooier voor dan hij was; het is geen foto waarop iemand als Sarah verliefd kon raken.' Ze hield het rapport omhoog. 'Niet als we geloven wat hier staat. Hieruit blijkt namelijk dat ze het heel belangrijk vond dat de mensen die ze kende er goed uitzagen.'

'Ze hadden nog nooit contact gehad, en toch stond Sarah op een dag bij Gerald voor de deur en liet hij haar binnen.' Florin keek in de verte, alsof hij het daar zag gebeuren. 'Ze logeert bij hem en geen van beiden hebben ze argwaan. Pallauf niet dat Sarah hem misschien wil bestelen...'

Beatrice kon niet voorkomen dat ze in de lach schoot bij de herinnering aan de puinhoop in het huis.

'... en Sarah niet dat Pallauf 's nachts bij haar in bed zou kunnen kruipen,' ging Florin onverstoorbaar verder. 'Overdag zijn ze continu op stap heeft de huisgenoot ons verteld, die eh...'

'Sachs.'

'Precies. Die zogenaamd niets heeft opgevangen. Stefan?'

Nu hij ineens werd aangesproken, verslikte hij zich bijna. 'Ja?'

'Ga jij toch eens met Sachs praten. Jullie zijn bijna even oud en allebei computerfreaks.'

'Zeg...'

'Niet boos worden, ik bedoel freaks in de beste zin van het woord. Probeer hem maar te ontfutselen of hij toch niet meer weet. Bijvoorbeeld wat Sarah Beckendahl in Salzburg wilde en wat ze precies heeft gezegd toen ze voor de deur stond. Pap maar een beetje met hem aan. Oké?'

Stefan likte het kleverige suikerglazuur van de donut van zijn vingers. 'Ik zal mijn best doen.'

Op Sarahs Facebookpagina werden de condoleances inmiddels steeds talrijker. Hoewel Beatrice wist dat hun collega's in Duitsland dit spoor al volgden, wilde ze zelf haar eigen beeld vormen. Meldde zich iemand uit de poëziegroep? Maakte iemand cryptische toespelingen die geanalyseerd moesten worden?

Die indruk kreeg ze niet. Toch zag ze tussen de eerste twintig posts al vier reacties die herinvoering van de doodstraf eisten en nog een paar meer die dat weer barbaars vonden en stelden dat mensen Sarahs Facebookpagina misbruikten om dat soort uitlatingen te doen en dat ze dat vast niet had gewild.

Jammer dat die klootzak niet meer leeft, ik had hem met alle liefde zelf graag omgebracht, en heel langzaam! aldus ene Uwe Volkert. 26 personen vonden dat leuk.

We zullen je missen.

De besten gaan het eerst.

Wat is het leven wreed.

Het enige belangrijke in het leven zijn de sporen die we achterlaten als we vertrekken. (Albert Schweitzer)

Je bent nu een engel en kijkt vanuit de hemel op ons neer.

De mengeling van agressie en kitsch, vermengd met afgezaagde opmerkingen, deprimeerde Beatrice. Wat zouden Sarahs ouders daarvan vinden?

Waarschijnlijk, hopelijk, zagen die het niet.

Puur omdat het moest, las ze verder. Ze kreunde bijna van opluchting toen de telefoon ging en stortte zich er zo ongeveer op, zodat Florin haar niet voor was.

'Met Vogt. Ik had zonet de man uit de rivier op tafel.'

Dat was zo eigenaardig geformuleerd dat Beatrice even nodig had om te begrijpen waar hij het over had. 'U bedoelt Rajko Dulović?'

'Ja, precies. Als u tijd hebt, kan ik u iets over hem vertellen.'

Beatrice wierp een blik op de Facebookpagina en klikte die zonder enige spijt weg. 'Natuurlijk heb ik tijd.'

Ze zag dat Florin zijn wenkbrauwen optrok en maakte een grimas in zijn richting.

'De man heeft naar schatting anderhalve dag in het water gelegen,' begon Vogt, 'en is verdronken. Er is wasvrouwenhuid opgetreden op de handen, maar nog niet op de voeten. Atypisch verdrinkingsgeval trouwens, hij is tussendoor niet één keer aan de oppervlakte geweest om adem te halen. Zou aan de stoffen kunnen liggen die hij in zijn bloed had.'

'Welke stoffen?'

'Hoofdzakelijk heroïne. Plus een paar pijnstillers die hij daarnaast heeft geslikt. Door die combinatie zal hij behoorlijk verdoofd zijn geweest.'

Dus toch een geval uit het drugsmilieu? Beatrice probeerde de weerzin te negeren die die gedachte bij haar opriep. Ze kreeg het gevoel alsof ze werd gedwongen een straat met eenrichtingsverkeer van de verkeerde kant in te rijden.

'Zijn er aanwijzingen voor geweld van buitenaf?' vroeg ze.

Vogt snoof. 'Heel wat, maar dat is nou net het punt bij waterlijken. De door het verblijf in het water veroorzaakte verwondingen camoufleren alle andere letsels en Dulović heeft waarschijnlijk lang onder water gehangen, vermoedelijk aan zijn broek, die op een gegeven moment is gescheurd.'

'En hoe zit het met de schaafwonden in zijn gezicht?'

Er klonk geritsel; waarschijnlijk haalde Vogt net een chocoladereep uit het folie. 'Die zijn heel kenmerkend voor waterlijken. Het voorhoofd schuurt over de bodem van de rivier. Ik zoek verder, maar u moet niet teleurgesteld zijn als ik geen aanwijzingen vind dat er opzet in het spel was.'

'Bedankt. Ik zal mijn best doen.'

'Graag gedaan.' Hij klonk een beetje onduidelijk, maar hij smakte in elk geval niet.

'Heroïne,' deelde Beatrice mee nadat ze had opgehangen. 'Vogt is van mening dat Dulović is verdronken doordat hij high was.'

Florin schudde nauwelijks merkbaar zijn hoofd.

'Denk je dat we te maken hebben met twee gevallen die niet met elkaar in verband staan? Aan de ene kant iemand die ongelukkig verliefd is en door het lint gaat – of een jaloerse minnaar van Sarah die de twee achtervolgt en doodt? Is wel een variant, trouwens, die we moeten natrekken. En aan de andere kant een dealer die zijn eigen beste klant was en die een ongeluk heeft gehad?'

Het hoofdschudden van Florin werd steeds heftiger. 'Nee! Hoewel mijn enige argument daartegen een groen jasje is.'

Helen Crontaler Heb mijn contacten ingeschakeld en moet onze vermoedens helaas bevestigen. De man die zijn begeleidster heeft gewurgd en daarna zichzelf heeft doodgeschoten, was echt Gerald Pallauf. Vreselijk toch!

Ren Ate Verschrikkelijk. Bedankt voor de informatie. Weten jullie, ik vraag me dan altijd af of wij dit niet hadden kunnen voorkomen.

Ira Sagmeister Nee. Jullie niet.

Ren Ate Sorry, Ira, maar hoe weet jij dat nou?

Christiane Zach Ook al is het vreselijk wat hij heeft gedaan, toch steek ik in gedachten een kaarsje voor hem op.

Boris Ribar Echt erg. Ik zet mijn kaars naast die van Christiane.

Dominik Ehrmann Ik had er al zo'n vermoeden van. Geen verrassing, maar toch verschrikkelijk. Ira, ook al grijpt het je aan, je moet je woorden voorzichtiger kiezen.

Ira Sagmeister Klopt Dominik. Sorry.

Nog steeds geen goed moment om Tina Herbert gedag te laten zeggen. Hoe laat was het nu? Bijna vijf uur, tijd om de kinderen op te halen.

'Ga maar.'

Kennelijk had Florin gezien dat ze op de klok keek. Hij beantwoordde haar verlegen schouderophalen met een glimlach. 'Toe maar, Bea. Geen probleem.'

Ze klapte haar laptop dicht en deed hem in haar tas. 'Heb jij een idee welke bronnen Helen Crontaler heeft aangeboord? Ze schrijft dat ze nu weet dat Pallauf de dader is.'

Hij wilde net antwoorden toen zijn mobieltje ging. Een sms'je. Hij had een zakelijke ringtoon ingesteld, heel andere koek dan 'Moon River'. Hij pakte zijn toestel zonder het bericht te openen. 'Ik denk dat we Helen Crontaler morgen maar een bezoekje moeten brengen.'

Ze was langer dan Beatrice had gedacht en alle foto's op Facebook waren geflatteerd. Niet dat Helen Crontaler geen aantrekkelijke vrouw was; alleen was ze lang niet zo stralend als de foto's deden geloven.

'Komt u alstublieft binnen!'

Ze betraden een soort kamer. Nee, dit is een entree, corrigeerde Bea zichzelf. Een lichte marmeren vloer, met aan de linkermuur een enorm schilderij in grijze, groene en zilveren kleuren, in het midden van de ruimte een zuil met daarop een beeld van een danseres.

Helen Crontaler ging Beatrice en Florin voor en ze betraden een salon waar Beatrices hele woning twee keer in paste.

'U zei dat u Wenninger heette?'

Kijk kijk, die sloofde zich uit. Beatrice zag geamuseerd dat de rok van Crontalers eigele pakje over haar knie omhooggleed toen ze haar benen over elkaar sloeg. De blik van haar blauwe ogen liet Florin geen seconde los.

'Ja. U heeft het goed verstaan, Wenninger.'

'Dan bent u misschien familie van Maxim Wenninger? De pianist?'

'Dat is mijn broer.'

Beatrice had zich dus niet vergist. De broer die op Facebook zat.

Crontaler verheugde zich duidelijk over die informatie. 'Zeg, wat interessant! Hoe komt het dat twee broers zulke volkomen verschillende beroepen uitkiezen?'

Even benijdde Beatrice de vrouw om haar openheid – zelf had ze Florin nog nooit naar zijn familie gevraagd, vanuit het onbestemde gevoel dat hij dat geen prettig onderwerp vond.

'Om eerlijk te zijn, zijn wij hier om u vragen te stellen. Niet omgekeerd.'

Kennelijk was Beatrices intuïtieve gevoel juist geweest, want zijn glimlach was een paar graden afgekoeld. Een fractie van een seconde was Helen Crontaler van haar stuk gebracht, maar ze herstelde zich meteen weer en boog zich voorover om thee in elegante porseleinen kopjes te schenken. 'Vanzelfsprekend, mijn excuses. U wilt toch wel darjeeling? Gebruikt u melk? Suiker?' Deze vrouw was eraan gewend om gasten te hebben, dat was duidelijk.

'U heeft op Facebook een groep opgericht,' begon Beatrice. 'Poëzie leeft.'

'Ja, een heel toepasselijke naam. Poëzie leeft en ik ben er dol op, vandaar dat ik er graag over praat.' Een glimlachje naar Beatrice, een nog hartelijker glimlachje naar Florin en toen ineens een serieus gezicht. 'U bent hier toch vanwege Gerald? Ik help u natuurlijk zo goed ik kan. We zijn allemaal diep geschokt.'

'Dat hebben we gelezen.' Florin haalde zeven uitgeprinte pagina's uit zijn aktetas en legde ze op tafel.

'O.' Was Crontaler echt verbaasd? Zo ja, dan maar heel even. 'Wat dom van me. Natuurlijk leest u mee. U bent van de politie.'

'Bovendien hebben we de computer van Gerald Pallauf en daarmee toegang tot zijn Facebookaccount,' vulde Beatrice aan.

Crontaler knikte begripvol. 'Mijn hemel. Betekent dat dat u nu al zijn internetcontacten moet nagaan? Hij was vast ook lid van andere groepen, fora en dergelijke...'

Had ze echt geen idee om welke reden 'Poëzie leeft' van bijzonder belang voor het onderzoek kon zijn? Of deed ze maar alsof? Zo ja, dan deed ze dat heel overtuigend.

Florin verspilde verder geen tijd aan beleefdheden. 'U heeft gisteren geschreven dat u nu zeker wist dat Pallauf een van de twee doden is. Zou u mij kunnen zeggen waar u die informatie vandaan hebt?'

Dat vond Crontaler duidelijk een vervelende vraag. 'Dat is – ik vond dat ik het de groep schuldig was en toen heb ik mijn contacten ingeschakeld. Mijn man en ik kennen veel mensen, en een van hen wist het.'

'Zou u me de naam willen vertellen?'

Ze beet op haar lippen. 'Iemand van het OM, doctor Gellmann.'

Die naam zei Beatrice niets, maar Florin vertrok zijn mond. 'Ik begrijp het. Laten we dan nu ter zake komen. Wat weet u over Gerald Pallauf? Heb u hem ooit persoonlijk ontmoet?'

Ze deed alsof ze daar even over na moest denken. 'Je zou kunnen zeggen dat we ooit een keer in dezelfde ruimte zijn geweest, maar toen hebben we nauwelijks een woord met elkaar gewisseld. Dat was op een bijeenkomst die ik had georganiseerd, omdat zo veel leden van onze groep immers uit Salzburg komen.'

'Wat was uw indruk van hem?'

Weer dacht ze na en daarna begon ze langzaam te spreken, duidelijk op de juiste woordkeus lettend. 'Hij was heel sympathiek. Hij had meer aan zijn uiterlijke verzorging kunnen doen, maar zoals u weet zijn er tegenwoordig veel mensen die alleen achter de computer leven.' Ze schraapte haar keel. 'Gerald had gevoel voor humor en hield bijvoorbeeld veel van de gedichten van Robert Gernhardt. Een paar maanden geleden hebben we een vermakelijke discussie over Ringelnatz gehad, die kunt u nalezen.'

Had Crontaler dat zelf ook gedaan? Of herinnerde ze het zich echt nog dat Pallauf daaraan mee had gedaan? De groep had bijna achthonderd leden! Hun gastvrouw nipte van haar thee en Beatrice greep de kans haar de vraag te stellen die haar allang op de lippen brandde. Eens kijken of die kakmadam zich dan in haar thee zou verslikken.

'Zegt de naam Sarah Beckendahl u iets?'

Crontaler verslikte zich niet. Ze nam een slok en zette haar kopje weer neer. 'Nee. Het spijt me.' Pas toen drong tot haar door waarom de vraag waarschijnlijk werd gesteld en begon ze met haar ogen te knipperen. 'Is dat… de naam van het slachtoffer?'

'Ja.' Florin nam het van haar over. 'Sarah Beckendahl is de vrouw die gewurgd naast Gerald Pallauf is aangetroffen. En ook zij was lid van uw groep.'

Als Helen Crontaler haar verrassing speelde, deed ze dat buitengewoon overtuigend. Beatrice zag hoe ze het nieuws moest verwerken en ze haar geheugen aftastte zonder iets te vinden.

'Weet u het zeker? Was ze ingeschreven onder haar eigen naam?'

'Ja.' Florin nam een slok uit zijn kopje. 'Haar eigen naam en een profielfoto waarop ze duidelijk te zien is. Blond, heel knap.'

Het hoofdschudden van Crontaler begon langzaam, maar werd steeds sneller. 'Helaas. Ik kan me haar niet herinneren. Heeft ze ooit iets gepost in de groep?'

Beatrice zocht in de stapel met de uitgeprinte Facebookpagina's en haalde er drie blaadjes uit. 'Hier. Ik heb in totaal vier reacties van Sarah gevonden, meer niet, en geen ervan heeft veel om het lijf.'

Crontaler las ze met gefronst voorhoofd, stopte ineens en legde het stapeltje op tafel. 'Jawel. Nu herinner ik het me – mijn hemel, ik dacht toen dat ik het niet goed las.'

Het was Beckendahls reactie op het couplet dat een zekere Sabine Scharrer had geciteerd uit 'Melancholie' van Ludwig Tieck om daarmee haar liefdesverdriet te illustreren.

Ook al kennen we elkaar niet, het spijt me als je verdrietig ben. Bij ons in de straat groeien ook wilde rosen.

'Eerst dacht ik dat het een flauwe grap was en dat het meisje Sabine wilde plagen – en dat zou gemeen zou zijn geweest omdat het toen heel slecht met haar ging. Pas daarna begreep ik dat ze gewoon niet kon spellen.' Crontaler streek haar rok glad. 'Eerlijk gezegd heb ik even overwogen haar te royeren, want ik wil een bepaald niveau handhaven. Maar mijn man zegt altijd dat kunst en beschaving voor iedereen toegankelijk moeten zijn, en daar heeft hij natuurlijk gelijk in.'

Ze hield het blaadje met beide handen vast, alsof het een vel bladmuziek was waarvan ze wilde zingen. 'Denkt u dat Gerald en dat meisje een relatie hadden?'

'Denkt ú dat?' vroeg Florin.

Ze glimlachte haast beschaamd naar hem. 'Mijn spontane antwoord zou "nee" zijn. Maar je weet nooit tot wie mensen zich aangetrokken voelen.' Helen Crontaler legde het blaadje weer op tafel en veerde bijna gelijktijdig op.

'Mijn man is thuisgekomen. Misschien wilt u hem ook spreken?'

Pas nu hoorde Beatrice de stappen uit de entree. Bespijkerde zolen op een marmeren vloer.

'Schat!' riep Crontaler. 'Kom je gauw? Ik wil je graag aan de broer van Maxim Wenninger voorstellen!'

Peter Crontaler was wat Beatrices moeder een 'rijzige man' noemde: groot, met brede schouders, grijs haar en een stem die elke ruimte moeiteloos vulde.

'Het is me een genoegen, ook al is de aanleiding triest.' Zijn handdruk was een beetje te stevig. Op Florins verzoek vertelde hij welke indruk Pallauf als student op hem had gemaakt – schuchter maar beschaafd; onopvallend maar enthousiast. 'Hoeveel mijn inschatting waard is kan ik helaas niet zeggen. Weinig, vrees ik, gezien het aantal studenten aan wie ik lesgeef.'

'Pallauf was ook actief op de poëziesite van uw vrouw. Neemt u daar af en toe ook een kijkje?'

Stiekem verwachtte Beatrice een toegeeflijk glimlachje van de professor, maar hij bleef volkomen serieus. 'Slechts af en toe, maar dan met heel veel genoegen. Ik ben altijd blij als mijn studenten zich daar aanmelden om er ongedwongen van gedachten te wisselen over poëzie.' Hij sloeg een arm om zijn vrouw heen en drukte haar zacht tegen zich aan. 'Taal is zoiets moois en gedichten zijn een ode aan die schoonheid en laten haar tot zijn recht komen. Helen doet belangrijk werk. Zij zet gedichten in de schijnwerpers en ik steun haar daarbij zo goed ik kan.'

Daar nam ze haar petje voor af; de man legde het er dik bovenop, maar Helen Crontaler was er duidelijk blij mee. Of straalde ze nog steeds zo door Florin?

'Daarom laat ik ook iedereen die dat graag wil toe tot de groep,' bevestigde ze. 'Maar als diegene zich misdraagt, anderen belachelijk maakt bijvoorbeeld, dan ligt hij er ook zo weer uit.'

'Begrijpelijk.' Florin zette een streep onder zijn aantekeningen. 'Dat was het voor nu. Mochten er meer vragen rijzen, dan nemen we contact op. En mocht u iets te binnen schieten of iets opvallen...'

'... dan laat ik het weten,' maakte Helen Crontaler zijn zin af. 'Uiteraard.'

Ze liet Beatrice en Florin uit. 'Veel succes.'

'Dank u wel. Wilt u alstublieft zo goed zijn in de groep niet te vertellen dat Sarah Beckendahl dood is? En zou u geen toespelingen willen maken op enige verbinding tussen haar en Pallauf?'

Helen zweeg even alsof ze daar nog niet aan had gedacht. 'Ja, natuurlijk. En ik laat het u weten als iemand zich eigenaardig gedraagt.'

'Daarvoor zouden we u erkentelijk zijn.'

Op de terugrit reed Beatrice, want Florin maakte nog steeds een vermoeide en bedrukte indruk. Ze liet hem alleen met zijn gedachten, wijdde zich aan haar eigen mijmeringen en schrok bijna toen hij ineens begon te lachen.

'Alles oké?'

Hij draaide zich naar haar toe. 'Sorry. Ja, natuurlijk. Ik word alleen niet goed van dit soort mensen, maar dat is mijn probleem, niet dat van hen. Helen Crontaler is eigenlijk vast een heel aardige vrouw.'

Beatrice keek snel naar rechts en richtte daarna haar aandacht weer op het verkeer. 'Ja, zo komt ze wel over. Net als haar man.' Ze probeerde zich in te houden, maar zei het toen toch. 'Kennelijk zijn het fans van je broer.'

Florin bromde iets waaruit Beatrice meende de woorden *hij haat dat soort mensen, net als ik* op te vangen, maar ze vroeg niet door.

Reageerde Florin zo heftig op de Crontalers vanwege hun rijkdom? Dat kon toch nauwelijks de reden zijn, want zelf woonde hij in een penthouse in het centrum van Salzburg. Normaal niet iets wat een agent zich kon veroorloven, tenzij je het erfde.

'Dat soort mensen,' hoorde Beatrice hem zeggen, 'heeft een milieu. Dat heb je vast al vaker gehoord: in "ons milieu" is dat niet gebruikelijk. In dat "milieu" gaan ze met vakantie naar Mauritius, drinken ze alleen wijn van bepaalde wijngaarden en bezoeken ze dezelfde golfclubs. En de toegang tot die exclusieve domeinen wordt natuurlijk heel zorgvuldig bewaakt.' Hij blies zijn adem uit tussen zijn op elkaar geklemde tanden. 'Ze pronken met beroemde mensen, vooral met kunstenaars, maar ook met politici en andere invloedrijke grootheden. Officieren van justitie als Gellmann bijvoorbeeld. Die behoort ook tot dat... "milieu".'

Het werd drukker en Beatrice moest remmen toen iemand voor haar van rijbaan wisselde. Het verbaasde haar dat Florin zo van zijn stuk werd gebracht door de society van Salzburg, de rijke, mooie en gefacelifte burgers van de stad, en dat die zichtbaar meer verbittering bij hem opriepen dan de moorden waarmee ze elke dag te maken hadden.

Nee, vast niet meer verbittering. Maar dit was van andere aard, persoonlijker. Bij het volgende stoplicht keek Beatrice opnieuw naar Florin, die geconcentreerd zijn handen observeerde, zijn vingers kromde en weer opende, alsof hij erover nadacht of ze op de piano hetzelfde konden als die van zijn broer.

Ze moest aan zijn penthouse denken, aan zijn kleding, aan de schilderijen die hij in zijn vrije tijd maakte. Had Florin zo'n hekel aan dat "milieu" waar hij het over had omdat hij er zelf uit afkomstig was?

Ira Sagmeister
Patrouille
De stenen vijanden
Venster grijnst verraad

Takken wurgen
Bergen struiken bladeren ritselen
Snerpen
Dood.

👍 5 personen vinden dit leuk

Beatrice lag op de bank. De laptop lag op haar buik, tegen haar opgetrokken benen aan. 21:03 gaf het klokje rechtsonder in de hoek
van haar beeldscherm aan. Hoffmann had niks te klagen, ze be-
steedde nauwelijks reguliere arbeidstijd aan haar internetonderzoek.

Venster grijnst verraad
Takken wurgen
Mijn hemel. Ira Sagmeister bezat echt een groot talent om sombere teksten te overtreffen met nog somberder teksten. En vijf personen vonden dat leuk. Beatrice dacht erover na of Tina Herbert zich
daar niet bij moest voegen en kwam tot de slotsom dat zich niet snel
een beter moment zou voordoen.

👍 Jijzelf en 5 anderen vinden dit leuk.

Uit de reacties maakte Beatrice echter op dat duidelijk meer mensen verbaasd waren, en dan minder door het gedicht dan door de
vreemde foto die Ira eronder had gezet.

Een BP-tankstation. Op de voorgrond draaide een vrouw de ben-
zinevuldop van haar zwarte Golf terwijl ze fronsend in de camera
keek, kennelijk geïrriteerd dat ze ongevraagd werd gefotografeerd.
Bij een andere pomp stond een zilverkleurige stationcar geparkeerd.

Gedicht en foto leken uit twee verschillende werelden afkomstig.
Dat stelde ook Oliver Hegenloh vast. 'Heb je soms per ongeluk de
verkeerde foto geüpload?' vroeg hij.

Ira Sagmeister Nee, en dat hoef jij ook niet te begrijpen.

Oliver Hegenloh Maar dat wil ik wel graag. We zijn hier toch om te discussiëren?

Nikola DVD Ira, je hoeft je niet te verantwoorden. Die 'Patrouille' doet me veel, bij mij is de boodschap wel overgekomen, hoor.

Oliver Hegenloh Staat het tankstation misschien symbool voor alle oorlogen die er al om olie zijn uitgevochten? Dan begrijp ik ook wat je bedoelt.

Helen Crontaler Dat is een goede poging, Oliver. Ik vind het contrast tussen woord en beeld spannend, daardoor wordt de boodschap van het gedicht heel dicht bij onze gewone wereld gebracht.

Christiane Zach Is dat niet het BP-tankstation bij het vliegveld?

Beatrice vergrootte de foto. Ja, Christiane had gelijk, dat kon inderdaad weleens het tankstation aan de Innsbrucker Bundesstraße zijn. Vandaaruit was het maar een klein eindje naar de luchthaven van Salzburg.

Tot zover niets bijzonders. Dat ook Ira hier woonde was immers geen nieuws, en dat ze anders in elkaar zat dan de meeste leden van de groep ook niet.

Als iemand het waard was om nader bekeken te worden, dan zij wel. Beatrice scrolde verder om de volgende reacties te lezen.

Ren Ate Laat dat tankstation maar zitten. Het gedicht is geweldig, hoe minimalistisch het ook is. Ik krijg er kippenvel van, vooral nadat ik de dichter heb opgezocht. Hij beschrijft de oorlog en is in de oorlog gesneuveld.

Nikola DVD Dat voel ik in elk woord. Vooral in de woorden die ontbreken.

Ira Sagmeister Het komt altijd aan op wat er ontbreekt. Nooit op wat zichtbaar is, maar op wat we in ons hoofd moeten aanvullen.

Boris Ribar En iedereen vult het op een andere manier aan. Dat maakt het zo fascinerend.

Helen Crontaler Dat is nou exact het mooie van de confrontatie met poëzie, net als met muziek. Je neemt jezelf mee en pas in je hoofd wordt het kunstwerk voltooid.

Dominik Ehrmann Mee eens. We voltooien en vullen aan. Dank je, Ira.

Beatrice betrapte zichzelf erop dat ze met de vingers van haar linkerhand op de bank trommelde.

Hou op. Concentreer je.

Het komt altijd aan op wat er ontbreekt, schreef Ira, en iedereen was het met haar eens. Dominik Ehrmann bedankte haar er zelfs voor.

Wie was dat ook alweer? O ja, de knappe leraar uit Gütersloh.

Snel nam Beatrice het besluit hem uit naam van Tina Herbert een vriendschapsverzoek te doen en bijna had ze ook Ira uitgenodigd. Maar ineens aarzelde ze. Bij haar zou ze het fijngevoeliger moeten aanpakken.

Ze ging naar Ira's tijdlijn en koos de optie 'Bericht'.

Hallo Ira!
Ik ben erg onder de indruk van het gedicht dat je hebt gepost. Ik ben nieuw in de groep, maar je gedachten – in elk geval de gedachten die ik tot nu toe heb kunnen lezen – voelen aan alsof ze van mezelf zijn, alleen beter onder woorden gebracht. Ik hoop dat je mijn vriendschapsverzoek niet opdringerig vindt.
Groetjes, Tina

Beatrice verstuurde het bericht en klikte meteen daarna op 'Vriend toevoegen'. Met een beetje geluk ging Ira erop in. Dan kon Beatrice haar heel handig aan de tand te voelen. Ze zou een gelijkgezinde misschien meer verklappen dan de rechercheur die haar binnenkort kwam verhoren.

Wie was er verder interessant? Christiane Zach. Een persoonlijk gesprek met de verpleegkundige uit Salzburg zou niet verkeerd zijn. Ook Dominik Ehrmanns posts wekten de indruk alsof er meer achter zat dan je op het eerste gezicht kon vermoeden.

Een zachte gongslag uit de luidspreker van haar computer kondigde aan dat er mailtjes waren binnengekomen. Dominik Ehrmann had haar vriendschapsverzoek geaccepteerd. Ren Ate had er eentje gestuurd.

'Het gaat lukken,' fluisterde Beatrice. 'Met Facebook ben je immers verbonden en deel je alles met iedereen in je leven. En door Facebook kun je ook nieuwe mensen je leven binnen laten.'

Ze accepteerde het verzoek van Ren Ate voor ze nog een keer het onderwerp van gisteren doornam. Al die meningen over wat Gerald Pallauf had gedaan. 489 reacties waren het inmiddels. Ze las ze door, met tanende belangstelling. De citaten, foto's en blijken van ontsteltenis herhaalden zich. Af en toe viel het woord 'moordenaar', maar niemand noemde de naam Sarah Beckendahl, niemand herinnerde zich dat ook zij bij de groep had gezeten.

Het is een onaangename verrassing. En weer de oude vraag: is het toeval? Maar dat zou te gemakkelijk zijn. Het is veel waarschijnlijker dat binnenkort het moment aanbreekt waarop wij oog in oog met elkaar staan. Iets waar ik feestelijk voor bedank.

Niemand zal iets overkomen, zolang ik met rust gelaten wordt. Stom dat ik dat niet gewoon openlijk kan verkondigen. Ik zou het beloven, zelfs zweren. Zou dat een optie zijn? Zou dat voor jullie voldoende zijn?

Nee. Waarom zou ik mezelf iets wijsmaken, jullie zijn niet uit op vrede.

Maar zeg eens, zijn jullie nu toch niet een beetje bang? Nu jullie hebben gezien wat er kan gebeuren?

Of geloven jullie wat er in de krant staat? Hm? Ja hè, en dat is zo typerend. We wanen ons maar al te graag veilig. Naar mijn ervaring zijn het echter de mensen die onaangename waarheden onder ogen zien die overleven. Ook ik zou maar al te graag geloven dat het stom toeval is, maar dat zou dom zijn. Even dom als de vergissing die jullie begaan door te denken dat jullie anoniem en ongrijpbaar blijven. Terwijl jullie de gebeurtenissen hadden moeten opvatten zoals ze waren: als tekenen, duidelijk, in bloedrood, die jullie allemaal hadden moeten begrijpen.

Zes

'Geen duidelijke aanwijzingen dat er boze opzet in het spel is.' Vogt was persoonlijk naar de vergadering gekomen en prikte nu foto's van de autopsie op het waterlijk aan de wand. Rajko Dulović, met zijn licht gedrongen postuur, lag met naar binnen gedraaide voeten op de snijtafel. Er volgden opnames van de handen, de voeten, de schaafwonden op hoofd, armen en benen. Beatrice, Florin, Stefan en Hoffmann zaten om de tafel in de kleine vergaderruimte zwijgend naar Vogts uitleg te luisteren.

'De man was zijn eigen beste klant.' Vogt wees op een foto waarop Dulović' linkerarmholte en een stuk van zijn onderarm te zien waren.

Naaldwonden in diverse stadia van genezing. Beatrice kende het patroon van de drugsdoden met wie ze telkens weer te maken kregen.

Naast haar boog Florin zich naar voren, met zijn armen op de tafel steunend. 'Geen aanwijzingen voor een voorafgaande ruzie? Verwondingen die zijn ontstaan toen hij zich verweerde?'

Bijna alsof het hem speet schudde Vogt zijn hoofd. 'Van een paar tests zijn de resultaten nog niet binnen, daarover weten we binnen een paar dagen meer. Zoals het er nu voor staat hebben we geen enkele verwonding die niet ook kan zijn ontstaan door het verblijf in het water. Ik vind het heel riskant om uit de voorlopige bevindingen te concluderen dat het een geweldsmisdrijf zou zijn.'

Zou ik ook vinden, dacht Beatrice, als het jasje en het tijdstip van het overlijden er niet waren. De stem aan de telefoon met het Balkanaccent. Ze schraapte haar keel. 'Toch ben ik ervan overtuigd dat er een verband is tussen Dulović en de twee doden in het bos bij de camping. De beller, die beweerde meer over Pallauf en Beckendahl te weten, heeft zijn jasje beschreven en volgens die omschrijving zag het er net zo uit als dat van Dulović.'

Hoffmann deed zijn mond open, maar Beatrice liet hem niet aan het woord komen. 'De beller maakte de indruk dat hij zijn verzoek heel belangrijk vond, en toch is hij niet op de door hemzelf voorgestelde ontmoetingsplaats verschenen. Naar mijn mening is hij opgewacht en uit de weg geruimd, zodat hij ons niet kon verraden wie Pallauf en Beckendahl echt heeft gedood.'

Ze wapende zich tegen de op de man gespeelde opmerking die Hoffmann ongetwijfeld ten beste zou geven. *Als u uw fantasie nou eens bewaarde voor de verhaaltjes voor het slapengaan? Uw kinderen zullen er blij mee zijn.*

Maar haar baas schudde slechts mat zijn hoofd. 'We hebben hier heel waarschijnlijk aan de ene kant te maken met moord en zelfmoord en aan de andere met een verdronken junkie. Soms zijn de dingen heel simpel, Kaspary. Niet elke zaak is een spelletje.'

Aha. Hoffmann was het dus nog niet verleerd. Ze stapte over de schimpscheut heen. 'Hoe staat het met het gestolen pistool? Ik kan me niet zo goed voorstellen hoe Pallauf daaraan is gekomen, er is ook geen enkele aanwijzing dat hij een wapen bezat – vraagt u dat maar aan Drasche. En de papiersnipper die Beckendahl tussen haar vingers had...'

Hoffmann sloeg ineens met zijn vlakke hand op tafel. 'Het is toch niet te geloven! Een papiersnipper, afgescheurd van een folder of van een routebeschrijving die ze had uitgeprint – daar kunt u toch geen dubbele moord van maken?'

Het was niet zijn toon die Beatrice van haar stuk bracht, maar zijn ongebruikelijke houding. Je kon Hoffmann veel verwijten, maar niet dat hij de uitdaging niet aanging. Normaal gesproken joeg hij hen op als een slavendrijver om ook de laatste hoekjes van een zaak nog onder de loep te nemen. Het bevreemdde haar dat hij alles wat ze net op tafel hadden gelegd afdeed als toeval.

'Het spijt me, maar ik deel de mening van collega Kaspary.' Florin onderbrak haar gedachten. 'Er zijn te veel dingen nog niet opgelost, bijvoorbeeld wat Beckendahl van Pallauf wilde. Hoe kwam ze erop zomaar bij hem binnen te vallen? We hebben geen enkel idee wat die twee de dagen voor hun dood hebben gedaan. De zaak nu al als opgelost beschouwen, lijkt me onver…'

'Ja, ja,' snauwde Hoffmann. 'Natúúrlijk zit Kaspary op het juiste spoor. Heb ik u ooit weleens iets anders horen zeggen? De Heilige Beatrice.' Hij veerde op. 'Goed, dan zoeken we voor mijn part verder, maar ik wil resultaten zien. En snel ook. We kunnen het ons niet permitteren om hersenschimmen na te jagen.'

En toen was hij de deur uit. Beatrice keek hem na met het gevoel dat ze iets had gemist, iets niet had begrepen. Zat iemand Hoffmann op zijn nek? Zette iemand hem onder druk?

'U moet maar een beetje consideratie met hem hebben.' Omdat Vogt zijn blik niet van de foto's had afgewend dacht Beatrice eerst dat hij het over Rajko Dulović had. 'Het heeft te maken met zijn vrouw en hij weet het nog maar drie dagen. Longkanker.'

Ze was er niet op bedacht geweest, maar die nieuwe informatie beklemde Beatrice de rest van de dag.

Kort na de middag kwam Beatrice Peter Kossar tegen. Zijn felblauwe montuur stond in schril contrast met het rood van zijn das. Hij groette vriendelijk als altijd, maar ze zag aan hem dat hij verwachtte dat ze het bij haar gebruikelijke korte knikje zou laten. Dat had ze ook graag gedaan, maar ze kon nu elke prikkel tot nadenken gebruiken, zelfs als die van Kossar kwam.

'Heeft u even tijd voor mij?'

Zijn gezicht klaarde op. 'Maar natuurlijk. Zullen we naar uw kamer gaan?'

Zonder het antwoord af te wachten, stevende hij er al op af. Hij liep voorop en had toen Beatrice binnenkwam al schone kopjes onder het espressoapparaat gezet. Florin leek volledig op te gaan in de stukken op zijn bureau.

Kossar gaf Beatrice een olijke knipoog. Zo meteen zei hij nog: '*What's up*' of iets anders gekunstelds. Ze moest hem voor zijn.

'Ik wil u graag iets laten zien en uw mening daarover horen. Spontaan, zonder dat ik u veel over de achtergronden vertel.'

'*A pleasure*,' antwoordde hij terwijl het koffieapparaat zoemde.

Uit de stapels papier die zich ophoopten naast haar beeldscherm trok Beatrice de blaadjes waarop ze de discussie van gisteren over het gedicht 'Patrouille' had uitgeprint. 'Wat denkt u hiervan? Aan wie van de betrokken personen zou u extra aandacht schenken?'

Kossar pakte op zijn dooie gemak een stoel, blies in zijn stomende koffie en bekeek de eerste pagina. 'Is dat niet het tankstation bij het vliegveld?'

'Ja, denk ik ook.'

Hij nam een slok en begon te lezen. Een blik opzij maakte Beatrice duidelijk dat Florin zijn werk had onderbroken. Hij kende de discussies rond de statusupdate van Ira Sagmeister al en was even verbaasd geweest als Beatrice zelf. Speelde er iets in de groep wat ze in de gaten moesten houden? Of verbeeldden ze zich dat maar, omdat ze geen betere aanknopingspunten hadden? Hun Duitse collega's stuurden telkens weer nieuwe informatie over Sarah Beckendahl, maar niets daarvan leek bruikbaar. Ze was kennelijk nog nooit eerder in Salzburg geweest en niemand van haar vrienden kon zich voorstellen wat ze daar had moeten zoeken. Twee vriendinnen hadden verklaard dat ze de laatste weken een heel vrolijke indruk had gemaakt, bijna alsof ze verliefd was, maar ze had er niets over verteld.

Verliefd op Gerald Pallauf? dacht Beatrice opnieuw. Ach ja, waarom ook niet? Maar dan had Martin Sachs er toch iets van moeten weten, en hij had het allemaal heel anders beschreven.

Naast haar kuchte Kossar. '*Well*. Het is praktisch onmogelijk om uit zulke korte reacties iets zinnigs af te lezen. Ik zou u dan ook willen verzoeken mij niet vast te pinnen op wat ik nu ga zeggen. Als u graag wilt horen dat de uitingen van een van de personen pathologische trekjes vertonen moet ik u teleurstellen. Op grond van zo weinig woorden kan ik geen betrouwbare uitspraken doen. Maar Helen Crontaler valt me wel op; haar toon onderscheidt zich van die van de anderen. Ik vermoed dat ze dat opzettelijk doet.'

'Dat durf ik te wedden,' zei Florin zacht, zijn blik op zijn stukken gericht.

'De andere deelnemers aan de discussie vallen niet op, afgezien van Ira Sagmeister, die een echt heel merkwaardig gedicht combineert met een foto die er totaal niet bij past... ik zou heel graag weten wat daarachter zit. Zoiets doe je niet in een bevlieging, maar om een reactie uit te lokken, en dat is mevrouw Sagmeister gelukt ook.' Hij legde het blaadje terug op tafel. 'Sorry, Beatrice, maar dit geeft me het gevoel alsof ik een kunstje opvoer. U zult niemand vinden die op grond van zo weinig informatie betrouwbare uitspraken kan doen.'

Beatrice kon een glimlach niet onderdrukken. Wat was Kossar voorzichtig, bijna bescheiden geworden, vergeleken met zijn vroegere hoogdravendheid. Kennelijk hadden zijn verkeerde inschattingen in de vorige zaak veranderingen bij hem teweeggebracht waar je blij mee mocht zijn.

'Dank u, doctor Kossar. Toch interessant om te horen. Ik kom zeker bij u terug als we meer in handen hebben.'

Ofwel Kossar begreep de vriendelijke hint om te vertrekken niet, ofwel hij negeerde het. Geïnteresseerd bladerde hij de foto's door van Pallauf en Beckendahl die op Beatrices bureau lagen. Pas een kop koffie later nam hij afscheid.

Na enig wikken en wegen waren ze het erover eens geworden dat het Ira Sagmeister zou worden. Florin was er niet van overtuigd dat een ondervraging van het meisje zinvol zou zijn, maar ze was wel een van de leden van de groep die uit Salzburg kwamen. 'Blindemannetje spelen is er niets bij,' zuchtte hij toen hij voor het gebouw parkeerde waar Sagmeister woonde. 'Zo langzamerhand geloof ik dat het verstandiger zou zijn om een grootscheeps onderzoek naar het drugsmilieu te beginnen en de omgeving van Rajko Dulović door te lichten.'

'Maar dat doen we immers ook.' Beatrice deed haar gordel af. 'Stefan en Bechner houden zich uitsluitend daarmee bezig.'

'Maar ik heb het niet over Stefan en Bechner,' zei Florin met vermoeide stem. 'Ik heb het over ons. Het Facebookspoor is flinterdun, Bea, en tot nog toe heeft het geen enkel resultaat opgeleverd.'

We maken lege kilometers, wilde hij zeggen. Lege kilometers waar ons privéleven onder lijdt. Vanuit een impuls die sneller was dan haar twijfels legde ze haar hand op die van hem, voelde dat hij die bijna terugtrok om vervolgens haar vingers met zachte druk te omvatten.

'Dit verhoor nog,' zei Beatrice, 'en als dat niets oplevert, dan richten we ons helemaal op de drugsscene.' Tegelijkertijd kon Tina immers gewoon doorgaan met rondsnuffelen in de poëziegroep, 's avonds. In plaats van televisie te kijken.

Florins duim gleed over haar handpalm, één, twee keer, en zijn blik bleef op haar in elkaar gelegde handen rusten, alsof hij zich ervan moest vergewissen dat de aanraking echt was.

Niets van wat ze hier concreet voelde, kon Beatrice uitspreken. De nacht waarin ze hun laatste zaak hadden opgelost was ineens weer zo aanwezig dat Beatrice dacht dat ze de kou kon voelen. Die vreselijke, natte kou en in contrast daarmee Florins warme, trouwe lichaam.

Moon River, wider than a mile
I'm crossing you in style some day…

Al bij de eerste tonen trokken ze hun handen terug, tegelijk, alsof ze zich aan elkaar hadden gebrand. Beatrice trok het mobieltje uit haar tas om de beltoon voor sms'jes zo snel mogelijk het zwijgen op te leggen.

Ze kende het nummer van de afzender niet en met een onbehaaglijk gevoel in haar maag opende ze het sms'je. Verdomme nog aan toe, ook daar moest ze nou eens een keer mee ophouden.

Tegen haar verwachting moest ze glimlachen toen ze het las:

Papa heeft een mobieltje voor me gekocht. Cool, toch? Kusje, Mina.

'Goed nieuws?' informeerde Florin.

'Het is maar hoe je het opvat. Achim houdt zich weer eens niet aan de afspraken, maar hij maakt de kinderen er tenminste wel blij mee.'

De naam op het naambordje was met de hand geschreven, in een hoekig, kinderlijk aandoend handschrift. Florin drukte twee keer op de bel voordat zich iemand meldde.

'Ja?'

'Goedendag, mijn naam is Florin Wenninger. Ik ben van de Salzburgse recherche, maar maakt u zich geen zorgen, er is niets gebeurd. Mijn collega en ik willen u alleen een paar dingen vragen.'

Korte stilte. 'Waar gaat het om?'

'Twee sterfgevallen waarvan de achtergrond ons nog niet duidelijk is. We hoopten dat u ons misschien zou kunnen helpen.' Er kwam geen antwoord, maar de intercom kraakte en ten slotte zoemde de deuropener. Heel kort, maar de deur sprong meteen open doordat Beatrice ertegenaan geleund stond.

Via een muf trappenhuis kwamen ze op de tweede verdieping. De eerste deur stond open. Tegen het kozijn stond een tengere vrouw van ongeveer twintig met een knap gezicht te roken. De slierten trokken naar boven, naar de derde verdieping.

'Hallo.' Ze maakte geen aanstalten hun een hand te geven. 'Wilt u me zeggen waar het precies om gaat?'

'Mevrouw Sagmeister?' Beatrice zette haar warmste glimlach op en antwoordde op Ira's bevestigende knikken: 'Mogen we binnenkomen?'

Ira Sagmeister keek naar haar gloeiende sigaret alsof ze die om raad wilde vragen. 'Eigenlijk,' zei ze zacht, 'laat ik niet graag mensen binnen die onaangekondigd verschijnen.'

'We blijven niet lang.'

Zuchtend stapte ze opzij. 'Koffie of zo kan ik u niet aanbieden.' Ze ging hun voor, een kleine woonkamer in, en wees naar de oranje bank. 'Goed.' Ira Sagmeister had haar haren opgestoken en er een brede doek omheen geslagen, zoals je dat wel zag op foto's van traditionele Afrikaanse vrouwen. Beatrice ontweek de blik van haar donkere ogen niet.

'Het betreft Gerald Pallauf.'

'Die eerst een vrouw en daarna zichzelf heeft gedood. Ja, ik heb contact met hem gehad, maar alleen via internet. Persoonlijk heb ik hem nooit ontmoet.' Ze trok haar wenkbrauwen op. 'Bent u daarom hier? Uitgerekend bij mij? Omdat we op Facebook een paar persoonlijke berichten hebben uitgewisseld?'

Florin nam het over. 'We vroegen ons af,' zei hij, 'of u misschien niet wat meer over hem weet. Pallauf kwam uit Salzburg, net als u. Het zou immers kunnen dat u elkaar ook van de universiteit kende.'

Sagmeister drukte haar sigaret uit en sloeg haar armen over elkaar. 'Ik studeer psychologie, en niet al te fanatiek. Gerald deed communicatiewetenschap of germanistiek, geloof ik. Maar hoe komt u zo bij mij terecht? Loopt u alle mensen af die ooit virtueel contact met hem hebben gehad? Heeft u soms tijd over?'

Het lag er dik bovenop dat Ira de aanwezigheid van haar en Florin niet prettig vond. Ze vuurde haar zinnen op hen af, hard en snel als kogels. 'U snuffelt dus rond op internet, hè? Ik dacht dat er in ons land zoiets als privacywetgeving bestond.'

'Inderdaad, dat is zo.' Florins toon was geduldig zonder hautain te klinken. 'Maar als we een misdrijf oplossen, dan onderzoeken we natuurlijk de computer van de dader. Of die van het slachtoffer. En toen zijn we in Pallaufs vriendenlijst op u gestuit.' Ze zouden de poëziegroep niet noemen. Beatrice was benieuwd of Ira die wel ter sprake zou brengen.

'Ah. Dan zijn we vlug klaar. Ik heb Gerald nooit ontmoet en ik heb geen idee wat er in hem is gevaren. Paniekreactie. Of zo. Komt voor, toch?'

'En wat,' bracht Beatrice daartegen in, 'als ik u zeg dat ik denk dat hij geen zelfmoord heeft gepleegd? Dat ik denk dat hij is vermoord, net als de vrouw?'

De kaakspieren van Ira Sagmeister werden zichtbaar. Ze gaf geen antwoord maar haalde een nieuwe sigaret uit het pakje op de salontafel en stak die aan. Inhaleerde diep.

'Zou u daarop iets kunnen zeggen? Was er iemand die Gerald iets aan wilde doen? Heeft hij daar ooit op gezinspeeld, op Facebook of ergens anders?'

Ze keek naar de muur. 'Nee.'

Slechts één lettergreep, met daarachter een heel onverteld verhaal. Beatrice wist zeker dat Sagmeister aan iets dacht wat ze liever voor zich hield.

'Ik wil u vragen om eerlijk tegen ons te zijn. Al gaat het maar om een detail dat u onbelangrijk lijkt. Vertelt u het ons alstublieft.'

Ira snoof. Er walmde rook uit haar mond. Daarna begon ze echt te lachen.

Ja, ze heeft psychische problemen, dacht Beatrice. Abrupte stemmingswisselingen.

Het komt altijd aan op wat er ontbreekt, had ze op Facebook geschreven. Dat was ook van toepassing op haar eigen leven, en misschien wel in het bijzonder op dat van Sagmeister. Beatrice kende dit soort mensen. Hard en ongelukkig. Misschien getraumatiseerd. Onwillekeurig zocht ze naar sporen van zelfverwonding; ze was bijna verbaasd dat ze die niet aantrof. Ira had ook geen naaldwonden aan de binnenkant van haar ellebogen, maar drugs kon je op allerlei manieren innemen.

'Waarom moest u lachen?'

'Omdat jullie echt van die politieagenten zijn. Heel vriendelijk als jullie iets willen. Maar niet bereid om te luisteren als iemand uit zichzelf iets wil vertellen. Want dat zou kunnen betekenen dat jullie aan het werk moeten.'

Dat klonk interessant. 'Wat bedoelt u precies? Is u iets overkomen?'

Een wegwerpgebaar. 'Nee, niet mij, maar een vriend. Maar wat maakt het uit. Ik kan jullie niet helpen, want ik weet niets over Gerald. Als jullie zijn computer hebben zijn jullie vast veel beter geïnformeerd dan ik.'

Beatrice was nog niet bereid het op te geven. 'Wat was dat voor verhaal waarmee uw vriend bij de politie bot ving? Misschien kunnen wij dat rechtzetten...'

Met haar wijsvinger tipte Ira onzichtbare kruimels van de salontafel. 'Nee. Ten eerste is dat veel te lang geleden en ten tweede was dat niet hier in Salzburg. Laat maar.'

En gaat u maar weer, hing onuitgesproken in de lucht.

'Kunt u mij zeggen waar de persoonlijke berichten over gingen die u met Pallauf wisselde?' Florin probeerde het gesprek weer voort te zetten.

Ira sloeg haar benen over elkaar en tilde uitdagend haar kin op. 'Waarom? Als jullie zijn computer hebben, kunnen jullie dat toch zelf allemaal nalezen?'

'U zou ons werk besparen.'

'Maar misschien wil ik dat helemaal niet.' Ze drukte de tweede sigaret krachtig uit en haalde meteen een nieuwe uit het pakje. 'Of misschien ook wel. De nacht dat het gebeurde was ik thuis; ik zat te lezen. Daar heb ik geen getuigen van.' Ze sloeg de aansteker, die het niet meteen deed, een paar keer hard tegen de tafel.

Ira, het Latijnse woord voor 'toorn', dacht Beatrice. De naam was geknipt voor dit meisje.

'We verdenken u niet.'

'Nou, fantastisch.'

Florin had een aansteker uit zijn jaszak gehaald, knipte hem aan en bood Ira Sagmeister een vuurtje aan.

Belangstellend observeerde Beatrice hoeveel overwinning het het meisje leek te kosten om het vriendelijke gebaar aan te nemen.

'Zegt de naam Rajko Dulović u misschien iets?' vroeg hij.

Het was heel duidelijk dat Ira daarop niet had gerekend. Maar in tegenstelling tot wat Beatrice had gedacht, antwoordde ze niet meteen. Even waren haar ogen groot en rond als die van een kind dat betrapt wordt op het stelen van een snoepje.

'Ik heb die naam nog nooit gehoord,' zei ze zacht. 'Wie is dat?'

'Misschien stond hij in contact met Gerald Pallauf. Daar proberen we achter te komen.'

Sagmeister nam een stevige trek van haar sigaret. 'Omdat die hem misschien vermoord heeft?'

'Nee, dat acht ik onwaarschijnlijk.'

Alles wat Beatrice verder nog op het vragenlijstje in haar hoofd had staan, hield verband met de gedichtengroep, en die wilde ze tegenover Sagmeister niet noemen. Anders zou ze daar mogelijk niet meer zo openhartig posten als ze tot dusver had gedaan.

Over posten gesproken. Beatrice liet haar blik zo onopvallend mogelijk door de kamer gaan, tot ze de ingeklapte metallic blauwe laptop op de vensterbank ontdekte, tussen twee bloempotten in. In een van de USB-poorten zat een datastick. Haar belangstelling was Ira kennelijk niet ontgaan, want ze keek geërgerd.

'Mooie bloemen,' zei Beatrice. Ze gaf Florin een knikje en ze stonden allebei op. 'Dat was het alweer.'

'En niemand die er iets aan heeft gehad. Verspillen jullie je tijd vaker zo?'

Florin schoot in de lach; het klonk niet vrolijk. 'Tja, weet u, je weet van te voren nu eenmaal niet hoe spraakzaam of gesloten je gesprekspartner zal zijn.'

'En of die bewust dingen voor je zal verzwijgen,' vulde Beatrice aan.

Sagmeister keek haar abrupt aan. 'Denken jullie dat ik dat doe?'

'Dat zal ik u absoluut niet in de schoenen schuiven.' Het was net zo verspild als het afgelopen halfuur, maar Beatrice dwong zich toch te glimlachen. 'Mocht dat wel zo zijn, dan zou ik u echt van harte willen vragen erop terug te komen. Hier is mijn kaartje. U mag me altijd bellen.'

'Lekker charmant,' merkte Florin op toen ze terugliepen naar de auto. 'Amper te geloven dat iemand als zij warm kan lopen voor poëzie.'

Beatrice diepte haar autosleutels op uit haar tas. 'Laat je niet voor de gek houden,' antwoordde ze. 'Ze heeft ons niet haar ware gezicht laten zien en ik zou geen enkele verklaring van haar geloven. Jammer genoeg werkten we op haar als een rode lap op een stier.'

'Vooral omdat we zo niet verder kunnen met ons werk.'

Aan de zorgrimpels op Florins voorhoofd kon Beatrice moeiteloos aflezen wat er nu ging komen.

'Als we elke Facebookpoëzievriend aan de tand moeten voelen, zijn we over vijf jaar nog niet klaar. Vanaf nu concentreren we ons op de harde feiten, oké? De mensen die Pallauf hebben gekend, zijn laatste uren, de drugscontacten van Dulović.

'Ja, maar...'

'Ik vind het ook moeilijk om te geloven dat het Facebookverband tussen Pallauf en Beckendahl toevallig zou zijn.' Het was niet gebruikelijk dat Florin Beatrice onderbrak. Was hij er echt zo van overtuigd dat ze het bij het verkeerde eind had?

'Maar het zou wel toeval kúnnen zijn,' vervolgde hij. 'En zelfs wanneer dat niet zo is, dan boeken we meer vooruitgang op onze normale manier – en mocht blijken dat Facebook een extra bron zou kunnen zijn, dan besteden we daar weer meer aandacht aan.'

Beatrice knikte zwijgend. Best mogelijk dat haar gevoel haar ditmaal bedroog. Ze had een goede intuïtie, maar die was natuurlijk niet onfeilbaar.

''s Avonds,' zei ze na een paar minuten nadenken, 'blijf ik daar wel rondneuzen. Ik hoop dat je daarmee akkoord gaat.' Dat klonk niet als een vraag, maar als een oorlogsverklaring, en zo bedoelde ze het niet. 'Ik wil in elk geval dat jij ervan op de hoogte bent,' voegde ze er zachter aan toe. Ze opende het portier, nam plaats achter het stuur en stak de sleutel in het contact.

'Zoals je wilt,' hoorde ze Florin zeggen. 'Hoewel ik het beter zou vinden dat je de avonden zou gebruiken om uit te rusten.'

Koken voor de kinderen. Verhaaltjes voor het slapengaan voorlezen. Protesten bij het uitdoen van de lampen negeren. Dan eindelijk op de bank ploffen.

De laptop startte zoemend op. Tina Herbert logde in op Facebook en stelde tot haar verbazing vast dat Ira Sagmeister haar vriendschapsverzoek had geaccepteerd.

Een klik op haar persoonlijke pagina leverde echter niet veel meer nieuws op. Ira was spaarzaam met statusupdates, speelde geen Farmville of Mafia Wars en reageerde slechts zelden op de posts van haar vrienden.

Ze deelde echter wel YouTube-filmpjes, nog maar een dag geleden 'Thanatos' van Soap&Skin. Sombere muziek, vergezeld van sombere beelden. De zangeres leek zelfs wel een beetje op Ira.

Torn open tomb
I fell in your
Cold fission bomb
I fell in your war
Ages of delirium
Curse of my oblivion

Beatrice keek het filmpje helemaal uit, gefascineerd en verbijsterd tegelijk. Scrolde verder naar beneden, stuitte op de volgende link. De *Kindertotenlieder* van Gustav Mahler.

Gaf Ira op die manier uiting aan wat haar dwarszat? Door liederen en gedichten? Als je tegenover haar zat, kwam ze vooral woedend over.

Terug naar de poëziesite. Daar waren de speculaties over Pallaufs dood bijna verstomd, men hield zich weer bezig met het leven van alledag. Des te beter. Nu kon Tina Herbert zich eindelijk voorstellen.

Tina Herbert
Hallo, ik ben nieuw bij jullie en ik verheug me erop dat ik vanaf nu ook van de partij ben. Ik dacht bij mezelf: ik post bij mijn introductie een van mijn lievelingsgedichten, dan kunnen jullie je meteen een beeld vormen van het soort poëzie waar ik van hou.

Ze plaatste 'Zonsondergang' van Christian Morgenstern, daarmee maakte je altijd een goede indruk. Prompt druppelden de eerste 'vind ik leuks' binnen. En de eerste reacties.

Dietmar Ahrn Echt mooi. Ik ben dol op die sensuele beelden.
Veronika Monika Dank je! Dat kende ik nog helemaal niet.
Hartelijk welkom in onze groep.
Lisa Fischer 'Het rood opvlammende grijs van de zee' is mijn
lievelingspassage in dit gedicht.

Enzovoorts. Aardige niemendalletjes, begroetingen, drie vriendschapsverzoeken die Beatrice allemaal accepteerde voordat ze deed
wat ze écht wilde doen. Ze opende haar chatlijst en zag naast de
naam van Ira Sagmeister een groen stipje. Ze was online, uitstekend.

'Bedankt dat je me hebt toegevoegd!' typte Beatrice. 'Ik heb zonet
een beetje op je pagina rondgekeken. Mahler vind ik geweldig.'

Een antwoord bleef uit. Beatrice haalde chocoladekoekjes uit het
keukenkastje en warmde groene thee op in de magnetron, maar
toen ze terugkwam was er nog steeds niets van Sagmeister te lezen.

Helen Crontaler had zich echter wel lovend over het gedicht van
Morgenstern uitgelaten en...

'Mahler en Kurt Cobain.' Ira's antwoord verscheen in het chatvenster. 'Maar vanavond heb ik Pantera opstaan.'

'Pantera?' antwoordde Beatrice. 'Ken ik helemaal niet.'

'Dan mis je wat. Dat was een heavymetalband. Superteksten.'

Ze stuurde een linkje naar YouTube, dat Beatrice in een tweede
venster opende. Het begin klonk alsof een bandje omgekeerd werd
afgespeeld; daarna begonnen de elektrische gitaren, die een hypno-
tisch klanktapijt weefden achter de lage, volle stem van de zanger.
Goeie muziek, maar de tekst...

'Alles in orde met jou?' schreef Beatrice.

Daarop volgde opnieuw een pauze. 'We kennen elkaar niet, waarom vraag je dat?'

Nu voorzichtig zijn. Niet moederlijk klinken en al helemaal niet
hulpverlenerachtig. Beatrice ademde diep in en uit en riep zich het
meisje voor de geest dat een paar uur geleden voor haar had gezeten. Kettingrokend, recalcitrant, woedend.

'Gewoon, zomaar. Als ik naar zulke muziek luister gaat het meestal beroerd met me.' Bijna had ze *ik weet hoe je je voelt* geschreven. En dat moest ze echt niet doen.

Ira's antwoord verscheen in het chatvenster: 'Het lied betekent veel voor me. Om meer dan één reden. Ik luister ernaar als ik beslissingen moet nemen.' De titel van het liedje luidde 'Suicide Note Part 1'. Afscheidsbrief, deel 1. Alarmerend.

'Oké,' typte Beatrice. Ze wilde het gesprek niet plotseling laten eindigen, maar had geen idee hoe ze het gaande moest houden zonder dat Ira haar opdringerig zou vinden of ook nog argwaan zou gaan krijgen. De vraag 'en wat voor beslissingen neem je zoal?' kon in elk geval niet.

Nog maar een keertje de song van Pantera afspelen:

Would you look at me now?
Can you tell I'm a man?
With these scars on my wrists
To prove I'll try again
Try to die again, try to live through this night
Try to die again...

'Waar luister jij zoal naar?'

Beatrice ging zo op in het liedje en concentreerde zich zo op de tekst, dat ze Ira's volgende melding nu pas zag. Het was natuurlijk mooi dat ze het gesprek wilde voortzetten, maar tegelijkertijd was het eigenaardig. Tina Herbert had tot dusverre niet bijster veel interessants gezegd en als Ira dus toch met haar bleef chatten was ze kennelijk eenzamer dan gedacht.

'Ik luister naar van alles en nog wat,' schreef Beatrice om tijd te rekken. Met welk antwoord zou ze het snelst een gevoel van verbondenheid tot stand kunnen brengen? Er zat niets anders op dan vertrouwen op haar intuïtie en een gokje wagen.

'Nick Cave bijvoorbeeld, en Radiohead.'

'Ja, Radiohead is vet. "How to disappear completely" zet ik altijd eindeloos op repeat.'

Shit, dat kende Beatrice niet eens. Ze googelde snel of dat misschien een valstrik was – maar nee, die song bestond echt.

'Is ook mijn lievelingsnummer.' Ze zocht het op YouTube, had het algauw gevonden en klikte op het bovenste filmpje.

Weer een hypnotiserende sound op de achtergrond, ook al was het heel anders dan bij Pantera. Weinig tekst, maar twee regels die telkens werden herhaald.

'I'm not here, this isn't happening,' schreef Beatrice.

'Zo is het precies.'

Was dat nog dubbelzinnig bedoeld? Of was het een statement over de stemming waarin Ira zelf verkeerde? Een zogenaamde schreeuw om hulp? Beatrice vouwde haar handen voor haar mond. Ze had een goede volgende zin nodig, maar voor ze ook maar op het begin van een idee was gekomen, was er alweer een melding van Ira verschenen.

'Zou het kunnen dat wij veel gemeen hebben?' In elk geval niet wat betreft het doodsverlangen. De vingers van Beatrice zweefden boven het toetsenbord. Ging het hier eigenlijk nog om muziek? Of om meer?

Om meer, dacht ze, met het vertrouwde, warme gevoel in haar buik dat voorafging aan een belangrijke stap. Maar Ira zou haar op het goede spoor moeten zetten.

'Wat bedoel je precies?'

'Iets wat voorzichtigheid vereist. *With these scars on my wrists, to prove I'll try again.*'

Weer een zinspeling op zelfmoord. Beatrice moest aan de zelfmoordpacten denken die vaak via internet werden gesloten. Zocht Ira iemand met wie ze zich van het leven kon beroven? Lag daar misschien een parallel met Pallauf en Beckendahl? Was dat ook zoiets geweest?

Alle tekenen wezen in de tegenovergestelde richting. De getuigenverklaring van Sachs; de resultaten van het onderzoek naar de beide computers. Er waren geen afspraakjes geweest.

'Ik moet toegeven dat ik je nu niet kan volgen,' schreef Beatrice. Met een beetje geluk zou Ira duidelijker worden.

Het antwoord kwam meteen: 'Het spijt me, dan heb ik me vergist. Is niet zo erg. Nog een fijne avond.'

Shit. Beatrice probeerde het gesprek nog te redden en typte: 'Toch zou ik graag weten wat je bedoelde.'

Geen reactie. Er ging een minuut voorbij, twee. En ze kon Ira niet eens het voorstel doen om haar persoonlijk te ontmoeten, nadat ze zich vandaag al als rechercheur aan haar had voorgesteld.

'Sorry als ik iets verkeerd heb gezegd,' typte ze, maar ze wist dat de kans was verkeken. Ze had de verkeerde reactie gegeven op het citaat uit 'Suicide Note Part 1'. De naam van Ira Sagmeister was uit de chatlijst verdwenen.

Zeven

Voor ze naar bed ging had Beatrice eerst nog het chatgesprek in een Worddocument gekopieerd en uitgeprint. De beslissende passage had ze met groene markeerstift omcirkeld.

'Zou het kunnen dat wij veel gemeen hebben?'

'Wat bedoel je precies?'

'Iets wat voorzichtigheid vereist. *With these scars on my wrists, to prove I'll try again.*'

Vervolgens Beatrices openlijk opgebiechte onwetendheid en Ira's totale terugtrekken.

'Ze loopt gevaar. En er is iets wat ze niet wil vertellen. Aan de recherche al helemaal niet, maar ook aan Tina Herbert niet, die van dezelfde muziek houdt als zij.'

Een kopie van de uitdraai lag voor Florin op tafel. Hij las het gesprek nu voor de derde keer door. 'Jij denkt dat ze wilde weten of jij in was voor een gezamenlijke zelfmoord en dichtklapte omdat ze dacht dat jij je van den domme hield.'

'Misschien. Ze wilde in elk geval een andere reactie, en ik denk een heel concrete. En ik vind dat ze hulp nodig heeft. Alleen weet ik niet hoe we die hulp bij haar krijgen.'

'Ik ook niet.' Met een berustende blik legde Florin zijn hand op de dikke ordner die op het bureau lag. 'Vooral omdat we ons bezig moeten houden met de drugsvrienden van Rajko Dulović. Stefan is met de afdeling drugsgerelateerde criminaliteit om de tafel gaan zitten en heeft uitgezocht wie van zijn contacten als gewelddadig bekendstaan. Daarmee beginnen we en vandaaruit gaan we zo nodig verder.'

Inwendig verzette Beatrice zich tegen dat idee, tegen beter weten in. Want het was absoluut noodzakelijk om Dulović' collega's nader te bekijken; ze had alleen gewild dat Stefan en Bechner dat helemaal voor hun rekening konden nemen.

Ulrich Zischek was een schrale, boomlange man, en hij sliste. Beatrice werd knettergek van hem: de man praatte al vijf minuten zonder punten en komma's door, nadat hij daarvoor een kwartier lang het slachtoffer had uitgehangen, vol onbegrip voor het feit dat ze hem op het bureau hadden ontboden.

'Ik heb Rajko al meer dan drie weken niet gezien, we komen niet in dezelfde kroegen, want ik ben namelijk uit het milieu gestapt. Geen spul, geen hoeren, het is klaar met die hele shit. Ik werk als barkeeper en drink hoogstens drie biertjes op een avond. Vraag het mijn baas maar.'

'Dat ga ik zeker doen.' Het leek wel of Florin aan een vergadertafel met het management van een onderneming zat, zo voorkomend klonken zijn woorden. 'Maar u hebt me nog steeds niet verteld waar u 4 september 's middags tussen één en vijf was.'

En vooral om vier uur, voegde Beatrice er in gedachten aan toe, het tijdstip dat Dulović ons op het station had zullen ontmoeten.

'Hoe moet ik dat nou nog weten?' Zischek verhief zijn stem, maar had zichzelf al snel weer in de hand. 'Ik begin om acht uur in de bar en daar was ik overdag ook. Daarvoor heb ik waarschijnlijk boodschappen gedaan. Tv-gekeken. Iets volkomen normaals. Als ik Rajko koud had willen maken, had ik nu wel een alibi, daar kunt u zeker van zijn.' Hij zakte achterover tegen de rugleuning van zijn stoel als een uitgeputte bokser in de hoek van de ring.

'Bovendien zat hij immers onder de drugs toen hij verzoop, staat in de krant.'

'Zou kunnen. Maar misschien heeft iemand hem toch een handje geholpen.'

Zischek sloeg zijn armen over elkaar. 'Maar waarom ik? Ik heb nooit problemen gehad met Rajko.'

'Maar u bent wel tweemaal veroordeeld wegens het toebrengen

van lichamelijk letsel, en toen had u ook oude maten mishandeld. Reden genoeg om er op zijn minst naar te informeren.' Nog steeds leek het of Florin gezellig wat zat te koffieleuten, en toen hij de dictafoon tevoorschijn haalde deed hij dat zo terloops alsof het een pakje sigaretten was.

'Is dat zijn stem?'

Ze hadden maar één zin gekopieerd. Een zin die bijna geen informatie prijsgaf.

'Ik wil u iets uitleggen, maar het is lastig en... ik weet ook niet alles.'

Zischek fronste zijn voorhoofd. 'Zou kunnen. Maar die lui klinken immers allemaal hetzelfde.'

Die lui. Aha. 'Zullen we hem nog een keer laten horen?'

Hij knikte en deed zichtbaar zijn best om geconcentreerd te kijken.

Florin zette het digitale apparaat op repeat en de beller uitte zijn verzoek drie-, vier-, vijfmaal.

'Ja, ik geloof dat hij het is. Klinkt als Rajko.'

'Kunt u zich voorstellen wat hij van ons wilde?'

'Nee.'

'Denkt u even na. Wat zou de reden kunnen zijn dat iemand als Dulović contact opneemt met de politie?'

'Geen idee!' Zischeks onbeholpenheid kwam echt over, maar hoefde dat niet te zijn. 'We hadden geen contact meer. Zijn andere zakenpartners van vroeger ook niet, voor zover ik weet. Rajko heeft kennelijk nieuwe afzetkanalen gevonden en nieuwe vrienden. Of oude vrienden, hoe moet ik dat weten.'

'Namen?'

'Ik zou het niet weten.'

Het werd een inspannende dag die geen resultaten opleverde. Geen van de ondervraagden had Dulović de laatste tijd gezien of wist in welke milieus hij zich nu ophield.

'Zie je wel?' Beatrice stootte vriendschappelijk Florins schouder aan. 'Die hebben ook een "milieu". Hun eigen vorm van "society".'

Ze waren terug op hun kamer, met hun aantekeningen in de hand, die tegen het eind steeds onleesbaarder waren geworden. Na vijf uur geconcentreerd luisteren, zonder dat het ook maar één interessant aanknopingspunt had opgeleverd, was Beatrice uitgeputter dan na een hele dag wandelen in de bergen.

'Ik vind dat Stefan en Bechner hun oor te luisteren moeten leggen in de cafés waar Dulović zich altijd ophield,' stelde ze voor. 'Als er dan nog niets aan het licht komt wat op een conflict lijkt moeten we misschien accepteren dat het een ongeluk door overmatig druggebruik is geweest.'

Florin had koekjes uit zijn bureaula gehaald en bood ze Beatrice aan, maar de eetlust was haar al sinds uren vergaan.

'Vergeet niet dat Zischek de stem van Dulović heeft herkend,' zei hij.

'Dat beweert hij wel, tenminste. De anderen wilden het niet bevestigen of uitsluiten. Dat is toch shit, Florin. Daar komen we niet verder mee.'

Hij keek haar kauwend aan en vertrok zijn gezicht. Ze hoopte dat dat kwam door de koekjes en niets met haar te maken had.

'Ik weet dat je achter je Facebooksporen aan wilt,' zei hij ten slotte. 'Maar die helpen ons jammer genoeg ook niet verder.'

Wat hij niet uitsprak was dat het forensisch bewijsmateriaal de doorslag zou geven. Moord en zelfmoord plus een ongeval, ook al bleef de kwestie van de herkomst van de Glock nog steeds onopgelost. Dat Dulović Pallauf een gestolen wapen had verkocht was goed denkbaar maar lastig te bewijzen. Toch was het een mogelijk verband. Beatrice bladerde door haar stukken, waaruit bleek dat Dulović geen noemenswaardige vrienden had, alleen zakenpartners, die allemaal dubieus waren. En als enige levende familielid een tante die in de buurt van Jajce woonde en geen Duits sprak.

'Dat klopt,' zei Beatrice. 'Ik denk nog steeds dat het de moeite waard is om de sporen op Facebook te volgen. Toen ik gisteren met Ira Sagmeister aan het chatten was, had ik even het gevoel dat ik heel dicht bij iets was. Die overeenkomst waar ze het over had, dat hoeft immers niet haar reële of gespeelde doodswens te zijn.' Ze haalde diep adem. Waar wilde ze eigenlijk naartoe? 'Misschien is het verband flinterdun, maar het is er. Alleen al het feit dat Dulović met ons over de dood van Pallauf en Beckendahl wilde praten. Als je het mij vraagt heeft hij iets gezien en moest hij daarom dood.'

'Áls hij de beller was. Dan deel ik je mening volkomen.' Florins telefoon begon 'Gnossienne Nr. 1' van Erik Satie te spelen. Anneke.

Zoals altijd wanneer dat gebeurde wendde Beatrice zich af om zich aan haar werk te wijden. Ze probeerde zich op het document en het beeldscherm te concentreren en het gesprek tussen Florin en zijn vriendin niet te horen. Jammer genoeg lukte dat bijna nooit.

Dan maar op een andere manier. Ze pakte de digitale dictafoon, sloot de koptelefoon erop aan en begon het proces-verbaal op te maken van het verhoor van die dag.

Een zijdelingse blik zo nu en dan maakte haar duidelijk dat het gesprek vrij lang zou duren en niet aangenaam was. De bittere trek om Florins mond was nieuw voor haar, maar ditmaal zou ze hem geen vragen stellen, hem niet haar hulp aanbieden.

Tot kort voor het einde van haar dienst was haar dat zowaar gelukt. Pas toen ze in de deuropening stond en haar autosleutels uit haar handtas wilde opdiepen, ontglipte haar: 'Je zegt het toch tegen me hè, als het niet goed met je gaat?'

Zijn sombere blik was antwoord genoeg en ze keerde zich om om te vertrekken.

Ach Ira. Wat een naam. Weten je ouders wel waarmee ze je hebben opgezadeld? *Ira furor brevis est*. Geen wonder dat je zo doordrukt, maar dom is het natuurlijk ook. Je bent nog zo jong; waarom doe je je dit aan?

Ik vraag me af of iemand van de anderen begrijpt wat jij ze aan het verstand wilt peuteren. Vermoedelijk wel ja, ditmaal was je duidelijk genoeg. Maar ook al kunnen ze je niet volgen, maak je geen zorgen. In mij heb je in elk geval een oplettende lezer die je vindingrijkheid bewondert, ook al berooft die me tegelijkertijd van mijn slaap. En waar ik onrustig van word is ook voor jou niet goed, Ira.

Je wilt mij vast ontmoeten, hè? Voor me staan en mij in het gezicht kijken, daarin iets zoeken wat je niet kunt begrijpen. Want hoe zou dat ook moeten? De man die je verwacht te vinden bestaat niet meer. Alles is onderworpen aan verandering, en dat geldt voor ons meer dan voor de rest van de tastbare kosmos. Misschien hebben we een paar minuten waarin ik je dat kan uitleggen.

Maar het zou beter voor jou zijn om met de onzekerheid te leven. Verder te leven.

Het was vast al twee maanden geleden dat Beatrice voor het laatst bij Achim voor de deur had gestaan. Ze kwam hier niet graag. De aanblik van haar vroegere huis – dat Achim altijd 'ons paleisje' had genoemd – drukte op haar borst, waardoor ze moeilijk kon ademhalen.

Maar de kinderen vonden het er heerlijk, en Beatrice kon niet van Achim vergen dat hij hen elke keer terugbracht als hij ze ook al van school haalde.

Niemand had haar aanwezigheid nog opgemerkt. Mina lag op haar buik op de schommelbank; ze veegde met haar wijsvinger over het schermpje van haar nieuwe iPhone. Haar ene been hing naar beneden, haar blote tenen raakten het gras.

Wat was ze knap. Nog hooguit twee jaar en dan wist ze dat zelf ook.

Jakob daarentegen rollebolde giechelend door het gras, achtervolgd door de kat Cinderella, die het kennelijk had gemunt op iets wat hij in zijn linkerhand hield. Een speelgoedmuis? In elk geval iets wat af en toe piepte, waar Cinderella helemaal opgetogen over raakte.

Het was een perfect plaatje. Beatrice leunde tegen het hek, alsof ze daarmee het zware gevoel in haar binnenste kon wegdrukken.

Dit wilde je niet meer, je hebt het opgegeven omdat je dacht dat het je verstikte. Nee, fout. Je wist dat het je verstikte omdat het onafscheidelijk met Achim verbonden was.

Ze schudde haar hoofd en drukte op de bel.

'Mama!' Jakob sprong op en rende haar tegemoet. Hij trok de tuindeur open. 'Ik ben Cindy aan het africhten! Zag je dat? Papa zegt wel dat dat bij katten niet kan, maar dat is helemaal niet waar!'

'Dat doe je geweldig!' Ze drukte hem tegen zich aan. 'Waar is papa?'

'Die is aan het koken. Hij zei dat we vandaag allemaal bij hem eten. Vet cool!'

Dat waren niet de woorden die spontaan bij Beatrice opkwamen als ze dacht aan samen eten. Tegelijkertijd was ze blij dat ze niet meer hoefde te koken. Ze liet zich door Jakob door de tuin trekken, langs Mina, die nonchalant haar hand opstak zonder op te kijken van haar mobieltje. Het huis in, waarvan ze graag had gewild dat ze er nooit meer een voet in zou hoeven te zetten.

Nieuwe vloerbedekking in de garderobe. De muren vol kinderfoto's. Op het telefoontafeltje een Afrikaans masker, dat jammer genoeg totaal niet bij de rest van het interieur paste.

'Hallo, Achim.'

Hij stond achter het fornuis, met drie stomende pannen voor zich. Glimlachte toen hij zich omdraaide en haar zag. 'Bea! Je komt precies op tijd! Wat dacht je ervan als we buiten gingen eten? Ik heb courgettesoep gemaakt en een eenpansgerecht van lamsvlees en bonen. De aardappels zijn zo gaar.'

Het leek wel een sprong in de tijd, naar twee jaar geleden. Ze was thuisgekomen van haar werk, Achim was er al, de kinderen speelden in de tuin... Alleen had hij toen nooit gekookt, en als hij het deed was het met een martelaarsgezicht, de blik vol onuitgesproken verwijten.

Dat had je wel met me mogen overleggen, lag haar voor op de tong, maar dat slikte ze in. Geen slechte sfeer creëren s.v.p., misschien was dit immers een vredesaanbod. Dan zou ze het met genoegen accepteren. Als het daar maar bij bleef.

'Buiten eten is een goed idee. Ik ga de tafel wel dekken.' Dat was duidelijk beter dan met de kokende Achim over koetjes en kalfjes moeten praten. 'Hebben de kinderen hun huiswerk gemaakt?'

'Ja. Was niet veel.'

Beatrice pakte borden, bestek en servetten en ging weer naar buiten. Ze nam er extra veel tijd voor en gaf zichzelf op haar kop dat ze het liefst thuis zou zijn, in haar eigen flat.

Het eten verliep harmonieus, maar het vrat energie, omdat Beatrice al haar woorden op een goudschaaltje woog. Achim had veel voor haar opgeschept. Ze zat al na een half bord vol, maar at verder omdat ze zichzelf zijn gekrenkt-beledigde reactie – *aha, je vindt het dus niet lekker* – wilde besparen.

Een uurtje, dacht ze, en dan zit ik weer vast in het oude patroon, als in vloeibaar beton dat met de minuut harder wordt.

'Ik heb over iets nagedacht,' zei Achim, terwijl hij haar water bijschonk. 'Jij hebt ontzettend veel te doen en zit met je hoofd constant bij je zaken. We hebben de afspraak gemaakt dat ik de kinderen om het weekend zie, maar ik zou het geweldig vinden als ik ze vaker bij me had.' Hij nam een slok wijn. Beatrice was bijna geroerd, omdat het overkwam alsof hij een pauze nodig had zich om moed in te drinken voor hij met zijn verzoek kwam.

'Wat vind je ervan als ik ze doordeweeks ook een dag voor mijn rekening neem? Dan haal ik ze af van school, maak huiswerk met ze, kook voor ze en ze slapen hier. De volgende dag breng ik ze weer naar school.'

Dat klonk goed. Ze vermoedde dat Achim zijn woorden van tevoren had overdacht, zodat ze niet verwijtend of kleinerend zouden klinken. Beatrice ging achteroverzitten.

'Mina? Jakob? Wat vinden jullie daarvan?'

'De kinderen zijn het ermee eens, ik heb het al met hen besproken.'

'O, ja?' Ze hoorde zelf de scherpte in haar stem; ze was woedend dat Achim haar had gepasseerd. De kinderen hadden al gezegd dat ze het ermee eens waren, verheugden zich er waarschijnlijk zelfs al op. Als ze nu nee zei, was zij de spelbreekster die het hele mooie plan in duigen liet vallen. Achim had haar slechts schijnbaar de keus gelaten, terwijl hij alles al had bekokstoofd en daarmee basta. Maar als ze hem dat uitlegde, begreep hij het natuurlijk niet.

'Als de kinderen er geen zin in zouden hebben, had ik je er natuurlijk helemaal niet mee lastiggevallen.' Het klonk bijna als een verontschuldiging. Hij wilde kennelijk geen ruzie, en misschien was zijn voorstel écht aardig bedoeld.

Jakob grinsde haar van opzij aan, met het spleetje tussen zijn tanden waar ze zo dol op was en dat zich inmiddels begon te sluiten. 'Dan hoeven we één dag ook niet naar de naschoolse opvang en zo. Alsjeblieft!'

'Is goed.' Ineens viel Beatrice bijna flauw van vermoeidheid. Of kwam het door het vele eten?

'Het zou goed zijn als we er een vaste dag voor zouden kunnen afspreken, dan kan ik mijn afspraken eromheen plannen.' Hij klonk enthousiast. 'Wat dacht je van woensdag? Van woensdag op donderdag?'

'Ja. Vind ik best.'

'Fantastisch.' Hij lachte. 'Het is echt een eeuwigheid geleden dat wij het voor het laatst eens waren!'

Ira Sagmeister In het ravijn dat lynx en panterkat bewonen,
Zijn onze helden, wreed verstrengeld, neergestort,
Aan dorre bramen zal hun huid weer bloesem geven.
Die afgrond is de hel, waar onze vrienden leven!
Kom, springen wij erin, duivelse amazone.
Dat onze felle haat een eeuwig branden wordt!

👍 8 personen vinden dit leuk

Het was ditmaal geen foto van een tankstation die Ira erbij had gepost, maar een bankje in het park, met een groenmetalen vuilnisbak ernaast waar uitgeknepen pakjes drinken uitpuilden.

De uitsnede was zo gekozen dat je niet veel meer kon herkennen dan de bank, en misschien een stuk gelige muur in de verte – wat deed vermoeden dat de foto in het park van kasteel Hellbrunn was genomen.

Een gok voor de vuist weg. Beatrice kende de groenvoorzieningen in de stad niet goed genoeg om deze parkbank te kunnen thuisbrengen. Hij kon even goed op de Mönchsberg staan of in de tuinen van kasteel Mirabell.

Of zelfs buiten Salzburg.

Zachtjes walste Beatrice de rode wijn in haar glas, ademde de geur in. Achims avondeten lag haar nog steeds zwaar op de maag, in meerderlei opzicht. Maar de kinderen waren er moe van geworden en dat was mooi. Ze waren allebei zonder protest in bed gekropen en binnen een paar minuten in slaap gevallen.

Een bankje in het park dus. En daarbij de gruwelijke eerste drie regels van het gedicht.

In het ravijn dat lynx en panterkat bewonen,
Zijn onze helden, wreed verstrengeld, neergestort,
Aan dorre bramen zal hun huid weer bloesem geven.

Het beeld bracht haar uit haar evenwicht. Het riep bij haar herinneringen op aan ongevallen, in het bijzonder aan die keer drie jaar geleden in het huis van een jongen van amper twintig, die met vuurwerk had geëxperimenteerd. Herbert was er toen nog bij geweest.

Beatrice typte 'In het ravijn dat lynx en panterkat bewonen' in op Google en kreeg pagina's vol treffers. Het gedicht heette 'Duellum' en was van Charles Baudelaire, er stonden ook een paar interpretaties bij. Maar veel interessanter was wat de leden van de groep erop te zeggen hadden.

Oliver Hegenloh Vind ik qua taal ongelooflijk sterk. Maar toch begin ik me zo langzamerhand af te vragen waarom je altijd zulke deprimerende gedichten uitkiest. Ik wil daar nu iets tegenoverstellen.

En dat had hij gedaan door 'Zakelijke romance' van Kästner te plaatsen. Dat moest even wachten, Beatrice wilde eerst de rest van de reacties op de post van Sagmeister lezen.

Nikola DVD De eerste drie regels breken mijn hart, de laatste drie geven me hoop.

Hoop? Felle haat die een eeuwig branden wordt, gaf haar hoop? Ira leek in Nikola een zielsverwante te hebben gevonden, ook een vrouw met ernstige problemen. Beatrice nam zich voor eerdere posts van haar nogmaals te lezen, en dan aandachtiger.

Phil Anthrop Moet iemand nog een keer zeggen dat gedichten alleen voor romantici zijn.

Boris Ribar Uit eigen ervaring weet ik dat gedichten voor slimmeriken zijn. En soms ook voor mensen die graag voor slim willen doorgaan.

Phil Anthrop Schrijf toch meteen 'voor opscheppers' als je dat bedoelt, Boris.

Boris Ribar Als dat zo was zou ik dat doen. Maar dat is niet helemaal van toepassing.

Helen Crontaler Als je poëzieliefhebbers niet respecteert, wat doe je hier dan, Boris?

Dominik Ehrmann Hij heeft toch niet gezegd dat hij ze niet respecteert. Alleen dat sommigen van hen misschien intellectueler willen overkomen dan ze zijn.

Christiane Zach Gedichten zijn als muziek. Je hoeft ze niet te begrijpen, je moet ze voelen.

Ira Sagmeister Ik zou willen dat mensen ze zouden begrijpen. Dat zou ik heel graag willen.

Op die toon ging het verder. Er ontstond een levendige discussie over hoe je poëzie moest begrijpen: met je hoofd, met je hart of met allebei, en al heel snel bakenden de standpunten zich duidelijk af. Beatrice dacht dat ze Ira volledig begreep. Er was iets wat het meisje vervulde van duisternis en woede, die ze zo te zien tegen zichzelf richtte. Op haar tijdlijn of in de groep had ze niet één positief verslag gepost, niets wat ook maar een klein beetje luchtig was, laat staan vrolijk.

Peinzend tekende Beatrice met het muishandje onzichtbare zigzaglijnen op het beeldscherm. Ze klikte op het profiel van Boris Ribar, die erbij bleef dat een gedicht alleen door de juiste interpretatie echt al zijn kracht kon ontvouwen. Maar hij verklapte buitenstaanders niets over zichzelf en op zijn profielfoto was alleen een dampende kop thee voor een open haard te zien. Jammer, want de naam kwam Beatrice vaag bekend voor – of was dat inbeelding? Nee, Boris Ribar was geen doorsneenaam. Die was ze vroeger vast al eens in een ander verband tegengekomen.

In plaats van zich het hoofd te breken raadpleegde ze Google – en schoot twee seconden later in de lach, al was het een beetje gekweld. Ribar was journalist. De zoekmachine spuugde pagina's met online-artikelen uit. Echt met van dat lokale nieuws, meestal uit de omgeving van Salzburg: een neergestorte paraglider, brandweerinzet na hevige regenval, een strafproces tegen een corrupte burgemeester.

En een flink stuk terug een stukje over de spectaculaire strafzaak van afgelopen mei, waarbij diverse mensen op gruwelijke wijze waren vermoord, tot de Salzburgse moordbrigade met gevaar voor eigen leven de dader had weten op te sporen. Beatrice las haar eigen naam in het artikel en dronk haar glas wijn in één teug leeg.

BoRi was de afkorting waarmee Ribar zijn artikelen ondertekende. Ze ging achteroverzitten in haar stoel en haalde diep adem.

Ribar was het type journalist dat over van alles en nog wat schreef, plaatselijke krantjes bediende en er waarschijnlijk van droomde ooit nog eens iets te onthullen wat hij kon verkopen aan een van de grote tijdschriften, liefst een blad dat internationaal verscheen. Dat soort journalisten was Beatrice genoegzaam bekend. Ze stelden bij persconferenties geen zakelijke maar voyeuristische vragen en werden onbeleefd als ze geen antwoord kregen. Voor de invoering van de tegen scanners beveiligde politieradio moesten ze af en toe zelfs van plaatsen delict weggejaagd worden. Maar of ze hen sympathiek vond was hier niet aan de orde – ze had naast Helen Crontaler in elk geval nog iemand uit de massa gepikt die ze nu kon plaatsen.

Ze maakte een wedje met zichzelf dat hij zich pas na de dood van Gerald Pallauf bij 'Poëzie leeft' had aangemeld. Waarschijnlijk na een paar biertjes te hebben gedronken met Sachs, Geralds slonzige huisgenoot. Dat ging ze controleren en daarna zou ze Ribar aan de tand voelen.

Via Tina Herbert deed ze hem een vriendschapsverzoek, en daarna richtte ze haar aandacht op Nikola DVD. Ze had zich allang voorgenomen ook haar als vriend toe te voegen, maar nu deed ze dat, en om het zekere voor het onzekere te nemen liet ze het vergezeld gaan van een persoonlijk bericht: *We houden allebei van gedichten en ik zou het heel leuk vinden om Facebookvrienden te worden. Veel groetjes, Tina.*

Ze had bijna 'Veel groetjes, Bea' geschreven. Ze verstrengelde haar vingers en sloot even haar ogen. Ze was zo moe dat het beter was dat ze helemaal niets meer schreef, anders kreeg ze het nog voor elkaar dat ze haar identiteit prijsgaf.

Genoeg voor vandaag. Ze klikte snel op 'vind ik leuk' onder Baudelaire en de ballade van Kästner. Daarna klapte ze de laptop dicht en verdreef ze de hardnekkige smaak van de lamsschotel met een flinke hoeveelheid mineraalwater.

De foto met het parkbankje hield Beatrices gedachten bezig tot ze ging slapen. De uitpuilende vuilnisbak kon symbool staan voor Ira's leven, voor de onverwerkte dingen die eruit wilden. Of het was gewoon zomaar een foto.

Acht

'Het is gelukt!' Stefan stormde de kamer binnen, met een ongewoon tevreden kijkende Bechner in zijn kielzog. 'Dulović is kortgeleden nog in een van zijn stamkroegen gezien.'

Florin, die al een paar minuten met de klem van een ordner worstelde, keek op. 'Wanneer?'

'De nacht voor we het telefoontje binnenkregen.'

Afgaand op Stefans schalkse lachje was dat nog niet alles en Beatrice tilde een stapel nog niet verwerkte papieren van de stoel naast haar, zodat hij kon gaan zitten.

Nu stond alleen Bechner nog, en zoals verwacht weer met hangende mondhoeken.

Florin merkte het kennelijk ook op. 'Neem mijn stoel,' zei hij en hij gaf de ordner een duw, waardoor die over het halve bureau gleed. 'Ik zit toch al veel te veel.'

'Die man van wie ik de informatie heb heet Aschau en was vroeger pooier; nu runt hij Club Jackie. Ongure tent. Dulović was er vaak. Zogenaamd om vrienden te ontmoeten, maar volgens mij om te dealen. Doet er niet toe. In elk geval was hij er in de nacht voor het telefoontje ook en Aschau zegt dat hij er vreselijk uitzag.'

Beatrice sloeg haar armen over elkaar. 'In welk opzicht?'

Bechner deed nu ook een duit in het zakje: 'Ze zeggen dat hij hinkte,' zei hij. 'Zijn ene oog was opgezwollen en hij had bloeduitstortingen in zijn gezicht. Hij gaf daar dezelfde verklaring als vrouwen die door hun man worden geslagen: hij was van de trap gevallen.'

Bloeduitstortingen. Die allang waren gecamoufleerd door de verwondingen die een verblijf van twee dagen in de rivier hadden achtergelaten.

'Aschau vond dat eigenaardig,' ging Stefan verder. 'Het is onder dit soort zakenpartners niet ongebruikelijk dat het tot een handgemeen komt en Dulović had gewoon kunnen zeggen dat hij aan zijn blauwe plekken was gekomen door een vechtpartij met een klant die weigerde te betalen. Maar hij hield vast aan het verhaal van de val van de trap. En Aschau plaagde hem er de rest van de avond mee dat een vrouw die zulke sporen had achtergelaten wel heel boos moest zijn geweest.'

Beatrice tikte peinzend met het gummetje van haar potlood op tafel. 'Verder nog iets?'

'Ja. Dulović maakte een bedrukte indruk. Aschau zegt dat hij telkens over zijn schouder keek.'

'Alsof hij bang was?'

Stefan en Bechner wisselden een blik. 'Dat woord is niet gevallen,' antwoordde Bechner. 'Maar ik denk dat Aschau dat wel bedoelde.'

Geen ongeluk, bonsde het in Beatrices hoofd. Geen ongeluk. 'Goed werk, heel erg bedankt,' zei ze, waardoor in elk geval Stefan begon te stralen, maar Bechners gezicht bleef onbewogen. Waarschijnlijk zou dat op slag slap gaan hangen van vermoeidheid als Beatrice hun nog een opdracht gaf. 'Willen jullie nog een keer naar die Aschau gaan en hem de opname van het telefoontje laten horen? Misschien kan hij de stem ondubbelzinnig linken aan Dulović.'

Zoals verwacht rolde Bechner met zijn ogen – *had je dat niet meteen kunnen bedenken, Kaspary?* – en hij begon Stefan juist enthousiast te knikken. 'Natuurlijk. Ik ga er vanavond naartoe, vlak voor de bar opengaat. Hopelijk weten we morgen meer.'

Hij lijkt wel een puppy, dacht Beatrice bijna vertederd. Is blij met alles wat je hem toewerpt. Oprecht enthousiasme dat we beslist niet met naïviteit mogen verwisselen, want anders misbruiken we hem vroeg of laat nog en laten we hem alles opknappen wat onszelf te veel inspanning kost.

Ze streek Stefan door zijn toch al warrige rode haar. 'Je bent iemand uit duizenden, wist je dat?'

Hij haalde verlegen zijn schouders op. Een scheve glimlach. 'Dank je.'

'Ja. Mama's lieveling,' mompelde Bechner. 'Het is immers niet om uit te houden hier. Ik ga weer aan het werk.'

Hij trok een lelijk gezicht, schoof Florins draaistoel naar achteren en vertrok. Stefan sprong ook op. 'Vooruit dan.' Hij zwaaide met zijn aantekeningen en liep naar de deur, verzekerde zich ervan dat Bechner buiten gehoorsafstand was en draaide zich nog een keer om. 'Laat je door zijn slechte humeur niet misleiden, hij heeft zich behoorlijk ingewerkt in de zaak. Misschien kunnen jullie hem een keer alleen op pad sturen? Het beste 's ochtends.' Hij knipoogde veelzeggend en ging.

'Dat werpt nieuw licht op de zaak.' Florin stond voor de aan de wand geprikte foto's van de dode Dulović de detailopnames te bestuderen. 'Ik hoop dat Vogt ons snel de ontbrekende resultaten geeft. Hij hinkte en had een opgezwollen oog, er moet dus premortaal letsel zijn geweest.'

Hij draaide zich om en keek Beatrice aan. Gnuivend. 'Je kijkt als een jachthond die een spoor geroken heeft, Bea. Maar ook al komen we erachter dat hij kort voor zijn dood heeft gevochten, dan wil dat nog niet zeggen dat zijn tegenstander ook zijn moordenaar was. Of dat er überhaupt een moordenaar is.'

Ze grijnsde en wachtte tot hij ook begon te glimlachen. 'Natuurlijk niet. Maar weet je wat? Laten we het erover eens zijn dat het een goede werkhypothese is.'

Ira Sagmeister

Vlecht mij van rode rozen dan een kroon,
in feestgewaad ga ik bij u vandaan,
en zet dan wijd de ramen open, toon
de sterren hoe 'k hier lig. 'k Zal weldra gaan.

En dan muziek! Terwijl de lied'ren schallen,
en d'afscheidsbeker gaat van hand tot hand,

mag nu het doek heel langzaam voor me vallen,
als zomeravond over wachtend land.

👍 10 personen vinden dit leuk

Het was een geanimeerde dag in de poëziegroep geweest. Beatrice telde elf nieuwe gedichten; van vijf alleen fragmenten, de rest integraal. Ze zou weer een groot deel van haar avond moeten opofferen om een goed overzicht te krijgen.

Ira's post was niet de meest recente, maar er kwamen voortdurend nieuwe reacties op, waardoor hij zijn plek bovenaan wist te handhaven.

Waarschijnlijk lag dat aan de allereerste reactie, die van Ira zelf afkomstig was.

Ira Sagmeister Ik wil afscheid van jullie nemen. Ik kap ermee hier, maar voel je niet beledigd. Ik kap er sowieso mee. Niet alleen hier. Tot ziens.

Beatrice kon ineens haar bloed duidelijk voelen kloppen, in haar buik, in haar gezicht; het dreunde in haar oren. Wat Ira schreef klonk niet goed, vooral niet als je haar posts van de afgelopen dagen bekeek. De ene nog somberder dan de andere, en nu dit...

Nog één keer las Beatrice de tekst vluchtig door. Een afscheidsbeker en een vallend doek. Ze typte de eerste regel in Google in en beet op haar lippen. Het gedicht was van Gustav Falke en droeg de titel 'Als ik sterf'.

Oké, op het gevaar af dat ze de reputatie kreeg een hysterica te zijn – ze mocht geen tijd verliezen. Ze viste in haar tas naar haar mobieltje en las ondertussen de reacties door.

'Florin?'

'Bea! Is er iets gebeurd?' Kennelijk was hij thuis; op de achtergrond was muziek te horen – geen wonder, het was ook al na negenen.

'Ira Sagmeister heeft een soort afscheidsbrief op Facebook gepost. Ik kan me natuurlijk vergissen, maar op mij komt het serieus over. Er zou iemand bij haar langs moeten gaan.'

'Oké.'

Eén woord, waar de vermoeidheid van een hele week in te horen viel. 'Dat hoef jij zelf niet te doen,' haastte ze zich te zeggen. 'Stuur een surveillancewagen of probeer Stefan te bereiken.'

'Nee, is al goed. Ik handel het liever persoonlijk af, mij kent ze tenslotte. Stefan moet mee, ik bel hem meteen op. Weet je zeker dat ze nog achter haar computer zit?'

Koortsachtig zocht Beatrice naar Ira's laatste reactie, helemaal onderaan, op de bemoedigende woorden van Dominik Ehrmann. 'Acht minuten geleden heeft ze voor het laatst een antwoord geschreven. Als ze iets heel drastisch post of als er aanwijzingen zijn wat ze exact van plan is neem ik meteen contact op. En ondertussen probeer ik haar bezig te houden.'

'Goed. We spreken elkaar nog.'

Beatrice legde haar mobieltje weg. Het knaagde aan haar dat ze Florins vrije avond had bedorven, misschien wel zonder dat daar enige aanleiding toe was.

Dus was het op een perverse manier geruststellend dat ook de poëzievrienden alarmerende reacties postten.

Oliver Hegenloh Ira? Je gaat toch geen domme dingen doen, hè?

Marja Keller Wat je schrijft jaagt me angst aan. Zeg alsjeblieft dat je het niet zo bedoelt.

Nikola DVD Alsjeblieft Ira! Denk eraan dat je nog een heel leven voor je hebt. Wij zijn er voor je!

Ren Ate Misschien vatten jullie het gedicht te letterlijk op en neemt Ira alleen een tijdje afscheid van internet. Ik heb dat vorig jaar ook een paar weken gedaan. Heeft me heel erg goedgedaan. Heb ik het goed, Ira?

Oliver Hegenloh Nogal riskant om dit zo te bagatelliseren. En als er dan iets gebeurt, had niemand het ooit gedacht.

Phil Anthrop Ira, als je hulp nodig hebt, zeg het dan alsjeblieft. Of ga naar iemand toe die je vertrouwt.

Dominik Ehrmann Bel me, Ira. Je hebt mijn nummer. Dan praten we er rustig over, oké?

Helen Crontaler Zal ik bij je langskomen? Als je me je adres geeft ben ik er over een paar minuten.

Dominik Ehrmann Of neem op zijn minst je telefoon op. Ik heb het nu twee keer geprobeerd, maar ik krijg aldoor de voicemail.

Beatrice haalde diep adem. Nee, dat kwam niet onschuldig over, maar eerder alsof Ira zich al had ingekapseld en de wereld buitensloot. Maar later had ze toch nog een keer geantwoord, dat had Beatrice immers gezien…

Marja Keller Ira, geen domme dingen doen. Vertel ons wat er in je omgaat, wij kunnen je helpen. Dat weet ik gewoon!!! :-*

Dominik Ehrmann Ira? Geef me een teken van leven, nu meteen, of ik stuur de politie naar je huis.

Helen Crontaler Als je haar adres hebt, wil je dat dan alsjeblieft doen, Dominik. Bedankt!

Ira Sagmeister De dood is groot.
Wij zijn de zijnen
met lachende mond.
Als we ons midden in 't leven wanen,
strooit hij zijn tranen
onder ons rond.

Ivonne Bauer Als dat jouw gevoel voor humor is, dan vind ik je zielig. Altijd maar de dood, de dood en nog eens de dood. Vind je het soms leuk dat iedereen zich zorgen om je maakt?

Dominik Ehrmann Ivonne, wil je alsjeblieft je mond houden? Ira, dank je dat je contact opneemt, ook al vind ik deze nieuwe post weer heel verontrustend. Ik bel je nu al voor de tiende keer, neem alsjeblieft op!

Helen Crontaler Geef me haar adres, Dominik, dan bekommer ik me om Ira. Ik denk dat dat het beste is. Als ik bij haar ben en ze gezond en wel is laat ik het meteen horen.
Dominik Ehrmann En wat doe je als ze de deur niet opendoet? Als er al iemand naartoe moet, dan is het de politie.

Die is daar al mee bezig dacht Beatrice met een blik op haar mobieltje. Hoe lang zou Florin erover doen? Tien minuten of een kwartier, langer niet.

Ze strekte haar vingers, legde ze op het toetsenbord. Dacht even na.

Tina Herbert Ira, als je dit leest: ik weet niet hoe je je voelt, maar ik herinner me periodes in mijn leven dat ik ook graag een punt achter alles had gezet. Het is de moeite waard om dat niet te doen.

Ze staarde naar haar beeldscherm om het moment niet te missen waarop Ira Sagmeister reageerde. Als ze nog nieuwsgierig genoeg was om dit te lezen, dan had ze ook nog wel een heel klein beetje belangstelling voor het leven.

Dominik Ehrmann Tina spreekt uit wat ik denk. Het is de moeite waard om door te zetten. Het wordt weer beter.
Ira Sagmeister Laat me met rust.

Beatrice ademde uit; pas nu was ze zich ervan bewust dat ze haar adem in had gehouden, alsof ze zich onder water bevond.

Iets verstandigs schrijven. Ira achter de computer houden en hopen dat ze niet al twee doosjes slaappillen op had. En dat Florin op tijd kwam, mocht dat wel zo zijn.

Ze concentreerde zich. Sagmeister schreef 'Laat me met rust' in plaats van gewoon haar computer uit te zetten. Wat betekende dat? Dat haar gedrag een schreeuw om hulp was en dat er niet direct gevaar dreigde dat ze zelfmoord pleegde. Niet de komende minuten. Ze communiceerde nog met de wereld, had nog niet de onzichtbare drempel overschreden waarachter alles irrelevant werd en de contouren van de waarneming vervaagden.

Ehrmann, Hegenloh en Crontaler reageerden binnen een paar seconden. Ze smeekten Ira alsjeblieft open kaart te spelen, iemand te bellen die ze vertrouwde. Misschien vond Ira het niet de moeite waard hun te antwoorden. Zat ze nog wel achter haar computer?

Beatrice opende de chatlijst. Een groen puntje achter *Ira Sagmeister*, dus ze was online.

Alsof dat iets betekende. Het kon immers ook dat ze met opengesneden polsen lag dood te bloeden in de badkuip terwijl haar laptop op het krukje ernaast nog gewoon aanstond.

'Hallo, Ira.' Misschien was ze via de chat eerder bereid tot een gesprek, als niet iedereen kon meelezen.

Niets. Was te verwachten.

'Ira, als je dit leest, antwoord dan.'

Dertig seconden, vijftig. Geen reactie, wat niet echt een verrassing was. Ira was vast niet in de stemming om te kletsen, vooral niet met Tina Herbert, met wie ze de laatste keer het gesprek ook al botweg had beëindigd.

Dan maar op een andere manier. Beatrice had iets nodig om de vrouw uit haar tent te lokken, en snel ook. Medeleven betonen of haar uitdagen had geen effect... maar misschien kon ze Sagmeisters nieuwsgierigheid wekken. Desnoods met een leugen.

'Goed, dan antwoord je niet, maar lees tenminste wat ik je te zeggen heb. Ik weet iets wat jij ook moet weten. Het heeft betrekking op jou en het is belangrijk. Het zou alles kunnen veranderen.'

Een schot voor de boeg, maar áls ze het las, als ze het nog kón lezen...

'Waar heb je het over?'

Beatrice schoot in de lach. Gelukt.

'Het is iets wat we persoonlijk moeten bespreken. Het duurt een halfuurtje. Maar het is de moeite waard.'

Ze schoot overeind toen haar mobieltje ging. Heel even had Beatrice de irrationele gedachte dat ze Sagmeister aan de lijn zou hebben om het gesprek per telefoon voort te zetten. Maar het was Florin, eindelijk.

'We zijn nu hier en ze doet niet open.' Hij klonk gejaagd. 'Heeft ze op Facebook nog iets van zich laten horen?'

'Ja, ik had haar zonet nog op de chat.'

'Goed, heel goed. Kun je al het sein veilig geven?'

'Nee, jammer genoeg niet. Geef me nog twee minuten.' Ze hing op. Nog geen antwoord van Sagmeister.

'Ira? Laten we elkaar morgen ontmoeten. Om negen uur bij de fontein van de Residenz. Afgesproken?'

Waarom reageerde ze niet meer? Stond ze bij de deur en hield ze de agenten door het spionnetje in de gaten? Had ze ten slotte toch opengedaan?

Eindelijk verscheen het antwoord in het chatvenster: 'Nee. Vertel me straks maar wat er aan de hand is.'

'Dat gaat niet. Morgen.'

'Dan is het te laat. Je kunt me wat.'

Shit. Beatrices hoofdhuid jeukte van de spanning. Nog één poging met zwaar geschut.

'Ik geloof dat ik weet waarom je dood wilt en wat ik je te zeggen heb heeft daarmee te maken.' Dat sloeg nergens op, het was een noodgreep, maar als die slaagde...

Beatrice staarde naar het chatvenster alsof ze puur door wilskracht een antwoord kon afdwingen. Na een minuut waarin ze het beeld van het meisje in een badkuip vol rood water steeds duidelijker voor zich zag, hield ze het niet meer uit. Ze belde Florin.

'Ga alsjeblieft naar binnen. Ik had haar net nog op de chat, maar nu is ze geloof ik weg.'

'Oké. Je hoort me zo weer.'

Beatrice was er dolgraag zelf bij geweest. Als Ira zich de afgelopen minuten had opgehangen was het al te laat. Een gebroken nek was niet ongedaan te maken, evenmin als een föhn die in de badkuip was gegooid. Dan waren pillen of opengesneden polsen beter, of... Het allerbeste was natuurlijk vals alarm.

Met gesloten ogen zakte Beatrice tegen de leuning van de bank. Wat was het best mogelijke scenario in deze situatie? Dat Florin Ira volkomen gezond, maar ook woedend, zou aantreffen omdat haar deur was opengebroken. Dat hij haar probeerde te overreden om zich te laten behandelen door een arts, of haar daar desnoods toe dwong. Dat zou enige tijd in beslag nemen; dan belde hij op zijn vroegst over een halfuur terug.

Het een na beste scenario: een mislukte poging, een zelfmoord die door snel ingrijpen van een arts kon worden verhinderd. Ook dan zou Florin eerst alles afhandelen wat belangrijk was en daarna pas contact opnemen. Hoe langer zijn telefoontje dus op zich liet wachten, hoe beter.

Het beeld van de manier waarop Ira haar en Florin laatst bij de deur had opgewacht kwam weer bij haar op. Rokend, rusteloos kijkend. Niet van zins iemand zomaar haar woning binnen te laten. Twintig jaar oud, maar vol ongetemde emoties. Misschien was er zelfs al een dossier van haar bij jeugdpsychiatrie, dat zouden ze...

Beatrices mobieltje ging veel te vroeg over.

Ze richtte zich op, ademde in, maar had toch het gevoel dat ze geen lucht kreeg. Ze vloekte binnensmonds voor ze opnam.

'We zijn nu in de woning,' zei Florin. 'Maar Ira is hier niet. We hebben overal gekeken. Ze is kennelijk weggegaan.'

Een ogenblik lang beschouwde Beatrice dat als goed nieuws, voor het tot haar doordrong dat dat bepaald niet het geval was. Buiten hadden ze geen enkele kans haar te vinden. Ze kon overal zijn, en niemand zou haar kunnen verhinderen te doen wat ze zich had voorgenomen.

Maar daar was immers nog...

'Haar computer! Florin, zie je ergens in de woning haar computer? Een blauwe laptop, weet je nog? Ze had hem op de vensterbank staan, tussen twee bloempotten.'

'Daar is ie niet. Ik ga er nog naar zoeken, oké? Stefan is bezig Ira's mobiele nummer te achterhalen, misschien kunnen we haar op die manier bereiken.'

Ja. Ja, dat was een goed begin, maar...

'Ik kom naar jullie toe.'

'Hoeft niet, je kunt je kinderen toch niet alleen laten.'

'Dat doe ik ook niet.' Ze hing op en zocht Katrins nummer in het adresboek van haar mobieltje. De dochter van de buren was een godsgeschenk, ook al liet ze zich goed betalen. Het was bijna halfelf, dan sliep ze nog niet, en als ze niet met vrienden op stap was zou ze vast...

'Katrin? Hoi, met Beatrice. Zeg, zou jij nu hiernaartoe kunnen komen? Ik moet weg, een noodgeval.'

'Natuurlijk.' Het meisje klonk altijd vrolijk. Ze was maar iets jonger dan Ira, maar jeetje, wat een verschil.

'De kinderen slapen al. Je hoeft alleen maar hier te zijn voor het geval een van hen wakker wordt. Kan zijn dat ik de hele nacht wegblijf...'

'... dan slaap ik op de bank,' maakte Katrin Beatrices zin af. 'Geen probleem. Ik ben er over twee minuten.'

Toen er zachtjes op de deur werd geklopt, had Beatrice haar schoenen en jas al aan. 'Dank je,' zei ze hartelijk. Met haar laptop onder haar arm liep ze de trap af.

Voor ze de auto startte stuurde ze namens Tina Herbert nog een berichtje aan Ira.

'Neem alsjeblieft contact op! Ik voel me heel betrokken bij je.'

Als Ira het had gelezen, maakte het kennelijk niet voldoende indruk om op de uitnodiging in te gaan. Dat had ze kunnen verwachten.

De opengeklapte laptop bleek een slechte passagier, want Beatrice kon haar ogen er nauwelijks van afhouden. Ira moest hem ook bij zich hebben, waar ze ook mocht zijn.

Nu was het afgelopen. Ze moest zich op het verkeer concentreren. Ze reed tenslotte op de busbaan en legde de kleuren van de verkeerslichten in haar eigen voordeel uit; dan moest ze wel zíen wat ze deed.

Twaalf minuten na haar vertrek parkeerde Beatrice voor het huis van Ira Sagmeister. De benedendeur stond open en op de eerste verdieping stond Florin al te wachten.

'We zijn geen stap verder gekomen.' Hij liet haar voorgaan; de woning zag er duidelijk slordiger uit dan de vorige keer. Een overhaast vertrek? Of had iemand hier rondgezocht, op zoek naar... ja, waarnaar eigenlijk?

'Stefan loopt rond in het gebouw en probeert erachter te komen of iemand Ira heeft gezien, hoe ze is vertrokken en zo ja, wanneer. We hebben haar mobiele nummer en proberen het toestel te lokaliseren, maar je weet het.'

Ze wist het. Dat kon even duren. Beatrice nam plaats in de stoel waar ze de vorige keer ook had gezeten. Misschien zwierf Ira alleen door de stad en probeerde ze haar gedachten op een rijtje te krijgen. Of ze zat in een café en goot zich vol, samen met een paar andere depressieve jongeren.

Of – en ook dat mochten ze niet uitsluiten – al dat sombere gedoe was een truc van haar waardoor ze vanavond eindelijk de aandacht kreeg waar ze al jaren naar verlangde. Het was allemaal mogelijk.

Iemand kwam de kamer binnen waardoor Beatrice opschrok uit haar gedachten. Het was een verlegen kijkende Stefan met twee stukken appeltaart in zijn hand.

'Heeft iemand van jullie honger?'

O god, nee. Beatrice schudde haar hoofd. 'Waar heb je die vandaan?'

'Van mevrouw Roschauer van de tweede verdieping. Ze is minstens negentig, haar man is gesneuveld in de oorlog en ze heeft vandaag gebakken. Ik doe haar denken aan haar middelste zoon, die had ook rood haar voordat hij kaal werd. Stefan haalde zijn schouders op en tegelijkertijd gingen zijn mondhoeken omhoog. 'Dat heeft ze me allemaal vrolijk en uitgebreid verteld, maar ze wist jammer genoeg niet wanneer Ira is vertrokken. Terwijl ze echt zo'n omaatje is dat het hele gebouw in de gaten houdt.'

Hij legde de stukken taart, waar mevrouw Roschauer een bloemetjesservetje omheen had gedaan, op de salontafel. 'De andere mensen in het complex weten helaas ook niets. Ze zeggen dat Ira meestal op de fiets is, ze heeft geen auto. Haar fiets zou in de kelder moeten staan, hij is lichtgroen met een wit zadel. Wil je echt geen taart? Hij is super. Ik heb er al twee stukken van op, maar die daar eet ik ook nog op als niemand anders ze wil.'

Beatrice sloeg het aanbod af. 'Heeft mevrouw Roschauer je de keldersleutel gegeven?'

'Nee, mevrouw Kächl. Hier.'

Beatrice rende met twee treden tegelijk de trap af. Ze kon het gevoel dat er haast bij was nog steeds niet van zich afschudden.

Daar was de fiets. Lindegroen, een wit zadel, duidelijk een tweedehandsje. Om de handvatten zaten elastiekjes. Waarschijnlijk droeg Ira haar haar in een paardenstaart als ze fietste.

'Ze is kennelijk te voet,' legde Beatrice de taart etende Florin uit toen ze de woning weer binnen kwam. 'Te voet, maar met haar laptop. Of iemand heeft haar afgehaald, maar volgens Stefan heeft niemand dat gezien.'

Een snelle blik op haar eigen laptop. Ira had nog steeds niet geantwoord, maar toch stuurde Beatrice haar nog een dringende oproep via de chat, ook al had verwachtte ze er weinig van.

De rest van de groep was nog steeds in rep en roer. Het mobiele nummer van Ira was kennelijk verspreid en de leden belden haar om de beurt. Waarschijnlijk had Ira haar telefoon allang uitgezet. Of weggegooid; dat deden sommige mensen die zelfmoord pleegden voordat ze er ernst mee maakten. Ze kapten de contacten met de rest van de mensheid af.

'Het liefst zou ik kriskras door Salzburg rijden om naar haar te zoeken.' Het werd Beatrice pas duidelijk dat ze haar gedachte hardop had uitgesproken toen ze Florins vorsende blik ontmoette.

'Je bent echt betrokken bij dat meisje, hè?'

Was dat zo? Beatrice onderzocht haar gevoelens. Ze kende Ira nauwelijks, maar toch...

'Ze is nog zo... jong.' Dat was een deel van de waarheid, maar niet alles. Ira's reactie op de blufpoker van Beatrice en nu haar hardnek-kige zwijgen... 'Ik kom maar niet van het gevoel af dat ze iets weet wat ze ons niet heeft verteld. Over Pallauf. Of Beckendahl. Of over allebei.'

En dan mag ze niet zomaar doodgaan, zonder dat ze ons heeft ver-teld wat ze weet. Een egoïstische gedachte van een politieagent.

'We kunnen niet blijven zitten en wachten tot ze terugkomt,' zei ze zonder haar blik van het beeldscherm van haar laptop af te wen-den. 'Laten we iets doen, Florin. Alsjeblieft.'

'Nog even en dan hebben we de informatie over waar haar mo-bieltje zich bevindt.' Hij veegde met een van de bloemetjesservetten de taartkruimels van zijn handen. 'Maar het is je ook bekend dat we dan alleen weten bij welke mast het mobieltje was aangemeld. Daar-mee hebben we Ira nog lang niet gevonden.' Hij hurkte neer bij de salontafel, draaide de laptop naar zich toe en begon Ira's post te le-zen. 'Als ik sterf'.

'Als we haar vinden moeten we een psycholoog bij ons hebben,' zei Florin zacht. 'Iemand die weet hoe je omgaat met mensen die het risico lopen zichzelf van het leven te beroven.'

Ja, natuurlijk! Beatrice haalde haar mobieltje tevoorschijn en doorzocht haar adresboek. Met Hanna Rimschneider had ze de laatste jaren goede ervaringen opgedaan, net als met Vera Stolte-Kern, die vaak het crisisinterventieteam kwam versterken...

'Mensen!' Stefan kwam de kamer binnen stormen en hij hield zijn mobieltje als een signaalbord omhoog. 'We hebben het geloka-liseerd. Haar mobieltje was vijfentwintig minuten geleden ingelogd bij een mast in de Parscher Straße.'

Ze namen de auto van Florin. Eropaf rijden was veel beter dan ge-woon maar afwachten, hoewel Beatrice uit het zwijgen van de twee anderen opmaakte dat die zich weinig illusies maakten. Ira Sag-meister zou vast niet op een straathoek op hen staan te wachten en naar hen zwaaien, maar ze konden in elk geval de cafés in de omge-ving afgaan en naar haar informeren.

In de Vogelweiderstraße werden ze ingehaald door de eerste auto die eropaf was gestuurd: een ziekenauto met blauw zwaailicht, meteen gevolgd door een politieauto. Er stroomde iets kouds door Beatrices aderen. De Parscher Straße was niet ver meer. Als ze met een dienstauto waren gegaan hadden ze via de politieradio al gehoord wat er aan de hand was.

Vanaf de Sterneckstraße konden ze het lichtspel al zien. Blauw geknipper dat door de muren van de huizen werd weerkaatst.

'Ze staan op de Eichstraßenbrücke.' Beatrice zag Florin slikken en naar de straat staren. 'Misschien is het een verkeersongeluk.'

Het woord 'hopelijk' sprak hij niet uit, maar het klonk erin door. De brug lag boven de spoorweg tussen Wenen en Salzburg en langzaam begon het Beatrice te dagen, koud en onbedwingbaar als water dat buiten de oevers treedt.

Al voor de auto tot stilstand was gekomen sprong ze eruit en rende op de eerste agent af die ze zag. Haar politiekaart had ze al in haar hand.

'Kaspary, levensdelicten. Wat is hier gebeurd?'

De collega was jong, amper dertig, schatte ze. 'Wat zijn jullie krankzinnig snel! We zetten hier net de boel af.'

'Ik wil weten wat er is gebeurd!'

Hij keek naar de brugleuning en snel weer weg. 'Er is iemand voor de trein gesprongen.'

Beatrice knikte, haar keel was zo droog dat ze niet in staat was er nog een woord uit te krijgen. *Er is iemand voor de trein gesprongen en ik weet wie het was.*

Ze zocht en vond een plek vanwaar ze naar beneden kon klimmen, naar de spoorbaan. Nog was er niets te zien. De schijnwerpers van de hulpverleners waren op een van de middelste sporen gericht.

Ik had een zaklamp mee moeten nemen, dacht Beatrice, een paar seconden voor ze het been zag. Het was er bij de dij afgerukt; de gymschoen en de sok zaten er nog aan. Het been van een jonge vrouw, dat de indruk maakte achteloos te zijn weggeworpen in de berm.

Aan dorre bramen zal hun huid weer bloesem geven.

Toen ze zich het door Ira geposte gedicht herinnerde dreigde de grond even onder haar voeten weg te zakken.

Hijgend bereikte ze de groep hulpverleners die net begonnen waren de omgeving uit te kammen. Ze greep de eerste die ze te pakken kreeg bij zijn schouder en hield hem haar politiekaart voor de neus. 'Wat is er precies gebeurd? En wanneer?'

De man nam de politiekaart in ontvangst, bekeek die heel goed en gaf hem aan Beatrice terug. 'Ongeveer twintig minuten geleden is er iemand voor de intercity gesprongen. Van de brug of gewoon van de zijkant, dat weten we nog niet, niemand heeft er melding van gedaan. De machinist zegt dat de vrouw er ineens was, als uit het niets, maar we hebben hem nog niet fatsoenlijk kunnen verhoren.' De man wees met zijn kin naar rechts, waar iemand ineengedoken, trillend over zijn hele lichaam op de grond gehurkt zat. De ambulancedokter praatte op hem in.

'Weet u al iets...' Beatrice schraapte haar keel en begon nog een keer. 'Weet u al iets over de identiteit van het slachtoffer?'

Haar gesprekspartner moest zich zichtbaar bedwingen om haar niet in haar gezicht uit te lachen. 'Dit is kennelijk uw eerste spoorlijk? U moet nog een beetje geduld hebben, voor we alles... bij elkaar hebben. Soms ligt zo'n lichaam verspreid over een paar honderd meter...'

Waarschijnlijk zag hij iets in Beatrices gezicht wat hem deed zwijgen. 'Ik moet nu verder,' bromde hij, en hij draaide zich om en ging.

Intussen waren ook Florin en Stefan bij de sporen aangekomen. Stefan hield zijn hand voor zijn mond; het moest de geur zijn, de geur van een slachthuis die boven de rails hing – de geur van verse dood.

'Ik heb de inzetleider gesproken, het baanvak blijft nog minstens twee uur afgesloten.' Florin sprak sneller dan normaal; hij wierp een rusteloze blik over de sporen, het talud, de spoordijk. 'Ik heb Drasche al geïnformeerd. Vogt wil ook komen, tot dat moment mogen we... nergens aankomen.'

'Ja.' Beatrice wees vaag in de richting van het afgerukte been.

'Maar dat kunnen we toch afdekken, of niet?' Ze had een droge keel. De politievrouw in haar wilde op zoek naar nog meer lichaamsdelen, en tegelijkertijd was ze er het liefst vandoor gegaan. Dit was huiveringwekkend, en het maakte niet uit of het de stoffelijke resten van Ira Sagmeister waren of die van iemand anders.

Vol medeleven keek ze naar de ineengedoken machinist. Ze hadden een deken om zijn schouders geslagen. Er zat nu een verpleger naast hem. De arts was weggeroepen en hurkte nu bij een verderop gelegen baanblok. Wat vermoedelijk betekende dat ze een nieuwe vondst hadden gedaan.

Zonder dat ze had gemerkt dat hij dichterbij was gekomen, stond Florin ineens naast haar. Hij pakte zacht haar hand vast. 'Als het echt Ira is mag jij jezelf geen verwijten maken.' Zijn stem was nauwelijks meer dan een gefluister. 'Je hebt haar serieus genomen en alles gedaan om haar te helpen.'

Beatrice ontweek zijn blik, maar liet toe dat hij haar hand steviger vasthield. Het deed haar goed, zijn greep was als een anker in de chaos, ook al was ze zich er net van bewust geworden hoe kwetsbaar zo'n hand was, hoe gemakkelijk die van je lichaam kon worden gerukt.

'Heb je het koud?'

Ze schudde haar hoofd. De rilling die net over haar rug ging had andere oorzaken. Langzaam maar beslist maakte ze haar hand los uit de zijne. Zelfs als vriendschappelijk gebaar was handje vasthouden hier echt ongepast. 'Ik wil proberen de machinist te spreken.'

Boven op de straat werd de motor van een auto afgezet, en terwijl Florin eerst Drasche toewuifde en daarna naar hem toe liep ging Beatrice langzaam op de man af die in een shock verkeerde.

'Het ging heel snel, heel snel.' De ogen van de machinist keken in het niets, of waarschijnlijker: ze keken in een verleden dat nauwelijks meer dan een halfuur geleden was. Hij was midden in de dertig, vermoedde Beatrice, ongeveer van haar leeftijd.

'Ze was er opeens. Hop. Ik probeerde natuurlijk nog te remmen, maar ik wist dat het te laat was en toen...' Zijn mond ging open en weer dicht. 'Dat geluid, mijn god, dat...'

Hij probeerde zijn mond met zijn hand dicht te drukken, maar het hielp niet. Tussen zijn vingers kwam braaksel tevoorschijn en nu begon hij te huilen.

Beatrice haalde een pakje papieren zakdoekjes uit haar jaszak, gaf de man het ene na het andere en wachtte geduldig tot hij zijn handen en zijn gezicht zo goed en zo kwaad als het ging had schoongemaakt. 'We hebben water nodig,' riep ze een van de voorbijsnellende hulpverleners toe, maar die hoorde haar niet of deed alsof. Het stonk, maar toch gaf Beatrice de machinist een arm. 'Ik ben Bea. Wie ben jij?'

'Josef. Josef... Kainach.'

Ze gaf hem een kneepje in zijn arm. 'Dit is een rotavond voor ons, Josef. En ik kan je zeggen dat dat nog wel even zal duren ook. Maar ik zou heel blij zijn als je me zou vertellen wat er precies is gebeurd. Je zei dat het een meisje was?'

Hij knikte, haalde zijn neus op. 'Ja. Jong.'

'En ze sprong op de rails? Van boven of van de zijkant?'

'Weet ik niet. Van boven waarschijnlijk. Ze – viel naar beneden, en ik geloof dat ze weer op wilde staan. Maar ik was te druk bezig met remmen en op het laatste moment... keek ik weg. Maar dat geluid.'

Hij barstte opnieuw in tranen uit. Beatrice liet hem huilen en hield hem vast. Drasche kwam aanlopen, samen met Florin. Zijn mond was samengeknepen tot een streep; hij keek heel geconcentreerd. Met een handschijnwerper zocht hij elke meter om zich heen af. Van Beatrice nam hij geen notitie.

'Wat is er daarna gebeurd, Josef?' Ze gaf hem nog een zakdoekje.

'Daarna stond de trein eindelijk stil,' zei hij slikkend. 'Ik ben er meteen uit gesprongen en teruggelopen, maar er was eerst helemaal niets te vinden en toen... een stuk buik met een been eraan. Eén been.' Hij kokhalsde weer, hoestte, maar gaf nu niet over.

'Toen ben ik teruggegaan. En toen was die geur er, en die gaat nu niet meer weg.' Hij keek Beatrice aan. Ze moest aan Jakob denken, aan zijn betraande ogen als hij een nachtmerrie had gehad. 'Ik heb de meldkamer geïnformeerd... Mijn locomotief... Bea? Er kleeft iets aan. Ik weet niet wat het is, het is vast iets van heel diep uit het lichaam. Ach, shit!' Hij begroef zijn hoofd in zijn handen en begon zachtjes huilend van voren naar achteren te wiegen.

'Je hebt het allemaal goed gedaan, Josef.' Beatrice legde alle beslistheid die ze kon opbrengen in haar woorden. 'Niemand had het beter kunnen doen of zelfs maar kunnen verhinderen. Het is jouw schuld niet, oké?'

Hij antwoordde niet, knikte alleen, zonder zijn handen van zijn gezicht te halen. Beatrice bleef bij hem zitten. Aan de ene kant omdat ze hem niet alleen wilde laten, aan de andere kant omdat ze datgene waar Drasche zich net overheen boog, dertig meter rechts van haar, meteen wilde kunnen zien.

Een stuk buik met een been eraan.

Pas toen een van de hulpverleners terugkwam en Josef naar de ziekenauto bracht voegde ze zich bij haar collega's.

Het was na elven toen eindelijk de romp werd gevonden. Het hoofd en één arm hingen er nog aan. De jonge agent die achter de juiste struik had gekeken was even bleek als de maan aan de hemel boven hen.

'Je hoeft niet mee te komen,' zei Florin. 'Echt niet. Als haar gezicht herkenbaar is kan ik haar alleen ook wel identificeren.'

'Nee.' Dat klonk kortaf en scherp, en zo had Beatrice het niet bedoeld. 'Nee,' herhaalde ze vriendelijker. 'Ik wil erbij zijn.'

Wat niet helemaal overeenkwam met de waarheid. Ze wílde het niet, ze voelde het als een verplichting. Het vloeide logisch voort uit alles wat er was gebeurd.

Je zou het ook de prijs kunnen noemen die ze betaalde omdat ze te laat kwam. Als ik Ira al tijdens ons bezoek juist had ingeschat, of als ik haar vanavond op Facebook anders had benaderd...

Ze riep zichzelf tot de orde. Geen als, als, als meer. Dat zou de les moeten zijn die ze uit de afgelopen jaren zou moeten trekken. Alle 'als ik maars' en 'had ik maars' kwamen uiteindelijk neer op 'het is niet anders'. Zo ging dat in het leven.

Beatrice telde de passen die ze naast Florin zette. Vijftien, zestien. Concentreerde zich op Drasche, die al neergeknield op de vindplaats zat, op zijn witte rug. Vierentwintig, vijfentwintig. Ze vroeg zich af of ze niet gewoon moesten blijven staan. Ze zouden alles immers eerder dan hun lief was te zien krijgen, op gedetailleerde, goed belichte foto's.

Tweeëndertig. Ze waren er bijna. Achter Drasche was iets zichtbaar. Vervormd maar herkenbaar. Een arm.

Onwillekeurig was Beatrice langzamer gaan lopen en Vogt, die kennelijk net was aangekomen, haalde haar in. Hij strekte zijn nek en gluurde langs Drasche. 'Dat noem ik nog eens een nette snee,' hoorde Beatrice hem zeggen.

Negenenveertig, vijftig, eenenvijftig. Haal diep adem. Kijk.

Een verminkt bovenlichaam met een gerafeld gat waar ooit de rechterarm had gezeten. Beatrice deed haar best om niet naar de plek te kijken waar de wielen van de trein het onderlichaam van de rest hadden afgerukt en concentreerde zich op het hoofd.

Ira. Geen twijfel mogelijk. Vergeleken met haar verscheurde lichaam leek haar gezicht bijna ongehavend. Het was naar Beatrice toegekeerd, met half geopende ogen die haar tegen beter weten in de indruk gaven dat Ira haar aankeek.

De dood is groot. Wij zijn de zijnen.

Maar dat klopte niet, wat Rilke ook mocht schrijven. De dood was smerig en stonk en verleende een mens niet meer waardigheid dan een overreden kikker. Hij reduceerde iedereen tot vlees.

Beatrice voelde dat Florin haar in de gaten hield en deed haar best om zich een houding te geven. 'Goed,' zei ze, harder dan ze van plan was geweest. 'We weten nu dus dat zij het is.'

'Ja.'

Kwam het bij hem ook zo hard aan? Nu keek Beatrice toch op; ze zag Florins op elkaar geperste lippen een geconcentreerde glimlach vormen. 'We moeten Drasche en Vogt hun werk laten doen. Wij hebben alles gezien wat nodig is.'

Beatrice wilde daarmee instemmen, alleen al uit pure opluchting, maar het gevoel dat ze hier echt klaar waren kwam niet. Iets klopte er nog niet, er ontbrak iets...

Toen wist ze het. 'Waar is Ira's computer? Ze heeft er kort voor haar dood nog meer gecommuniceerd. Het ding moet in de buurt zijn.'

Als ze die bij zich had gehad toen ze voor de trein sprong lag hij nu verspreid over de spoorrails, maar toch moesten ze proberen hem te vinden. Misschien was de harde schijf door een wonder onbeschadigd gebleven.

'Ze kan hem overal neer hebben gelegd.' Florins hand beschreef een halve cirkel die de brug, de rails en de spoorbrug omvatte. 'Hier of ergens anders. Hetzelfde geldt voor haar mobieltje. Ik vrees dat we daar in het donker niets van zullen vinden.'

Toch liep Beatrice langzaam met neergeslagen blik langs de rails, elke plek bekijkend die door de schijnwerpers werd beschenen. Ze vond geplette pakjes drinken, lipjes van bierblikjes en een euro. Maar geen onderdelen van een computer.

Stefan, die tot dan toe bij de hulpverleners en geüniformeerde collega's had gestaan om te horen wat er allemaal was gebeurd, sloot zich bij haar aan. Hij beweerde dat hij elk onderdeel van een computer feilloos zou herkennen, ook als het vervormd was.

Maar ook hij vond niets. 'Ze zal hem ergens hebben achtergelaten.'

Wie weet. En als dat klopte...

Florin mengde zich in het gesprek. 'Haar USB-stick. Ze bevond zich in een uitzonderlijke situatie, ze zal het niet belangrijk hebben gevonden om nog offline te gaan, dus de kans bestaat dat we haar laptop kunnen lokaliseren.'

Stefan begon enthousiast te knikken. 'Daar ga ik voor zorgen. Zou iemand me naar het bureau kunnen brengen?'

De sfeer in de auto was zwaarmoediger dan ooit. Ze reden de weg terug waarlangs ze gekomen waren, naar de woning van Ira Sagmeister, waar Beatrices auto geparkeerd stond. Het beklemde haar om naar huis te gaan. Slapen zou riskant zijn; ze moest erop rekenen dat de beelden in haar hoofd daardoor gruwelijk tot leven werden gewekt.

Ze stapte in haar auto en reed langzaam, dankbaar voor elk stoplicht. Het duurde bijna een uur. Moest ze Katrin wel wekken? Maar die bleek sowieso nog wakker; ze zat in kleermakerszit op de bank en keek naar nachtelijke herhalingen van CSI. Een fantasyserie over de politie.

'Die twee hebben niet eens gemerkt dat je weg was,' zei ze. 'Ze zijn geen van beiden wakker geworden, alles is prima in orde.' Beatrice haalde vijfentwintig euro uit haar portemonnee en drukte ze Katrin in de hand. Pas nu maakte die haar blik van het beeldscherm los en keek Beatrice fronsend aan. 'Maar met jou niet, hè? Is er iets ergs gebeurd?'

Het feit dat ze door een meisje van zeventien werd getutoyeerd gaf Beatrice elke keer het eigenaardige gevoel dat ze zelf ook niet veel ouder was. Ze had niet gedacht dat ze die avond nog een keer zou kunnen glimlachen.

'Dat mag je wel zeggen.'

In een afwerend gebaar hief Katrin haar beide handen op. 'Geen bloederige details, alsjeblieft! Maar probeer toch goed te slapen, hè.' Ze wuifde met de drie biljetten. 'En graag weer, wanneer je maar wilt.'

Negen

De lucht was grijs, net als het water dat er in zware druppels uit viel.

Het kostte Beatrice moeite zich op de bespreking te concentreren. Vijf uur slaap waren niet voldoende geweest om nieuwe energie op te doen, evenmin als de drie koppen koffie die ze had gedronken. De vierde stond voor haar; de inhoud begon koud te worden.

'Alles wijst dus op treinsuïcide?' hoorde ze Hoffmann zeggen. Ze begreep pas seconden later dat hij die vraag aan haar stelde.

'Ja. Ira Sagmeister heeft afscheid genomen op Facebook en de daad min of meer aangekondigd.'

'Min of meer?'

'Inderdaad.' Beatrice haalde de computeruitdraai van de threads uit haar map. 'Ik wil afscheid van jullie nemen,' las ze voor. 'Ik kap ermee hier, maar voel je niet beledigd. Ik kap er sowieso mee. Niet alleen hier. Tot ziens.'

Dat was het ene. *Dan is het te laat. Je kunt me wat,* was het andere. Dat zou ze hier onder geen beding ter sprake brengen.

'Daarvoor en daarna heeft ze gedichten gepost die over dood en sterven gaan. Maar zo zat ze in elkaar, voor zover ik het kan beoordelen. Ik heb gelezen wat ze de afgelopen maanden heeft geschreven en dat was allemaal niet erg vrolijk.'

Dwars over Hoffmanns voorhoofd ontstonden rimpels. Zijn blik was strak gericht op het tafelblad; hij bewoog geluidloos zijn lippen en schudde daarna zijn hoofd. 'Zomaar een heel leven weggegooid. Een gezond leven. Ondankbaar, toch? Vindt u niet?'

De vraag was aan Florin gericht. 'De betrokkene ziet dat waarschijnlijk anders,' antwoordde hij na een korte aarzeling.

Beatrice was blij dat Vogt haar over Hoffmanns vrouw had geïnformeerd, anders had ze waarschijnlijk fronsend rondgekeken en vast iets verkeerds gezegd. Ze hadden heel vaak met zelfmoorden te maken en Hoffmann was nog nooit sentimenteel geworden.

'Laten we verdergaan.' Vogt onderbrak het zwijgen voor het onaangenaam kon worden. 'Ik heb de foto's hier en vertrouw erop dat alle aanwezigen tegen de aanblik van ingewanden kunnen.' Hij spreidde ze met een zwierig gebaar uit op de tafel. 'We hebben alle puzzelstukjes gevonden en vannacht had ik het genoegen ze zo goed en kwaad als het ging samen te mogen voegen. Naar mijn mening is het uitgesloten dat een of andere retriever als hij wordt uitgelaten nog een lekker hapje naast het spoor vindt.'

Beatrice mocht Vogt graag en begreep dat hij zichzelf alleen maar beschermde door zijn zwarte humor. Maar vandaag kon ze er niet tegen, niet nu het ging om het meisje dat Rilke citeerde en naar Radiohead had geluisterd. *I'm not here. This isn't happening.* Vierentwintig uur geleden waren de bloedige hompen op de foto's nog een ademend mens geweest. Een knap meisje dat sjaaltjes in haar haar droeg en op een groene fiets reed. Ze schoof de kop koud geworden koffie opzij; de geur stond haar tegen.

'Ik zou het prettig vinden als we deze vergadering wat zakelijker konden houden,' zei Florin naast haar. Even kwam ze in de verleiding hem dankbaar in zijn arm te knijpen, maar dat deed ze natuurlijk niet. Dus haalde ze diep adem.

'Dank je, Florin. Ik wil nog een keer wijzen op het mogelijke verband met het overlijden van Pallauf en Beckendahl. Ze waren alle drie lid van de poëziegroep op Facebook. Kunnen we dat echt afdoen als puur toeval?'

Vogt haalde zijn schouders op: dat was zijn probleem niet. Hij begon in zijn aktekoffer te woelen. Beatrice hoopte vurig dat hij niet nog meer foto's zou vinden, of iets eetbaars.

Door haar verwijzing naar Facebook had Hoffmann nog meer rimpels in zijn voorhoofd gekregen. 'Kaspary, denk aan Werther van Goethe. Zelfmoord werkt aanstekelijk voor mensen die toch al gevaar lopen. Ik ben geen psycholoog, maar het zou me niet verbazen als juist mensen die hun tijd met gedichten verdoen daar heel gevoelig voor zijn.'

Dat was zo bespottelijk dat Beatrice onder normale omstandigheden een scherp antwoord niet zou kunnen hebben inhouden. Het cliché van de levensmoede romanticus zou hen geen stap verder brengen.

'Toch wil ik met uw toestemming graag verder incognito onderzoek doen in de groep.' Mijn hemel, formeler kon niet. Ze schraapte haar keel. 'Misschien had Ira daar intiemere contacten, die meer licht op de zaak kunnen werpen.'

'Alleen zijn wij er om moorden op te lossen, niet om zelfmoorden te analyseren.' In Hoffmanns stem klonk geen boosheid, alleen dodelijke vermoeidheid. Beatrice zou bijna willen dat het weer als vanouds was.

'Dat klopt. Maar we hebben nog niet kunnen bewijzen dat Pallauf zelfmoord heeft gepleegd. We weten niet hoe hij in het bos is gekomen en waar hij het wapen vandaan had.'

Hoffmann wendde zijn blik van haar af. 'Florian? Waarom zegt u niets? U leidt het onderzoek toch! Ach, laat ook maar. U geeft Kaspary immers altijd gelijk.'

Hoewel Florin er inmiddels aan gewend moest zijn met de verkeerde naam aangesproken te worden, kromp hij toch elke keer een beetje in elkaar. 'Eigenlijk alleen als ze het volgens mij bij het juiste eind heeft. Maar het klopt,' ging hij verder, 'bij de dood van Pallauf zijn er nog steeds te veel onopgeloste vragen. Hetzelfde geldt voor Rajko Dulović. En zelfs bij Ira Sagmeister kunnen we boze opzet niet uitsluiten.'

Drasche noch Vogt kwamen met tegenwerpingen, tot Hoffmanns zichtbare teleurstelling. Er viel een stilte, die alleen werd onderbroken door Stefans luide gegeeuw. Geen wonder, hij had vast niet veel geslapen, hoogstens een of twee uur op de lichtbruine bank. Beatrice hoopte dat hij nog iets zou zeggen over de plaats waar Ira's computer zich bevond. Met een berustend gebaar wreef Hoffmann eerst over zijn voorhoofd en vervolgens in zijn ogen. 'Voor mijn part. Ik denk weliswaar dat we heel goed weten wie Sagmeister om het leven heeft gebracht, maar bij Pallauf zou u gelijk kunnen hebben, Florian. We zouden niet willen dat ze ons nonchalance verwijten.' Hij keek op zijn horloge. 'Doctor Vogt? U werd daarnet onderbroken.'

'Geen probleem.' De forensisch patholoog-anatoom met zijn lange lijf ging rechtop zitten op zijn stoel. 'Veel valt er nog niet over te zeggen, maar volgens mijn eerste inschatting is Ira Sagmeister vanaf de zijkant op het spoor terechtgekomen, niet van de brug. Haar benen vertonen niet de kenmerkende verstuikingen of beenbreuken die bij een sprong van grote hoogte ontstaan.' Hij schoof zijn bril naar boven. 'Ik vermoed dat Sagmeister op het spoor is gaan staan. De locomotief heeft haar met volle kracht gegrepen, waarna ze onder de wielen terecht is gekomen. Daarvan zal ze na de botsing echter niets meer gevoeld hebben.' De laatste zin was tot Beatrice gericht. Normaal gesproken zou ze zich eraan hebben geërgerd dat zij kennelijk als enige vrouw van het gezelschap tot empathie in staat was, maar nu was ze opgelucht dat Ira's dood waarschijnlijk niet zo had aangevoeld als de aanblik van haar stoffelijke resten deed vermoeden.

'Als er sprake is geweest van boze opzet,' hoorde ze zichzelf zeggen, 'is dat dan vast te stellen?'

Vogt moest zoals gewoonlijk een paar seconden nadenken voor hij antwoord gaf. 'Als we veel geluk hebben wel. Natuurlijk zal ik naar sporen van vreemd weefsel onder haar vingernagels zoeken, maar afweerverwondingen en dergelijke...' Hij schudde zijn hoofd. 'Die zijn allemaal verstoord door wat de trein heeft aangericht.'

Bij Dulović waren het de in het water ontstane verwondingen, bij Sagmeister was het de trein die eerdere sporen had verwoest. Was het echt toeval?

Ook Drasches verslag was kort. Hij somde de plekken op waar hij of zijn collega's van de brandweer lichaamsdelen hadden gevonden. 'Verder was er op het terrein niets bruikbaars te vinden,' verklaarde hij.

Florin trommelde met zijn vingers op het tafelblad. 'Hoe staat het met de computer? Stefan? Hebben jullie die al kunnen lokaliseren? Hebben we hem?'

'Nee. Het heeft behoorlijk lang geduurd voor we de provider en het IP-adres hadden achterhaald en toen was het ding offline. Daarvoor was hij aangemeld in Parsch, net als het mobieltje.' Hij onderdrukte een nieuwe geeuw. 'Het spijt me om het te moeten zeggen, maar we zullen de laptop niet vinden, tenzij iemand er nog weer een keer mee op internet gaat. Mogelijk loont het de moeite om de omgeving van de Parscher Straße en de Eichstraße te doorzoeken. Als Sagmeister de laptop gewoon heeft laten liggen voor ze... eh... dan kan die daar nog steeds liggen, met een lege accu. Maar ja, het is waarschijnlijker dat iemand hem heeft gevonden en meegenomen. We kunnen het beste de bureaus voor gevonden voorwerpen op de hoogte stellen. Het kan immers zijn dat iemand hem daar afgeeft.' Hij hief zijn armen en liet ze weer vallen. 'Er zijn nog best veel eerlijke mensen.'

Daar hoefde je niet aan te twijfelen. Er waren eerlijke mensen, onoprechte mensen en mensen die iets wilden verbergen. Hoewel Ira haar zelfmoord voor de groep zo meesterlijk had geënsceneerd, kon Beatrice de gedachte niet van zich afzetten dat iemand maar al te blij was dat hij een metallic blauwe laptop had kunnen laten verdwijnen.

Ira had haar en Florin als 'echt van die politieagenten' betiteld. *Heel vriendelijk als jullie iets willen. Maar niet bereid om te luisteren als iemand uit zichzelf iets wil vertellen.*

Ze had een ingeving. 'Stefan?' zei ze. 'Laat Bechner alsjeblieft natrekken of Ira ooit op een politiebureau is geweest om hulp te vragen. Misschien wilde ze aangifte doen, iets in die richting. Laat hem het liefst in het hele land navraag doen. Ze hebben haar waarschijnlijk afgepoeierd, maar er zou proces-verbaal van moeten zijn opgemaakt.' Het was een speld in een hooiberg, met uiterst weinig uitzicht op resultaat. En Bechner was weer de klos. Hij zou haar wel kunnen villen, maar dat moest ze op de koop toe nemen.

Sinds haar overhaaste vertrek de avond ervoor had Beatrice niet meer de mogelijkheid gehad om te kijken hoe de gesprekken in de poëziegroep verder verliepen. Ze popelde om erachter te komen of er iets was doorgesijpeld van wat Ira had gedaan, of iemand opvallend reageerde of dingen wist die niemand kon weten.

Maar in een van de spreekkamers zat Ira's vader te wachten, en het laatste wat Beatrice wilde was hem daar alleen laten zitten.

Ze wreef zich over haar armen toen ze door de gang liep, verbaasd dat ze het zo koud had.

De tweede treurende vader binnen drie dagen. En weer een vader. Geen stel, geen moeder. Dat was opmerkelijk.

'Sinds wanneer weet hij het?' vroeg ze aan Florin, die naast haar liep met zijn smartphone in zijn hand. Had hij zo'n gepijnigde blik in zijn ogen door het gesprek waar ze nu naartoe gingen? Of door het sms'je dat hij net las?

'Afgelopen nacht zijn twee collega's naar hem toe gereden. Het moet heel erg zijn geweest, ze wilden hem zelfs naar het ziekenhuis brengen, maar uiteindelijk wist hij zichzelf weer onder controle te krijgen.' Florin stopte zijn mobieltje weg en keek Beatrice aan. Toen hij glimlachte was het alsof hij erover na moest denken welke spieren hij daarvoor moest gebruiken. 'Dit wordt niet eenvoudig.'

'Dat is het nooit.'

Het eerste wat ze zagen was zijn rug. Smal voor die van een man. Bevend. Hij had hen vast gehoord, maar keerde zich niet om.

Beatrice ging naast hem zitten, Florin nam de stoel ertegenover. 'Meneer Sagmeister?'

'Ja.' Zijn gezicht was opgezwollen, zijn stem hees alsof hij uren had gehuild.

'Gecondoleerd. We waarderen het erg dat u in deze situatie naar ons toe komt. Heel erg bedankt.'

Hij knikte alleen, zwijgend. 'Ik wil haar zien. Ik wil mijn meisje zien.'

Het 'nee' lag Beatrice zo voor op de tong dat ze op haar lippen moest bijten om het niet uit te spreken. 'Daar komen we later op terug. Ik zou graag willen weten wanneer u Ira voor het laatst heeft gesproken en welke indruk ze op u maakte.'

Hij deed duidelijk zijn best. En moest een aanloopje nemen voordat hij de woorden eruit wist te persen. 'Vijf dagen geleden. Ik had voor haar gekookt, maar ze at bijna niets. Maar dat was niet ongebruikelijk, weet u. Als klein kind...' Zijn bovenlichaam zakte trillend naar voren.

'Neemt u er rustig de tijd voor.' Wat had Beatrice een hekel aan haar eigen nietszeggende woorden.

'At ze altijd al slecht. Ook nu.' Wat hij zei was amper te verstaan, het drong slechts gedempt tussen zijn handen door, die hij voor zijn gezicht had geslagen. 'We hebben het over geld gehad. Ze had geld nodig en ik heb het haar gegeven. Daarna vertelde ze... over een tentamen dat ze moest doen.'

'Heel normale dingen dus?' Florin nam het over. 'U had niet de indruk dat het slecht met haar ging?'

De man haalde diep adem en ademde weer uit. 'Het ging altijd slecht met Ira. Op de een of andere manier. Sinds haar moeder is overleden.' Sagmeister liet zijn handen zakken; er was een beangstigende glimlach op zijn gezicht verschenen. 'Het is voor mij de tweede keer, weet u. En ik zie het nooit aankomen.'

'De tweede keer? Betekent dat dat Ira's moeder...'

'Ook zelfmoord heeft gepleegd. Ja. Een jaar geleden en Ira was daar helemaal kapot van. En ik – stommerd dat ik ben, ik dacht dat het langzaam wel weer beter zou gaan. Dat ze zou opknappen. Een halfjaar geleden zei ze dat ze eindelijk weer een doel had om voor te leven.' Hij begon te snikken. 'En ik geloofde haar. Ik was er zo blij om.'

Beatrice aarzelde of ze haar hand op de gekromde rug van de man moest leggen. En toen deed ze dat ook; in het ergste geval zou hij die afschudden.

'Weet u wat voor doel dat was?'

Zijn handen gleden nog meer naar beneden, tot zijn lichtblauwe, roodomrande ogen zichtbaar werden. 'Nee. Ik heb het haar gevraagd, maar ze wilde het me niet zeggen. "Als het lukt, dan vertel ik je alles. En dan lees je het in de krant," zei ze.'

Dat was interessant. 'Klinkt niet alsof het met haar studie te maken had.'

Hij haalde krachteloos zijn schouders op. 'Klopt. Maar wat maakt dat nu nog uit? Misschien was het ook maar een bevlieging, een voorbijgaand idee van haar. Ze heeft het later nooit meer over dat zogenaamde doel gehad, en toch hoopte ik dat ze iets had wat haar overeind hield.' Hij liet zijn handen op het tafelblad zakken, maar hield ze geen seconde stil. Zijn vingers betastten het gladde oppervlak alsof er iets in braille op geschreven stond. 'Heeft u kinderen, meneer...'

'Wenninger,' hielp Florin hem.

'Meneer Wenninger. Bent u vader?'

'Nee, helaas niet.'

'Aha.' Sagmeister hield zijn blik strak op zijn handen gericht. Florin gaf Beatrice met een nauwelijks zichtbaar knikje te verstaan dat ze niet moest doorvragen. Er waren belangrijker dingen die opgelost moesten worden.

'Ik zou graag wat meer over Ira's leven weten,' zei hij. 'Had ze een vaste vriend?'

'Nee. Niet meer. Ze heeft er wel een gehad, maar na de dood van haar moeder heeft ze het uitgemaakt. Ik geloof niet dat ze daarna nog iemand zag. Ze had het er in elk geval niet over en... ze zonderde zich helemaal af in haar woning. Ging maar zelden de deur uit.'

'Zou u ons de naam van die vriend kunnen geven?'

'Tobias... wacht, Tobias Eilert. Of Eilig? Het spijt me, maar ik weet het niet precies meer. Een aardige vent, hij was helemaal wanhopig toen Ira hem niet meer wilde zien.'

Florin schreef de naam onder zijn aantekeningen, met een dubbele streep eronder. 'Schieten u nog andere mensen te binnen met wie Ira vaak contact had?'

'Nee. Ze heeft het over niemand gehad. Ira was zo veranderd door de dood van haar moeder, dat kunt u zich niet voorstellen.' Hij zweeg even. 'Om precies te zijn was ze al een week daarvoor niet meer dezelfde. Alsof ze voorvoelde wat er ging gebeuren. Ik heb er nog met Adina over gepraat, dat was een van onze laatste gesprekken voordat ze – maar dat doet er nu immers niet meer toe.'

Beatrice deelde die mening totaal niet. 'De naam van uw vrouw was Adina?'

'Ja. Even beeldschoon als zijzelf.'

Van haar zelfmoord konden ze ongetwijfeld een dossier vinden.

'Kan ik nu mijn kind zien? Alstublieft.'

Florin nam innerlijk een aanloopje, Beatrice herkende het aan de manier waarop hij zijn rug rechtte en zijn vingers verstrengelde. 'Ira is niet hier, meneer Sagmeister. Ik begrijp uw wens haar te mogen zien heel goed, dat moet u echt van me aannemen. Maar ik zou het u toch willen afraden.'

Sagmeister begreep het. Natuurlijk begreep hij het. Er stroomden nieuwe tranen over zijn gezicht. 'Ik heb er recht op.'

'Dat klopt. Toch zou ik u willen vragen nog één of twee dagen over uw beslissing na te denken.' Onuitgesproken tussen hen in hing: *Zo wilt u zich haar niet herinneren.* En: *Denkt u maar niet dat u de beelden ooit weer uit uw hoofd krijgt als u haar gezien hebt.*

'Ik sluit me helemaal bij mijn collega aan,' zei Beatrice, en ze streelde zacht over de rug van de man. 'Gunt u zich de tijd erover na te denken.' Het zou misschien kunnen als de begrafenisondernemer een waar kunststuk had verricht. Ira's lichaam zou door kleren bij elkaar gehouden worden en haar gezicht was niet heel ernstig verminkt.

'Zo vreselijk als in mijn fantasie kan het niet zijn,' fluisterde Sagmeister.

Ja, dat kan wel.

'Op dit moment is het sowieso niet mogelijk. Ira wordt nog onderzocht, zodat we kunnen uitsluiten dat iemand anders haar dit heeft aangedaan.'

Die gedachte leek nog niet bij Sagmeister te zijn opgekomen. 'Iemand anders... betekent dat dat ze geduwd zou kunnen zijn?'

'Dat nemen we niet aan, maar we moeten met alle denkbare mogelijkheden rekening houden.'

Sagmeister sloeg zijn armen om zich heen alsof dat hem hielp om zich staande te houden. 'Mijn god,' mompelde hij. 'Dat is toch niet mogelijk, niemand zou Ira iets aandoen. Niet Ira, want waarom? Dat kan niet waar zijn.'

Beatrice wisselde een blik van verstandhouding met Florin; voor vandaag was het genoeg. 'We laten u nu naar huis brengen en ik stuur iemand naar u toe met wie u kunt praten, oké?'

Sagmeister antwoordde niet. Hij keek in de verte, keerde zich naar het verleden, naar binnen. Ze lieten hem uit en namen afscheid. Beatrice vermoedde dat het allemaal niet tot hem doordrong.

Adina Sagmeister was zevenenveertig geweest en had haar leven beëindigd met een cocktail van Oxycodon, Difenhydramine, Alprazolam, Diazepam, Lorazepam en een fles wodka.

De secretaresse van Vogt had het autopsierapport binnen tien minuten gevonden en meteen aan Beatrice gemaild. De dood van Ira's moeder was zonder twijfel aangemerkt als suïcide. Adina Sagmeister had de pillen gedurende een langere periode opgespaard en had voor haar zelfmoord een weekend uitgekozen waarin haar man met vrienden ging wandelen.

Hoe zou de vader van Ira zich gevoeld hebben toen hij thuiskwam! Beatrice schudde de gedacht af als een onwelkome aanraking. Sommige mensen werden achtervolgd door het ongeluk.

Ook dat cliché schoof ze snel terzijde. Het ging nu om de feiten. Ze pakte de hoorn van de telefoon en toetste Kossars nummer in. Hij nam al na de eerste keer overgaan op.

'*Yes?*'

'Zullen we alstublieft Duits spreken? Met Kaspary.'

'Beatrice! Wat leuk.'

'Ik wil u niet lang storen. Hoe intensief heeft u zich met het onderwerp zelfmoord beziggehouden?'

Korte stilte. 'Niet mijn specialiteit, maar ook geen onbekend terrein.'

Kossars nieuwe bescheidenheid was echt een weldaad. Als hij nog twee, drie keer zijn neus stootte zou hij heel draaglijk zijn.

'Zijn zelfmoordneigingen erfelijk?'

Ze hoorde hem inademen. 'Er is een zekere erfelijke aanleg voor de ontwikkeling van bipolaire stoornissen die een suïcide kunnen triggeren. Zeg maar erfelijke depressies. En natuurlijk is het een zware belasting voor een kind als zijn vader of moeder zich van het leven berooft. Statistisch komt zelfmoord meer voor bij kinderen van wie de ouders dezelfde weg zijn gegaan.'

Dat bevestigde Beatrices theorie, hoewel ze gehoopt had iets anders te horen. Ze kon het gevoel niet van zich afzetten dat achter wat ze hier voortdurend als zelfmoord en als een ongeluk betitelden een schaduw stond, vluchtig als rook. En die gestalte had Ira's laptop bij zich, en ook het blaadje dat Sarah Beckendahl niet had willen loslaten toen ze overleed.

Marja Keller Is er eindelijk iemand die weet wat er aan de hand is? Heeft Ira contact met jullie opgenomen?

Phil Anthrop Ze heeft niets meer gepost. Ik heb geen idee en ik ben bijna de hele nacht online geweest. Ik wacht op nieuws van de Salzburgenaren.

Dominik Ehrmann Ik ook. Ik voel me al uren beroerd omdat ik me zorgen maak.

Boris Ribar Ik ken Ira alleen van internet, maar ook ik heb door deze zaak geen oog dichtgedaan. Heeft echt niemand iets gehoord?

Ribar tastte dus nog in het duister; hopelijk gold dat ook voor de rest van de pers. Beatrice scrolde verder en verder en verder naar beneden. De groep was de hele nacht in rep en roer geweest. Pagina's vol speculaties, onheilspellende vermoedens en oproepen aan Ira om zich alsjeblieft te melden. Om een teken van leven, hoe klein ook, te geven. Wat natuurlijk niet was gebeurd.

Christiane Zach Ik vermoed dat Ira hier over een paar dagen wel weer opduikt. Ze heeft al zo vaak gedichten over sterven gepost, dat zal ze wel nodig hebben.

Marja Keller Wat weet jij daar nou van? Hoezo: dat zal ze wel nodig hebben! Wil je ons je gezwam besparen!

Christiane Zach Marja, wil je niet zo'n toon tegen mij aanslaan? Op die manier wil ik niet met je praten.

Boris Ribar Mensen, laten we proberen op een nette manier met elkaar om te gaan, ook als we op de toppen van onze zenuwen leven.

Dominik Ehrmann Ja, alsjeblieft, Marja, hou je in. We weten dat je je zorgen maakt. Dat geldt voor de meesten hier. Ik in elk geval wel. Ik hoop heel erg dat we vandaag nog een teken van leven van Ira krijgen.

Dat zal niet gebeuren. Met klamme vingers streek Beatrice over de touchpad van haar laptop. De hoop die nog steeds uit een paar reacties sprak, bedrukte haar meer dan ze had verwacht. De wetenschap dat het demonstratieve optimisme waarachter sommige schrijvers zich verschansten onvermijdelijk in rook zou opgaan, putte haar helemaal uit. Het maakte het lezen tot een vermoeiende plicht.

Het liefste zou ze alles duidelijk maken, in twee niet mis te verstane regels. Maar ze zou wachten en uitkijken naar degene die het nieuws als eerste verkondigde.

De telefoon ging. Beatrice wierp Florin een smekende blik toe en hij knikte berustend.

'Wenninger. Ah, mevrouw Crontaler. Waarmee kan ik u van dienst zijn?'

De hoge frequentie van de opgewonden stem aan de andere kant van de lijn ontging ook Beatrice niet, ook al kon ze er geen woord van verstaan. Maar de toon verried alles.

'Ik vrees dat ik u daarmee niet verder kan helpen,' deelde Florin Helen Crontaler mee toen die even ademhaalde. 'Ik kan u geen informatie geven over personen die geen familie van u zijn. Omgekeerd zou u dat waarschijnlijk ook niet goedvinden.' Het hectische staccato van de vrouw begon opnieuw, en Beatrice was heel blij dat ze dit gesprek niet zelf hoefde te voeren.

'Ik waardeer uw behulpzaamheid.' Florin viel slechts zelden iemand in de rede, maar als hij dat deed, dan deed hij het heel gedecideerd. 'Het is goed mogelijk dat we ons op een later tijdstip nog een keer tot u wenden, maar vandaag kan ik uw vragen niet beantwoorden. Ik hoop dat u daar begrip voor hebt.'

Hij hing op en steunde zijn kin op zijn handen; zijn blik was gericht op het tafelblad. Beatrice kreeg een schuldgevoel – zij was eigenlijk belast met het onderzoek op internet. Maar voor ze iets kon zeggen tilde Florin zijn hoofd op en keek haar aan. 'Ik vlieg dit weekend naar Amsterdam. Ik moet een aantal dingen oplossen, zodat ik me weer behoorlijk kan concentreren.'

'Dat is prima. Ga gerust.'

Hij knikte langzaam, zonder zijn blik van Beatrice af te wenden, alsof hij op haar gezicht het antwoord zocht op een allang bestaande vraag. 'Ik weet dat ik aan deze zaak' – hij wees op de over de tafel verspreid liggende foto's en aantekeningen – 'tot dusverre niet bijster veel heb bijgedragen. Alle inspiratie komt van jou, en dan laat ik jou ook nog het meeste werk doen. Dat gaat zo niet langer.' Hij streek met zijn hand door zijn haar. Beatrice zou graag naar hem toe zijn gegaan om hem een aai over zijn schouders te geven en hem te zeggen dat het oké was. Hij had haar zo vaak gesteund dat ze graag een keer iets terug had willen doen.

'Wat zei Crontaler?'

'Ze wilde weten wat er met Ira Sagmeister aan de hand is. Zoals gebruikelijk is er immers niets naar buiten gebracht in de media.'

Persberichten zetten aan tot kopieergedrag, vooral bij treinsuïcide, de reden waarom er bijna nooit verslag van werd gedaan. Eigenlijk was Beatrice ervan overtuigd dat de aanblik van de verminkte lijken bij iedereen de wens zo aan zijn eind te komen in de kiem zou smoren, maar die foto's kreeg niemand te zien, afgezien van bofkonten als zijzelf.

'Ik begrijp haar wel. Haar poëziegroep flipt straks helemaal van bezorgdheid. Of van sensatiezucht, dat kan allemaal. Die willen duidelijkheid. En de volgende die ze opbelt is weer haar vriend, de officier van justitie.'

Florin snoof. 'Gellmann? Ik heb hem al gesproken en het was behoorlijk pijnlijk voor hem dat hij te kijk stond als iemand die had gelekt. Het zou me sterk verbazen als hij tegenover Crontaler nog een keer te loslippig zou worden.'

Dan zou er nog niet zo snel een einde aan de speculaties komen. 'Ik blijf de poëziegroep in de gaten houden, en Stefan samen met Bechner de drugsscene. Als je terugkomt hebben we hopelijk nieuws voor je.'

Er gleed opnieuw een schaduw over Florins gezicht. Hij keek opzij en daarna naar zijn handen. 'Weet je, dit is alweer een relatie die me gewoon ontglipt. Ik voel me zo tekortschieten, Bea. En ik ben het zo zat om mijn werk er altijd de schuld van te geven.'

'Maar voor politiemensen is het gewoon moeilijker dan voor anderen.' Ze spreidde haar armen uit. 'Kijk maar naar mij. Een ramp als echtgenote, op zijn hoogst een middelmatige moeder en ik kan totaal niet koken. En toch doe ik op al die terreinen heel erg mijn best, of heb ik dat in elk geval in het verleden wel gedaan. Maar dat heeft jammer genoeg geen enkel nut, want elk onopgelost sterfgeval gaat voor.'

Toch de aanzet van een glimlach. 'Jij bent fantastisch,' zei Florin zacht. 'Je moet je licht niet onder de korenmaat zetten, alleen om mij op te monteren.'

Hoezo licht, dacht Beatrice. Hoezo fantastisch. 'Ga naar Anneke,' herhaalde ze, en in gedachten veegde ze een pluk haar van zijn voorhoofd. 'Praat het uit en wie weet loopt alles dan toch nog zoals je graag zou willen.'

Hij schoot even in de lach, een lach als een strijd die hij tegen zichzelf voerde. 'Klinkt echt goed. Het stomme is dat ik geen idee heb wat ik wil.'

Beatrice hoorde de hele avond Florins karakteristieke stem, als een melodie die ze niet meer uit haar hoofd kreeg. Ze bewees weer eens dat ze absoluut niet kon koken door lasagne met saus uit een potje te maken en die ook nog bijna te laten aanbranden, terwijl ze samen met Jakob zijn huiswerk corrigeerde. Acht fouten had hij gemaakt in iets wat hij alleen maar hoefde over te schrijven.

'Hoe belangrijk is het nou helemaal of je "meel" of "mail" schrijft,' verdedigde hij zich. 'Iedereen weet toch wat het betekent.'

Ze probeerde hem duidelijk te maken dat dat niet altijd waar was. Dat je het verschil tussen 'meel' en 'mail' meteen zou moeten herkennen als je het woord zag.

'Maar dat kún je toch ook!' riep hij triomfantelijk. 'Omdat het ene een de- en het andere een het-woord is.'

Gelukkig vond hij grammatica dus nog wel belangrijk. Hij liet zich door haar knuffelen en in haar armen kwam zijn magere, beweeglijke lichaam even tot rust. Beatrice snoof zijn kindergeur op voor hij zich losmaakte en woest brullend de kamer uit stormde.

Na de lasagne, waar Mina hoogstens vijf happen van had gegeten, speelden ze met z'n drieën een potje mens-erger-je-niet. Beatrice deed haar best om te verliezen, ook al gooide ze nog zulke hoge ogen. Mina had het meteen door, Jakob niet.

Toen de kinderen in bed lagen werd Beatrice door de zachte herfstavond naar buiten gelokt, haar balkon op. Ze klapte haar laptop open en ging op internet, in de stille hoop dat de rust in de groep was weergekeerd. Dan kon ze snel de posts doornemen en over hoogstens een halfuur met een boek in bed liggen. Alsjeblieft geen noodsituaties en vooral geen zelfmoordkandidaten meer.

Beatrice zag in één oogopslag dat een halfuur nooit genoeg zou zijn om de wirwar aan nieuwe reacties door te nemen. Ze stond nog één keer op om een notitieblok en een balpen te gaan halen. Zelf notities maken was naar haar ervaring het beste middel om het overzicht te houden.

Ze wilde vooral aandacht schenken aan de gebruikers van wie ze wist dat ze in Salzburg woonden – maar naast Helen Crontaler waren dat alleen Boris Ribar en Christiane Zach, de verpleegster die hardnekkig haar best deed om een opgeruimde indruk te maken.

Woonplaatsen! noteerde ze, en ze zette er een dubbele streep onder. Waarschijnlijk had ze straks een opdracht voor Bechner, namelijk het achterhalen van de adressen van alle achthonderd liefhebbers van gedichten – dan zou hij haar wel weer kunnen villen. Maar er was geen ontkomen aan, ze moesten weten wie uit de groep thuis was in de omgeving, niet in de laatste plaats omdat het aantal sterfgevallen onder leden uit Salzburg op dit moment schrikbarend hoog was. En Beckendahl kwam dan wel uit Hannover, maar ze was hier in deze stad gewurgd.

De dood is een meester uit Salzburg, dacht Beatrice, variërend op het beroemde gedicht van Celan. Maar vooral een meester van vlees en bloed, daar was ze nog steeds van overtuigd. Ze maakte haar schouders los en begon van de posts die ze nog niet kende met de onderste. Nergens een gedicht, alleen verhitte discussies over Ira en haar verblijfplaats, haar geestelijke toestand. Was ze tot zelfmoord in staat?

Dominik Ehrmann, de leraar uit Gütersloh met het sympathieke gezicht, maakte een nerveuze indruk. Hij deed met regelmatige tussenpozen een beroep op Helen en de andere leden die in Salzburg woonden om bij Ira langs te gaan en aan te bellen, en zo nodig de buren te ondervragen. Om íets te doen. Wat dan ook.

Beatrice noteerde hem op haar lijst. Je zoveel zorgen maken om een vreemde was opvallend, of je nu sociaal betrokken was of niet. Meer dan vijftig reacties lang deinde de stemming op en neer. *We moeten iets doen; we kunnen niets doen; wat hebben wij ermee te maken; als ze dood is horen we het wel; er is vast niets gebeurd.*

En toen als een bom de meest recente post.

Helen Crontaler Ik vrees dat we echt rekening moeten houden met het ergste. Ik heb contact opgenomen met de politie en ben daar tegen een betonnen muur gelopen, maar het is me niet ontgaan dat die politieman Ira's naam kende. We moeten ons op slecht nieuws voorbereiden.

Phil Anthrop Hè, nee! Maar je weet niets exacts, of wel? Je hebt alleen een vermoeden.

Helen Crontaler Ik ben niet op mijn achterhoofd gevallen, Phil. Ik merk het als iemand iets voor me verzwijgt. Die man van de politie zei bovendien dat hij mij geen informatie mocht geven over personen die geen familie van me zijn. Als alles in orde was, dan had hij niet meteen geweten over wie ik het had en was hij heel anders met mijn bezorgdheid omgegaan.

Ze had helaas gelijk. Beatrice wipte op haar krakende stoel heen en weer. En ze konden Crontaler niet eens verwijten dat ze vertrouwelijke informatie openbaar had gemaakt.

Boris Ribar Klinkt logisch. Wat vreselijk. Ik kende haar alleen vanhier, en ook nog maar pas sinds kort, maar als Ira zichzelf echt van het leven heeft beroofd, vind ik dat heel schokkend. Hoe moeten de mensen die haar nader stonden zich dan wel niet voelen...

Oliver Hegenloh Ik kan het gewoon niet geloven. Ik wíl het niet geloven.

Marja Keller Wat afschuwelijk. Ik kan hier niet meer aan meedoen. Het spijt me, ik hoop dat jullie me begrijpen. Ik ben bang.

Boris Ribar Marja, waarom ben je bang? Ira heeft een vreselijke beslissing genomen, maar jij hoeft toch niet hetzelfde te doen?

Ren Ate Ik begrijp je, Marja. Eerst Gerald en nu Ira. Als ik bijgelovig was zou ik ook denken dat er iets niet in de haak was.

Marja Keller Nee Renate, dat is het niet. Ik ben niet bijgelovig, maar als de dood rondwaart verstop ik me. Ik ken hem te goed en voel wanneer hij in de buurt is. Hij heeft Ira al gehaald. En Gerald ook. Ik wil me afmelden, ik kap ermee.

Ik kap ermee, alsof ze deelnam aan een geheime actie en niet deel uitmaakte van een virtuele groep liefhebbers van poëzie. Ira had kort voor haar dood hetzelfde gepost, letterlijk.

Kopieergedrag, schoot door Beatrices hoofd. Zelfmoordenaars zochten op internet vaak gelijkgezinden. Was het denkbaar dat de poëziegroep een verkapte ontmoetingsplek was? Een plek waar je de dingen niet bij de naam moest noemen, maar waar de mensen elkaar herkenden en op een speciale manier met elkaar communiceerden? Was dat wat Marja bedoelde en was ze bang door de stroom te worden meegesleurd?

Ze zouden het uitzoeken. Marja kwam helemaal boven aan haar lijst te staan. Als zij iets wist, wilde Beatrice het ook weten.

Gloria Lähr Jullie zijn wel heel voorbarig. Ik lees hier meestal alleen maar mee, en vooral Ira's posts heb ik altijd heel aandachtig gelezen. Ik ben psycholoog. Ik geloof niet dat er bij haar acuut suïcidegevaar dreigt. Dat betekent natuurlijk helemaal niets, het is mijn indruk maar en de meeste diagnoses op afstand zijn onjuist. Maar ik zou me goed kunnen voorstellen dat Ira nog leeft en dit leest.

Jammer genoeg had ze het mis. Beatrice noteerde de naam van Gloria Lähr op haar lijst. Als ze Ira al een tijdlang in de gaten hield was het misschien verhelderend om met haar te praten. Wie weet schoot haar ook iets met betrekking tot Pallauf te binnen.

Boris Ribar Dat is goed nieuws, heel erg bedankt!
Gloria Lähr Nee, Boris. Geen nieuws, maar een indruk die ik alleen geef vanwege Marja.
Oliver Hegenloh Maar dat is ook voor anderen een troost. Ira, als je dit echt leest, wil je me dan een mailtje sturen? Ik zit achter mijn computer, ik ben nu op Skype en we kunnen onder vier ogen met elkaar praten. Dat heeft je al een keer geholpen, weet je nog? Please!

Oliver kwam als volgende op de lijst van Beatrice. De hoop die uit de reacties sprak lag Beatrice zwaar op de maag; ze kreeg er een wee gevoel van. Een happy end zou er niet komen. Geen Ira op Skype, nooit meer.

Hou op, waarschuwde ze zichzelf. Geen enkel lid van de groep zal instorten als de waarheid aan het licht komt. Het zijn internetvrienden, ze zijn geen familie. Als ze hier reacties van Ira's vader las zou het ondraaglijk zijn. Mannen als Dominik Ehrmann of Boris Ribar zaten er misschien een paar uur mee, maar gingen daarna weer over tot de orde van de dag. De laatste misschien zelfs vol enthousiasme, omdat hij eindelijk iets had om over te schrijven.

Zelfs Oliver Hegenloh, bij wie Ira toch een keer haar hart scheen te hebben uitgestort, zou haar dood op lange termijn nauwelijks als een ingrijpende gebeurtenis in zijn leven ervaren.

En Marja? Beatrice las het nog een keer door. *Als de dood rondwaart verstop ik me. Ik ken hem te goed en voel wanneer hij in de buurt is. Hij heeft Ira al gehaald.*

Voor haar was er kennelijk geen twijfel meer. Beatrice strekte haar vingers en liet ze neerdalen op het toetsenbord.

Tina Herbert Ik had de hele dag geen tijd om op Facebook te gaan, en ik hoopte heel erg dat inmiddels bekend zou zijn dat het vals alarm was. Marja, als ik jouw reactie lees word ik ook bang. Hoezo weet jij eigenlijk dat de dood Ira heeft gehaald?

Als je het las kwam het niet zo huichelachtig over als het tijdens het schrijven had gevoeld.

Ren Ate Dat is nou precies wat ik de hele tijd bedoel. Pas als we weten wat er is gebeurd, kunnen we naar het hoe en waarom vragen, eerder niet.
Dominik Ehrmann Tina, ik wil je nog bedanken voor je verstandige woorden gisteren. Je hebt de juiste toon getroffen.
Tina Herbert Ik schreef alleen wat bij me opkwam. Marja, wil

je me alsjeblieft antwoorden? Waarom weet je zo zeker dat Ira dood is? Heeft ze je nog een bericht gestuurd?

Marja Keller De dood is groot, wij zijn de zijnen. Ira heeft het voor ons allemaal opgeschreven.

Oliver Hegenloh Dat is toch maar een gedicht? En daar draait het immers om in deze groep.

Marja Keller Dat kun jij niet begrijpen, omdat jij de dood niet kent. Ik heb hem gisteren door de regels van Ira heen gezien. Maar wat maakt het uit, vraag het me niet meer, als ik me vergis, des te beter.

Marja Keller Maar ik denk van niet.

Een zacht briesje liet het vlammetje van het waxinelichtje in het windlicht op de balkontafel dansen. De herfst strekte zijn vingers uit naar de laatste warme avonduren van het jaar en maakte dat de haartjes op Beatrices onderarmen overeind gingen staan.

Niet erg. Ze hield het nog wel even uit, lang genoeg om de twee personen op haar lijst die haar nu het meeste interesseerden te googelen. 'Oppervlakteonderzoek' noemde Florin dat. Ze typte Marja Keller, tot wier profiel ze geen toegang had, in het zoekvenster. Snel las ze de eerste treffers door.

Er bestonden minstens drie vrouwen met die naam. Een ervan woonde in de Verenigde Staten, een in Zwitserland en de derde in Konstanz.

Beatrice schudde haar hoofd over zichzelf, over het vleugje teleurstelling dat ze voelde en dat haar dadendrang flink dreigde af te remmen. Want in tegenstelling tot wat ze had verwacht woonde Marja niet in Salzburg en waarschijnlijk was er in het echte leven geen contact tussen haar en Ira. Dat zou ook een beetje té gemakkelijk zijn geweest.

Twee Marja's hadden een Facebookprofiel. Het ene kende Beatrice – dat wil zeggen, ze kende de profielfoto waarop een kraan te zien was met een druppel eraan die een seconde daarna zou loslaten en naar beneden zou vallen. Niet een gezicht.

Het profiel van de tweede Marja was heel anders: vol foto's van iemand tijdens het bungeejumpen, raften en ijsklimmen. Die Marja postte elk weekend het aantal meters dat ze tijdens het bergbeklimmen had bedwongen. Dit was geen liefhebster van gedichten die steeds banger werd voor de dood, maar een beoefenaarster van extreme sporten.

Dus komt mijn Marja waarschijnlijk uit Konstanz, dacht Beatrice, en ze schreef de stad naast de naam. Ze googelde verder en vond een treffer die vermeldde dat Marja Keller op de personeelsafdeling van Schmidt&Grauman Textiel in Konstanz werkte. Ook dat noteerde ze.

Oliver Hegenloh was de laatste. Die naamcombinatie kwam volgens de zoekmachine drie keer voor: in Flensburg, Münster en Dortmund. Van Facebook kende Beatrice het gezicht van de echte Oliver, maar die gaf in zijn profiel zijn woonplaats helaas niet prijs.

Na wat wikken en wegen plaatste Beatrice hem in Münster. De Oliver Hegenloh die daar woonde studeerde farmacie. Hij had diverse collegedictaten en oefeningen op internet gezet; bovendien hield hij een blog bij met de titel 'Books and Pills', over zijn studie en de boeken die hij graag las. Hij citeerde daar ook veel gedichten – te toepasselijk om toeval te kunnen zijn.

Via een andere link stuitte ze op zijn telefoonnummer. Dat was zo gepiept – dat ging veel te gemakkelijk! Als je het echter positief wilde bekijken getuigde dat van een open karakter. Ze hadden dus een redelijke kans dat hij ook zou openstaan voor een gesprek.

Tien

'Ik ben in Club Jackie geweest en heb Aschau gesproken!' Stefan
straalde. Het maakte hem kennelijk niets uit om op zaterdagoch-
tend te komen werken. Benijdenswaardig. Zijn mondhoeken gingen pas hangen toen hij aan Beatrices gezicht zag dat ze geen idee
had waar hij het over had.

'Aschau! De eigenaar van de bar. Aan wie ik de bandopname moest
laten horen.'

Nu viel het kwartje. 'Natuurlijk! Sorry. En? Wat zei... Aschau?'

'Het bleek veel te lawaaierig in het café en hij wilde me niet in de
achterste ruimtes laten.' Stefan begon weer te grijnzen. 'Maar toen
zijn we de binnenplaats op gegaan en daar heb ik hem de opname
zeker vijf keer laten horen. Aan het eind was hij er tamelijk zeker
van dat het de stem van Rajko Dulović is. Hij zei dat hij dat klagen-
de toontje van hem maar al te goed kent.' Stefan trok zijn wenkbrauwen op en hield zijn hoofd schuin. 'Het verontrustte hem nogal dat
Dulović er kennelijk geen been in had gezien om met de politie samen te werken en hij wilde weten of hij dat al vaker had gedaan.'

'Dank je, Stefan. Geweldig werk, zoals altijd.' Ze vond het best vals
van zichzelf dat ze hem alweer met een klus opzadelde, maar daar
viel niets aan te doen. Hij was er nu eenmaal de juiste man voor.

'Zou jij iets voor mij kunnen uitzoeken? Ik moet weten sinds wanneer Boris Ribar zich bij Facebook heeft aangemeld en hoe lang hij
al lid is van de groep "Poëzie leeft". En zou je alsjeblieft ook een lijst
op willen stellen van alle mensen die zich er na de dood van Gerald
Pallauf bij hebben aangesloten?' Ze richtte haar stift op Stefan alsof
ze hem ermee wilde prikken. 'Met uitzondering van Tina Herbert
natuurlijk. Voor haar steek ik mijn hand in het vuur!'

168

Als Stefan het jammer vond dat er zo niet veel van zijn weekend overbleef liet hij het niet merken. 'Doe ik. Ben je vandaag de hele dag hier? Of moet ik je opbellen?'

Ze dacht even na. Achim had de kinderen afgehaald; ze waren naar de Fuschlsee gegaan, die nog warm genoeg was om in te zwemmen. Misschien, had Beatrice bij het afscheid gezegd. Misschien kom ik later.

'Niet de hele dag,' antwoordde ze. 'Maar tot halftwee of twee. Daarna moet je me maar sms'en.'

'Prima.' Stefans lange gestalte verdween door de deur. Dat duurde maar even, daarna stak hij zijn hoofd nog weer een keer naar binnen. 'Ik neem voor de lunch iets voor je mee uit het restaurant. Vind je baguette met tonijn lekker?'

'Ja, heerlijk. Maar dat hoef je niet te doen, ik kan ook zelf...'

Hij wimpelde haar af. 'Je moet hem niet verklappen dat ik het je heb verteld, maar dat heb ik Florin beloofd. Hij zegt dat je altijd vergeet te eten als je werkt.' Stefan schudde gespeeld geschokt zijn hoofd. 'Dat zou mij nou nooit overkomen.'

De ligweide was bijna leeg en de weinige kleurige handdoeken in het groen leken een koppig protest tegen de grijze dagen die voor de deur stonden. Beatrice ontdekte de kinderen in het meer, waar het vlot met de twee duikplanken lag. Mina klom net het trapje op. Ze droeg haar knalrode badpak met de ruches langs de benen. Achim en Jakob waren slechts twee hoofden in het water, van die afstand nauwelijks zichtbaar.

Hun spullen lagen niet ver van de oever; de keurig opgevouwen broeken en T-shirts waren zorgvuldig op de handdoeken gelegd. Beatrice zette haar tas ernaast en trok haar schoenen, broek en blouse uit. De kinderen hadden haar nog niet ontdekt en dat was prima. Ze sloeg een badhanddoek om en verruilde haar ondergoed voor haar bikini, en vervolgens naderde ze het meer als een tegenstander in een duel.

De hele zomer was ze niet één keer gaan zwemmen, hoewel het

vaak benauwd was geweest. Ze had het belachelijk van zichzelf gevonden, maar de angst om haar lichaam door water te laten omsluiten en misschien onder water te verdwijnen was sterker geweest dan al haar gezonde verstand. Daarom was ze vandaag hier. De coördinatenzaak en de spectaculaire beëindiging daarvan moesten nu eindelijk haar leven niet meer belemmeren.

Ze zette een stap in het meer. Haalde diep adem. Het water was kouder dan ze had verwacht. Dat maakte het niet gemakkelijker. Nog één stap. Jakob klauterde net het vlot op, rende over de duikplank en remde vlak voor het eind af. Hij hinkte een beetje en sprong met opgetrokken knieën het meer in.

Tot het vlot redde ze het wel, meer dan dertig meter was het niet. Ze was een goede zwemster, dat had ze een paar maanden geleden wel bewezen.

Een paar hoofden keerden zich om toen ze hard begon te lachen en ze ging verder, in een vlot tempo, tot het water tot aan haar borst kwam.

Goed, en nu: hoppa! De grond onder je voeten verliezen, vrijwillig. Ze zette zich af om meteen weer met haar tenen te voelen waar de bodem was. Daar. Ze kon hier staan, wat een geluk.

Beatrice dwong zichzelf rustig adem te halen, tegen het redeloze tempo van haar hartslag in. Een zacht windje blies twee rode blaadjes over het water, vlak langs haar.

Ze had toen gezongen om bij bewustzijn te blijven, ze had alles gezongen wat haar maar te binnen schoot. *Twinkle, twinkle, little star* neuriede ze zachtjes bij zichzelf en ze hield het vlot strak in de gaten terwijl ze zich overgaf aan het meer, dat haar zou dragen. Haar eerste drie zwemslagen waren gehaast, maar de vierde was al rustiger en krachtiger. Ira Sagmeister, Gerald Pallauf en Rainer Maria Rilke waren op de oever achtergebleven.

'Mama!' Mina zwaaide met haar beide armen om zich te verzekeren van haar aandacht voordat ze een perfecte duik van de springplank nam.

Veel sneller dan verwacht bereikte Beatrice het vlot. Ondanks alles was ze toch opgelucht toen ze het hout onder haar vingers voelde. Ze trok zich op, ging op haar rug liggen en deed haar ogen dicht. Een overwinning die ze met niemand kon delen, omdat niemand van haar worsteling had geweten. Maar toch: een overwinning.

De middag verliep vredig. Achim was heel vriendelijk en de kinderen waren zo goedgemutst dat Beatrice zich liet overhalen om met z'n allen uit eten te gaan in de pizzeria waar ze vroeger altijd kwamen.

Daarna reed ze alleen naar huis. Ze zette de laptop op tafel maar klapte hem niet open. Nee, niet vanavond.

Ze ontkurkte een fles rode wijn en dacht erover na of er iemand was met wie ze die graag leeg zou willen drinken. Ze wist niemand te bedenken. Ze vroeg zich af hoe het met Florin in Amsterdam ging en luisterde haar eigen sms-ringtone op haar mobieltje af, met het vaste voornemen die nu eindelijk te veranderen. Ze probeerde een paar ringtones uit, maar vond er niet één die kon wedijveren met 'Moon River' en stelde haar voornemen uit tot de volgende dag.

Het meer had heel wat bij haar teweeggebracht. Pas de volgende ochtend bij het ontbijt viel het Beatrice op dat Stefan haar geen sms'je had gestuurd. Had zijn onderzoek helemaal niets opgeleverd?

Even overwoog ze hem op te bellen, maar besloot dat niet te doen. Hij kreeg de laatste tijd al zo weinig slaap dat ze hem alleen in een absoluut noodgeval op zondagochtend wilde storen. Zelf voelde ze zich uitgerust, ze zou de dag thuis doorbrengen, onderzoek doen op internet met geen andere kleren aan dan haar lievelingsbadjas.

Terwijl het koffiezetapparaat de tweede kop koffie uitspuugde klapte ze haar laptop open. Ze trof een mailtje aan van Stefan dat de vorige dag laat in de middag was verstuurd.

Beste Beatrice,
Na de dood van Gerald Pallauf en Sarah Beckendahl hebben zich elf nieuwe leden bij de groep aangemeld. Als we Tina Her-

bert niet meerekenen blijven er tien over en een van hen is Boris Ribar, je had helemaal gelijk. Wil je mij bij gelegenheid je glazen bol alsjeblieft lenen. Maar hij heeft al wel bijna twee jaar Facebook.

Nieuw in de groep zijn ook: Ulrike Ginther, Olaf Meyer, Renate Diekmann, Susa Leitinger, Klaus Janisch, Amelie Weher, Roman Kessler, Victoria Trotter en Hildegard Wichert.

Zegt een van die namen je iets? Ik heb me ook meteen hun woonplaatsen laten geven, de lijst ligt op je bureau. Behalve Victoria Trotter komen alle nieuwe leden uit Duitsland; Trotter komt uit Wenen.

Ik hoop dat je hier iets aan hebt. O ja, de laatste paar dagen zijn er geen nieuwe mensen bij de groep gekomen. Ik krijg de indruk dat Helen Crontaler hem heeft gesloten.

Nog een prettig weekend! Tot maandag!

Stefan.

Geen verdere geïnteresseerden uit Salzburg dus. En zo ja, dan had Crontaler ze voor de deur laten staan. Ze zouden haar moeten zeggen dat dat geen goed idee was. Wie zich op dit moment voor de groep interesseerde deed dat misschien om andere redenen dan omdat hij zo van rijmende teksten genoot.

Beatrice opende Facebook. Een rood kadertje met een witte drie verried haar dat er nieuwe vriendschapsverzoeken waren binnengekomen. Twee namen die ze niet kende en Phil Anthrop. Perfect, dan kon ze er misschien op een ongecompliceerde manier achter komen wie achter dat mensvriendelijke pseudoniem verborgen ging.

Ze bevestigde alle drie de verzoeken en opende de tijdlijn van Phil Anthrop.

Werkt bij Freelance Photographer
Studeerde aan Schillergymnasium Heidenheim
Woont in Grafenwald, Nordrhein-Westfalen, Germany
In een relatie met David Lankers

Dus ook een gebruiker uit Duitsland. Zijn fotoalbum was veelzeggend, met heel veel foto's van hem en David – op feesten, op het strand, in de kroeg. Leek een gelukkige relatie, een jaar geleden hadden ze een hond gekocht, een donkere bastaardpoedel die Karajan heette.

Bovendien – logisch, hij was immers freelancefotograaf – had Phil allerlei bijzonder goed gelukte foto's gepost, hoofdzakelijk natuur-, architectuur- en reisfoto's.

Maar nergens, niet in de statusmeldingen maar ook niet op de foto's, vond Beatrice aanwijzingen dat Phil ooit in Salzburg was geweest. Was dat voldoende reden om er dus maar van uit te gaan dat hij niets met de gebeurtenissen van de afgelopen dagen te maken had? Nee. Of misschien toch? Ze wist het niet.

In de groep zelf was het rustiger geworden. Ira's dood was nog niet bevestigd, maar het gespeculeer was verminderd.

Zo snel, dacht Beatrice. Zo snel nam de belangstelling af als die niet werd gevoed. Ze las de reacties door. Helemaal bovenaan stond een post van een van de nieuwelingen op de lijst van Stefan, Hildegard Wichert, die zich voorstelde. In verlegen bewoordingen bedankte de vrouw voor haar toelating tot de groep. Ze vertelde dat ze vijfenzestig was, weinig van internet wist en hoopte dat ze geen domme dingen schreef. Daarna volgde een van haar lievelingsgedichten: 'Een vleugje herfst' van Friedrich Rückert.

Christiane Zach, de verpleegster met de veel gefotografeerde kat, prees haar om die keuze en vertelde dat de stemming in de groep op het ogenblik enigszins bedrukt was. 'We maken ons zorgen om een van onze leden. Je moet dus maar niet teleurgesteld zijn als er weinig reacties komen, het ligt niet aan jou.'

Daarna had Hildegard Wichert kennelijk de verslagen doorgelezen, in elk geval postte ze een halfuur later dat ze het allemaal vreselijk vond en dat zelfmoord toch nooit een oplossing was.

Christiane Zach Natuurlijk niet. We hopen nog steeds dat het vals alarm was.

Helen Crontaler Inderdaad. Hoewel er weinig is wat daarop wijst. Ik wil geen zwartkijker zijn, maar hoe langer we niets van Ira horen, hoe minder hoop ik heb.
Boris Ribar Je laat het ons toch weten, hè Helen, als je iets hoort?

Daar was hij weer: Ribar, tuk op een verhaal waar de politie niet uit zichzelf mee kwam. Beatrice had een vals binnenpretje. Ze ging hem maandag als eerste aan de tand voelen.

Elf

Een vermoeide Florin begroette haar de volgende ochtend toen ze kort voor achten hun kamer binnen kwam.

'Hoe was het in Amsterdam?'

'Ach... dank je.' Het kostte hem zichtbaar moeite om te glimlachen. 'Hoe ging het bij jullie? Is er nog nieuws dat ik zou moeten weten?'

Ze ging mee in zijn verandering van onderwerp alsof ze er al op had gerekend. 'Helaas maar weinig. Ik denk dat ik erachter ben gekomen dat een van de poëzievrienden journalist is. Hij heeft zich pas na de dood van Pallauf aangemeld en is nu geïnteresseerd in wat er met Ira Sagmeister is gebeurd.'

Florins wenkbrauwen gingen omhoog. 'O? En hoe wist hij dat de groep interessant voor hem was?'

'Dat is een van de vragen die ik hem graag zou willen stellen.' Ze keek op haar horloge. 'En het liefst zo snel mogelijk. Ze zeggen immers dat journalisten niet erg matineus zijn. Waarschijnlijk treffen we hem nog thuis.'

Nu was zijn glimlach wel echt en kwam die spontaan. 'O, o. Wat een cliché, Bea.'

'Absoluut.' Ze haalde haar schouders op en glimlachte ook. 'Laten we onderzoeken of er iets van waar is.'

De ochtendspits maakte de rit door Salzburg tot een zenuwslopende oefening in kalm blijven. Beatrice had de tijd graag gebruikt om nog een keer naar Florins weekend te vragen. Naar Anneke. Maar dit was niet het juiste moment. En eigenlijk, waarschuwde ze zichzelf, ging zijn privéleven haar ook geen klap aan. Dus was het haar

eigen schuld dat de autorit voor haar uitgroeide tot een dubbele op-
gave: ze moest zich ook nog oefenen in geduldig zijn.

Het door Stefan uitgezochte adres bleek een onopvallend, maar
goed onderhouden appartementencomplex in een woonwijk. De
gemeenschappelijke voordeur stond open, wat een meevaller was:
nu kon Ribar hen niet bij de intercom afwimpelen. Ze groetten de
vrouwelijke conciërge die net het trappenhuis sopte en liepen de
trap op naar de tweede verdieping. De stemmen die je al bij het binnengaan van het gebouw niet konden ontgaan werden met elke tree
luider: kleine kinderen die hun plezier of hun ergernis luidkeels uitten.

'Dat gaat een ontspannen gesprek worden,' merkte Florin op toen
ze voor de deur stonden en duidelijk werd dat het geschreeuw daar-
vandaan kwam.

Ze belden aan en er werd opengedaan door een slanke, jonge
vrouw met een kind van ongeveer een jaar op haar arm. Een tweede
klampte zich vast aan haar been, met een van de armpjes helemaal
omhoog gestrekt en geluidloos huilend.

'We zouden graag meneer Ribar spreken.' Beatrice stak haar iden-
titeitbewijs omhoog. 'Het spijt me als we ongelegen komen, maar
het is belangrijk.'

De vrouw knikte. 'Boris?' riep ze over haar schouder; daarna stapte ze opzij om Beatrice en Florin binnen te laten. 'Het is hier een
beetje een chaos, maar weet u, ik kom bijna niet toe aan opruimen
en als ik het wel doe is het al heel gauw weer net zo'n rommel als
daarvoor.'

'Geen probleem,' antwoordde Beatrice. 'Aan een tweeling heb je
vast een hele kluif.'

De vrouw glimlachte vermoeid. 'Klopt. Ze zijn net veertien
maanden en kunnen allebei lopen, en dat is behoorlijk... vermoei-
end.' Met haar vrije hand deed ze de deur naar de woonkamer open.
'Boris? Iemand van de politie wil je spreken.'

Verwachtingspatronen waren iets merkwaardigs. Beatrice had
zich niet tot in detail over Ribar op de hoogte gesteld; ze had tot op

dit moment alleen geweten waar hij woonde en dat hij journalist was. Door de kleine kinderen en jonge vrouw had ze gerekend op een man van midden in de dertig, maar Boris Ribar was eerder begin vijftig. Nu ze tegenover hem stond wist ze zeker dat ze hem eerder had ontmoet. Hij was regelmatig te gast op persconferenties en ze dacht dat ze hem ook al weleens als rechtbankjournalist had gezien – tenzij ze hem met iemand verwisselde, wat met zijn doorsnee-uiterlijk goed mogelijk was.

Toen ze binnenkwamen stond hij op, met de onzekere blik in zijn ogen die mensen vaak kregen bij het horen van het woord 'politie'.

'Goedemorgen. Is er iets gebeurd?' Het klonk niet alsof Ribar uit Salzburg kwam. Eerder uit Frankfurt an der Oder.

Florin hield geruststellend zijn handen omhoog. 'Nee, maakt u zich geen zorgen. Maar we zouden u wel graag een paar vragen willen stellen die te maken hebben met een zaak die we op dit moment onderzoeken.'

Ribar rimpelde zijn voorhoofd. 'Een zaak? Van iets wat op dit moment speelt weet ik helaas niets.' Hij schudde eerst Beatrice en daarna Florin de hand. 'Wij hebben elkaar weleens ontmoet, dacht ik? U was toch afgelopen kerst op de persconferentie na de bijlmoord op de huisvrouw uit Taxham? En over u' – hij richtte zich tot Florin – 'heb ik in mei nog iets geschreven, na de oplossing van de coördinatenmoorden. Meneer…'

'Wenninger. Florin Wenninger, en dat is mijn collega, Beatrice Kaspary.'

'Ach ja, Wenninger. Leuk u te leren kennen. Heb ik het goed dat u op de afdeling Levensdelicten werkt?' Hij keek om zich heen. 'Waarmee kan ik u van dienst zijn? Gaat het weer om een moordzaak?'

Beatrice verloor de journalist geen seconde uit het oog. Het lichte T-shirt en de hoog gesneden spijkerbroek accentueerden een buik die deed vermoeden dat hij van bier hield. Zijn dunne haar was al flink grijs en aan zijn gezicht zag je dat het flink was blootgesteld geweest aan de zon, net als bij de berggidsen die Beatrice kende. Als hij lachte liepen er fijne verticale rimpels over zijn wangen. Maar ze trapte geen seconde in zijn gespeelde onwetendheid. 'U weet precies waarom wij hier zijn, meneer Ribar.'

Hij keek haar aan en schudde daarna langzaam zijn hoofd. 'Nee, helaas niet.'

Ze hield een blaadje onder zijn neus met de reacties op de mededeling van Helen Crontaler over wat Pallauf zichzelf en Sarah Beckendahl had aangedaan.

Ren Ate Verschrikkelijk. Bedankt voor de informatie. Weten jullie, ik vraag me dan altijd af of wij dit niet hadden kunnen voorkomen.

Ira Sagmeister Nee. Jullie niet.

Ren Ate Sorry, Ira, maar hoe weet jij dat nou?

Christiane Zach Ook al is het vreselijk wat hij heeft gedaan, toch steek ik in gedachten een kaarsje voor hem op.

Boris Ribar Echt erg. Ik zet mijn kaars naast die van Christiane.

Dominik Ehrmann Ik had er al zo'n vermoeden van. Geen verrassing, maar toch verschrikkelijk. Ira, ook al grijpt het je aan, je moet je woorden voorzichtiger kiezen.

Ira Sagmeister Klopt Dominik. Sorry.

Ribar las het zwijgend en nam de tijd voor hij opkeek. 'Aha,' zei hij slechts toen hij Beatrice het blaadje teruggaf.

'U heeft zich pas kort na de dood van Pallauf bij de poëziegroep aangemeld, dat hebben wij gecheckt. Voordat u virtueel een kaarsje opstak heeft u op slechts één post gereageerd. Ik hoop dat u ons nu niet wilt wijsmaken dat uw plotselinge interesse in gedichten toeval is.'

Ribars vrouw – of vriendin – stak even haar hoofd om de deur. 'Ik ga met de kinderen wandelen en boodschappen doen. Tot zo!'

'Tot zo, schat.'

Het zachte, liefdevolle in zijn stem maakte hem bijna sympathiek. Hoe was een man van over de vijftig met een doorsnee-uiterlijk en het inkomen van een freelancejournalist die voor regionale kranten schreef aan zo'n knappe, veel jongere vrouw gekomen?

Ze minachtte zichzelf meteen om die gedachte. Bij anderen vond ze zulke constateringen altijd dom en oppervlakkig; zo wilde ze zelf niet denken.

'Oké.' Ze pakte de draad weer op. 'Wat heeft u ertoe aangezet lid van "Poëzie leeft" te worden?'

Ribar keek eerst opzij, daarna naar zijn nagels. 'Onderzoek maakt deel uit van mijn werk,' zei hij zacht.

'Heel scherp gezien dat u uitgerekend daar onderzoek wilt doen. Hoe kwam u daar zo bij?'

Nu keek hij Beatrice eindelijk aan. 'Dat antwoord zal u waarschijnlijk niet bevallen.'

'Ik kan er wel tegen hoor.'

Hij zoog zijn onderlip naar binnen. Zuchtte. 'Ziet u, ik wilde er een goed stuk over schrijven. Een volkomen onopvallend type flipt ineens en doodt een meisje en zichzelf. Als het beperkt blijft tot die feiten is dat stof voor hoogstens één pagina, maar met een paar sappige details...' Hij onderbrak zichzelf en wierp Florin een verontschuldigende blik toe. 'Pallaufs adres staat in het telefoonboek en ik wilde eerst met de buren gaan praten, tot ik ontdekte dat hij een huisgenoot had. U heeft hem vast al verhoord.'

Florin noch Beatrice knikte. Ze kwamen Ribar niet tegemoet; meestal maakte dat mensen zenuwachtig. En zenuwachtig was goed.

'Martin Sachs?' drong Ribar aan. 'U heeft hem vast gesproken. Ik wel tenminste, en al best gauw bleek... Maar moet u horen, u moet het hem daarom niet moeilijk maken. Wat ik tegen u zeg moet onder ons blijven.'

'Gaat u door.'

Weer verdween zijn onderlip tussen zijn tanden. Een ontsierende gewoonte. 'Goed. Ik had al snel door dat hij mij informatie zou geven als ik hem ervoor betaalde. We zijn tot overeenstemming gekomen en hij zei dat alles wat er over Gerald Pallauf te weten was op internet te vinden was, dat hij daar eigenlijk had geleefd. En toen gaf hij me dit hier.'

Ribar stond op, liep naar zijn bureau en haalde een opgevouwen blaadje tevoorschijn dat hij aan Florin overhandigde. Die las het en gaf het aan Beatrice.

'Websites? En wachtwoorden. Ik begrijp het.'

'Exact. Ik had dus toegang tot alle accounts van Pallauf, en ik geef eerlijk toe dat ik op iets spannenders had gehoopt. Perversiteiten, lidmaatschappen van illegale websites of een zelfmoordpact. Dat zou een geweldig verhaal zijn geweest.' Hij keek met een verontschuldigende blik op. 'Ik weet het, dat begrijpt u niet, maar ik heb twee kleine kinderen en ik zou een carrièreboost echt goed kunnen gebruiken. In elk geval was er niets in die richting. Maar toen hoorde ik via de Duitse media de naam van het meisje dat Pallauf gedood had en zij zat... weet u dat wel? Maar, natuurlijk weet u dat. Die zat ook in de poëziegroep, dus heb ik me daar aangemeld. Ik zit al jaren op Facebook, een geweldige informatiebron.'

Ribar had dezelfde weg bewandeld als Beatrice en was tot dezelfde conclusies gekomen. 'Hoezo had Sachs de lijst met Pallaufs toegangsgegevens?'

De journalist haalde zijn schouders op. 'Hij zei dat Gerald die lijst had aangelegd voor het geval zijn harde schijf zou crashen. Hij haalde het blaadje ook echt uit Pallaufs kamer, dus ik denk dat hij de waarheid vertelde.'

'Wat heeft u hem ervoor betaald?' wilde Florin weten.

'Vijfhonderd euro.'

'En? Was het de moeite waard?'

Ribar wiegde zijn hoofd heen en weer. 'Het is maar hoe je het bekijkt. Niet wat Pallauf betreft, vrees ik, maar in de groep gebeuren eigenaardige dingen. Nu schijnt er een meisje verdwenen te zijn, nadat ze van tevoren min of meer duidelijk had aangekondigd dat ze zelfmoord zou plegen.' Hij richtte zijn blik op Beatrice, ditmaal hoopvol. 'Weet u daar misschien meer over? Ira Sagmeister?'

Beatrice schudde haar hoofd, zonder een woord te zeggen. Hij moest zelf maar uitvogelen wat ze daarmee bedoelde: 'geen idee' of 'gaat u niets aan'.

Schouderophalend nam Ribar het voor kennisgeving aan. 'In de groep weet ook niemand iets, en als ze het wel weten dan houden ze de kiezen op elkaar. Het zou me echt interesseren...' Hij schudde zijn hoofd en zei niets meer.

'Of er een exclusief verhaal voor u in zit?' vroeg Florin. Hij zuchtte. 'Ik begrijp u, meneer Ribar. Ik vind uw manier van onderzoek doen niet eens zo heel verwerpelijk, maar ik hoop dat u het uit uw hoofd laat om ook maar iets over de Facebookgroep in kwestie te schrijven. Het is u toch wel duidelijk wat er dan zou gebeuren, hè?'

De journalist knikte. 'Zeker. Dan zou niemand zich meer vrijelijk uiten en zou er een extreme toestroom van ramptoeristen komen.'

Toch zou hij daar slechts met moeite weerstand aan kunnen bieden, Beatrice zag het aan hem. Hij was een jager die een spoor volgde, net als zijzelf. Alleen verwerkte hij datgene wat hij buitmaakte tot voer voor sensatiebeluste lezers, terwijl zij...

Tja. Wat zou háár werk opleveren? Gerechtigheid? Misschien. Soms wel. Duidelijkheid? Dat vooral, hoewel Beatrice zelden de indruk had dat ze echt begreep wat iemand tot een daad had gebracht. Feiten alleen leverden slechts een grof beeld op.

'Wat heeft u tot dusverre over de mensen in de groep ontdekt?' vroeg ze, en ze hield Ribars blik vast. Dat leek hem niets uit te maken, hij keek niet opzij of gespeeld peinzend naar boven, zoals veel mensen.

'U wilt weten of iemand me is opgevallen? Ja, vooral Ira Sagmeister, zij was heel... luidruchtig, ook al is dat een merkwaardig woord als het om geschreven tekst gaat.' Hij vouwde zijn handen en liet zijn kin erop rusten. 'Ik heb de posts van de groep tot zes maanden terug gevolgd. Als ze daarop uit was, is het Ira telkens gelukt alle aandacht naar zich toe te trekken met een goed gekozen gedicht of een scherp geformuleerd commentaar. Daarom kan ik me nog steeds niet voorstellen dat haar aangekondigde zelfmoord daarvan een voortzetting zou kunnen zijn.' Hij glimlachte. 'Ik druk me slecht uit, maar u weet wat ik bedoel? Dat ze er nog een schepje bovenop heeft gedaan. Misschien laat ze over twee of drie dagen weer van zich horen en is ze verontwaardigd dat de anderen zo snel zijn overgegaan tot de orde van de dag.'

Ribar wachtte overduidelijk op iets van emotie bij haar, iets wat hem zou verraden of zoiets mogelijk was, maar Beatrice bleef onbewogen kijken.

'En wie nog meer, behalve Ira Sagmeister?'

'Hm.' Hij tikte met zijn vingers tegen zijn lippen. 'Helen Crontaler natuurlijk, en haar man. Elke keer dat hij iets schrijft is de hele groep door het dolle. Dan zijn ze helemaal buiten zichzelf van dankbaarheid dat hij het woord tot hen richt. Maar je moet toegeven dat hij echt een heel erudiete man is, in tegenstelling tot een paar anderen in de groep. Er zijn volgens mij een paar echte leeghoofden bij, zoals die Christiane Zach, Tamy Korelsky of Ren Ate. Maar misschien doe ik de dames daarmee tekort.'

Tamy Korelsky was Beatrice tot dusverre niet opgevallen. Dat was het lastige van de zaak – de omvang van de groep. Best mogelijk dat degene om wie het allemaal draaide, als die bestond, gewoon zwijgend meelas en nooit het woord nam.

Florin schraapte zijn keel. 'Wat heeft u zelf eigenlijk met gedichten?'

Die vraag verraste Ribar zichtbaar. 'Wat heb ik er zelf mee – oei. Om eerlijk te zijn moest ik er nooit veel van hebben. Ik zit echt alleen in de groep om meer over Pallauf te weten te komen.' Hij tilde zijn handen op en liet ze weer vallen. 'Tot nog toe zonder resultaat.'

'Goed, meneer Ribar.' Het klikkende geluid waarmee Florin het puntje van zijn pen een paar keer achter elkaar naar buiten en weer naar binnen liet schieten gaf aan dat er genoeg vrijblijvend heen en weer was gepraat.

'Waar was u in de nacht van 12 september? Tussen tien en vijf?'

'Wat?' De vraag verraste Ribar volkomen, dat was overduidelijk. 'Waarom ik?' Hij kalmeerde. 'Thuis. Het is eeuwen geleden dat ik 's avonds wegga. Sinds we een tweeling hebben alleen nog als het nodig is voor mijn werk. Vraagt u het maar aan mijn vrouw.'

Die dat natuurlijk zou bevestigen. 'Bent u vanwege uw vrouw naar Salzburg verhuisd?'

Ribar keek geïrriteerd op. 'Doet dat ter zake? Ja, zij komt hiervandaan en we vonden dit allebei een goede plek om kinderen op te laten groeien. Ik vond het niet moeilijk om Erfurt te verlaten.'

Beatrice stond op, trok een van haar visitekaartjes uit haar zak en overhandigde het aan de man. 'Meneer Ribar, bedankt. Ik zou u graag willen vragen om contact met ons op te nemen als u iets opvallends ziet. Want ik ga ervan uit dat u niet zult stoppen met uw eigen onderzoek. Nee, toch?'

'Ik...' Hij zocht naar woorden. 'Ik beloof u dat ik zonder uw toestemming geen woord zal schrijven over Pallauf in verband met de poëziegroep. Echt.'

Maar hij is wel zo slim om Sagmeister niet te noemen. Zo kan hij er alleen maar zijn voordeel mee doen – als we nu met haar komen aanzetten weet hij wat er aan de hand is. En als we dat niet doen, grijpt hij misschien de kans om een slimme draai aan het zelfmoordverhaal te geven zodra Ira's dood openbaar wordt.

'Schrijft u helemaal niet over de Facebookgroep. In geen enkel verband dat u te binnen zou kunnen schieten, oké?'

'Ja. Natuurlijk.' Ribar vergezelde hen naar de deur. 'O jee,' mompelde hij. 'Nu heb ik u helemaal geen koffie aangeboden. Sorry, daar had ik aan moeten denken...'

Florin draaide zich meteen om; zijn glimlach was zo open dat je had kunnen denken dat hij Ribar echt in zijn hart had gesloten. 'Maakt u zich geen zorgen om de koffie. Maar er is wel iets anders waarmee u ons een groot plezier zou kunnen doen.' Hij stak zijn hand uit. 'De lijst met Pallaufs wachtwoorden. Die krijgt u natuurlijk terug zodra de zaak is afgesloten.'

Twaalf

De volgende dag troffen ze de rouwadvertentie aan in de krant; haar vader had hem laten plaatsen. Dat viel hem natuurlijk niet kwalijk te nemen, maar toch had Beatrice graag gewild dat hij er nog even mee had gewacht.

De banden van de liefde worden niet verbroken door de dood.

Thomas Mann

Verbijsterd en vol verdriet deel ik mee
dat mijn geliefde dochter

IRA SAGMEISTER

heeft besloten naar een voor haar betere wereld te gaan.
Wie haar heeft gekend, weet hoe groot ons gemis is.
Het afscheid vindt in naaste familiekring plaats.
De gebedsdienst voor Ira is op 27 september om 15.00 uur, in de parochiekerk Oberndorf.

Johannes Sagmeister
uit naam van alle familieleden

Welke familieleden? dacht Beatrice. Haar moeder was overleden, en broers en zussen had ze niet. Ze moest er niet aan denken hoe Sagmeister zich voelde.

184

'Voor hem staat vast dat Ira de hand aan zichzelf heeft geslagen,' zei Florin peinzend. 'Ik vraag me af hoe lang we haar dood nog als een moordzaak moeten behandelen. Nee, oké joh, ik weet wat je wilt zeggen.' Hij streek de krant glad en zuchtte. 'Er zijn te veel dingen die niet kloppen. Maar daarom mogen we niet negeren wat glashelder is: ze heeft afscheid genomen en haar zelfmoord aangekondigd – en niet als donderslag bij heldere hemel, maar na maanden depressief te zijn geweest.'

Beatrice pakte de telefoon. 'Ik ga nu Vogt bellen. Die heeft inmiddels vast nieuwe resultaten.'

'U belt erg ongelegen, Kaspary,' snauwde de patholoog-anatoom in de telefoon.

'Dan houden we het kort. Kunt u me iets nieuws over Ira Sagmeister vertellen?'

Zijn gesnuif klonk bijna als een lachje. 'Ja, dat ze voor haar dood cannelloni met spinazievulling heeft gegeten en daarna een Snickers. Ze had slecht gekauwd, er zaten pinda's bij die je zo weer zou kunnen verkopen. Ik gok erop dat haar laatste avondmaal ongeveer twee uur voor haar dood plaats heeft gevonden. Hoogstens drie.'

'Oké.' Beatrice negeerde het ritselen aan de andere kant van de lijn zo goed en zo kwaad als het ging. Als Vogt nu begon te eten gaf ze prompt over op haar bureau. 'En verder?'

'Tja.' Hij aarzelde lang, wat niets voor hem was. 'Ze heeft een kras op haar linkerarm, niet heel diep, maar veertien centimeter lang. Ik wil u niet lastigvallen met enzymhistochemische details, maar de exsudatieve fase is ingetreden en er is licht wondoedeem te zien.'

'U bedoelt dat de kras was begonnen te helen?'

'Ja. Maar daar had hij niet veel tijd voor. Toch is de verwonding met zekerheid ontstaan voordat Sagmeister werd geraakt door de locomotief. Het meisje heeft bovendien hard op haar tong gebeten en ook die kreeg nog de kans licht op te zwellen.'

Beatrice ademde zuchtend uit. 'Dat is erg interessant, mijn hartelijke dank.'

'Maar het is niet meer dan een strohalm. Ze heeft zich misschien geschramd aan een doornstruik. Soms bijten mensen op hun tong als ze struikelen. Wat ik u te bieden heb, heeft niet veel bewijswaarde.'

'In elk geval bedankt.'

'Voor het toxicologisch onderzoek hebben we nog iets meer tijd nodig, maar Sagmeister had geen alcohol in haar bloed. Seks heeft ze de laatste achtenveertig tot tweeënzeventig uur ook niet gehad. De rest volgt als ik zover ben.'

Hij had al opgehangen, maar Beatrice bleef met de hoorn in haar hand zitten, in gedachten verzonken.

'Zou jij twee uur voor je je voor de trein gooide nog cannelloni met spinazie en een Snickers eten?'

Florin had het gesprek met één oor gevolgd en ondertussen zijn binnengekomen mail gecheckt. Nu draaide hij zich helemaal om naar Beatrice. 'Twee uur ervoor, zeg je? Ik weet het niet. Een merkwaardige keus voor een galgenmaal. Eerlijk gezegd heb ik geen idee of het gebruikelijk is dat ze nog eten voordat ze zelfmoord plegen. Persoonlijk zou ik denken dat je dan geen eetlust hebt.'

De hoorn in haar hand liet een duidelijke bezettoon horen en Beatrice legde hem weer op de haak. 'Ik ook, maar iedereen ervaart dat waarschijnlijk anders. We weten nu alleen wel heel zeker dat haar laatste maaltijd en haar afscheid op Facebook dicht bij elkaar lagen.'

Met weinig hoop op resultaat doorzocht Beatrice een stapel met papieren die voor haar op haar bureau oprees. 'Heb jij een idee waar het rapport van de technische recherche is? Het rapport over de woning van Sagmeister?'

Eén gerichte greep en Florin had wat ze zocht in zijn hand. 'Ik geloof dat ik weet waar je naartoe wilt. Nee, er staat niets in over borden met etensresten. Maar misschien heeft ze die afgewassen…'

'En zich na de afwas voor de trein gegooid? Serieus?' Dat was geen argument, dat wist Beatrice zelf ook wel. Ieder mens was anders en voor sommigen was het misschien belangrijk om de keuken op te ruimen voor ze een eind aan hun leven maakten.

'Oké. Is de verpakking van de cannelloni in de vuilnis aangetroffen? Of verlepte spinazieblaadjes? Iets wat erop wijst dat ze heeft gekookt?'

Florin bladerde, las, schudde zijn hoofd. 'Nee. Ook geen Snickerspapiertje.'

'Dan was Ira de hele avond niet thuis.' Beatrice deed haar ogen dicht en woog denkbare scenario's tegen elkaar af. Ze zag Ira Sagmeister voor zich, in een restaurant – waarschijnlijk een pizzeria – met haar laptop voor zich op tafel. Eerst las ze het menu door, bestelde en at in alle rust. Daarna typte ze Falkes gedicht 'Als ik sterf' in het tekstvenster van Facebook:

Vlecht mij van rode rozen dan een kroon,
in feestgewaad ga ik bij u vandaan,
en zet dan wijd de ramen open, toon
de sterren hoe 'k hier lig. 'k Zal weldra gaan.

Kon ze zich dat voorstellen? Ja, maar wel met enige moeite. Ze schreef, las de antwoorden en bereidde zich voor op haar dood. Chatte met haar, Beatrice, die haar probeerde wijs te maken dat ze iets wist, iets belangrijks… sloeg de ontmoeting bij de Residenzbrunnen af. *Dan is het te laat. Je kunt me wat.*

De Snickers paste niet in het plaatje, maar misschien had Ira die bij zich gehad of later bij een tankstation gekocht. Of…

Een nieuw scenario. Een snackbar waar Ira cannelloni en een Snickers kocht, beide aan een statafeltje opat, met de opengeklapte laptop voor zich. Beatrice kon weliswaar zo gauw geen snackbar bedenken waar ze pasta verkochten, maar dat hoefde niets te betekenen.

De derde mogelijkheid: iemand had voor Ira gekookt; ze was ergens uitgenodigd. Dat wierp een heel ander licht op haar posts. Ze had met haar gastheer of gastvrouw aan tafel gezeten, hun beider blik gericht op het beeldscherm, terwijl ze aten en zich vermaakten over de reacties van de groep… lang niet gek. Maar toen was er iets gebeurd en Ira's leven was op de spoorrails geëindigd.

De fundamentele vraag was echter…

'We moeten erachter komen of Ira haar laatste uren alleen heeft doorgebracht. Bechner moet alle Italianen in Parsch maar afgaan en controleren of Ira daar op de avond van haar dood is gezien. En ook elke snackbar die cannelloni met spinazie verkoopt.'

'Dan doet Bechner cyaankali in onze koffie.'

'Hij doet maar. Als wij de plek vinden waar Ira heeft gegeten, weten we ook of ze gezelschap had.'

Florin dacht even na. 'Onder deze omstandigheden,' zei hij, 'is het misschien beter dat we gebruikmaken van de pers en de lezers vragen of zij Ira op de avond van haar dood hebben gezien. Met een foto in de krant en op internet hebben we meer kans dat iemand zich haar – en haar cannelloni – herinnert.'

Helen Crontaler Het is toch waar, nu hebben we de treurige zekerheid. Mijn god, waarom? R.I.P., Ira.

Ze had de rouwadvertentie uit de krant ingescand en bij haar post gezet. Als je die aanklikte en vergrootte kon je de tekst zonder moeite lezen.

De banden van de liefde worden niet verbroken door de dood.

Die regel had ook Nikola DVD meteen geciteerd, en ze had eraan toegevoegd: 'Pijnlijk, maar waar. De dood laat de levenden achter met al hun gevoelens, ook als die vanaf nu in het niets moeten stromen.'

Die woordkeuze paste helemaal niet bij het brutale meisje dat een tand miste op de profielfoto. Onwillekeurig moest Beatrice aan Mina denken – ze kon zich niet voorstellen dat die op een dag ook zulke zinnen zou maken. Ze schoof de gedachte terzijde. Dit was niet het moment voor privédingen.

Phil Anthrop O nee, alsjeblieft niet! Dit is zo verschrikkelijk.
Werner Austerer Ik neem hier zelden het woord, maar nu

moet ik het doen. Ik ben geschokt. Arme Ira, waarom heb je ons niets verteld!

Oliver Hegenloh Ik was er al bang voor. Ira, waar je ook bent: we zullen je niet vergeten. Wat zonde.

Ren Ate Ik kan het niet geloven. Vandaag brandt hier een kaars voor Ira. Wat moet ze wanhopig zijn geweest.

Christiane Zach Ik heb er geen woorden voor. Ira, we zullen je missen!

Dominik Ehrmann Wat een ramp. Ik wil en kan het niet geloven. Maar ik wens haar toe dat ze nu bevrijd is van de demonen die haar achtervolgden.

Christiane Zach Valt het jullie op dat dit al de tweede keer is dat dit een groepslid uit Salzburg treft? In zo korte tijd! Ik zou er haast bang van worden…

Marja Keller Ik meld me af. Dat had ik meteen moeten doen. Sorry jongens, maar ik kan er niet meer tegen. Ira, ik denk aan je, ik had je graag persoonlijk gekend.

Irena Barić Marja, we moeten elkaar bijstaan. Als jij blijft zijn we er voor je!

Ivonne Bauer Ik steek ook een kaars voor Ira op. Dit is een zwarte dag.

In die trant ging het verder. Zevenenvijftig reacties waren er inmiddels op Crontalers post gekomen, waaronder talloze foto's van kaarsen en zonsondergangen. Nikola DVD postte in haar tweede reactie een foto van een dier: het zwarte silhouet van een kat dat zich aftekende tegen een blauwe achtergrond.

Beatrice was net bezig de pagina uit te printen toen haar mobieltje ging.

'Kaspary.'

'Met Crontaler.' Een mannenstem. 'Peter Crontaler. We kennen elkaar. U was een paar dagen geleden bij mijn vrouw.'

De hoogleraar germanistiek. 'Natuurlijk. Wat kan ik voor u doen?'

'Weet u, mijn vrouw… heeft het moeilijk.' Hij zuchtte alsof hij het onprettig vond. Als een vader die bij een lerares begrip probeert te kweken voor zijn kind met gedragsproblemen. 'Vandaag zagen we in de krant de rouwadvertentie van Ira Sagmeister. Helen was helemaal van slag. Ze maakt zichzelf verwijten en stelt zich de vreselijkste dingen voor.'

Beatrice had al een vermoeden waar het naartoe ging. Dit soort telefoontjes kregen ze geregeld.

'Daarom dacht ik dat u ons vast kunt helpen. Als Helen zou weten wat er is gebeurd, zou haar fantasie niet zo op hol slaan.'

Ja natuurlijk. En dan kan zij haar insiderkennis op Facebook posten en genieten van de golf van ontzetting die ze teweegbrengt.

Beatrice deed haar best een neutrale toon op te zetten. 'Het spijt me heel erg, meneer Crontaler, maar dat gaat niet. U of uw vrouw zijn geen familie van Ira Sagmeister.'

Maar zo gemakkelijk liet hij zich niet afschudden. 'We vinden het alleen zo vreemd. Dat niemand iets weet, bedoel ik. Mijn studenten stellen me ook vragen; een paar van hen kenden Ira. Via internet dan.'

Florin, die zich allang snuivend had afgewend, zou zich in zijn afkeer van de Crontalers bevestigd voelen als Beatrice hem de details van het gesprek vertelde. *In ons milieu ben je gewoon op de hoogte.* Ze moest kennelijk duidelijker worden.

'Als ik eerlijk ben begrijp ik uw verzoek niet helemaal. Ira Sagmeister is dood, waarschijnlijk heeft ze zichzelf van het leven beroofd. En u wilt weten hoe ze dat heeft gedaan? Wilt u soms ook nog foto's van de toestand waarin ze is aangetroffen?' Beatrice betrapte zichzelf op het perverse verlangen om hun die foto's te laten zien. Ze zag al voor zich hoe ze die op de elegant gedecoreerde tafel in de salonachtige woonkamer van de Crontalers neerlegde, waarop de echtelieden wit wegtrokken en hun ontbijt naar boven kwam.

'Maar natuurlijk niet. Wat een smakeloos idee.'

'Dan zijn we het daarover eens.'

Peter Crontaler zweeg, maar hing niet op. 'Wat moet ik tegen mijn vrouw zeggen? Ze voelt zich medeverantwoordelijk, zo is ze nu eenmaal. Als ze meer informatie had zou haar dat helpen bij de verwerking. Is het echt zeker dat het zelfmoord was? Of zou het ook een ongeluk kunnen zijn?'

Hij gaf het niet op, wat haar verbaasde. 'Meneer Crontaler, kende uw vrouw Ira Sagmeister persoonlijk? Belden ze elkaar van tijd tot tijd, gingen ze met elkaar koffiedrinken, iets in die trant?'

'Nee, niet dat ik weet...'

'Moet u eens horen,' onderbrak Beatrice hem, 'ik wil niets afdoen aan het feit dat uw vrouw ermee zit, maar buiten het internet was er dus geen contact tussen haar en Ira.' Ze liet haar woorden twee seconden inwerken voordat ze eraan toe voegde. 'Zou u nog iets willen weten?'

Toen Crontaler antwoordde was zijn toon duidelijk koeler. 'Nee. Ik betreur het zeer dat ik met mijn verzoek uw kostbare tijd in beslag heb genomen. Goedendag.' Hij had opgehangen voordat ze zijn groet kon beantwoorden.

Even legde Beatrice haar hoofd in haar nek en ze sloot haar ogen. Diplomatie was nooit haar sterkste kant geweest, misschien moest ze daar eens aan gaan werken.

'Wilde hij details?' informeerde Florin.

'Ja. Helen had laatst bij jou immers bot gevangen, dus probeerde híj het nu. Ik ga ervan uit dat hij door zijn waarde echtgenote is gestuurd omdat ze denkt dat wij wel zullen zwichten voor zijn belangrijkheid.' Ze wreef haar nek, die gespannener voelde dan ooit. 'Het enige waar ik sceptisch over ben is dat ze zogenaamd zo geschokt is. Ik geloof veel eerder dat Helen Crontaler er slecht tegen zou kunnen als iemand anders in de groep het vóór haar zou weten. Maar ja, misschien doe ik haar daarmee tekort.'

Ze richtte zich weer op haar laptop. Boris Ribar had tot dusverre niet op de rouwadvertentie gereageerd. Had hij de post nog niet gelezen?

'Ik heb een foto van een kaars nodig.'

'Wat zeg je?'

'Een kaarsenfoto. Tina Herbert moet haar ontsteltenis uiten en ik wil me aanpassen aan de rest.' Via afbeeldingen zoeken op Google had Beatrice binnen een paar seconden van alles gevonden, maar ze constateerde dat de mooiste foto's al door andere leden van de groep waren gebruikt. Uiteindelijk vond ze een foto die nog niet was geplaatst en er niet kerstachtig uitzag. Ze sloeg hem op en uploadde hem.

'Het is onbeschrijflijk tragisch. Ik leef mee met iedereen die van Ira heeft gehouden,' schreef ze erbij.

Goed. Meer kon ze op dit moment niet doen.

'Had je er al aan gedacht,' hoorde ze Florin zeggen, 'dat Crontaler zijn vrouw als smoesje gebruikt heeft om jou uit te horen? Het is immers best mogelijk dat hij opbelde omdat het hemzelf interesseerde.'

'Hm. Ik ziet niet in welk voordeel hij daarbij zou kunnen hebben, behalve het bevredigen van zijn nieuwsgierigheid.'

Peinzend streek Florin over zijn kin. 'Ira was een studente, hij is hoogleraar. Niet bij hem, dat klopt, maar toch. Hij heeft Gerald Pallauf college gegeven, misschien weet hij meer dan hij ons heeft verteld.'

Er zijn dagen bij dat het wel een spel lijkt. Dat spel waarvan ik de naam vergeten ben, maar waarbij je bus- en taxikaartjes krijgt waarmee je door de stad moet rijden om te ontsnappen aan degenen die jacht op je maken. En af en toe laat je je zien, zodat de meute van koers kan veranderen.

Wat ben ik moe.

Mijn ticket is voor een vliegtuig. Binnenkort. En ik denk dat ik nieuwe regels invoer. Dat ik me niet meer laat zien, tenzij het onvermijdbaar of in mijn eigen voordeel is.

Een tijd geleden heb ik mijn kleren met een jongen geruild, die dat geweldig vond. Hij was behoorlijk aangeschoten en heel vrolijk, en had tot nog toe altijd geluk gehad.

Ook hij beschouwde het als een spel. Hij had gelijk, het was een spel. Ik won toen.

Om 14.00 uur ging het persbericht uit. De bijgevoegde foto van Ira was serieus en mooi, de oproep om contact op te nemen als iemand haar op de avond van haar dood tussen zeven en elf uur had gezien klonk kalm. Het woord 'zelfmoord' werd niet genoemd, Ira was 'onder nog onopgehelderde omstandigheden om het leven gekomen'.

Nadat het nieuws de Facebookgroep had bereikt kon Beatrice doen wat ze allang van plan was. Ze belde Oliver Hegenloh op, en had een smoes klaar voor het geval ze op grond van zijn internetgedrag bij een nietsvermoedende farmaciestudent zou zijn terechtgekomen die er niets mee te maken had. Maar ze had zich geen zorgen hoeven te maken. Hij wist meteen waar het over ging.

'U bent niet verplicht mij te woord te staan,' legde ze meteen bij het begin uit. 'Maar ik zou u willen verzoeken dat wel te doen.'

Hegenloh hoefde er nog geen twee seconden over na te denken. 'Natuurlijk wil ik u graag behulpzaam zijn. Maar ik kende Ira alleen van internet.'

'U had toch ook contact via Skype, klopt dat?'

'Ja,' zei hij niet zonder verbazing in zijn stem. 'Hoe weet u dat?'

'We hebben na Gerald Pallaufs dood de poëziegroep in de gaten gehouden. Daar heeft u dat kortgeleden verteld.'

'O. Klopt.'

Het blaadje met de vragen ritselde in Beatrices hand. 'Was u verbaasd toen u hoorde dat Ira zich echt van het leven had beroofd?'

'Nee.' Hij zei het zacht, maar beslist. 'De dood was altijd een belangrijk onderwerp voor haar, dat heeft u vast ook wel gemerkt als u een kijkje hebt genomen in de groep.'

'Weet u meer over de problemen die ze had?'

Hegenloh ademde hoorbaar in de telefoon. 'Eigenlijk niet. Sommige mensen zijn gewoon ongelukkig, hoewel het helemaal niet zo slecht met hen gaat als je naar hun uiterlijke omstandigheden kijkt. Maar bij Ira was het zo...' Hij onderbrak zichzelf. 'Moet u horen, wat ik nu zeg is niet meer dan een vermoeden en misschien zit ik er helemaal naast.'

Beatrices blik viel op een van de foto's waarop Ira's dode gezicht te zien was. 'Zegt u het toch maar. Alstublieft.'

Hij haalde adem. 'Ik zou me zo kunnen voorstellen dat ze ooit is verkracht. Tijdens een van onze Skypegesprekken heeft ze dat onderwerp ter sprake gebracht, maar alsof het over een vriendin ging en niet over haarzelf. Ik ben daar natuurlijk op ingegaan. Ze wist dat ik farmacie studeer en wilde weten of er medicijnen bestaan waardoor zulke trauma's kunnen verdwijnen.'

Twee puzzelstukjes die pasten. Deze informatie en Ira's klacht over de politie. *Niet bereid om te luisteren als iemand uit zichzelf iets wil vertellen.*

'Heeft ze er meer over gezegd? Wanneer en waar het gebeurd is?'

'Nee. Ze ging al vrij snel over op een ander onderwerp, maar voor mij kregen al haar sombere en verdrietig posts daarna een nieuwe betekenis.

'Dat is belangrijke informatie. Heel erg bedankt.'

'Kan ik verder nog iets doen?'

Beatrice raadpleegde haar notities. 'Is er iemand in de groep met wie Ira heel goed kon opschieten? Of juist heel slecht?'

'Geen van beide, geloof ik. Ze was er niet op uit om anderen te pleasen. Ze provoceerde liever.'

Ze ging die middag helemaal op in haar werk – tot de deur werd opengerukt. Bechner kwam binnen en plofte als een toonbeeld van uitputting op de stoel voor bezoekers neer. 'Zou ik een kop koffie kunnen krijgen?'

Beatrice wilde opstaan, maar Florin was haar voor. 'Natuurlijk. Met melk? En suiker?'

'Melkschuim als je dat hebt. Dank je.' Hij schudde zijn hoofd als iemand die een flauwe grap heeft gehoord maar daar geen woord aan vuil wil maken. 'Oké,' begon hij, terwijl de molen van het koffie-apparaat ratelde. 'Ik heb zoals jullie me hadden opgedragen navraag gedaan of Ira Sagmeister ooit de hulp van de politie heeft ingeroepen.' Hij keek Beatrice uitdagend aan. 'Dat wilden jullie toch?'

Tutoyeerden ze elkaar? Beatrice had kunnen zweren dat Bechner haar tot dusverre altijd 'u' had genoemd en wilde daar eigenlijk ook geen verandering in brengen. Bechner klonk immers altijd verwijtend, over welk onderwerp het ook ging. Hij voelde zich kennelijk continu onrechtvaardig behandeld en liet geen gelegenheid voorbijgaan dat de rest van de wereld onder de neus te wrijven.

'Ja, precies. En wat is daar uitgekomen?'

'Het was ongelooflijk tijdrovend. Ik heb eindeloos getelefoneerd en gemaild, door het hele land. En toen...' – hij nam het koffiekopje van Florin aan – 'ben ik ergens op gestuit. Ira Sagmeister heeft inderdaad een keer aangifte gedaan, tegen een onbekende.' Hij vergewiste zich ervan dat zowel Florin als Beatrice hem hun volle aandacht schonken. *Wegens verkrachting, hè?* Welke sukkel van een agent had haar afgewimpeld?

'Het was zelfs hier in Salzburg. Ze is persoonlijk op het bureau in de Minnesheimstraße verschenen om aangifte te doen dat haar moeder telefonisch werd lastiggevallen. Ze wilde een telefoontap, maar dat werd afgewezen.'

Dat was verrassend. 'Weten we ook waarom?'

'De beller had maar twee of drie keer contact opgenomen. Anoniem natuurlijk. Ira's moeder zat daarna elke keer in zak en as en was dan dagenlang niet aanspreekbaar. Ze heeft nooit uitgelegd wat er zo vreselijk was aan die telefoontjes, en of ze de beller kende.' Bechner roerde vol toewijding in zijn kopje. 'Dat was het. Ik hoop dat jullie tevreden zijn.'

Beatrice glimlachte en knikte, ook al was dit absoluut niet wat ze had gehoopt. *Ten eerste is dat veel te lang geleden en ten tweede was dat niet hier in Salzburg*, had Ira gezegd toen Beatrice naar haar frustrerende politie-ervaring had geïnformeerd. Wat natuurlijk een leugen kon zijn geweest, maar dat geloofde ze niet. Ira was met haar afwijzende houding heel trots overgekomen. Als iemand die haar gesprekspartner elke waarheid in het gezicht zou slingeren, zonder rekening te houden met de gevolgen. Maar toch was Bechners verhaal interessant. 'Wanneer was dat precies?' vroeg Beatrice.

'Februari vorig jaar, anderhalf jaar geleden dus.'

Amper zes maanden daarna had Ira's moeder zelfmoord gepleegd. En nu haar dochter ook. Zo leek het in elk geval. Beatrice zou het voorval bij haar verdere stappen in haar achterhoofd houden. Het was mogelijk dat de beller van toen nu via Facebook contact legde.

De volgende dag stonden de telefoons roodgloeiend. Massa's mensen beweerden Ira Sagmeister de bewuste avond gezien te hebben. De plaatsen waar ze zogenaamd was opgemerkt beperkten zich niet tot Salzburg, maar strekten zich uit van Wenen via Graz tot Neurenberg. Iemand beweerde Ira met een groepje jongemannen te hebben gespot terwijl ze in een vw-bus stapte, iemand anders wist zeker dat hij met haar in de lift van een warenhuis had gestaan; ze had een baby in een draagdoek gehad.

Kort voor twaalven kwam Stefan binnenvallen. 'Ik heb twee treffers, als jullie het mij vragen.'

Hij kon zijn eigen notities niet lezen, dus het duurde even voor hij de feiten paraat had.

'Oké. Twee bellers zeggen dat ze het meisje op de foto in de krant in een pizzeria hebben gezien die Lugano heet. Donderdagavond om halfacht.' Hij liet een betekenisvolle stilte vallen. 'Ze zeggen dat Ira alleen was en – opgelet! – een laptop bij zich had die ze na een tijdje openklapte. De ene getuige, een vrouw, vertelde dat ze zich herinnert dat ze zich er nog aan ergerde dat het zo bergafwaarts gaat met de eetcultuur. De andere getuige had de indruk dat Ira op iemand wachtte. Elke keer dat er een gast het restaurant binnen kwam schrok ze op.'

Dat klonk inderdaad als een treffer. 'Heeft een van de getuigen gezien wat het meisje at?' vroeg Florin. 'En wanneer ze vertrok?'

Stefan schudde zijn hoofd. 'De eerste getuige weet nog dat Ira de pizzeria vóór haar verliet, maar ze kan niet precies zeggen hoe lang. Ze zegt dat het meisje met de laptop tijdens het afrekenen ruzie had met de ober omdat hij haar te weinig teruggaf.'

Dit was waarom Beatrice haar beroep niet wilde opgeven: het

warme, kloppende gevoel als de kompasnaald eindelijk de juiste kant op wees. Het voelde als een triomf, hoewel het daarvoor nog veel te vroeg was. 'Dat gaan we checken,' zei ze beslist, 'en als het klopt staat voor mij vast dat Ira geen zelfmoord heeft gepleegd maar het slachtoffer van een misdrijf is geworden. Iemand die zichzelf om het leven brengt gaat zich niet eerst volladen en dan ruziemaken om een paar centen.'

Ze zou het als moordzaak behandelen, nu meteen, ondanks de sceptische rimpel boven Florins neuswortel. 'We houden alle mogelijkheden open,' wierp hij meteen tegen. 'Ira verkeerde in labiele toestand. Wie zegt dat het geen impulsieve beslissing was? Ze ziet de rails, de naderende trein en denkt: Waarom niet?' Hij tikte met zijn balpen tegen de zijkant van de tafel. 'Zulk soort gevallen hebben we eerder gehad. Komt niet veel voor, maar ze zijn er wel.'

Beatrices gezicht sprak kennelijk boekdelen, want Florin schoot in de lach. 'Best, dan sta ik alleen met mijn inschatting. Jij gaat nu meteen op zoek naar een moordenaar, hè?'

'Absoluut.'

Hij werd weer serieus. 'In principe deel ik je mening, maar we moeten wel...'

Hij werd onderbroken door een harde ringtone. Beatrice trok een verontschuldigend gezicht, pakte haar mobieltje en wierp een snelle blik op het display. Wat wilde Achim op dit tijdstip?

'Je was het vergeten.' Elk woord was doortrokken van teleurstelling en verachting.

'Wat bedoel je?' Wat was ze in vredesnaam zogenaamd vergeten? Wat een kletskoek...

'Onze afspraak. Ik sta met de kinderen voor de school en ze hebben niets bij zich. Niets!'

'Welke af-?' Woensdag. Het schoot haar weer te binnen. De nieuwe regeling die haar juist moest ontlasten, gnagnagna.

'Ik ben het inderdaad vergeten. Sorry.'

'Ja, vast. Weet je wat? Het komt jou niet uit en daarom boycot je mij.'

Dat was zo'n uit de lucht gegrepen beschuldiging dat haar geen passend antwoord te binnen schoot. Hij is onnozel, dacht ze ineens, terwijl de ergernis over haar eigen vergeetachtigheid en de boosheid op Achim in haar hevig strijd leverden. Ik ben met een onnozele man getrouwd, die echt denkt dat alles alleen maar tegen hem gericht is.

'Je had me er afgelopen zondag aan kunnen herinneren, toen je de kinderen thuisbracht.'

'Hoezo? Het was toch allemaal besproken? Tussen volwassen mensen zou dat voldoende moeten zijn.'

Op de achtergrond hoorde ze de kinderen jengelen, maar ze verstond niet wat ze zeiden. Haar blik ontmoette die van Florin en ze draaide zich om. Ze vond het vreselijk dat hij getuige was van de zoveelste ruzie tussen haar en haar ex.

'Sorry,' herhaalde ze met vaste stem. 'Ik kan het nu niet meer veranderen. Als je wilt kom ik hun spullen vanavond langsbrengen. Maar het zou fijn zijn als je zelf een setje van de belangrijkste spullen zou aanschaffen. Pyjama's, tandenborstels. Een paar boeken.'

Ze hoorde hem ademen, voelde hoe woedend hij was. *Waarom, Achim? Er is immers niets ergs gebeurd.*

'Weet je wat?' zei hij ten slotte. 'Bespaar je de rit vanavond, je vergeet toch de helft. Ik koop zelf wel wat ze nodig hebben.' Hij hing zonder groet op.

'Moet je vooral doen,' fluisterde Beatrice tegen de ingesprektoon. Ze drukte op het rode knopje en legde haar mobieltje op tafel.

Waarom was ze zo verbaasd? Omdat Achim al heel lang geen nachtelijke telefoonoffensieven meer had gepleegd? Omdat hun laatste ontmoeting zo onverwacht harmonieus was verlopen? Had ze echt gedacht dat hij zou veranderen?

'Bea? Als je even een pauze wilt laten we dan naar beneden gaan, naar het restaurant,' stelde Florin voor.

Ze schudde haar hoofd, ook al kon ze een pauze goed gebruiken. 'Je wilde zonet iets zeggen. Dat ik gelijk heb – zou je dat kunnen herhalen? Ik geloof dat ik het nu graag zou horen.'

Florins glimlach was open, en gelukkig zonder medelijden. 'Je hebt gelijk. We moeten dit als een moordzaak behandelen. Maar toch moeten we ook de mogelijkheid dat het zelfmoord was niet uit het oog verliezen.'

'Oké. Laten we dan naar die pizzeria gaan.'

Er zaten bijna geen gasten meer aan de tafeltjes van Lugano. Een gezette serveerster ruimde met drukke bewegingen een tafel af, een paartje zat zwijgend boven de resten van een tiramisu die er blubberig uitzag.

'Neemt u ons niet kwalijk, maar wij zouden graag de bedrijfsleider spreken.' Florin keek de serveerster aan met een glimlach die niet de geringste emotie op haar gespannen gezicht tevoorschijn riep.

'Was er iets niet naar wens? Dan kunt u dat ook tegen mij zeggen, dan geef ik het door aan de keuken.'

'We hebben hier niet gegeten.'

'Ja, dat dacht ik al.' De vrouw wierp een half geïnteresseerde blik op de politiekaart van Florin. 'U was me anders vast opgevallen. De chef is achter, een momentje.' Ze veegde met een vochtig doekje over de tafel, schoof het vaasje met de kunstbloemen in het midden en verdween door een deur achter de bar.

De serveerster kwam niet meer terug, maar even later verscheen er een man van rond de veertig in spijkerbroek en polo. 'Hallo, Norbert Breiner, ik ben de manager. U wilde me spreken?' Hij schonk Beatrice een hoopvolle glimlach en maakte een teleurgestelde indruk toen niet zij maar Florin het woord tot hem richtte.

'Wij zijn van de Salzburgse recherche en doen onderzoek naar een verdacht overlijden. Zouden we ergens kunnen gaan zitten?'

'Natuurlijk.' Breiner wees naar een tafeltje links van hem, dat in een met visnetten, zeesterren en plastic vissen gedecoreerde nis stond. 'Wie is er overleden? Iemand die ik ken?'

'Iemand die daarvóór misschien in uw restaurant heeft gegeten.'

Het was alsof de bedrijfsleider in een paar seconden een onzichtbare muur tussen hen optrok. 'Dat is onmogelijk. In mijn keuken hebben we de hygiëne hoog in het vaandel staan. Nog maar een paar weken geleden is er iemand van de voedsel- en warenautoriteit langs geweest en die heeft het gecontroleerd...'

Beatrice onderbrak hem. 'Dat is een misverstand. Er is niemand aan uw eten overleden, maar het zou kunnen dat een jonge vrouw de laatste uren van haar leven hier heeft doorgebracht. En daar zouden we graag achter willen komen.'

Breiner ontspande zichtbaar. 'Mijn hemel, en ik dacht al... We zouden een grappa moeten drinken tegen de schrik. Wat vindt u daarvan? Ik nodig u uit.'

Beatrice wimpelde het af. 'Nee, dank u. Maar u zou ons helpen als u zou kunnen zeggen wie er afgelopen donderdag in het restaurant bediende.'

'Ella.' Hij wees naar de deur waarachter de serveerster zich had teruggetrokken. 'En ikzelf. Dat moet helaas, want een van mijn werknemers loopt in de Ziektewet en een andere heeft twee weken geleden ontslag genomen omdat hij eindelijk zijn studie heeft afgerond. Ik ben nog op zoek naar vervanging.' Hij nam Florin op alsof die daarvoor in aanmerking kwam.

'Dan kunt ú mij misschien zeggen of u zich deze vrouw herinnert.' Beatrice haalde de foto van Ira Sagmeister uit haar tas en legde die voor Breiner op tafel.

'Hm.' Hij nam er de tijd voor. Ten slotte knikte hij. 'Ja, die was hier. Heel onvriendelijk. Maar ze droeg haar haar anders dan op de foto.' Hij maakte met zijn hand een draaiende beweging om zijn hoofd. 'Ze had er een sjaaltje omheen. Niet als een tulband, maar... U weet vast wel wat ik bedoel.'

Ja. Beatrice slikte, ze had een droge keel. Ze hadden duidelijkheid over Ira's laatste restaurantbezoek. 'Hoe verliep de avond? Wat herinnert u zich nog?'

Breiner steunde zijn kin op zijn hand; hij leek *De Denker* van Rodin wel. *Nu hij weet dat hij niets te vrezen heeft, geniet hij van onze belangstelling.*

'Ze had een computer bij zich. Een blauwige laptop. Daar was ze de hele tijd mee bezig. Ze was aan het typen, maar ik kon niet zien wat ze schreef.' Hij boog zijn hoofd. 'U begrijpt het wel, allemaal heel persoonlijk. En bovendien zat ze zo dat ik alleen de achterkant van haar laptop kon zien.'

Beatrice keek het restaurant rond. 'Aan welke tafel?'

'Hier vlak naast.' Breiner wees op de nis. 'Veel te groot voor één persoon. Maar het was die avond niet zo vol, dus heb ik haar daar laten zitten. Bovendien dacht ik dat er nog iemand zou komen.'

'Zei ze dat?'

Breiner glimlachte. 'Dat was niet nodig. Als ervaren restauranthouder merk je dat. Wanneer iemand te vaak naar de deur kijkt of pas na een uur en verscheidene drankjes iets te eten bestelt zit hij of zij op iemand te wachten.'

'Maar er kwam niemand?' vroeg Florin door. 'Zelfs niet heel even, om snel een paar woorden te wisselen?'

'Als dat zo is, dan heb ik het niet gemerkt.' Breiner pakte een bierviltje en draaide het tussen zijn vingers rond. Hij deed een paar keer zijn mond open om iets te zeggen. Toen hij uiteindelijk begon te spreken klonk zijn stem zacht. 'Ik weet het: over de doden niets dan goeds, en ik vind het rot dat dat meisje iets is overkomen – maar ze was niet sympathiek. Ik heb haar haar eten gebracht en haar verder met rust gelaten.'

Beatrice herinnerde zich hun persoonlijke ontmoeting met Ira nog. Ze wist wat Breiner bedoelde en vroeg er niet op door. Maar 'eten' was een goed woord om op in te haken. 'Herinnert u zich nog wat ze had besteld?'

Hij schrok even. 'Ja. Ik geloof van wel... het was namelijk iets wat alleen vrouwen altijd bestellen. Ik dacht nog: daar gaan we weer: groenvoer – wacht even. Juist. Het was cannelloni met ricotta en spinazie. Ze dronk er plat water bij.' Breiner legde het bierviltje neer en verstrengelde zijn vingers.

Cannelloni met spinazie. Daarmee waren de laatste twijfels weggenomen.

'Heel erg bedankt, meneer Breiner.' Florin nam vluchtig zijn aantekeningen door. 'Nog één vraagje: een getuige heeft contact met ons opgenomen en verklaard dat er aan het eind nog onenigheid over de rekening was – kunt u dat bevestigen?'

De bedrijfsleider hoefde er niet lang over na te denken. 'Ja. Het meisje beweerde dat ik haar te weinig geld teruggaf. Ze wond zich er behoorlijk over op.'

'En daarna is ze meteen vertrokken?'

'Ja. Als u wilt weten hoe laat het was: even voor halfnegen. Ik was blij toe dat ze niet de hele avond wilde blijven.'

Zo'n exacte tijdsaanduiding was een cadeautje. Beatrice zou de reacties op Facebook nog een keer doorkijken; het exacte tijdstip waarop ze waren geplaatst was immers nog steeds zichtbaar. Ze was er vrij zeker van dat Ira 'Als ik sterf' later had gepost. De discussies naar aanleiding daarvan, de pogingen van de groep om Ira te bereiken – het was allemaal later gebeurd. Niet hier dus. Maar waar dan? Misschien kon Stefan...

Haar mobieltje ging. Please, smeekte ze zwijgend, niet alweer Achim en zijn gebruikelijke waslijst aan klachten. Dat de bladzijden in het leesboek van Jakob door gombeertjes aan elkaar geplakt zaten of iets anders wereldschokkends.

Maar het nummer op het display was haar onbekend en het was ongebruikelijk lang. Met een verontschuldigend knikje stond Beatrice op en ze wendde zich af.

'Kaspary.'

'Goedendag.' Het was een vrouw met een accent. Al voordat haar hoofd de juiste conclusies had getrokken kreeg Beatrice een knoop in haar maag. Was dat misschien...

'Met Anneke Ruysch. Ik hoop dat ik u niet stoor?'

Anneke van Florin. 'Nee. Helemaal niet.' Het antwoord rolde zo naar buiten en klonk best natuurlijk, al kwam het er te haastig uit.

Waarom belde Anneke haar? Ze hadden elkaar nog nooit ontmoet. Beatrice had haar weliswaar een paar keer uit de verte gezien, maar tot dusverre geen woord met haar gewisseld.

Onwillekeurig draaide ze zich om naar Florin, die net Ella de serveerster de hand schudde.

'Ik wil graag weten wat er aan de hand is.' Het klonk komisch en hard tegelijk.

Eigenlijk was Beatrice ervan uitgegaan dat Anneke Florin wilde spreken. Omdat ze hem op zijn eigen mobieltje niet kon bereiken en het dringend was of... wat maakte het uit, het was allemaal logischer – en ook beter – geweest dan deze opening van Anneke en wat die suggereerde.

Beatrice nam te lang de tijd voor haar antwoord, dat voelde ze zelf, maar het gevoel dat ze plotseling in een verhaal zat waar ze niet thuishoorde bracht haar helemaal van de wijs. *Niets*, had ze moeten zeggen. *Er is niets aan de hand, wat wilt u eigenlijk van mij?*

In plaats daarvan zei ze: 'Ik weet niet wat u bedoelt.'

'Maar u weet wie ik ben?'

'Ja.' Weer keek ze om naar Florin, die haar vragend aanstaarde. Beatrice zette twee stappen naar de deur. 'Ik denk in elk geval van wel. Toch begrijp ik niet waarom u mij opbelt.' En waar u mijn nummer vandaan hebt, voegde ze er zwijgend aan toe. Terwijl het heel simpel te verklaren was. Een blik in het adresboek van Florins mobieltje was voldoende.

'Ik heb de indruk dat er iets niet klopt. Florin is sinds kort anders. Afgelopen weekend vond hij het voor het eerst fijn om weer naar huis te gaan.'

Was die vrouw wel in orde? Een wildvreemde opbellen om haar relatieproblemen op tafel te gooien was op zijn zachtst gezegd... ongebruikelijk.

'We zijn op dit moment met een zaak bezig die veel energie kost,' legde Beatrice uit. Ze had het onaangename gevoel dat ze in een gesprek werd verwikkeld dat alleen maar mis kon gaan. 'Ik neem aan dat Florin daar een groot deel van de tijd aan loopt te denken. Dat geldt in elk geval wel voor mij.'

Anneke onderbrak haar. 'Nee. Het is anders. Ik weet hoe Florin zich gedraagt als hij aan zijn werk denkt. Ditmaal had ik het gevoel dat hij aan zijn collega dacht. Aan u.'

'Dat is onzin.' Waarom verantwoordde ze zich eigenlijk? 'Bovendien vind ik dat u uw relatie niet met mij maar met... met hemzelf moet bespreken. Ik heb daar niets mee te maken.' Ze kreeg eindelijk weer vastigheid onder haar voeten.

Anneke liet zich echter niet van de wijs brengen. 'Maar hij heeft het vaak over u,' zei ze. 'Beatrice zegt zus, zegt zo, zij voelt dingen zo goed aan...'

Was dat echt zo? Ditmaal draaide Beatrice zich niet om; haar blik bleef gericht op het kitscherige schilderij van de Rialtobrug dat tegenover haar aan de muur hing.

'We zijn collega's,' zei ze met gedempte stem. 'En als ik heel eerlijk ben, vind ik het een beetje merkwaardig dat u mij belt. Vindt u niet dat u Florin daarmee compromitteert, ook al is het alleen tegenover mij? Hij en ik waarderen elkaar als collega's. Dat is alles.'

'Hm.' Anneke leek er kort over na te denken. 'Ik kan het moeilijk geloven. Weet u, ik ben niet zo'n fan van – hoe zeg je dat? Iets half maken?'

'Iets half doen.'

'Precies. Als Florin niet zeker weet of ik de juiste voor hem ben, dan is het beter dat we uit elkaar gaan. Daarom bel ik op.'

De logica van die redenering ontging Beatrice. 'Maar waarom mij, verdomme?'

'Ik wilde u horen en weten hoe u reageert. Nu is het me allemaal veel duidelijker. Bedankt. Tot ziens.' Anneke hing op.

Beatrice hield het mobieltje nog steeds aan haar oor; ze had een paar ongestoorde seconden nodig om zich bij elkaar te rapen. Waren alle Nederlanders zo direct? Hoe moest Anneke weten dat Beatrice niet linea recta naar Florin zou gaan om hem het gesprek uitgebreid uit de doeken te doen?

Waar natuurlijk geen denken aan was. Ze stopte haar mobieltje weg en ging op zoek naar een wc. 'Ik ben zo weer terug,' legde ze Florin in het voorbijgaan uit, en ze sloot zich op in het eerste hokje.

Een overdadige citroengeur. Moest ze nu een verhaal verzinnen? Ze ging echt niet tegen Florin zeggen wie ze zonet aan de lijn had gehad. En in geval van twijfel verzon ze wel een vriendin die net in scheiding lag en bood ze haar excuses aan dat ze tijdens de onder-vraging een privégesprek had gevoerd.

Ditmaal had ik het gevoel dat hij aan zijn collega dacht. Aan u. Die gedachte bezorgde haar bijna tegen haar wil een warm gevoel.

'Alles oké?' informeerde Florin toen Beatrice weer aan het tafeltje ging zitten. De vraag, de blik – voor hem stond vast dat het Achim was die had gebeld.

'Ja hoor.' Beatrice gaf Ella een aanmoedigend knikje. 'Sorry voor de onderbreking, gaat u alstublieft verder met uw verhaal.'

Pas later, toen ze onderweg terug waren naar het bureau, werd Beatrice duidelijk met welke last Anneke haar had opgezadeld. Wil-de ze de voortzetting van haar relatie laten afhangen van een tele-foontje van twee minuten? *Nu is het me allemaal veel duidelijker*, had ze gezegd. Wat een onzin.

Beatrice schudde haar hoofd, alsof ze de dingen daardoor op hun plek kon laten vallen. Het was allemaal absurd. En waarschijnlijk was het toch beter om er met Florin over te praten. Anneke had haar immers niet gevraagd om te zwijgen.

Waarom doe ik het dan niet gewoon?

Vanwege het halve uur dat hij haar toen met zijn lichaam had ge-warmd om haar onderkoeling onder controle te krijgen. Vanwege 'Moon River' en de manier waarop hij laatst haar hand had vastge-houden. Omdat ze dat niet lachend kon en wilde negeren, hoewel dat vast verstandig zou zijn.

'Waar zit je mee?' Florin remde voor een stoplicht en keek haar aan.

'Waar ik mee zit? Nergens mee. Ik ben alleen aan het nadenken.'

'Waarover?'

Ja, waarover? 'Ik vraag me af op wie Ira in Lugano heeft zitten wachten. En of ze hem of haar later toch nog heeft ontmoet.'

Hij schoot in de lach. 'Kun je gedachten lezen? Dat houdt mij nou ook de hele tijd bezig. Als we haar computer zouden hebben… of haar mobieltje. Maar Stefan heeft inmiddels contact met de provi-der, we weten dus gauw genoeg met wie ze de laatste dagen heeft ge-telefoneerd.'

'Goed.' Het verkeerslicht sprong weer op groen. Beatrice wreef in haar ogen. Ze had het ineens koud. Hoezo gedachten lezen.

'Als je vanavond kinderloos bent,' zei Florin, en hij sloeg af naar de parkeerplaats van het hoofdbureau, 'heb je dan zin om samen uit eten te gaan? Dan kunnen we de volgende stappen bespreken, maar in een aangenamere omgeving. Een beetje brainstormen.' Hij manoeuvreerde de auto een krap plekje in, zijn blik geconcentreerd op de achteruitkijkspiegel gericht. 'Ik wil wel weer eens een keer naar de Ikarus. Tenzij jij het liever gezellig hebt dan chic, dan…'

'Ik geloof het niet,' onderbrak Beatrice hem. Ze was nog nooit in de Ikarus geweest en vond het een geweldig idee om de avond daar met Florin door te brengen. Ze wist alleen zeker dat Annekes telefoontje haar niet los zou laten. Die zou heel waarschijnlijk onder het eten opbellen. En waarom zou Florin er een geheim van maken met wie hij net een fles wijn deelde omdat dat het 'brainstormen' vergemakkelijkte?

'Ik moet de nieuwste ontwikkelingen op Facebook volgen. Ik hou er niet zo van om met mijn laptop in een restaurant te gaan zitten; daar kan ik me ook niet goed concentreren.'

'O.' Hij trok de autosleutel uit het contact en stapte niet uit maar keek Beatrice peinzend aan.

Ze grijnsde verlegen. Anneke kon van haar de pot op.

'Oké. Nieuw voorstel. We pakken alles in wat we nodig hebben en rijden naar mij toe. Onderweg stoppen we bij Kölbl en slaan we alles in waar we zin in hebben. Goed idee?'

Een briljant idee. 'Ik weet het niet. Ik…'

'Ach kom, Bea. Je hebt vandaag een avond zonder dat je de verantwoordelijkheid voor iemand anders hebt. Wat is er mis mee om jezelf dan een beetje te verwennen? En als je graag in een uitgezakte joggingbroek op de bank wilt hangen – dan kan ik vast wel een oude pyjama voor je vinden.'

Tegen haar wil moest ze glimlachen. 'Ik vind het moeilijk om dat af te slaan.'

'Afgesproken dus.'

Ze knikte. Verdorie nog aan toe, ze ging bij hem eten, het was zo onschuldig als wat, en als Anneke opbelde vluchtte ze gewoon naar de badkamer. Beatrice herinnerde zich vaag dat ze dat al een keer had gedaan.

Tien minuten voor sluitingstijd stond Beatrice in Kölbl, Florins favoriete delicatessenzaak, kaasjes uit te kiezen terwijl Florin prosciutto, antipasti en crèmeachtig uitziende desserts liet verpakken. Ze stelde vast dat het een mooie zaak was, maar niets voor haar. Anneke had vast met de eigenaar over zijn vak kunnen praten, over goede wijnjaren en de optimale rijping van een bel paese. Met een grappig accent, maar verstand van zaken.

Verbazingwekkend. Dat ene telefoontje had heel wat teweeggebracht. Nu wist Florins vriendin zelfs al bij zoiets onschuldigs als boodschappen doen Beatrices hoofd binnen te kruipen.

'Nog een klein stukje van deze hier,' zei ze, en ze wees naar de dolce latte. Vanuit haar ooghoek zag ze Florin wijn uitkiezen – een fles rode en een fles witte.

Die zal hij alleen moeten drinken, dacht ze met lichte spijt.

Nikola DVD Zijn blik is van 't onafgebroken staren naar tralies zo doodmoe dat hij niets ziet.

🤚 4 personen vinden dit leuk

'Aha.' Florin liet een stuk baguette met serranoham in zijn linkerhand balanceren terwijl hij met zijn rechterhand de muis bediende. 'Begrijp je waarom ze maar één zin uit het gedicht citeert?'

'Geen idee.' Om beter op het beeldscherm te kunnen kijken, draaide Beatrice de laptop wat meer naar zich toe. 'Maar de anderen begrijpen het ook niet. Lees maar verder.'

Ren Ate Wil je dat we de rest aanvullen, Nikola? Is het een raadsel? Dan is het te simpel, want 'De panter' kent echt iedereen hier.

Phil Anthrop Ik vind het ook merkwaardig.

Helen Crontaler Nikola, denk je niet dat het te vroeg is voor 'normale' posts? We weten pas sinds vandaag zeker dat Ira dood is. We moeten stilstaan bij haar overlijden en geen raad-spelletjes spelen.

Ren Ate Helemaal mee eens.

Dominik Ehrmann Ira was dol op Rilke. En ze zou de beteke-nis hiervan begrepen hebben. Dank je, Nikola.

Helen Crontaler Maar sommige andere gedichten van Rilke zouden nu meer op zijn plaats zijn. En je zou ze in hun geheel kunnen posten, niet verminkt.

Oliver Hegenloh Geen ruziemaken, alsjeblieft. Als iets heel ongepast is, dan dat wel.

Boris Ribar Ik sluit me aan bij Oliver.

En zo ging het maar door.

Ze zaten in de woonkamer van Florin. Door het raam aan hun linkerkant keken ze uit over het oude centrum van Salzburg. Een penthouse als dit kon je van een politiesalaris niet betalen. En Florin reageerde altijd gekwetst als hij er vragen over kreeg. Hij had Beatrice verteld dat hij het appartement aan zijn oma te danken had en dat het hem eigenlijk veel te groot was.

Nu was hij kauwend aan het lezen, met rimpels in zijn voorhoofd. 'Eerlijk gezegd snap ik het niet. Ze gedragen zich volkomen normaal. Een beetje apart, dat wel, maar om degene die verantwoordelijk is voor de dood van Pallauf, Beckendahl en Sagmeister hier te zoeken...' Hij tilde zijn hoofd op en keek Beatrice van opzij aan. 'Sorry, Bea. Ik weet dat je die theorie niet wilt opgeven, maar ze is echt op drijfzand gebouwd.'

'Het is het enige verband tussen de drie. Dat kunnen we niet zomaar van tafel vegen.'

'En Dulović dan? Die was geen lid van de groep en toch is hij dood.'

Dat was jammer genoeg waar. Maar toch bestond er een verband

– Dulović had beweerd dat hij iets over de dood van Pallauf en Beckendahl wist. En drie dagen later was hij in de Salzach gevonden.

'Het lijkt wel een vergelijking met louter onbekenden.' Beatrice had het nu meer tegen zichzelf dan tegen Florin. 'Geen motief, geen dader. Maar die zijn er allebei wel – dat weet ik gewoon. Hoe zit het bijvoorbeeld met de Glock? Er is niets wat erop wijst dat Pallauf die had gestolen. Hoe is die op de plaats delict terechtgekomen?' Peinzend stopte ze een gedroogde tomaat in haar mond. 'We hebben kennelijk met een heel gewiekste moordenaar te maken, die op de een of andere manier profiteert van de dood van al deze slachtoffers.' Studenten zonder geld en een nagelstyliste. Wie had er baat bij om hen te doden? Iemand die een hekel had aan gedichten? Of iemand die gedichten zo heilig achtte dat hij vond dat die werden ontwijd als ze op internet werden geplaatst, als onderschrift bij matige foto's? En, schoot het door haar hoofd, er was nóg een overeenkomst. Foto's van Salzburg. Het tankstation van Ira.

'En de vesting van Pallauf.'

'Sorry, maar ik begrijp geen woord van wat je zegt. Wat bedoel je met "de vesting van Pallauf"?'

'Ik zeg het je zo wel.' Beatrice scrolde naar beneden. Wanneer was dat ook alweer geweest? In december vorig jaar? Toen had Pallauf een foto van de kerstmarkt van Hellbrunn gepost met het gedicht van Storm erbij:

Een glimlachende ster zie 'k schijnen
Tot op de bodem der ravijnen
Teder – het naaldwoud wasemt zacht

Het duurde even voor ze het gevonden had.

'Hij hield van fotograferen en postte telkens weer foto's van Salzburg. Zie je? Hellbrunn. En een beetje later, in februari, nog een keer.' Twee minuten laten had ze het op haar beeldscherm. De vesting Hohensalzburg, en weer Rilke: *Een wit kasteel in witte eenzaamheid…*

Op Florins gezicht was alleen verbazing te zien. 'Maar wat moet ik daaruit opmaken? Het is een beangstigend gedicht, dat zeker. En ik kende het niet, maar...'

'Pallauf en Sagmeister zijn de enigen die foto's van Salzburg hebben gepost. En die van Pallauf zijn mooier; die van Sagmeister waren wat... eigenaardig. Een tankstation bijvoorbeeld. Weliswaar zonder Rilke, maar wel met een ander gedicht waarin de dood in elke regel opdoemt.' Ze las het nog een keer snel door. *Venster grijnst verraad, Takken wurgen, Bergen struiken bladeren ritselen, Snerpen, Dood.* En daar een rij benzinepompen bij?

Florin leek niet overtuigd. 'Als je goed kijkt doen de anderen dat ook. Kijk hier maar. Frederik Obrist: een gedicht van Wedekind en een foto van de kathedraal van Ulm.'

'Ja, maar dat is Salzburg niet. Er is voor zover ik weet geen enkel groepslid uit Ulm om het leven gekomen.'

Florin schudde zijn hoofd. 'Dat Ira zo'n gedicht met die foto combineert is eerder een aanwijzing voor haar psychische problemen. Anderen posten foto's van huisdieren, baby's en landschappen. Ik begrijp wat je bedoelt, maar er zitten wat mij betreft te veel weeffouten in om het een patroon te kunnen noemen.' Hij pakte zijn glas. 'Sarah Beckendahl bijvoorbeeld. Hoe past zij in jouw theorie? Ze was lid van de groep, oké. Maar ze nam er nauwelijks aan deel. Als het motief ergens tussen deze gedichten begraven ligt, waarom is het dan uitgerekend háár overkomen? Alleen omdat zij op bezoek was in Salzburg?'

Ja, had Beatrice bijna gezegd. Waarschijnlijk is dat de reden. 'Ik moet met de Salzburgse leden praten. Het liefst met hen allemaal,' zei ze. 'Wie weet staat er nog iemand op het lijstje van de dader.' Ze deed haar ogen dicht. Een glas wijn was misschien toch een goed idee. Morgen zou ze met Kossar gaan praten en hem vragen of het denkbaar was dat iemand in deze stad het zich in het hoofd had gezet om mensen uit te schakelen die graag gedichten lazen. Maar waarom zocht hij die op Facebook? Waarom niet bij dichters die voorlazen uit eigen werk, of in boekwinkels?

'Ribar doet ook weer een duit in het zakje,' stelde Florin vast. 'Ik hoop erg dat hij zich aan onze afspraak houdt en zich gedeisd houdt. Op persconferenties is hij niet vervelend; hij is eerder terughoudend.'

Wat een kunst, dacht Beatrice, als hij anoniem op een andere manier aan zijn informatie kon komen. Wedden dat hij zich bij niemand uit de groep bekend had gemaakt als BoRi? Hij had het vriendschapsverzoek van Tina Herbert ook nog niet bevestigd.

'Ik vertrouw hem voor geen cent. Maar als we in de pers straks toch onthullingen over de poëziegroep lezen weten we tenminste waar ze vandaan komen.'

Florin wierp een laatste verbaasde blik op Facebook, leunde daarna achterover en liet de rode wijn in zijn bolle glas walsen. 'We hadden Ribar moeten ondervragen over zijn contacten in de drugsscene. Dat ga ik alsnog doen. Het spijt me, Bea, maar ik beschouw het spoor via Dulović nog steeds als het meest veelbelovende.'

Zwijgend stak Beatrice hem haar wijnglas toe. Ze zou niet veel drinken, er alleen een beetje van nippen en zich door de alcohol laten sterken in de beslissing die ze zonet had genomen. Zo geweldig was dat immers niet. Eerder een experiment.

'Jij bent toch in zekere zin mijn chef, hè?'

'Wat? Waar heb je het over?'

'Jij leidt het onderzoek, tenminste dat zei Hoffmann. Oké. Ik wil op de site graag een gedicht posten en ik vraag jou om toestemming.'

'Beatrice, ik...'

'Ja of nee?'

Hij zette de fles terug en hief zijn armen op. 'Je weet dat ik ons als gelijkwaardig beschouw en dat ik jou volledig vertrouw. Waarom stel je deze vraag?'

Ze nam een grote slok – hoezo nippen – en opende een tweede zoekvenster. Google.

'Ik wil Tina Herbert een beetje op de voorgrond plaatsen. Ze moet een gedicht posten met een foto van Salzburg erbij, op dezelfde manier als Ira dat deed. Laten we kijken wat er gebeurt.'

Florin keek haar aan met een blik die het midden hield tussen belangstelling en geamuseerdheid. 'Ja. Waarom niet. Ook al verwacht ik er niet zoveel van als jij.'

Oké. Er was een gedicht van Rilke dat hier niet uit de toon zou vallen, een eigenaardig gedicht dat ze een paar keer had moeten lezen om het te begrijpen. *Zijn handen, nog altijd...* En daarna kwam er een metafoor die ze niet goed kon volgen.

Google wist binnen een paar seconden wat Beatrice wilde:

Zijn handen, nog altijd blinde
vogels, die de zon niet vinden –
de anderen zijn al met stralende ogen
naar de eeuwige lente gevlogen –
in de kale, ontbladerde linde
schuilen voor de winterse winden.

Dat was toepasselijk. Het deed haar zelfs een beetje aan het 'Witte kasteel in witte eenzaamheid' denken: ook daarin was sprake van handen, van de verdwaasde handen van het verlangen.

Haar gedichten had weliswaar nog twee strofen, maar die negeerde Beatrice. Het beeld met de koude, vleugelachtige/vogelachtige vingers was genoeg. Nu had ze alleen nog een foto nodig.

Foto's van sites die reclame maakten voor Salzburg kwamen niet in aanmerking. Het moest lijken of ze de opname zelf had gemaakt; het beste was een toeristenkiekje.

Ze googelde naar 'journey Salzburg blog', liet de sites van de touroperators achter zich en stuitte vervolgens op allerlei privéverslagen, die uitgebreid geïllustreerd waren.

Ze sloeg de foto op die een Amerikaanse vader van de Getreidegasse had gemaakt en uploadde die op Facebook. 'Voor Ira' schreef ze boven 'Blinde vogels', om te voorkomen dat Helen Crontaler ook haar gebrek aan fijngevoeligheid zou verwijten.

Posten maar.

Ze had zonder het te merken haar glas leeggedronken; tja, die wilskracht van haar stelde dus ook niet veel voor. Met lichte spijt keek ze naar de laatste druppels die zich op de bodem van het glas verzamelden – had ze er maar meer van genoten. Het was vast een goede wijn geweest. Florin was intussen naar de stereo-installatie gelopen en woog nu op elke hand een cd. 'Klassiek of jazz?'

'Ik hou van allebei.'

Hij zuchtte. 'Ja, dat helpt echt om een keuze te maken.'

'Oké. Als het Schubert of Mahler is, klassiek. Anders jazz.'

Kort daarop vulden saxofoon- en pianoklanken het penthouse. Beatrice protesteerde niet toen Florin haar glas nog een keer halfvol schonk. 'Herinner je je mijn logeerkamer nog?'

Inderdaad, met gemengde gevoelens. Ook al had Florin tijdens haar tot nog toe enige overnachting hier niet eenmaal ook maar een bedekte poging tot toenadering gedaan, toch was er door die nacht naar haar gevoel tussen hen iets veranderd. Een van de redenen waarom ze Annekes telefoontje vandaag zo onprettig had gevonden.

Trouwens: nog geen kik van Anneke vanavond. Maar al wel de eerste drie reacties op de post van Tina Herbert.

Christiane Zach Kom jij ook uit Salzburg, Tina? Of was je er alleen maar op bezoek?

Helen Crontaler Ik zou graag weten waarom je uitgerekend dit gedicht aan Ira opdraagt. Ik vind de keuze eigenaardig, net als die van Nikola. Om nog maar te zwijgen van de foto.

Phil Anthrop Het is een gedicht dat gaat over de achterblijvers. Over degenen die niet zijn weggevlogen, dus over ons. Ik vind het mooi.

Petje af voor Phil, dacht Beatrice, dat hij Rilkes verzen zo snel van een passende betekenis voorzag.

Tina Herbert Dank je, Phil Anthrop. Zo was het ook bedoeld. En ja, ik kom ook uit Salzburg. Zogoed als, in elk geval. Ik denk dat mijn post in de geest van Ira is.

Helen mocht gerust protesteren, dan zou Tina haar op Ira's eigen cryptische posts wijzen.

'En?' Florins arm lag op de arm van de bank, nauwelijks een centimeter bij Beatrices schouder vandaan. 'Is er al iets interessants gebeurd?'

Ze keek naar zijn hand, zijn lange vingers, zijn ontspannen houding. Echt mooi. 'Nog niet. Crontaler zat een beetje te mopperen en de verpleegster die zoveel van katten houdt wilde weten of ik uit Salzburg kom.'

Beatrice pakte de borden, die nog op de salontafel stonden. 'Ik ruim snel even af, oké? En dan moet ik waarschijnlijk toch maar naar huis. Het gaat wel, ik heb immers nauwelijks iets gedronken.'

'Laat die spullen toch staan, jij hoeft niet...'

'Maar dat wil ik wél.' Ze bracht de vaat naar de keuken en deed daarna de restjes van het avondeten in de koelkast. Wat wekte toch haar vluchtreflex op? Anneke en het telefoontje dat Beatrice met de beste wil van de wereld niet ter sprake kon brengen? *Voor het eerst vond hij het fijn om weer naar huis te gaan. Hij heeft het vaak over u.*

En daarna deze uitnodiging. Perfecte timing.

Beatrice deed het rustig aan voor ze weer terugkeerde naar de woonkamer, waar Florin met een onderzoekende blik op haar zat te wachten. 'Er is iets met je. Heb ik je beledigd? Iets stoms gezegd?'

'Nee.' Ze wist niet hoe ze dit moest uitleggen. En Anneke zat ernaast – Florin wekte absoluut niet de indruk dat hij meer wilde dan vriendschap. Zoals hij er nu bij zat maakte hij vooral een vermoeide indruk.

'Bedankt voor het avondeten, het was heerlijk. Anders had ik een gevulde paprika moeten opwarmen, en daar proost ik op.' Ze nam een laatste, piepklein slokje wijn en pakte haar laptop. Ontdekte in de bovenste rand van de geopende Facebooksite een opspringend icoontje. Het tekstballonnetje dat aangaf dat er een persoonlijk bericht was binnengekomen. Met een witte 1 in een rood vierkant ernaast. Er was nieuws voor Tina Herbert.

Dominik Ehrmann Beste Tina! Het was me nu pas duidelijk dat jij ook uit Salzburg komt, net als Ira. Ik wil naar de rouwplechtigheid komen en ben een paar dagen in de stad. Kunnen we elkaar ontmoeten? Er is me veel aan gelegen. Hartelijke groeten, Dominik

De sociaal betrokken leraar met de sympathieke profielfoto. Beatrice had nog maar net een balletje opgegooid of hij meldde zich al.

'Klinkt alsof hij het echt belangrijk vindt, toch?' Ze schoof de laptop dichter naar Florin toe. 'Wat is jouw mening?'

Hij las het en tikte met zijn wijsvinger zachtjes tegen zijn onderlip. 'We moeten hem in elk geval ontmoeten.'

'Wij? Nee, Florin. Tina Herbert gaat alleen en Stefan moet in de buurt blijven. Jij en Bechner nemen de rouwplechtigheid voor jullie rekening en kunnen daar heel openlijk als politiemensen verschijnen.'

Dat was een verstandig voorstel, ook al viel het duidelijk niet in de smaak bij Florin. 'Oké. Zeg het hem maar toe en leg hem uit dat je nog nadenkt over een geschikte ontmoetingsplek. Jij zult waarschijnlijk bepalen waar jullie elkaar treffen, vooral omdat hij niet hiervandaan komt.'

Beatrice knikte en besloot met haar antwoord aan Dominik Ehrmann tot morgenvroeg te wachten. Ze wilde de juiste toon treffen en hem laten weten dat ze een vermoeden had waar het gesprek over zou gaan. Dat ze hem onder vier ogen wilde spreken, zonder Crontaler, Zach of andere poëzieliefhebbers uit Salzburg.

'Hij komt speciaal uit Duitsland om de rouwplechtigheid van een vrouw te bezoeken die hij niet persoonlijk heeft gekend,' zei Florin peinzend. 'Voor je hem ontmoet nemen we hem nog een keer heel goed onder de loep. En je wilt echt naar huis?'

'Ja.' Al was de bank nog zo comfortabel, de wijn nog zo aanlokkelijk en het besef nog zo weldadig dat er voor vandaag niets meer op haar actielijstje stond – morgen zou ze zich een indringer voelen als ze wakker werd in zijn logeerkamer.

'Zoals je wilt.' Hij klonk verdrietig.

Bijna had Beatrice tegen Florin gezegd dat het tijd was voor een paar verhelderende gesprekken – vooral met Anneke, maar misschien ook met haarzelf. Dat hij de laatste weken niet helemaal zichzelf leek te zijn. Dat ze nog steeds aan de avond dacht toen hij haar uit het water had getrokken en dat ze sindsdien niet opener maar juist geremder met elkaar omgingen.

Hij omhelsde haar ten afscheid en ze meende zijn gezicht in haar haar te voelen. Kwam in de verleiding op te kijken en zijn blik te ontmoeten. Of meer dan zijn blik.

Maar toen, alsof een boosaardige regisseur het had geënsceneerd, ging Florins mobieltje. En Beatrice maakte zich los uit zijn omarming en vertrok, de laptop stevig onder haar oksel geklemd.

Dertien

'*You know, everything's possible.*' Kossar was er helemaal voor gaan zitten. Hij hing op Beatrices bureaustoel, zijn armen achter zijn hoofd geslagen. Zijn knaloranje bril was naar beneden gegleden, tot op het puntje van zijn neus. Straks legde hij zijn voeten nog op het bureau.

'Daar heb ik niet zoveel aan,' antwoordde ze vriendelijk. 'Voor "alles is mogelijk" had u geen opleiding in Amerika hoeven te volgen.'

Het noemen van Amerika vrolijkte Kossar nog meer op. 'Ik was erbij toen de FBI een seriemoordenaar te pakken kreeg die zijn slachtoffers uitkoos op huisnummer. Hij beschouwde drie als het getal van de duivel en was ervan overtuigd dat de leden van een wereldomvattende samenzwering waarmee Satan de macht wilde grijpen zich allemaal achter huisnummer drieëndertig verscholen. Voor wij hem hadden waren er zeven doden gevallen.'

Wij! Beatrice wist met moeite een vinnige opmerking te onderdrukken. Gelukkig kwam Florin net binnen. 'Hoffmann is er beroerd aan toe,' verkondigde hij, en hij legde zijn stukken op tafel – met een iets te zwierig gebaar, want er vielen twee losse blaadjes op de grond. 'Zijn vrouw zit midden in de chemo en verdraagt die slecht; hij wil meteen weer naar haar toe. De vergadering vindt dus zonder hem plaats.'

Eigenlijk een reden om te juichen. Als de aanleiding niet zo treurig was geweest.

'O, zou ik ook nog een *refill* kunnen krijgen?' Kossar zwaaide met zijn koffiekopje toen Florin het espressoapparaat aanzette voor de derde shot cafeïne van die dag. En dat om tien uur. Hij dronk de laatste tijd veel te veel koffie. Was waarschijnlijk meer gestrest dan hij liet merken.

'Natuurlijk.' Ze nam het kopje van hem aan. 'En ik zou heel blij zijn met een paar duidelijke woorden. U denkt dus dat het mogelijk is dat iemand de mensen doodt omdat ze van gedichten houden? Ik had eigenlijk gehoopt dat we die variant konden uitsluiten.' Ze gaf Florin het kopje zodat hij voor Kossar een dubbele espresso met melkschuimwolkjes tevoorschijn kon toveren.

'Ik geef toe, het is niet de meest waarschijnlijke oplossing,' gaf de psycholoog toe, 'maar ze is wel denkbaar.' Hij schoof zijn bril omhoog op zijn neus. 'De gedichten kunnen natuurlijk ook een substituut zijn voor iets anders. Voor de dichter of de uitgever...'

'... of een hoogleraar germanistiek?' Beatrice onderbrak hem. 'Voor iemand die zich bezighoudt met het uitleggen van gedichten?'

'Ja. Ook dat moet je niet uitsluiten.'

Beatrice trok de bezoekersstoel naar zich toe, nam plaats en pakte een schrijfblok en een pen. Richtte de agressie van de dader – want er was een dader, daarvan raakte ze met de dag meer overtuigd – zich tegen Peter Crontaler? Dan was het logisch dat de slachtoffers onder de leden van de groep werden geronseld.

Alleen: waarom was Gerald Pallauf dan tot dusverre de enige germanist op de lijst? Als het indirect de bedoeling was om Crontaler te treffen, was het dan niet logischer om zijn studenten te doden?

Het was allemaal zo frustrerend. Ze smeet de pen weer op het bureau. 'Laten we beginnen met de vergadering. En hopen dat Stefan en Bechner met iets nieuws op de proppen komen.'

'Ik heb nog een verzoek.' Kossar zette zijn bril recht. 'Al die gedichten – heeft u die verzameld? Ik zou graag er graag een totaalindruk van krijgen, misschien kan ik een psychologisch patroon vinden dat ons verder helpt.'

Beatrice reikte hem de map aan, waarin ze de uitgeprinte posts van Pallauf, Beckendahl en Sagmeister had opgeborgen. 'Alstublieft. Ik zou heel blij zijn als iemand daar eindelijk wijs uit zou worden.'

Het vergaderzaaltje maakte door Hoffmanns afwezigheid een lichtere indruk. Vogt was er al en zat een komkommersandwich te eten, terwijl Stefan met zijn ogen dicht tegen de vensterbank leunde en ontspannen zijn gezicht in de naar binnen schijnende zon hield. Alleen Bechner trommelde met zijn vingers ongeduldige ritmes op het tafelblad.

'Laten we meteen beginnen,' stelde Florin voor. 'Wie heeft er nieuws?'

Vogt stak zijn sandwich omhoog. 'Ik. En ik kan het kort houden. Ik heb nu alle testresultaten met betrekking tot Dulović, en een paar van zijn verwondingen blijken premortaal toegebracht. In het knie- en het ruggebied. Stomptraumata, niet levensbedreigend, maar toch zo ernstig dat het geen kwaad had gekund ze te laten behandelen.'

Florin knikte naar Stefan. 'Dat zou de getuigenverklaring van de bareigenaar bevestigen. Dat Dulović hinkte toen hij hem de laatste keer zag.'

'Ja, dat geloof ik graag,' zei Vogt. 'Opmerkelijk dat hij nog rondliep en niet in zijn bed was gebleven.' Vogt maakte aanstalten om opnieuw een hap van zijn sandwich te nemen, maar gaf er bij nader inzien de voorkeur aan nog iets aan zijn verklaring toe te voegen. Florin beet op zijn lippen en keek toen op. 'Dus Dulović is niet vermoord?'

'Als hij het water in geduwd is, dan niet hardhandig.'

'Oké. Stefan?'

Die sprong op en trok zijn denkbeeldige das recht. 'Ik heb me een beetje beziggehouden met de gezinssituatie van Ira Sagmeister, en ik heb met haar ex-vriend Tobias Eilert gesproken. Hij zegt dat de sfeer in het gezin altijd al heel triest was en dat hij moeite heeft gedaan Ira daar zo goed mogelijk van los te maken. Hij is helemaal kapot van haar dood en denkt dat ze nog zou leven als ze hem niet had verlaten.' Stefan keek de kring rond. 'Vervolgens heb ik haar moeder onder de loep genomen. Het staat immers vast dat die zelfmoord heeft gepleegd. Het ziet ernaar uit dat ze daar een plausibele reden voor had: ze was oorlogsvluchteling. Haar meisjesnaam was…' Stefan ging met zijn vinger langs zijn aantekeningen, 'Stjevo. Adina Stjevo. Ze is begin 1992 uit Joegoslavië naar Oostenrijk gevlucht en was toen achtentwintig. Leerde hier al na een paar weken Dietmar Sagmeister kennen en is kort daarna met hem getrouwd. Daardoor kreeg ze de Oostenrijkse nationaliteit. In het najaar van 1992 werd Ira geboren.' Stefan wees met een zwierig gebaar naar Kossar, die net met zijn nagel tussen zijn tanden zat te peuteren en bliksemsnel zijn hand liet zakken toen ze hem allemaal aankeken.

'Ik heb me nader laten informeren,' ging Stefan verder. 'En doctor Kossar heeft mijn resultaten bevestigd. Oorlogstrauma's kunnen nog tientallen jaren een verwoestende uitwerking hebben als ze niet goed worden verwerkt. Overlevenden gaan vaak gebukt onder schuldgevoelens, angststoornissen, depressies. Dat zou dus een plausibele verklaring voor de zelfmoord van Adina Sagmeister zijn.'

Kossar knikte. 'Juist de schuldgevoelens vreten vaak aan mensen. De overlevenden nemen het zichzelf kwalijk dat zij het wel hebben overleefd, terwijl vrienden en familie zijn gedood.'

Dat wierp een heel nieuw licht op Ira's leven. Beatrices pen vloog over het papier; ze moest meteen noteren wat haar nu te binnen schoot, anders vergat ze de helft weer. 'Ik weet niet hoe het met jullie staat,' zei ze, 'maar ik geloof niet meer dat Ira zelfmoord heeft gepleegd. En al helemaal niet nadat de eigenaar van de pizzeria ons haar laatste avond heeft beschreven. Maar toch: liep ze door haar familiaire voorgeschiedenis meer gevaar?'

Kossar dacht er niet lang over na. 'Dat zou ik willen beamen. Tenminste als het gedurende lange periodes slecht ging met haar moeder. Het is toch zo dat Ira telkens weer uiting gaf aan haar sombere stemming?'

Dat kon je wel zeggen. Ze moest weer aan 'Suicide Note, Part 1' denken, de song die Ira haar had aangeraden:

Would you look at me now?
Can you tell I'm a man?
With these scars on my wrists
To prove I'll try again
Try to die again, try to live through this night
Try to die again...

Ze hadden met elkaar gechat, onzichtbaar voor de andere leden van de groep – maar Ira's melancholieke gedichten, van Benn tot Falke en Rilke, gedichten die zwanger waren van de dood, hadden duidelijke taal gesproken. Als iemand die zo in elkaar zat zich ten slotte van het leven beroofde, reageerde de omgeving weliswaar geschokt, maar niet erg verrast. Wederom een perfecte camouflage voor iedereen die Ira liever dood dan levend zag. Alleen – waarom?

Beatrice zette een streep onder de eerste vraag en ging verder met de tweede. 'Dulović klinkt Servisch of Kroatisch. Hebben we misschien met een kennis van Adina Sagmeister te maken?'

Bechners mondhoeken krulden. 'Misschien. Maar dat is een beetje vergezocht. Mijn kapper heet Vilotić en een van mijn beste vrienden heeft als achternaam Milinković. Het is riskant om in ons land al te grote conclusies te trekken uit een familienaam.'

'U heeft gelijk met uw bedenking, maar Dulović had op de band een duidelijk accent,' bracht Beatrice ertegen in. 'Ik geloof niet dat hij in Oostenrijk is geboren. We moeten op zijn minst checken waar hij vandaan komt. Zou u dat voor uw rekening willen nemen? Alvast bedankt.'

'Natuurlijk. Als ú dat wilt.' Hij klonk weer eens beledigd. Omdat ze had besloten hem te blijven vousvoyeren? Ongeduldig blies Beatrice haar wangen op. Ze zat er niet mee dat hij boos was. Eigenlijk gaf het haar een prima gevoel om ten opzichte van Bechner een zekere distantie te bewaren.

Florin informeerde de anderen gedetailleerd over het gesprek met de eigenaar van de pizzeria, en haar gedachten dwaalden af. Ira had volgens haar vader een nieuw doel gehad. En je zou het in de krant lezen als dat doel bereikt was. Hadden ze haar laptop nu maar! Die leek echter van de aardbodem verdwenen.

Of beter gezegd, die was in handen van degene die Ira de beslissende duw had gegeven. En natuurlijk zouden die handen wel uitkijken om met het apparaat verbinding te maken met internet en zich te laten lokaliseren.

Ze moest haar hele gesprek met Ira nog een keer doornemen. Haar Facebookpagina bestuderen, en ook alles wat ze verder nog had geschreven, los van de poëziegroep. Om het beeld zo compleet mogelijk te maken.

'Beatrice?'

Ze merkte nu pas dat alle ogen op haar gericht waren. 'Breng jij de anderen op de hoogte van de laatste stand van het onderzoek?'

'Graag.' Ze deed alsof ze haar door elkaar geraakte notities ordende, terwijl ze in werkelijkheid haar gedachten op een rijtje probeerde te krijgen.

'In de Facebookgroep heerst natuurlijk opschudding door het overlijden van Ira. De oprichtster, Helen Crontaler, heeft via haar man geprobeerd ons details te ontfutselen, maar over het algemeen twijfelt niemand in de groep eraan dat Ira zelfmoord heeft gepleegd. Het zijn voornamelijk posts over hoe geschokt ze zijn; niet veel leden zijn er alweer aan toe om zich bezig te houden met poëzie.' Ze hield een uitgeprint blaadje omhoog. 'Ik heb onder de schuilnaam Tina Herbert een gedicht geplaatst, op dezelfde manier als Ira Sagmeister dat soms deed. Daar kwam meteen een reactie op, een reactie die ik als opvallend zou betitelen, namelijk van ene Dominik Ehrmann.'

Ze hield een vergroting van zijn profielfoto omhoog. 'We weten natuurlijk niet of hij er echt zo uitziet, maar Stefan heeft inmiddels contact opgenomen met de Duitse autoriteiten. Hopelijk krijgen we snel informatie.' Beatrice legde de foto terug. 'Hij wil naar Salzburg komen voor de rouwplechtigheid van Sagmeister en hij wil mij ontmoeten. Zo hebben we de kans hem van twee kanten kritisch te bekijken. Eerst gaat Florin hem ondervragen, en daarna kijken we wat hij mij te vertellen heeft.'

'Heb je de indruk dat nog iemand anders uit de groep gevaar loopt?'
informeerde Stefan toen de vergadering was beëindigd en ze elkaar
verdrongen bij de deur om te ontsnappen aan de benauwde ruimte.
'Ik vraag het alleen omdat we tot dusverre met louter potentiële zelfmoordenaars te maken hebben. Als iemand dus een heel gedepri-
meerde indruk maakt...' – hij knipperde met zijn ogen; zelf was hij
exact het tegenovergestelde van gedeprimeerd – 'moeten we hem of
haar in de gaten houden.'

Slim idee. 'Dat doe ik. Maar op dit moment zijn ze allemaal neer-
slachtig, of ze doen alsof. Maar bedankt voor de tip.'

Er waren meer dan twaalf uur verstreken sinds Beatrice de groep
'Zijn handen nog altijd blinde vogels' had voorgeschoteld, en intussen waren daar maar liefst negenendertig reacties op binnengekomen. Tenminste veertien mensen vonden het gedicht leuk, of in elk
geval datgene waar het volgens hen op doelde.

Ze legde haar baguette met mozzarella en tomaat naast haar laptop en schonk een glas sinaasappelsap voor zichzelf in. Het werd
geen echte lunchpauze, maar toch wel iets in die richting.

De interpretatie van Phil Anthrop dat 'Blinde vogels' ging over de
achterblijvers kon op brede instemming rekenen. Toch verweet een
heel stel leden Beatrice, alias Tina, dat ze alleen maar aandacht wilde trekken.

Thomas Eibner Sorry, ik vind dit allemaal stuitend. Wie van
jullie voelt zich nou echt een 'achterblijver'? Wie heeft Ira nou
gekend? Dat is het belachelijke aan de meeste zogenaamde
internet-'vriendschappen': jullie denken dat jullie een enorme kennissenkring hebben, maar dat is helemaal niet zo.
Tina, je bent hier nog maar een paar dagen, wat wil je ons
wijsmaken? Dit werkt me eerlijk gezegd op de zenuwen.

Thomas Eibner maakte een uiterst sympathieke indruk op haar,
maar dat kon ze moeilijk openlijk zeggen. In plaats daarvan moest
Tina zich verantwoorden.

De rest van de reacties hield het midden tussen de twee uitersten. Het kwam er meestal op neer dat iedereen het recht had op zijn eigen gevoelens en dat het gedicht niet smakeloos was, maar de timing onhandig. Beatrice kneep haar handen losjes tot vuisten en opende ze weer voordat ze haar vingers op het toetsenbord legde. Tijd om de volgende kaart te spelen. Om een klein, onopvallend lokaas uit te zetten.

Tina Herbert Op zoveel reacties had ik niet gerekend. Ik wil me verontschuldigen tegenover de mensen die ik heb gekwetst. Maar ik had het gevoel dat veel me met Ira verbond. Niet in de laatste plaats wat ze me kort voor haar dood tijdens het chatten toevertrouwde. En nee, ik ben niet uit op aandacht, allerminst. Thomas, ik weet dat Ira geen vriendin in de strikte betekenis was. Maar ze was voor mij echt meer dan alleen een profielfoto of een paar posts. Dat is ze nog steeds.

Dat is niet eens gelogen, dacht Beatrice. Ira ligt me als een steen op de maag, sinds die nacht op het spoor. Laten we kijken wie zich als eerste voor de geheimzinnige chatboodschap kort voor haar zelfmoord interesseert.

En daar kwam de reactie al, nauwelijks twintig minuten later. En natuurlijk van

Helen Crontaler Ervan uitgaande dat je de waarheid spreekt, hoop ik heel erg dat wat Ira je heeft toevertrouwd geen verzoek om hulp was of informatie waardoor je haar dood had kunnen voorkomen. En mocht dat wel zo zijn - kun je dan ooit weer rustig slapen?

De vrouw was ongelooflijk nieuwsgierig en ze maakte er geen geheim van. Beatrice kon een glimlach niet onderdrukken toen ze het antwoord typte.

Tina Herbert Dank je, Helen. Maar maak je om mij geen zorgen, ik slaap prima.

Ze liet haar eigen post voorlopig voor wat hij was en bekeek de volgende: Oliver Hegenloh, die het zichzelf kwalijk nam dat hij Ira's toestand niet eerder juist had ingeschat. Dertien mensen stelden hem gerust en verzekerden hem dat hij niets had kunnen doen om Ira te redden.

De volgende post. Beatrice schrok... dat was eigenaardig.

Nikola DVD
Wel duizend, een nooit eindigende schare,
en achter al die tralies geen verschiet.

👍 7 personen vinden dit leuk

Het waren de volgende twee regels uit Rilkes gedicht 'De panter', maar ditmaal aangevuld met een foto. Ze moest zich al sterk vergissen of dat was het busstation voor het station van Salzburg, op de Südtiroler Platz. *Ongeveer vijf uur geleden* stond eronder. Was Nikola naar Salzburg gekomen, nog vóór Dominik Ehrmann? Of had ze de foto op internet opgesnord, net als Beatrice gisteren?

Nog voor ze de reacties las belde ze Stefan. 'Probeer alsjeblieft van Facebook gegevens over Nikola DVD te krijgen. Misschien geven ze ook zonder gerechtelijk bevel wel iets als je tegen hen zegt dat het dringend is.'

'Oké. Moet ik daarna meteen de Duitse autoriteiten om details vragen?'

'Ja. Alvast bedankt.' Ze hing op en vergrootte de foto. Was het echt de Südtiroler Platz? Op de voorgrond herkende ze een trolleybus van lijn 6... Zo direct schoot haar geen andere stad te binnen met bussen die via een bovenleiding van stroom werden voorzien. Op de achtergrond... ook die gevel kwam haar meer dan bekend voor. Het was het schaakbordpatroon dat werd gevormd door de ramen van hotel Europa.

'Florin? Kun jij hier snel even naar kijken?'

'Natuurlijk. Momentje.'

Ze zag hem typen, geconcentreerd, zijn wenkbrauwen samengetrokken boven zijn neuswortel. Ze vroeg zich af wat hij schreef en aan wie; onwillekeurig moest ze weer aan Anneke denken, die hij gisteren nog had gesproken. Beatrice had de ringtone herkend – de 'Gnossienne Nr. 1' van Satie. Had hij haar verteld dat Beatrice tot zonet nog bij hem was geweest? Of had hij het verzwegen – en zo ja, waarom? Kon ze binnenkort op weer een telefoontje van Anneke rekenen?

'Laat maar zien.' Florin ging naast haar staan en steunde met zijn ellebogen op het bureau.

'Deze foto – ken jij die plek?'

'Natuurlijk. De Südtiroler Platz.'

'Geen vergissing mogelijk? Zou het een plein in een andere stad kunnen zijn dat erop lijkt?'

Hij hoefde er niet eens over na te denken. 'Nee, het is echt dat plein. Kijk hier – een taxi met een Salzburgs kenteken, de trolleybus en sowieso… ik ken dat plein sinds ik een kind ben.'

Ze knikte tevreden. 'Goed. Zouden we erachter kunnen komen of het een recente foto is? Laten we zeggen – van vandaag? Of van gisteren?'

Hij boog zich dichter naar haar toe, Beatrice voelde zijn haar over haar wang strijken. 'Qua jaargetijde zou het kunnen kloppen. Jammer dat je niets van het station ziet, anders zou je aan het vorderen van de verbouwing kunnen zien of dat zo is.' De foto kon dus net zo goed van het voorjaar zijn als van afgelopen herfst, maar Beatrice was voor zichzelf tot de slotsom gekomen dat hij van vandaag was. Nikola was aangekomen op het station, had haar mobieltje gepakt en het eerste gefotografeerd wat ze van Salzburg zag. Ze maakte haar aankomst bekend aan de groep. Maar waarom?

Het lijkt wel alsof ze zich hier allemaal willen verzamelen, dacht ze. Stonden er soms ontmoetingspunten op de foto's?

Dat zou ze controleren nadat ze had gebeld.

'Met mevrouw Crontaler?'

'Hallo, met Beatrice Kaspary. Heeft u een paar minuten?'

'Ja, natuurlijk!' Een lachje. 'Ik dacht al dat u snel contact zou opnemen. Moet ik u in het kort vertellen wat er de laatste dagen in de groep is gebeurd? Ik heb alles opgeschreven wat ik opvallend vond.' Het was duidelijk dat Crontaler ervan genoot dat ze in de hele spannende kwestie eindelijk de rol mocht spelen die haar naar haar eigen idee allang toekwam.

Beatrice waarschuwde zichzelf dat ze niet te snel moest oordelen. Sinds wanneer had ze eigenlijk Florins afkeer jegens de Crontalers overgenomen?

'Er is iets heel speciaals wat ik graag zou willen weten. Komen er groepsleden van elders naar de rouwplechtigheid? Heeft iemand iets in die richting gezegd?'

'Hmm.' Crontaler schraapte haar keel. 'Nou... niet dat ik weet. Ik ga er natuurlijk heen en zal de groep vervolgens verslag uitbrengen. En ik geloof dat twee of drie poëzievrienden uit Salzburg ook willen komen.'

'Maar de groep doet niet iets gezamenlijks? Geen krans waar ze allemaal aan meebetalen?'

'Een krans?' Aan de manier waarop ze het woord benadrukte kon je goed horen dat ze nog niet op dat idee was gekomen. 'Ja, ja, die komt er. Maar pas op de begrafenis. Overmorgen is immers alleen de zielmis.'

'Oké.' Beatrice betreurde het heel erg dat ze niet bij de kerkdienst zou zijn. Ze zag al voor zich hoe Crontaler de aanwezigen begon te ondervragen en desnoods zelfs Ira's vader zou bestoken tot ze precies wist hoe Ira om het leven was gekomen.

'Nog één vraagje.' Beatrice legde bewust meer vriendelijkheid in haar toon. 'Wat kunt u me over Nikola DVD vertellen?'

Een kort zwijgen, dat verbluft overkwam. 'Over Nikola?'

'Zij lijkt me een interessante figuur in uw groep.'

'Omdat ze gedichten in kleine stukjes post? Dat vindt u interessant?'

Was Crontaler beledigd?

'Samen met de foto's die ze tegelijkertijd plaatst wel, ja. Is u dat vandaag nog niet opgevallen?'

Nu lachte ze. 'Jawel. Idioot, toch? Schijnt een nieuwe mode te zijn. Ira is ermee begonnen volkomen onpoëtische foto's met prachtige gedichten te combineren. Nu doen er een paar haar na. Nikola DVD en een nieuwe gebruikster die Tina Heinrich heet – ik begrijp het ook niet. Maar ik kan haar natuurlijk vragen om daarmee op te houden.'

'Nee,' haastte Beatrice zich te zeggen. Als de foto's van Ira en Nikola een verhaal vertelden wilde ze de komende hoofdstukken voor geen goud missen. En ze zou Crontaler zeker niet verbeteren omdat die haar verzonnen alter ego de verkeerde achternaam toedichtte.

'Afgezien van de vreemde foto's – weet u verder niets over die Nikola?'

Een zenuwachtige zucht. 'Ze zit er al een tijdje bij. Komt uit een of andere Duitse stad. Soms neemt ze heel intensief deel en dan weer helemaal niet.'

'Oké. Heel erg bedankt, mevrouw Crontaler.'

Maar zo snel kon je haar niet lozen. 'Eén moment nog! Ik wil u graag ook iets vragen en u zou me een groot genoegen doen als u daarop zou antwoorden.'

'Dat kan ik u niet beloven.' Beatrice vermoedde al waar Crontalers verzoek heen ging. 'Maar vragen staat vrij natuurlijk.'

'Goed. Dank u wel.' Weer schraapte Crontaler haar keel. 'Was u erbij, die nacht toen Ira dood werd aangetroffen?'

Fraai geformuleerd: dood aangetroffen. *Natuurlijk was ik daarbij, bij elk afzonderlijk deeltje.* 'Ja. Hoezo?'

'Het blijft me dwarszitten, weet u. Denkt u dat het snel is gegaan? Of heeft ze moeten lijden?'

Die vrouw wist het handig aan te pakken. 'Dat kan ik u met de beste wil van de wereld niet vertellen. Maar ik hoop net als u dat ze niet al te veel pijn heeft gehad.' Beatrice dacht dat Crontaler nu niet langer om de hete brij heen zou draaien.

En inderdaad. 'Wat heeft Ira eigenlijk precies gedaan? In de krant stond iets over "nog onopgehelderde omstandigheden". Wat wordt daarmee bedoeld? Heeft u geen enkel idee hoe ze om het leven is gekomen?'

'Jawel. Maar we willen graag meer weten. Of ze alleen was bijvoorbeeld, en over de toestand waarin ze verkeerde. Dat soort dingen.'

Aan de andere kant van de lijn werd twee keer snel ademgehaald. 'Bedoelt u dat ze het helemaal niet zelf heeft gedaan en dat iemand haar...'

'Dat heb ik niet gezegd.' Beatrice maakte haar stem weer een beetje ijzig. 'Ik kan u geen details geven. Daartoe ben ik niet bevoegd.' *En ik heb er ook helemaal geen zin in.*

'Maar ik heb het immers niet over details, in 's hemelsnaam. Alleen... de manier waarop ze om het leven is gekomen. Daarover heeft niets in de krant gestaan, helemaal niets. Dat is toch vreemd.'

'Nee, dat is niet vreemd. Ik ben ervan overtuigd dat Ira uw medeleven op prijs zou hebben gesteld, maar ik kan u niet meer zeggen dan ik al heb gedaan. Nog een prettige dag verder.' Ze hing op. Onwillekeurig herinnerde ze zich hoe hardnekkig ze zelf de politie op de huid had gezeten nadat haar beste vriendin was vermoord. Maar dat was anders geweest. Zij had willen helpen. Was bezeten geweest van de gedacht dat de moordenaar nog op vrije voeten was terwijl Evelyn wegteerde in haar graf. Ze had massa's motieven voor haar bemoeizucht gehad, maar sensatiezucht was er niet bij geweest. Mijn hemel, waarom ook, ze had alles gezien, veel meer dan ze ooit had gewild.

Nee, daar moest ze nu niet aan denken. Ze richtte zich weer op de Facebookpagina, benieuwd of Helen Crontaler zich meteen zou uitlaten over haar frustrerende ervaring met een rechercheur die niet wilde meewerken, waardoor ze niet, zoals gehoopt, iets sensationeels kon posten.

Moeten jullie horen, ze heeft zich opgehangen!
Haar polsen doorgesneden, pillen geslikt...

Maar Crontaler zweeg, afgezien dan van het scherpe commentaar dat ze onder Nikola's foto van de Südtiroler Platz had gezet. 'We hebben nu allemaal wel begrepen dat je ons "De panter" van Rilke in brokjes voorschotelt. Waar dat goed voor is mag Joost weten en ik zou het fijn vinden als je daarmee ophield.'

Zo geïrriteerd had Helen tot dusverre nog niet geklonken. Het telefoontje had haar kennelijk zwaar gefrustreerd. Beatrice dacht erover na of ze haar verder uit de tent zou lokken – bijvoorbeeld met een foto van de snelwegafslag Salzburg-Centrum – toen er linksboven op de pagina weer een witte 1 in een rood vlakje verscheen. Een nieuw persoonlijk bericht.

Dominik Ehrmann Beste Tina, je hebt me nog niet geantwoord. Ik wil niet te veel aandringen, maar morgen vertrek ik naar Salzburg. Zouden wij elkaar kunnen ontmoeten? Zeg me alsjeblieft waar en wanneer. En hoe je er ongeveer uitziet. Ik heb op je profiel geen portretfoto's gevonden. Maar je kunt mij wel herkennen als je mijn foto goed bekijkt. Wil je me alsjeblieft antwoorden? Hartelijke groet, Dominik

Ze was van plan geweest hem terug te schrijven, maar nu was ze blij dat ze had gewacht. Dat zijn tweede bericht aan haar zo snel volgde op Tina's hint dat Ira haar iets had toevertrouwd, kon geen toeval zijn.

Ze dacht even na en belde toen Stefan. 'Overmorgen, na de rouwplechtigheid, ontmoet ik Dominik Ehrmann uit de poëziegroep. Onder een valse identiteit. En ik heb een tweede man nodig die daarvoor niet in de kerk was.'

'Prima. Ik doe alles om niet naar een dodenmis te hoeven.'

'Oké, dan om halfzes in het Republiccafé. Het zou mooi zijn als je er een kwartier eerder zou kunnen zijn en mij belt als hij komt. Voor het geval Crontaler op het lumineuze idee komt om hem te vergezellen.'

'De omgeving verkennen. Doe ik.'

Ze schreef Ehrmann een antwoord, gaf hem tijd en plaats en beschreef zichzelf als iemand met rood haar. Dat had ze niet, maar ze bezat nog een titiaanrode pruik met krullen die ze ooit in een eerdere zaak had gebruikt. Van echt haar en heel mooi. Geërfd van haar tante Regina, die hem tijdens haar chemotherapie had gekocht.

Ehrmann antwoordde meteen en maakte een opgeluchte indruk. Hij verheugde zich op de ontmoeting, voor zover dat gezien de omstandigheden kon, en zou bijtijds op het ontmoetingspunt verschijnen.

Twee uur later leverde Stefan haar persoonlijke details over de man. Alles wat Ehrmann op zijn Facebookprofiel aangaf leek te kloppen. Hij was leraar, gaf les in Gütersloh en zette zich in voor Amnesty International, Artsen zonder Grenzen en de Voedselbank. 'Een weldoener in hart en nieren,' schamperde Stefan.

'Oké, maar privé? Is hij getrouwd, heeft hij kinderen? Een strafblad?'

'Sinds wanneer is een strafblad privé? Nee, heeft hij niet. Evenmin als kinderen. Maar hij had wel een vrouw, van wie hij sinds drie jaar gescheiden is. Hierna ga ik aan de gang met die Nikola. Als ik iets weet neem ik contact op.'

Beatrice had eindelijk het gevoel een tipje van de sluier in handen te hebben. Ze zou zich moeten inhouden om er niet al te hard aan te trekken.

'Bij Facebook zijn ze niet bepaald toeschietelijk.' Alleen Stefans roodharige hoofd was in de deuropening te zien, zoals gebruikelijk wanneer hij slecht nieuws bracht.

Beatrice legde het toxicologische rapport over Dulović, waar ze zich het afgelopen uur in had verdiept, aan de kant. 'Kom binnen.'

'Het is allemaal zo merkwaardig dat ik er maar de humor van moet inzien,' legde Stefan uit. Nadat hij dat gezegd had schoof hij met zijn lange lijf toch maar de kamer binnen.

'Oké. Eerst wilden ze helemaal niets kwijt, en toen heb ik een rechter opgescharreld die er in elk geval voor heeft gezorgd dat we contactgegevens krijgen. Voor beslaglegging op het account zag hij geen aanleiding. Volgens Facebook gaat het bij Nikola DVD om iemand die – hou je vast – Nikola Tod heet, in Hildesheim woont en op 19 december 1991 is geboren.'

'Dus maar een jaar ouder dan Ira.'

'Juist. Alleen is er in heel Niedersachsen geen enkele Nikola Tod geregistreerd. Onze Duitse collega's checken het nog, maar het ziet ernaar uit dat Nikola Tod niet bestaat en we met een nepaccount te maken hebben.'

De dood is groot. Beatrice dacht aan het gedicht dat Ira in de laatste uren van haar leven had gepost. Was dat een toespeling op Nikola geweest? Op de gebruikster die het vrolijke meisje met het spleetje tussen haar tanden als profielfoto had?

'Er zijn toch vast nog wel andere mogelijkheden om te achterhalen wie er schuilgaat achter mevrouw Tod?'

Stefan trok een scheef gezicht. 'Eigenlijk niet. De privacywetgeving zorgt ervoor dat die vlieger niet opgaat. Ik heb die zojuist nog even doorgenomen. We mogen het IP-adres opsporen als we daarmee een strafbaar feit kunnen verhinderen. Maar alleen als we uit de inhoud van het bericht moeten concluderen dat er direct gevaar dreigt.' Hij haalde zijn schouders op. 'We kunnen natuurlijk nog een keer proberen een gerechtelijk bevel te krijgen, maar Nikola post alleen gedichten. En foto's. Hoe je het ook wendt of keert, dat is niet strafbaar.'

Uit Florins berustende zucht aan de andere kant van het bureau kon je opmaken dat hij die mening deelde. 'Het ziet er slecht uit, Bea. Dit is wel heel weinig om ruzie met de privacybescherming te riskeren, dat zou eindeloos veel kwaad bloed zetten. Als Nikola vervolgens een onschuldige fantaste blijkt te zijn die alleen maar Ira's morbide levenshouding deelt, hakt de pers ons in mootjes.'

Zo'n soort zaak was er in Wenen geweest, herinnerde Beatrice zich. Toen was er zonder gerechtelijk bevel nader onderzoek ingesteld naar een man die er in een chatroom op had gezinspeeld dat hij kinderporno wilde verkopen. Dat was een smakeloze grap gebleken. De betrokkene had bij het constitutioneel hof een klacht ingediend en was in het gelijk gesteld. De zinspeling was te vaag geweest om een dergelijke stap van de politie te rechtvaardigen.

Met als enige houvast gedichten en foto's van Salzburg zouden ze bij elke rechter bot vangen. Het vertrouwde gefrustreerde gevoel maakte zich van haar meester. 'Dus je hebt alleen een nepaccount nodig en dan kun je in alle rust doen wat je wilt, als je maar niet expliciet iemand bedreigt.'

Florin keek naar zijn handen. 'Heb je er al over nagedacht dat wij het zelf ook bij het verkeerde eind zouden kunnen hebben? Dan zou het inbreuk betekenen in de privésfeer van iemand die zich alleen schuldig heeft gemaakt aan het feit dat hij op een sociaal medium een verzonnen identiteit opgeeft. Iets wat heel veel mensen doen.' Hij stond op. 'Jij denkt dat Nikola nu in Salzburg is. Misschien wil ze ook naar de mis voor Ira Sagmeister. Dan zullen we met haar gaan praten, net als met alle andere bezoekers van de kerk.'

Natuurlijk was dat de beste optie, maar Beatrice vond het onuitstaanbaar dat ze een instrument dat ze onder handbereik had niet mocht gebruiken.

Maar misschien... Dominik Ehrmann had al op de mededeling van Tina Herbert gereageerd; wie weet hoefde ze er nog maar een paar schepjes bovenop te doen om Nikola Tod ook contact met haar te laten opnemen.

De tassen van de kinderen waren gepakt. In plaats van zijn schoenen aan te doen tekende Jakob met zijn laserpen rode patronen op de jassen die aan de kapstok hingen. Zigzagjes, rondjes, spiralen.

'Nou, hup.' Beatrice duwde hem zachtjes in de richting van het schoenrek. 'Oma en oom Richard zitten al met het eten te wachten. Als we ons haasten kunnen jullie daarna nog koffie serveren.' Dat was normaal altijd succes verzekerd. Zowel Jakob als Mina was er dol op in het restaurant van Beatrices moeder te bedienen en ze glommen van trots als gasten hun tien of twintig cent fooi in de hand drukten.

'Heb je oom Richard gevraagd of er al pompoentaart op het menu staat?' informeerde Mina.

'Nee, ben ik vergeten. Maar dat weten we over een halfuur – als jullie eindelijk opschieten.'

Mina zette haar handen in haar zij. 'Ík ben klaar.'

Vanavond moest Beatrice nog een heleboel voorbereiden en morgen werd sowieso een lange dag. De ontmoeting met Dominik Ehrmann kon uren in beslag nemen; dan was het het verstandigst als de kinderen twee nachten in de Mooserhof bleven.

Ze controleerde of alles in de schooltassen was gepakt, stopte voor allebei nog een extra broek in de logeerbagage en deed de deur open.

'Kom maar. Wie het eerst beneden is heeft gewonnen.'

Jacob stormde er met een strijdkreet vandoor. Mina schudde slechts majesteitelijk haar hoofd en schreed demonstratief kalm de trap af. 'Zou je hem die laserpen niet afpakken?' zei ze heel terloops. 'Hij richt altijd op de handen van vreemde mensen en schreeuwt dan *Kijk uit, u bloedt!* Vet gênant.'

'Tegen mij zei hij dat de poezen van oma het zo leuk vinden om achter het lichtpuntje aan te jagen.'

Het was lastig om het schouderophalen van Mina te duiden. Elke interpretatie, van 'zou kunnen' tot 'tja, als je dat gelooft moet je dat zelf weten' was mogelijk. 'Ik heb het je in elk geval gezegd.'

Er waren veel gasten in de Mooserhof, maar het zat niet propvol. Mina en Jacob renden op hun gebruikelijke tafel af, waar Richard vandaag een kaartje met GERESERVEERD met hun namen erop had neergezet. Wat een sensatie! Jacob trok het papiertje uit het houdertje en zwaaide ermee boven zijn hoofd. 'Mama, kijk! Mama, kijk! Mama, kijk, kijk nou toch, mama…'

Beatrice omarmde haar broer, die naar gebakken uien rook. 'Bedankt dat jullie me weer eens een keer uit de brand helpen.'

'Natuurlijk, joh. Blijf je hier nog eten?'

'Nee. Ik hoop dat je het me niet kwalijk neemt. Ik heb geen honger, maar wel een hoop werk.' Voor morgen had Tina Herbert een levensverhaal nodig en antwoorden op de vragen die bij een eerste ontmoeting meestal werden gesteld. Beatrice vond het te riskant om daarvoor op haar improvisatietalent te vertrouwen.

Nadat ze de spullen van de kinderen in het zolderkamertje had neergezet dat ooit haar eigen slaapkamer was geweest, ging ze op zoek naar haar moeder. Ze trof haar aan in de tuin achter de keuken, waar ze hoofdschuddend verkeerd gescheiden afval sorteerde.

'Mama? De kinderen zijn er al, ik moet weer door.' Ze drukte haar moeder tegen zich aan, in de hoop dat de omhelzing het schuldgevoel zou verminderen dat net zijn akelige tentakels naar haar begon uit te strekken. *Altijd even snel de kinderen afgeven alsof het lastige bagage is, die iemand anders maar moet dragen.* Ongeveer zo had Achim het ooit verwoord.

Mama keek er gelukkig relaxter tegenaan. De kritische blik die nu op haar gezicht verscheen had niets met Beatrices kwaliteiten als moeder te maken. Ze pakte haar dochter bij haar schouders en hield haar een eindje bij zich vandaan. Een onderzoekende blik en opnieuw hoofdschudden. 'Je bent alweer afgevallen, Bea. Die broek zit zo ruim dat hij straks nog afzakt.'

'Ach, dat weet je toch wel. Als de stress weer minder wordt vliegt het er zo weer aan. Als een zwerm sprinkhanen.' Ze deed een stap achteruit, maar haar moeder liet haar niet los.

'Gaat het wel goed met je? Wees eerlijk.'

'Ja.' Jeetje, wat was goed? Op dit moment bleven rampen uit, dat was het belangrijkste. Jakobs lerares ging begripvoller met hem om dan vorig schooljaar, en Achim beperkte zich tot stekelige opmerkingen. 'Alles is in orde, echt. Bedankt voor je hulp.' Ze kuste haar moeder op haar wangen, maakte zich los uit de omhelzing en liep naar haar auto.

Onderweg naar huis maakte ze drie foto's met haar mobieltje: van het augustijnenklooster in Mülln, van het ziekenhuis en van een stuk van de Maxglaner Hauptstraße. Tina Herbert had nieuw lokaas nodig.

Tina Herbert bedekt haar ware ik zedig met een druivenblad. Ben je soms lelijk, Tina? Ben je bang voor spottende opmerkingen en wil je de aandacht op je innerlijke schoonheid vestigen? Voor mij ben je vooral een onbeschreven blad, ik kan je niet plaatsen, maar wat je doet bevalt me niet. Ik heb naar je gezocht, ben de laatste maanden doorgelopen, maar er is nergens een spoor van je te vinden. Dus heb ik snel op de ledenlijst geklikt, en kijk eens aan – je hebt je pas afgelopen week aangemeld.

Het zou onnozel zijn om te vragen waarom, hè? En in elk geval mijn intelligentie onwaardig.

Toch irriteert jouw aanpak me, want in tegenstelling tot Ira zit je er net naast. En maar net, en wie weet, misschien doe je dat wel met opzet.

Maar het is evengoed mogelijk dat je niet weet wat je doet. Dat je gewoon maar een beetje meedoet. Geen goed idee als je kijkt wat er met de trein is gebeurd waar je op wilt springen. En nee, dat is geen opzettelijke woordspeling.

Wees voorzichtig, Tina. Poëzievrienden neigen tot melancholie en tot voortijdige beëindiging van hun leven. Jouw blinde vogels willen ook wel een graantje meepikken, is dat wat je me wilt zeggen? Misschien heb je daar gelijk in. Maar ze moeten wel goed kijken of dat graantje niet giftig is.

Veertien

Beatrice had onbelemmerd uitzicht op de ingang van de kerk en op de spaarbank. Ze zat op de achterbank van de vw Sharan en observeerde de gasten die de rouwplechtigheid kwamen bijwonen door het getinte glas. Helen Crontaler verscheen als een van de eersten, samen met haar man, wiens arm ze geen moment losliet. De twee maakten geen aanstalten de kerk binnen te gaan, maar probeerden met zoveel mogelijk gasten in gesprek te komen. Nog steeds op zoek naar bloederige details, vermoedde Beatrice. Twee kraaien, belust op aas.

Een groep studenten stond besluiteloos buiten, tot ze uiteindelijk besloten liever in de kerk te wachten. Rechts, naast het portaal, stond Ira's vader; Florin, die voor hem stond, torende boven hem uit. Tot nog toe durfden de Crontalers niet in de buurt te komen. Ze bleven rondhangen op een afstandje van Bechner, die hen pas een paar minuten geleden had weten af te schudden om zich op de andere gasten te kunnen concentreren.

Tien voor drie. Beatrice liet haar blik naar rechts dwalen. Een mollige vrouw met een donkerblauwe jurk liep aarzelend op de kerk af. In haar eveneens blauwe panty zat een ladder van haar hiel tot haar knieholte, en misschien nog wel verder. Kon dat Nikola zijn? Ze liep in elk geval meteen op Helen Crontaler af, die zelfs haar man even losliet om de pas gearriveerde gast te omhelzen. Als het echt Nikola was had ze niet alleen over haar naam, maar ook over haar geboortejaar stevig gelogen – deze vrouw was beslist niet geboren in 1992, maar zeker twintig jaar eerder. Pas toen ze beter keek zag ze de overeenkomst met de profielfoto van Christiane Zach.

Er was nog niemand van de pers komen opdagen. Goed, van

moord was officieel nooit sprake geweest, en los daarvan leverden begrafenissen meer materiaal op dan een eenvoudige mis. Maar zelfs Ribar, op wie Beatrice echt had gerekend, was niet verschenen. Ze realiseerde zich echter dat geen enkele freelancejournalist dag en nacht aan een zaak kon werken die uiteindelijk misschien op niets uitliep. Toch keek ze evenzeer uit naar hem als naar Dominik Ehrmann – en bij de laatste had ze geluk.

Hij was een rijzige man en droeg een donkere spijkerbroek en een leren jasje met opstaande kraag. Zijn haar leek korter dan op zijn profielfoto. En toen hij de zebra overstak, nauwelijks tien meter bij Beatrices schuilplaats vandaan, keek hij even precies haar kant op.

Ze wendde haar ogen af, wat nergens op sloeg, want achter het donkere glas was ze zogoed als onzichtbaar.

Ehrmann wierp een snelle blik op zijn horloge en begon sneller te lopen. Hij groette de Crontalers zonder zich door hen te laten ophouden en verdween de kerk in. De klokken begonnen meteen te luiden, alsof ze op hem hadden gewacht. Florin gaf Dietmar Sagmeister een arm en vergezelde hem naar binnen. Binnen twee minuten was het kerkplein leeg.

Beatrice voelde de spanning uit haar lichaam wegtrekken en vroeg zich af wat ze eigenlijk had verwacht.

Een schok van herkenning, een plotselinge ingeving, opgeroepen door een gezicht, een gebaar?

Een stelletje van rond de twintig kwam gearmd dichterbij en bleef voor de kerk staan. De jongen schudde zijn hoofd; het was duidelijk wat hij bedoelde. *Ik heb me bedacht.* Zijn vriendin trok hem aan zijn arm achter zich aan het gebouw in, en hij liet het toe. Was dat meisje misschien Nikola? Zou goed kunnen dat ze de reis niet alleen had gemaakt.

Daarna gebeurde er lange tijd niets. Er kwamen voorbijgangers langs. Een hond deed op het kerkplein een hoop, waar zijn eigenaar zich plichtsgetrouw over ontfermde. Een man van rond de dertig ging op de rand van een bloembak zitten, stak een sigaret op en verdween weer toen hij die had opgerookt.

Verloren tijd, dacht Beatrice. Het was maar te hopen dat Florin en Bechner door hun gesprekken iets belangrijks te weten waren gekomen. En dat haar afspraak met Ehrmann minder teleurstellend zou verlopen.

'Ze zijn allemaal heel erg geschokt, maar niemand weet iets, al hebben ze wel allemaal hun persoonlijke psychologische oordeel over Ira geveld.' Florin maakte een geprikkelde en afgepeigerde indruk. De Crontalers hadden er na de mis op gestaan om Ira's vader naar huis te brengen, wat de man in dank had aanvaard. Hij kon immers niet weten waar hij aan begon. Sagmeister had gezegd: 'Het doet me zo goed om met mensen te praten die Ira hebben gekend.' Waarop Helen, die Ira niet één keer had ontmoet, glimlachend had geknikt.

Tegenover Bechner hadden de aanwezige studenten Ira als slim maar lomp in de omgang beschreven. Ze had maar weinig vrienden gehad en ze had zich het afgelopen jaar steeds meer teruggetrokken. Ze had hun nooit verteld dat haar moeder zelfmoord had gepleegd. 'Ze wisten het geen van allen en waren verbaasd toen ik dat zei.'

'Oké, en de mensen van de poëziegroep? Heb je daar nog nieuws over? Was Nikola er?'

Florin en Bechner schudden hun hoofd. Synchroon, alsof ze het hadden ingestudeerd. 'Niemand met een naam die er ook maar in de verste verte op lijkt,' antwoordde Bechner. 'Ik geloof niet dat iemand me is ontglipt, ik heb alle identiteitsbewijzen gezien, maar geen Nikola.'

Omdat ze in het echt misschien Hanna heette, of Verena, en voor Facebook een fantasienaam had aangenomen. Nikola DVD. Nikola Tod.

'Maar Christiane Zach was er wel,' zei Florin.

Beatrice had haar dus inderdaad herkend. De verpleegster die katten fotografeerde. 'Dat was die donkerblauwe met de ladder in haar kous, toch?'

'Precies. Ongelooflijk aardig en welgemanierd. En echt geschokt als je het mij vraagt. Ze had zelfs een gedicht voor Ira gemaakt, dat ze met tranen in haar ogen heeft voorgedragen.'

'Ja, toen moest ik ook bijna huilen,' merkte Bechner droogjes op.

'De bedoeling was... ontroerend, het resultaat helaas hopeloos.' Florin keek nog steeds naar de kerk, ook al waren de rouwenden allemaal allang vertrokken. 'Ja, en dan natuurlijk Dominik Ehrmann. Hem heb ik na de mis nog wat uitvoeriger gesproken. Ik vond het interessant dat hij mij meteen zijn alibi wilde opdringen. Ik kon naar zijn school bellen, hij had de afgelopen weken geen enkele les laten uitvallen.'

'O?' Dat was toch wel opmerkelijk. 'Je bedoelt dat hij ervan uitgaat dat Ira en Pallauf vermoord zijn?'

'Dat is precies wat ik hem gevraagd heb. Hij zei dat dat een logische conclusie was als de politie in de kerk was om met de rouwgasten te spreken.'

'Slim gezien.'

'Ja, of hij weet meer dan wij. Op mijn vraag waarom hij de verre reis naar Salzburg maakte terwijl hij Ira niet één keer heeft ontmoet, had hij niet echt een antwoord. Tenminste geen antwoord dat ik geloofde.'

'Wat zei hij dan?'

'Dat ze volgens hem een persoonlijk afscheid verdiend had. Als leraar gaat hij met zoveel jonge mensen om dat hij het zichzelf moeilijk kan vergeven dat hij niet heeft gezien wat er in haar omging. Merkwaardig, als je het mij vraagt. Stap je om die reden in de auto om meer dan zevenhonderd kilometer te rijden? Alleen voor een uitvaartmis?'

En om mij te ontmoeten, dacht Beatrice. Mij – en wie weet wie nog meer.

Het beloofde een spannende avond te worden.

Helen Crontaler heeft 9 foto's aan het album 'Een mis voor Ira' toegevoegd.

Beatrice klikte door de foto's heen; ze kon het niet geloven. Ze begreep niet wat Crontaler aan het doen was en waarom. Was dit echt alleen maar geldingsdrang? Of gebrek aan andere dingen om je leven inhoud mee te geven? Ze had toch twee dochters die ze haar aandacht kon schenken?

De priester, met uitgespreide armen en halfgeopende mond. Een groep studenten die beteuterd naar beneden of opzij keek; een van hen had zijn smartphone in de hand, die was waarschijnlijk aan het twitteren.

De gebogen rug van Dietmar Sagmeister. Daarnaast drie oudere dames met de voor hun generatie kenmerkende bontmutsen. Christiane Zach voor het altaar met een blaadje in haar hand. Haar mascara was uitgelopen. Dominik Ehrmann, die met enigszins samengeknepen ogen naar rechts gluurde.

Beatrice vergrootte de foto. Natuurlijk was het slechts een momentopname, maar deze foto toonde een man die er met zijn aandacht niet bij was. Die aandachtig om zich heen keek, iets zocht. Tina Herbert? Of Nikola?

In dat geval moest hij weten hoe ze eruitzag.

De rode pruik maakte een ander mens van haar. Met gemengde gevoelens bekeek Beatrice zich in de spiegel op de wc op het bureau. Over uiterlijk een kwartier moest ze ervandoor; ze wilde niet riskeren dat ze Ehrmann misliep.

Beatrice had haar kleren met zorg uitgekozen – een top die haar schouders vrijliet, een blazer en een spijkerbroek. Daarbij de pumps waar ze zo'n hekel aan had. Lipgloss, mascara en klaar.

Florin, van wie ze voor ze vertrok nog afscheid nam, keek geïrriteerd op toen ze in het deurkozijn leunde. Daarna knikte hij goedkeurend.

'Wow, Bea. Je ziet er geweldig uit.'

'Ja?' Ze tastte naar een van de grote haarspelden die haar vast binnen de kortste keren hoofdpijn zouden bezorgen, maar liet ze toch zitten. Beter een beetje pijn lijden dan de pruik verliezen. 'Vind je dat ik mijn haar rood zou moeten laten verven?'

Hij nam de tijd voordat hij antwoordde. 'Het staat je, maar het is misleidend. Helemaal goed voor vanavond.'

Beatrice ging ervan uit dat dat 'nee' betekende. 'Goed, dan ga ik. Ik heb mijn opnameapparaat mee. Stefan is al op zijn plek, hij heeft zonet contact opgenomen.'

'Oké. Je bent toch wel voorzichtig, hè?'

Ze had een luchtig antwoord voor op de tong, maar slikte het in. Florin maakte zich echt zorgen.

'Natuurlijk ben ik voorzichtig. We zitten in een druk restaurant, Stefan is er en ik heb een paar zelfverdedigingscursussen gedaan. Een docent maatschappijleer kan ik wel aan, echt.'

De glimlach die ze Florin met haar antwoord had willen ontlokken kwam niet. 'Natuurlijk kun je die aan. Ik zit alleen te denken dat we nog steeds niet weten met wie Ira op haar laatste avond een afspraak had. Ik heb het net uitgerekend. Het is mogelijk dat Ehrmann 's middags uit Gütersloh is vertrokken en 's nachts weer is teruggereden. Dat had niemand in zijn omgeving hoeven opvallen.'

Als Beatrice nog tijd had gehad, dan had ze toegegeven aan haar behoefte om nog één keer naar Florin toe te gaan en de steile rimpel weg te vegen die zich tussen zijn wenkbrauwen had gegrift.

'Ik ben voorzichtig. Ik ga niets op eigen houtje doen, geen spontane acties ondernemen.'

'Oké.'

'Prettige avond, Florin.'

De schoenen waren een vergissing geweest. Beatrice had haar auto op de Franz-Josefs-Kai geparkeerd, op amper twee minuten lopen van het Republiccafé, maar de hoge hakken dwongen haar elke stap bewust te zetten. Ze controleerde hoe ze eruitzag in de zwakke spiegeling van een etalage toen ze erlangs liep. Nee, het was haar niet aan te zien dat ze zich onbehaaglijk voelde; haar manier van lopen kwam verrassend zelfverzekerd over.

De eerste tafeltjes van het café kwamen in zicht. Nog steeds waren de avonden warm genoeg om buiten onder de hoge parasols te zitten. Er was daar nauwelijks nog een plekje vrij. Beatrice koerste echter ook niet op het café af, maar op het bijbehorende restaurant, dat Ehrmann amper tien minuten geleden was binnen gegaan.

Tijd voor de laatste voorbereidingen. Ze schakelde het opname-apparaat in en schoof het zo in het mobieltjesvakje in haar handtas dat het microfoongedeelte er een stukje bovenuit stak.

Haar mobieltje stopte ze in haar jas, na eerst nog een keer Stefans sms'je te hebben gelezen.

E. heeft gekozen voor een tafel in het restaurant. Als je binnen-komt zit hij meteen links.

Maar de eerste die haar opviel was Stefan zelf, die boven een dam-pend bord hing en heel langzaam soep naar binnen lepelde.

Beatrice bleef in de entree staan en liet haar zoekende blik over de gasten glijden, ook al had ze Ehrmann allang ontdekt. Als ze hem meteen herkende werd hij misschien achterdochtig. Pas toen hij zwaaide en vragend zijn hoofd boog liep ze glimlachend op hem af.

'Ik... eh... wij hebben toch een afspraak? Bent u meneer Ehr-mann?'

Hij was opgestaan om haar een hand te geven. 'Ja.'

'Tina Herbert. Het spijt me dat ik wat te laat ben.'

'Maakt niet uit.' Hij had een aangenaam donkere stem. En hij rook lekker, stelde Beatrice vast toen hij haar stoel aanschoof.

'Merkwaardige situatie, ik weet het.' Hij lachte even. 'Ik had er ook niet op gerekend dat u zo knap bent... Sorry, het klinkt stom, maar de meeste knappe vrouwen staan maar al te graag met hun ei-gen gezicht op de Facebookprofielfoto.'

Als hij wilde flirten, kon hij het krijgen. Dan had ze een goede kans dat hij onvoorzichtig zou worden. Vooral als hij dacht dat zij een beetje onnozel was.

'Ach, ja.' Beatrice vouwde haar in een punt gevouwen stoffen ser-vet uit en streek het met haar beide handen glad. 'Ik denk altijd: vei-ligheid voor alles.'

'U heeft helemaal gelijk. Zullen we elkaar trouwens tutoyeren? Op internet doen we dat ook en "u" vind ik een beetje raar klinken.'

'Ja, graag.'

Hij keek haar stralend aan. 'Fantastisch. Laten we eerst iets bestellen, Tina, voordat we ons met de serieuze zaken bezighouden.'

Ze had echt honger, merkte ze, toen ze de menukaart las. Mangochilirisotto klonk heel aantrekkelijk, maar de wijn die Ehrmann erbij wilde bestellen sloeg ze af omdat ze nog moest rijden.

Toen de ober weer weg was stokte het gesprek, en Beatrice was niet van plan het op gang te houden. Ze zou Ehrmann laten praten, hij was tenslotte degene die deze ontmoeting zo belangrijk vond. Maar hij leek het lastig te vinden om een begin te maken, en dus nam hij zijn toevlucht tot het banaalste onderwerp dat er was: het weer. Wat was het een heerlijke septembermaand. Was de herfst niet het mooiste jaargetijde? Pas toen hij Beatrices haarkleur met die van de vallende bladeren begon te vergelijken onderbrak ze hem.

'Maar daarom zijn we toch niet hier, of wel? U... sorry, je schreef me dat je het belangrijk vond om me te ontmoeten. Waarom?'

Zijn aarzeling kwam niet gekunsteld over. Heel even had Beatrice de indruk dat hij met al zijn openheid nog meer op zijn hoede was dan zijzelf. 'Ik ben vandaag op de rouwplechtigheid van Ira geweest.' Hij walste de wijn in zijn glas. Donkerrood. 'Jij was er niet, hè? Nee, want je zou me zeker zijn opgevallen.'

'Ik kon niet. Moest werken.'

Ehrmann nam een slok en kennelijk smaakte de wijn goed, want even sloot hij genietend zijn ogen.

Beatrice mocht ze wel, mannen die er niet constant op uit waren om te scoren. Ehrmann behoorde daar ook toe, hij was het tegenovergestelde van Kossar, maar daardoor mocht ze zich absoluut niet van de wijs laten brengen. Het betekende helemaal niets dat ze hem sympathiek vond.

'Wat voor werk doe je dan?'

'Ik zit op een accountantskantoor,' zei ze, dankbaar dat ze gisteren haar avond had opgeofferd om Tina's biografie op te stellen en er veel tijd voor had uitgetrokken om te zoeken naar een beroep dat zo min mogelijk gespreksstof bood.

'O. En bevalt dat?'

'Gaat wel. Wat doe jij?'

'Ik ben leraar.'

Ze trok haar wenkbrauwen op alsof dat het laatste was wat ze had verwacht. 'Echt? Zo kom je helemaal niet over.'

Nog een slok wijn. Een scheve glimlach. 'En hoe dan wel?'

Het gesprek had het onzekere terrein rond Ira nog maar net verlaten of Ehrmann ontspande zichtbaar. Best, dan draaiden ze nog wat langer om de hete brij heen.

Beatrice liet haar kin in haar hand rusten, alsof ze moest nadenken. 'Je komt over als iemand die graag beslissingen neemt. Een ondernemer, of een arts.'

Was het haar gelukt om hem te vleien? Hij antwoordde niet, maar tikte met zijn vinger tegen de lange steel van zijn glas. 'Beslissingen... om eerlijk te zijn laat ik die liever aan anderen over.'

'Maar je bent in elk geval spontaan,' zei ze erachteraan. 'Ik geloof niet dat veel mensen er zo'n lange reis voor over zouden hebben om een uitvaartmis te bezoeken.'

Zo, het lokaas lag er. Beatrice deed haar best haar onschuldige glimlach te bewaren terwijl ze op Ehrmanns reactie wachtte. Maar die kwam niet. Hij leunde alleen achterover in zijn stoel en vouwde zijn handen voor zijn mond. Pas toen de ober Beatrices mineraalwater met citroen kwam brengen, keek Ehrmann op. In zijn blik lag een vraag die onuitgesproken bleef en Beatrice ging erop in met een wedervraag.

'Kenden jullie elkaar goed? Ja, toch? Ik weet nog, die avond toen Ira... nou ja, toen we met haar probeerden te praten, toen schreef je dat je haar had opgebeld.'

Hij knikte zwijgend. Pakte zijn vork om die meteen weer terug te leggen en was er een paar seconden mee bezig hem perfect parallel naast het mes te leggen. 'Ja, we hebben een tijdje telefonisch contact gehad en wilden elkaar beter leren kennen als het me eindelijk lukte om naar Salzburg te komen.' Hij lachte vreugdeloos. 'Je zei toch "spontaan", hè? Ik vrees dat je daarmee een te vriendelijk beeld van me geeft. Ik wilde maanden geleden al hiernaartoe komen, maar er kwam telkens weer iets tussen wat belangrijker was.'

'Je wilde naar Salzburg komen – vanwege Ira?'

'Ook.' Hij boog zich voorover. 'Ze maakte vanaf het begin indruk op me, het was een meisje met best veel lef. En jij ook, heb ik gelijk of niet?'

Het was duidelijk dat hij zinspeelde op iets wat Beatrice niet begreep. Dat zou waarschijnlijk niet Ira's zelfdoding zijn – maar wat dan wel? Had ze iets heel moedigs gedaan, zich met open ogen in een gevaarlijke situatie begeven? De kans dat hij zou zeggen wat hij bedoelde was groter als ze hem het gevoel kon geven dat ze wist waar hij het over had.

Ze probeerde het met schouderophalen. Dat kon geen kwaad, en het kon alles betekenen. Bescheidenheid bijvoorbeeld. 'Lef… ach, ja. Het is maar hoe je dat opvat. En bedankt dat je me een "meisje" noemt.'

Ze zeiden onder het eten niet veel. De risotto was uitstekend en Beatrice had er graag al haar aandacht aan geschonken, maar het was nu belangrijker om Ehrmann de juiste trefwoorden aan te reiken.

Hij was veel eerder klaar met eten dan zij. Ze voelde zijn blik, die hij echter meteen op de tafel richtte als hij de hare ontmoette.

Hij zei pas weer iets toen Beatrice haar bestek had neergelegd en haar mond met haar servet had afgeveegd. 'Ik hoop dat je me genoeg vertrouwt om het me te vertellen.'

'Wat? Wat moet ik jou vertellen?'

'Datgene waarop je zinspeelde in de groep. Ira zou jou kort voor haar dood informatie hebben gegeven. Ik zal er niet omheen draaien – ik moet weten wat dat was.'

Nu werd het moeilijk. Ze kon niet zomaar iets verzinnen. Of toegeven dat Ira haar niet meer had verklapt dan de muziek waar ze van hield.

'Zo goed ken ik je niet,' zei ze daarom ontwijkend. 'Ik weet namelijk niet of Ira dat goed zou hebben gevonden.'

Hij nam haar onderzoekend op. 'Dat zou ze. Dat mag je van me aannemen.'

'Maar waarom heeft ze het dan niet meteen aan jou verteld? Waarom aan mij?' Met elk woord dat ze uitsprak voelde Beatrice het ijs onder haar voeten dunner worden. Hoe lang zou het duren voordat Ehrmann doorzag dat ze hem met blufpoker had gelokt? 'Geen idee.' Hij zuchtte. 'Voor mezelf kan ik het alleen zo uitleggen dat ze iemand in vertrouwen wilde nemen die ook in Salzburg woont. Wist jij al hoe het allemaal in elkaar zat of heeft zij jou alles verteld? Als dat laatste het geval is vind ik het rot voor je dat jij als buitenstaander bij zo'n akelige zaak bent betrokken.'

Beatrices gezicht was warm, maar haar handen waren waarschijnlijk ijskoud. *Zo'n akelige zaak.* Dat klonk alsof Ehrmann wist waarom Ira had moeten sterven. Hij kon de sleutel tot het onderzoek zijn, en hij zat gewoon tegenover haar. Ze hoefde hem alleen maar de juiste woorden te ontfutselen en de hele zaak lag als een uitgevouwen kaart voor haar.

Nu alsjeblieft geen fout maken. Wat zou er gebeuren als ze zich bekendmaakte als politievrouw? Als ze haar politiekaart uit haar tas haalde en hem verzocht mee te gaan naar het bureau? Dat zou waarschijnlijk een domme zet zijn, waarmee ze alle vertrouwen verspeelde. Want stel dat Ehrmann wist dat Ira was gedood en door wie – waarom had hij dan niet allang de politie ingeschakeld? Wat weerhield hem ervan om de aangewezen instanties te informeren?

Ze probeerde zich te herinneren wat hij als laatste had gezegd. *Wist jij al hoe het allemaal in elkaar zat?* En dat het hem speet als ze als buitenstaander bij dit alles betrokken was geraakt. Precies. Tijd voor nog een schot voor de boeg.

'Je hoeft geen medelijden met me te hebben, ik kan de situatie goed aan. Maar toch denk ik er sinds Ira dood is constant over na of ik niet met de politie moet gaan praten.'

Hij hapte letterlijk naar lucht en pakte haastig haar arm. Op de achtergrond zag Beatrice dat Stefan half overeind kwam uit zijn stoel. Ze hoopte dat hij haar hoofdschudden goed interpreteerde: *Alles oké.*

'In geen geval. Waarom zouden we al deze moeite doen als we vervolgens voor onnodige ophef zorgen? Waar politie is, is ook pers en daarmee publiciteit.'

En wat dan nog? had ze bijna gezegd, maar in plaats daarvan knikte ze, alsof ze wist waarom dat een probleem was.

'Bovendien – de politie neemt ons niet serieus. We hebben het immers geprobeerd, weet je dat niet?'

'Nee, eigenlijk niet.' Beatrice herinnerde zich Ira's woorden toen het over de politie ging. *Heel vriendelijk als jullie iets willen. Maar niet bereid om te luisteren als iemand uit zichzelf iets wil vertellen.* Zinspeelde Ehrmann op Ira's verzoek haar depressieve moeder door middel van een telefoontap tegen anonieme bellers te beschermen? Hij had 'we' gezegd. *We hebben het immers geprobeerd.* Daarmee bedoelde hij vast niet alleen zichzelf en Ira, maar nog iemand anders.

Nikola?

'Waarom leggen we niet gewoon de kaarten op tafel?' stelde ze voor. 'Jij vertelt mij wat jij weet en ik vertel jou wat Ira mij heeft toevertrouwd.'

Pas nu liet hij haar hand los, en aan de manier waarop hij dat deed was duidelijk te voelen dat hij haar voorstel niks vond. Toch dwong hij zichzelf tot een waarderende glimlach.

'Goed dat je zo voorzichtig bent.' Hij wenkte de ober met zijn lege wijnglas. 'Maar dat geldt ook voor mij. Wie zegt me dat je niet meteen nadat we afscheid van elkaar hebben genomen je telefoon pakt en alles verder vertelt? Misschien zelfs aan iemand die het in geen geval mag weten?'

'En wie zou dat bijvoorbeeld zijn?'

Ze merkte meteen dat ze een fout had gemaakt en deed haar best te blijven glimlachen in plaats van op haar lippen te bijten. Ehrmann nam haar met dichtgeknepen ogen op. Argwanend.

'Oké, oké,' zwakte ze af. 'Stomme vraag.'

'Alleen als je het antwoord weet.' Hij schudde zijn hoofd alsof hij verbaasd was over zichzelf. 'Heel knap,' mompelde hij peinzend. 'Tina Herbert, ben je hier om mij uit de tent te lokken? Wil iemand een aantrekkelijke val voor me opzetten?'

Vleiende woorden, maar met een dreigende ondertoon. Ineens was Beatrice blij met Stefans aanwezigheid, en met die van de ober die het volgende glas rode wijn tussen haar en Ehrmann neerzette en opgewekte bedrijvigheid uitstraalde. 'Wil de dame ook nog iets drinken? We schenken een uitstekende *Veltliner*.'

'Nee. Dank u wel.'

Ze wendde zich weer tot Ehrmann en legde ditmaal hoorbaar misnoegen in haar stem. 'Ik heb geen idee aan wat voor val je zit te denken. Jij wilde mij per se ontmoeten, niet ik jou. En we kunnen nú een streep onder deze avond zetten en afscheid nemen.' Ze deed alsof ze op zoek was naar de weggesnelde ober. Als ze goed had gebluft zou Ehrmann wel inbinden. En anders...

'Niet zo gepikeerd.' Pakte hij nu echt opnieuw haar hand? Die man was brutaal. 'We doen het anders. Jij beantwoordt een heel simpele vraag van mij, dan weet ik waar ik aan toe ben.' Hij dacht even na. 'Waarom heeft Ira de foto van het tankstation gepost? En wat betekent het bijbehorende gedicht?'

Dat was dus echt een verborgen boodschap geweest, exact zoals Beatrice had vermoed. Maar helaas hielp al haar intuïtie haar niet om Ehrmanns vraag te kunnen beantwoorden.

Bruusk trok ze haar hand terug. 'Maar jij weet er helemáál niets van, hè?' Geïrriteerdheid had tot nu toe het beste gewerkt. Beatrice hoopte dat die truc nog een keer zou lukken. 'Daarom wilde je me ontmoeten. Om me uit te horen. Maar ik laat Ira niet in de steek, ik heb haar beloofd dat ik discreet zou zijn.'

'Uithoren? Je denkt toch niet dat ik...'

'Een tegenvraag,' zei Beatrice erachteraan, in het volle besef dat ze er daarmee ook helemaal naast kon kleunen. 'Wat had Sarah Beckendahl bij Gerald Pallauf te zoeken?'

Ehrmanns zette grote ogen op; daarna schoot hij in de lach. 'Dat weet ik niet. Maar je mag me geloven, dat heb ik mezelf ook telkens weer afgevraagd. Het spijt me, ik kan je niet verder helpen.'

Zoals hij het zei klonk het volkomen geloofwaardig.

'Kende je Sarah?' vroeg Beatrice, aangemoedigd doordat hij lachte. 'Weet je waarom ze naar Salzburg was gekomen?'

Ehrmann veegde met zijn beide handen zijn haar naar achteren. 'Ik had geen idee van het bestaan van Sarah,' zei hij langzaam, 'tot ik hoorde dat ze was overleden.'

Sarah, de nagelstyliste. Was ze een vreemde eend in de bijt geweest, die tot haar ongeluk verzeild was geraakt in de poëziegroep? *Bij ons in de straat groeien ook wilde rosen*, dat zou ze nooit vergeten. Nu beweerde zelfs Ehrmann dat hij Sarah niet kende.

Ze dacht ineens aan Florins waarschuwing dat ze hem niet moest vertrouwen. Hij kon natuurlijk tegen haar liegen, en de kans was aanwezig dat hij haar had willen ontmoeten om erachter te komen of Ira's boodschap iets met hem te maken had.

Ik zou hem kunnen wijsmaken dat Ira mij heeft verklapt met wie ze op de avond van haar dood een afspraak had. Als dat hetgeen is waar hij bang voor is, omdat hij het zelf was – wat zal hij dan doen?

Een snelle zijwaartse blik verzekerde Beatrice ervan dat Stefan nog op zijn plek zat. Ze zag hem met een andere man praten, die nonchalant tegen de tafel geleund stond. Een kennis waarschijnlijk; zoiets gebeurde geregeld en was uiterst onaangenaam als je net je best deed niet op te vallen. Maar het belangrijkste was dat Stefan binnen handbereik was en straks met haar mee kon lopen naar haar auto.

Waar kwam die plotselinge onzekerheid vandaan? Haar kon toch helemaal niets overkomen? Zij was hier de jager, Ehrmann het wild.

'Waar denk je nu aan, Tina?'

'Nog steeds aan Sarah.' Een snel leugentje om bestwil, maar ze had het nog niet gezegd of ze zag het beeld van het dode meisje met de tong uit de mond weer voor zich. 'Alle kranten schrijven dat Gerald Pallauf haar heeft gedood, en toch kan ik het me gewoon niet voorstellen.' Nu voorzichtig zijn, ze mocht niets loslaten wat zij als Tina Herbert niet kon weten. Hopelijk had Ehrmann haar profiel niet al te intensief bestudeerd. Als hij dat wel had gedaan, wist hij dat ze zich pas na Pallaufs dood bij Facebook had aangemeld. 'Ik begrijp ook nog steeds niet waarom Sarah uitgerekend met hem contact heeft opgenomen, als er zoveel mensen uit de groep uit Salzburg komen.'

Daar was hij weer, die blik alsof ze een van zijn leerlingen was die iets heel doms had gezegd.

'Nou, ik zou daarvoor minstens één goede reden weten.'

Intens dankbaar dacht Beatrice aan het opnameapparaat in haar tas. Ehrmann mocht misschien vinden dat ze onnozel was of loog, maar morgen zou Florin hem verhoren en als hij dan dwars ging liggen, zou zij erbij gaan zitten en een verklaring eisen voor al deze toespelingen.

'Ja, oké,' zei ze snel. 'Maar ik zou me anders hebben gedragen als ik Sarah was geweest.'

Hij streek met zijn duim over zijn lippen, een paar keer, zonder Beatrice uit het oog te verliezen. 'Tina,' zei hij ten slotte, en hij rekte de klinkers uit alsof de klank daarvan hem vreemd was. 'Weet je hoe ik me voel? Als iemand die een blinde door een labyrint leidt.'

Hou je van den domme, besloot Beatrice. Het was duidelijk dat Ehrmann nattigheid begon te voelen en geen feiten op tafel zou leggen. Maar als ze hem nog één of twee toespelingen kon ontfutselen was de avond geslaagd.

'Wat bedoel je? Hoezo blind?'

Hij boog zich voorover. 'Je hebt de klok horen luiden maar je weet niet waar de klepel hangt, is het niet? Je probeert mij onopvallend uit te horen en dat doe je niet eens slecht, maar je zat er een paar keer flink naast. In werkelijkheid weet je niet waarom Gerald, Sarah en Ira dood moesten, toch?'

Nee, niet morgen. Ze zouden hem vanavond nog verhoren. Hem uit zijn hotel halen, hem niet de kans geven naar Duitsland terug te rijden voordat zij evenveel wisten als hij. Misschien hadden ze morgenvroeg zelfs al een bekentenis.

'Maar,' zei ze langzaam, 'ik weet wel dat Nikola in de stad is. Sinds vandaag.'

Eindelijk was er verbazing op zijn gezicht te lezen. 'O? En hoe meen je dat te weten?'

'Ze heeft een post op Facebook geplaatst. Twee regels uit "De panter" en een foto van het stationsplein in Salzburg. Ze kan natuurlijk doen alsof, maar ik ben ervan overtuigd dat ze naar de rouwplechtigheid van Ira wilde, net als jij.'

Hij zei geen woord, keek Beatrice alleen maar aan. Zijn mondhoeken krulden, alsof hij zich moest inhouden om niet te glimlachen. 'Nee maar, dat is interessant.' Hij ademde luid uit. 'Zonet zei je nog dat behalve mij vast niemand zo'n verre reis zou maken voor alleen een uitvaartmis. En weet je wat? Daar had je gelijk in. Maar dat is dan ook het enige, vrees ik.'

Hij hief zijn hand om de aandacht van de ober te trekken. 'Ik geloof overigens niet meer dat Ira jou een of ander geheim heeft verklapt, en dat is ook prima. Wees er maar blij om, Tina, en hou op met speculeren. Stop ook met dat gedoe met die foto's en de zinspelingen in de groep. Voor je eigen bestwil.' Beatrice had haar hand al in haar tas om haar politiekaart eruit te halen en Ehrmann te verzoeken haar naar het bureau te vergezellen. Maar zonder aanhoudingsbevel kon ze hem helaas niet dwingen, dus zou hij waarschijnlijk gewoon vertrekken. Daarstraks had hij immers duidelijk gemaakt wat hij ervan vond als de politie werd ingeschakeld.

De ober kwam de rekening brengen. Ehrmann betaalde voor hen allebei, onder protest van Beatrice.

'Het komt doordat ik Nikola heb genoemd, hè?' Ze deed een laatste poging. 'Dat had ik niet moeten doen. Ira heeft me niets over haar geschreven en ik heb ook nog geen persoonlijk contact met haar gehad.'

Hij schoot in de lach. 'Dat was me al duidelijk.'

Een van de vreemde rode krullen viel in haar gezicht en ze veegde hem weg. De plek waar de haarspeld tegen haar hoofdhuid drukte was ondertussen gevoelloos geworden, maar nu haar zenuwen wat begonnen te verminderen voelde ze achter haar linkerslaap een lichte, kloppende hoofdpijn opkomen.

'Bedankt voor de uitnodiging.'

'Graag gedaan. Ook al was het voor ons allebei uiteindelijk een teleurstellende avond.' Beatrice glimlachte gespannen. Ditmaal was zij het die Ehrmanns hand pakte en die wat langer vasthield dan nodig zou zijn geweest om afscheid te nemen, Hij had inderdaad nog steeds iets aantrekkelijks.

'Misschien zien we elkaar immers nog een keer,' zei ze.

'Hm. Virtueel wel. Pas op jezelf, Tina, en denk aan wat ik tegen je heb gezegd.'

'Nu ben je wél een echte leraar.'

'O ja? Dat is ook geen wonder.'

'Mag ik je nog een laatste vraag stellen?' Het was niet haar meest brandende vraag, maar wel een vraag waarop ze misschien een antwoord zou kunnen krijgen.

'Weet jij waarom er DVD achter Nikola's naam staat?'

Hij nam Beatrice lang op en ze dacht iets nieuws in zijn ogen te lezen: verdriet.

'Ja,' zei hij ten slotte. 'Maar van mij zul je dat niet te weten komen.'

Ze liet hem eerst gaan en verdween daarna de dames-wc in. Toen ze weer naar buiten kwam stond Stefan al voor de deur te wachten.

'Dat zag er heel intensief uit.'

'Was het ook. En frustrerend – alsof ik voor een schatkist zat en de juiste sleutel niet kon vinden.'

'Denk je dat hij iets weet?'

'Hij zegt zelf van wel, en heel duidelijk ook. Maar wat dat is wilde hij mij jammer genoeg niet verklappen. Dat betekent dat we in elk geval een aanhoudingsgevel nodig hebben, het liefst meteen morgen, zo vroeg mogelijk. Heeft iemand uitgezocht waar hij logeert?'

'In hotel Ibis.'

'Goed. Dan moeten we daar twee mensen posteren die erop letten dat hij niet vannacht al vertrekt.' Beatrice pakte de slechtst zittende haarspeld en trok die met een zucht van opluchting uit haar haren. Alles was goed gegaan. Niet zo geweldig als ze had gehoopt, maar toch. Ze had een bron ontdekt die ze nu professioneel konden aanboren. Nu was het afgelopen met Tina Herbert en het lastige blindvliegen op Facebook. Weg met de pruik en die idiote schoenen, dan voelde ze zich weer een mens.

Op straat pakte ze Stefans arm vast. Dat maakte het lopen op de pumps meteen draaglijker. 'Was dat een vriend van je, daarnet?'

'Wie?'

'Die man die bij jou aan tafel stond.'

'Nee, dat was een toerist. Heel vriendelijk. Ik had het gevoel dat hij aansluiting zocht.' Ze sloegen af, de Franz-Josefs-Kai op. Zo meteen zou Beatrices auto binnen gezichtsafstand zijn, godzijdank.

'Maar ik heb jullie tafel de hele tijd in de gaten gehouden,' bezwoer Stefan, alsof hij in Beatrices vraag een verkapt verwijt had bespeurd.

'Tuurlijk joh, weet ik. Oké, ik stel voor dat jij nu naar huis gaat, morgen gaan we ertegenaan... Ik bel meteen Florin; het zou het beste zijn als we vandaag nog alles in gang zetten voor het aanhoudingsbevel.'

Stefan wachtte tot ze in de auto zat; daarna zwaaide hij en ging op weg naar huis. Ze zwaaide terug en vroeg zich af of hij wel wist hoe de afdeling met hem bofte.

Florin nam al na de tweede keer overgaan op. 'Alles oké?'

'Ja, het gaat goed. Het was een idiote avond. Ik moet mijn gedachten op een rijtje zien te krijgen, maar we hebben nu niet alleen een rode draad, maar zo'n beetje een heel touw te pakken. Ehrmann weet iets, misschien zelfs alles, en wij moeten hem zien over te halen tot het afleggen van een verklaring. Hij mag niet zomaar weer naar Duitsland terugrijden. We hebben een aanhoudingsbevel nodig, liefst meteen.'

'Aha.' Florin was hoorbaar verbaasd. 'Denk je dat hij niet vrijwillig met ons zal samenwerken?'

'Dat zei hij namelijk. Hij weet iets heel concreets, als hij er niet zelf actief bij betrokken is. Toen ik over de politie begon reageerde hij behoorlijk allergisch. Ik heb het allemaal opgenomen, je kunt het morgen afluisteren.'

'Morgen? Dat is... Hoor eens Bea, wat vind je ervan om naar mij toe te komen? Dan trekken we een fles wijn open en nemen we het gesprek samen door.'

Naar hem toe. Alweer. 'Nee, het spijt me. Ik moet die pruik kwijt, douchen en mijn uitgezakte joggingbroek aan.'

'Maar het kan ook bij jou, als het jou niets uitmaakt... Of worden je kinderen wakker als we praten?'

'Die zijn er niet.' Het was haar ontglipt voor ze had besloten of die smoes haar niet juist heel goed van pas kwam.

De toestand waarin ze haar huis had achtergelaten liet bezoek eigenlijk niet toe. Maar het vooruitzicht om met alles waar ze achter was gekomen alleen thuis te zitten was ook tamelijk deprimerend.

'Oké, kom jij bij mij. Maar niet schrikken, want het is niet opgeruimd.'

Pas toen ze de deur opendeed en de eerste stap in haar huis zette, dat muf en een beetje naar aangebrande melk rook, drong langzaam tot haar door dat Florins bezoek waarschijnlijk toch niet zo'n goed idee was. Ze probeerde zich hem voor te stellen op haar bank, tussen Jakobs verfrommelde knuffeldeken en zijn schilderachtig verstrooide legosteentjes, en hoorde zichzelf in de lach schieten. Florin zou haar daarna waarschijnlijk met heel andere ogen bekijken.

Het zij zo. Ze gooide de ramen open, raapte de vuile was bij elkaar die Mina op de vloer van de badkamer had laten liggen en deed rondslingerende kranten in de papierbak.

Daarna verloste ze zich eindelijk van de pruik, trok alle haarspelden uit haar haar en masseerde met haar beide handen haar hoofdhuid. Als ze zich haastte was ze klaar met douchen en aankleden voordat Florin arriveerde.

Er werd aangebeld toen ze net de laatste restjes shampoo uitspoelde. Op de tast zocht ze naar een handdoek en sloeg die om haar hoofd voor ze uit de badkuip stapte. In haar badjas kloste ze naar de deur met een schuimspoor achter zich aan. Door de intercom klonk blikkerig Florins stem.

'Ben ik te vroeg?'

'Een beetje. Kom maar boven, tweede verdieping, ik laat de deur voor je openstaan. Als je vijf minuten in de woonkamer wacht ben ik zo bij je. Met drankjes.'

Ze drukte op de opener en liep terug naar de badkamer, verbaasd dat ze ineens geen haast meer had. Het was sowieso onzin om zichzelf en de manier waarop ze leefde zo perfect te willen voorstellen. Ze hoopte alleen dat Florin niet uitgleed over het shampoospoor in de kamer.

Toen ze in joggingbroek, sweatshirt en met nat haar de woonkamer binnen kwam zat hij er al, met een fles rode wijn voor zich op de salontafel.

'Hallo Bea. Het spijt me, pas in de auto drong het tot me door dat ik me wel erg opdring na zo'n lange dag, maar...' – hij hief zijn armen in een hulpeloos gebaar – 'ik dacht: dan kan je mij je indrukken geven als die nog vers zijn. Wanneer het je te veel wordt, ga ik meteen.'

Ze antwoordde niet meteen en liet het beeld van Florin op haar verschoten bank vol viltstiftvlekken op zich inwerken. Hij droeg een spijkerbroek en een poloshirt; misschien was het contrast daardoor minder groot dan ze had verwacht. Of het kwam doordat hij zich kennelijk op zijn gemak voelde, wat bleek uit de manier waarop hij zijn armen op de rugleuning had gelegd. Het zag er bijna uit alsof hij zo zijn voeten op tafel zou leggen.

'Nee joh, het is prima. Ik ben immers blij dat je hier bent.' Ze wees naar de fles. 'Zal ik glazen gaan halen?'

'Ja, graag. Ik wilde niet zomaar zelf gaan rondneuzen en de wijn moet toch nog even ademen.' Uit de stoffen tas die bij zijn voeten stond haalde hij zakjes met pistache- en cashewnoten tevoorschijn. 'En misschien twee schoteltjes?'

Ze haalde het allemaal uit de keuken en moest glimlachen. Wanneer was Florin eigenlijk tot het besluit gekomen dat hij haar altijd van eten moest voorzien?

Pas toen ze ging zitten en een paar tellen haar ogen dichtdeed merkte ze hoe moe ze was.

'Ik heb zonet nog gebeld en voor Ehrmann morgen een kort verhoor bij de onderzoeksrechter aangevraagd. Voor het geval hij dus niet vrijwillig met ons wil praten...' Florin haalde zijn schouders op. 'En je bent ervan overtuigd dat hij iets weet?'

'Ja.' Ze deed haar ogen weer open, knipperde en pakte het glas aan dat Florin haar aanreikte.

'Hij maakte de ene toespeling na de andere. Het was meer dan duidelijk dat hij me wilde testen. Op een gegeven moment had hij jammer genoeg door dat ik blufte, daarom heeft hij me de doorslaggevende feiten niet verraden.' Ze onderdrukte een geeuw.

'En dat hij van zijn kant eveneens blufte? Zou dat ook kunnen?'

Ze drukte zich op uit de stoel om haar handtas te pakken en haalde het opnameapparaat eruit. 'Je moet jezelf maar een beeld vormen. Ik heb er al even naar geluisterd, de kwaliteit is niet eens zo beroerd.'

In het begin hoorde je alleen geritsel, haar klikkende stappen en geroezemoes van stemmen en muziek. Daarna, in het restaurant, werd het rustiger. 'Bent u meneer Ehrmann?' hoorde ze zichzelf zeggen. Wat klonk haar stem eigenaardig.

Het uitwisselen van begroetingszinnetjes. En Ehrmann die complimenten op haar afvuurde. 'Ik had er ook niet op gerekend dat u zo knap bent...'

Florin keek niet op, glimlachte alleen naar het opnameapparaat, en Beatrice sloot opnieuw haar ogen. Waarom vond ze dat nu weer pijnlijk?

'Spoel maar tien minuten verder, in het begin gebeurt er niks interessants. We bestellen alleen wat te eten.'

Hij zakte wat meer onderuit op de bank. 'Nee, ik wil een complete indruk.'

'Serieus? We zijn er een uur geweest.'

Florin schudde zijn hoofd. 'Een complete indruk,' hield hij vol.

Nou, goed hoor. Alleen was het dan niet ondenkbaar dat ze halverwege in slaap zou vallen. Ze stond op en wees naar de keukentafel waar ze haar laptop had staan. 'Vind je het vervelend als ik ondertussen kijk wat er op Facebook is gebeurd?' Het was tenslotte mogelijk dat Ehrmann weer het woord had genomen, bijvoorbeeld om de anderen te waarschuwen voor de nieuwsgierigheid van Tina Herbert. Er was echter taal noch teken van Ehrmann. Wel een uitvoerig verslag over de zielmis, natuurlijk van Helen Crontaler. Alsof de foto's niet toereikend waren.

'Herfstbladeren in het licht van de ondergaande zon,' Ehrmanns stem klonk zelfs door het slechte luidsprekertje van het apparaat krachtig. 'Daar doet jouw haarkleur mij aan denken. Heb je daarom een druivenblad als profielfoto gekozen?'

Beatrice probeerde er niet naar te luisteren. 'Het was een mooie plechtigheid,' schreef Helen. 'Na afloop hebben we Ira's vader naar huis gebracht. Voor hem is het natuurlijk vreselijk. Ik heb hem beloofd ook op de begrafenis te komen en hem gezegd dat hij altijd bij mij of Peter terechtkan als hij iets nodig heeft.'

Dat klonk in elk geval niet alsof ze hem had uitgehoord over de manier waarop Ira zelfmoord had gepleegd. Zoals verwacht kreeg ze applaus van de groep, die haar prees om haar betrokkenheid en hulpvaardigheid. Waren er maar meer van dat soort mensen et cetera. Een stuk verder naar beneden had Christiane Zach haar zelfgemaakte gedicht geplaatst, dat even vreselijk was als Bechner had gezegd, wat echter vijfendertig leden er niet van had weerhouden om op 'vind ik leuk' te klikken.

Een nieuwe slok wijn hielp Beatrice door de zeven schijnheilige reacties heen naar de volgende post.

Twee regels maar.

Nikola DVD
De zachte tred van soepelsterke poten
die almaar, aldoor in de rondte gaat.

Ze had het panterfragment al vijf uur geleden gepost. De bijbehorende foto toonde in elkaar geschoven karretjes voor de ingang van een supermarkt.

Winkels van die keten waren er over het hele land. Beatrice vergrootte de foto en probeerde er een bijzonder kenmerk uit te halen waarmee ze deze supermarkt kon laten lokaliseren, maar daarvoor was de uitsnede te klein. Meer dan de wagentjes en een deel van de glazen entree was er niet te zien.

Geen enkele 'vind ik leuk' voor Nikola's vervolg op Rilke. Wel vijf behoorlijk geïrriteerde reacties, die in essentie allemaal neerkwamen op hetzelfde: iedereen hier kende 'De panter' van Rilke en het gedicht werd er echt niet beter op als het in stukjes werd gehakt. Ze moest eindelijk stoppen met die onzin, het was alleen maar irritant.

Dit gedicht – in zekere zin betekende het een verbinding met Ira, maar waarom? Beatrice streek het vochtige haar van haar voorhoofd en probeerde zich te concentreren – ondanks haar vermoeidheid, ondanks haar eigen stem die zo vreemd klonk uit het opname-apparaat.

'Je wilde naar Salzburg komen – vanwege Ira?'

'Ook. Ze maakte vanaf het begin indruk op me, het was een meisje met best veel lef. En jij ook, heb ik gelijk of niet?' Beatrice deelde zijn inschatting wat Ira betreft. Het meisje had de indruk gewekt niet bang te zijn voor de dood, vooral die avond dat ze met elkaar hadden gechat.

Een gesprek dat Ira even had laten geloven dat ze iets gemeen hadden. Op grond van dezelfde muzieksmaak.

'Suicide Note, Part 1'. Beatrices gedachten bleven hangen bij de titel alsof die weerhaakjes had. Exact kon ze zich de woorden niet meer herinneren waarmee Ira zich de naam van deze song quasi terloops tegenover haar had laten ontvallen. Van Gustav Mahler had ze plotseling een zijsprong naar dit rocknummer gemaakt, met een tekst over polsen met littekens en dat je het opnieuw moest proberen...

Een klik en ze opende YouTube. 'Suicide Note' typte Beatrice in het zoekvenster. Ze schoof het muishandje naar de eerste link en verstarde midden in de beweging.

Dat kon geen toeval zijn. Ira had haar iets willen meedelen – of nog waarschijnlijker: ze had een vraag willen stellen die niets met de inhoud van het liedje te maken had, maar met de naam van de band. Pantera.

Was de zwarte panter een symbool? Ze kende het niet, maar dat hoefde niets te betekenen.

Momentje. Er was toch nog iets geweest... een ander gedicht, niet van Rilke, maar een van de regels had Beatrice na de vondst van Ira's lichaam urenlang niet meer losgelaten. *Aan dorre bramen zal hun huid weer bloesem geven.*

Ze zocht eerst in de groep voordat haar duidelijk werd hoe omslachtig dat was, waarna ze de regels op Google intypte.

Een voltreffer:

In het ravijn dat lynx en panterkat bewonen,
Zijn onze helden, wreed verstrengeld, neergestort,
Aan dorre bramen zal hun huid weer bloesem geven.
Die afgrond is de hel, waar onze vrienden leven!
Kom, springen wij erin, duivelse amazone,
Dat onze felle haat een eeuwig branden wordt!

Weer een panter. Het gedicht heette 'Duellum' en was van Charles Baudelaire, en nu herinnerde Beatrice zich dat Nikola er een eigenaardige reactie op had gegeven. Dat de laatste twee regels haar hoop gaven of iets dergelijks.

De exacte tekst zou ze later wel zoeken. 'Florin?'

'Momentje.' Hij stopte de opname, die de laatste minuten niets interessanters had opgeleverd dan het rammelen van bestek en wat gepraat over koetjes en kalfjes, met als voornaamste onderwerp dat het eten zo lekker was.

'Wat zegt het trefwoord "panter" jou?'

Hij trok een verbaasd gezicht. 'Hetzelfde als de meeste andere mensen, denk ik. Een roofkat, die zwart of gevlekt is. Er is meen ik ook een fietsenmerk met die naam. En natuurlijk heb je de "grijze panters".'

Dat was meer dan Beatrice in de gauwigheid bij elkaar had gekregen. 'En qua symboliek?' Ze klapte haar laptop dicht en ging naast Florin op de bank zitten. 'De panter komt kennelijk in een hele reeks gedichten voor – zou hij een bijzondere symbolische betekenis kunnen hebben?'

'Dat vraag je aan de verkeerde.' Hij schoof een stukje opzij om plaats voor haar te maken. 'Waarschijnlijk kan Peter Crontaler je beter helpen.'

Geen slecht voorstel, al werd Beatrice niet echt enthousiast bij de gedachte aan specialistische poeha van de hoogleraar. Ze probeerde via Google aan meer informatie te komen, maar gaf het al snel op. Afgezien van de voor de hand liggende kenmerken – moed, snelheid en kracht – stond de panter alleen voor de nacht en, kijk eens aan, voor de vrouwelijke intuïtie.

Die op dit moment niet veel meer voorstelt, dacht Beatrice, en ze betrapte zich erop dat ze bijna tegen Florin aan was gaan zitten.

Ze schonk nog een glaasje wijn in en schudde haar hoofd over zichzelf. Als ze zo moe was dat ze zichzelf niet meer onder controle had, was het beter om te gaan slapen.

'Datgene waarop je zinspeelde in de groep. Ira zou jou kort voor haar dood informatie hebben gegeven. Ik zal er niet omheen draaien – ik moet weten wat dat was.'

Florin leunde achterover, de dictafoon in zijn hand, een en al concentratie.

'Zo goed ken ik je niet,' hoorde Beatrice zichzelf na een kort stilzwijgen antwoorden. 'Ik weet namelijk niet of Ira dat goed zou hebben gevonden.'

'Mooi van repliek gediend,' mompelde Florin, of iets in die richting; haar eigen gegeeuw had zijn woorden overstemd.

'Sorry,' haastte ze zich te zeggen.

Hij drukte opnieuw op 'stop'. 'Nee, ík moet sorry zeggen. Zal ik gaan? Ik kan de opnames thuis ook beluisteren.'

'Alsjeblieft niet, blijf hier, ik wil immers weten wat jij ervan vindt. De kans bestaat alleen dat ik zo indommel, maar wil je me dan alsjeblieft wekken?"

'Liever niet.'

'Je moet het echt doen.' Ze pakte haar wijnglas. De beaujolais smaakte met elke slok lekkerder.

'Maar waarom heeft ze het dan niet meteen aan jou verteld?

Waarom aan mij?' informeerde Beatrice drie uur geleden met duidelijke scepsis in haar stem.

Ehrmann wist het niet en betreurde het dat Tina Herbert als buitenstaander bij zo'n 'akelige zaak' was betrokken.

'Daar. Heb je het gehoord?' Ze richtte zich een beetje op. 'Als er buitenstaanders zijn, zijn er ook insiders, betrokkenen. En waar zijn ze bij betrokken? Een akelige zaak.'

'Ja.' Florin stopte de opname opnieuw en drukte op de terugspoelknop om de laatste dertig seconden nog een keer te beluisteren.

Elke keer dat ze het hoorde vond Beatrice het pijnlijker dat het net niet was gelukt. 'Hij weet wat er aan de hand is, en hij had het me bijna verteld. Wacht maar, even later zegt hij het heel duidelijk.' Het duurde even voor ze bij de bedoelde plek waren; eerst wees Ehrmann Tina's voorstel om de politie in te schakelen van de hand. *Waarom zouden we al deze moeite doen als we vervolgens voor onnodige ophef zorgen?*

Moeite. Waarvoor? Wat had Ehrmann naar Salzburg gebracht, afgezien van de rouwplechtigheid en de hoop dat Tina Herbert hem deelgenoot zou maken van Ira's laatste boodschap?

Een andere ontmoeting misschien? Met... Helen, of met – met... Er zat iets in haar haar, aan haar hoofd. Een hand, krieuwelend, strelend, zachte rondjes draaiend. De aanraking haalde Beatrice langzaam uit de diepe slaap die haar kennelijk had overmand.

Ze hield haar ogen dicht en bleef rustig ademen. Verdrong de vraag of ze tegen Florins schouder aan gegleden was of dat hij haar tegen zich aan had getrokken. Zijn arm om haar schouders. Zijn lange vingers waar hij haar haren doorheen liet glijden. Ze waren tot nog toe maar één keer zo dicht bij elkaar geweest, maar dat kon je niet vergelijken, toen had hij geprobeerd een halfdode te verwarmen.

De opname was gestopt, merkte Beatrice nu pas. Ze zou Florin vragen wat hij ervan dacht, maar niet nu, ze wilde hier nog even blijven liggen, genieten van dit gevoel dat ze niet gewend was. Wanneer was ze voor het laatst zo gestreeld?

Niet sinds Achim in haar leven was gekomen. Het ontbrak hem

aan het geduld voor zoiets, zijn tederheid was altijd doelgericht. En na hem was er niemand meer geweest. Wanneer had dat ook gemoeten?

Ze rekte zich een beetje uit. Gaapte. Gaf hem de tijd zijn hand uit haar haren te halen, wat hij deed. Maar alleen om Beatrice vervolgens te omarmen.

'Ik was in slaap gevallen, sorry.'

Hij lachte zachtjes. 'Dat merkte ik. En nu moet je verder slapen. Ik had allang moeten gaan, maar...' Hij drukte haar nog een keer tegen zich aan. 'Ik kon mezelf er gewoon niet toe zetten.'

Ze proefde de wijn nog in haar mond. 'Maar je mag hier blijven, hoor.' Pas toen ze het had uitgesproken besefte ze hoe dat waarschijnlijk overkwam. 'Ik bedoel... eh, ik heb geen logeerkamer, maar wel een bank.' Ze klopte met haar hand op de zitting. 'Omdat ik al een keer op jouw gastvrijheid ben ingegaan, zou jij toch...' Ze liet de zin in het niets eindigen, ervan overtuigd dat Florin het zou afslaan. Misschien was hij heimelijk zelfs gekrenkt – hij hield haar nog steeds in zijn armen en vond het misschien helemaal niet zo raar om in haar slaapkamer te overnachten.

Tot haar verrassing leek hij haar voorstel echter serieus te overwegen. 'Ik zou maar al te blij zijn als ik vandaag niet meer in de auto hoefde te stappen. Als het je echt niets uitmaakt, Bea – ik vind jouw bank absoluut aantrekkelijk.'

Zijn toon had niets dubbelzinnigs, en toch voelde Beatrice dat ze begon te blozen. Jeetje, ze was toch geen zestien?

'Nou, vooruit dan maar!' Ze sprong op, liep haar slaapkamer in en haalde een kussen en een dekbed uit de bedlade. De slaapspullen die Achim, aan wie ze nu niet wilde denken, alsjeblieft niet, altijd had gebruikt. Ze deed een schone sloop om het kussen en een schone hoes om het dekbed en nam alles mee naar de woonkamer.

Florin richtte zich op toen ze door de deur binnenkwam. Hij had de bank al tot logeerbed uitgeschoven en stak glimlachend zijn armen uit om het beddengoed van Beatrice in ontvangst te nemen. 'Ik ben je tot last, maar ik beloof je dat ik morgen het ontbijt haal.'

'Nee, je bent helemaal niet tot last.' Beatrice keek in zijn ogen en toen snel weer weg. 'Slaap lekker.'

Hij kwam naar haar toe en ze had het gevoel dat ze in zijn omarming verdween.

'Jij ook, Bea. Tot morgen. Of tot later, het is al na enen.'

Toen ze haar dekbed om zich heen sloeg hoorde ze hem nog rommelen in de kamer. Kort daarna werd het stil.

Als ik hem had aangeboden om bij mij te slapen, wat zou er dan gebeurd zijn?

Dat waren stomme gedachtespelletjes. Dan had hij nee gezegd, alleen al vanwege Anneke. Hij hield van haar, Beatrice zag immers hoe erg hij er elke keer mee zat als ze ruzie hadden.

Hij heeft het veel over u, had Anneke aan de telefoon gezegd. En dat ze de relatie wilde beëindigen als haar indruk werd bevestigd dat Florin niet meer wist bij wie hij hoorde.

Was dat wat er was gebeurd?

Ze draaide zich opzij, luisterde of ze hem misschien hoorde snurken.

Nee, geen enkel geluid. Was hij er nog wel? Ze concentreerde zich, maar voelde dat de bewuste wereld haar begon te ontglippen, langzaam en daarna steeds sneller...

'Bea?'

Ze was met een ruk wakker. Had ze wel geslapen?

'Wat is er... is er iets gebeurd?' Het schermpje van haar wekkerradio gaf aan dat het twaalf over vijf was. Dan had ze dus kennelijk wel geslapen, ook al voelde het niet zo.

'Ja. Ik ben zonet opgebeld door de meldkamer. Er is een dode gevonden, we moeten erheen.'

'O god.' Ze wreef met haar beide handen in haar gezicht, in de hoop het zware gevoel van de oververmoeidheid kwijt te raken. 'Weet je al iets meer? Lijkt het weer een zelfmoord?'

Ondanks het donker zag ze dat hij zijn hoofd schudde. 'Nee, ditmaal niet. Maar het zou een ongeluk geweest kunnen zijn.' Hij veegde door zijn haar. 'We moeten naar de Kapuzinerberg, het lijk ligt voor de kruisigingsgroep.'

Vijftien

De stad werd met tegenzin wakker en Beatrice voelde met hem mee. Ze voerde haar bewegingen mechanisch uit, maar elke stap ging moeizaam, bijna alsof ze zich door vloeibare teer heen moest worstelen.

Florin had haar ervan willen overtuigen tenminste een sneetje brood te nemen, maar daar moest ze niet aan denken. Haar maag trok samen en had al gevoelig gereageerd op het glas water dat ze uit beleefdheid had leeggedronken.

Ze hadden Florins auto genomen en schoten snel op. Het was nog donker. Dit was het tijdstip in de ochtend waarop de vroege opstaanders en de nachtbrakers elkaar ontmoetten.

'We zeggen gewoon dat ik je heb opgehaald. Als jij dat ook goed vindt.' Florin wierp Beatrice een vragende blik toe. 'Voor het geval iemand het vraagt. Vogt is een ouwe roddelaar, wist je dat?'

'Was me nog niet opgevallen.' Hij had Beatrice weliswaar geïnformeerd over de ziekte van Hoffmanns vrouw, maar dat hoefde je niet per se roddelen te noemen. 'Ik vind ook dat ze niet hoeven te weten waar jij hebt geslapen.'

Ze sloegen af en reden de in volledige duisternis gehulde Kapuzinerbergstraße in. De berg rees midden in de stad op, een stuk wildernis dat zich verzette tegen de beschaving. Nauwelijks bebouwing en alleen langs de straat verlichting. De koplampen van de auto schrikten een dier op. De ogen van het beest schitterden hun heel even lichtgroen tegemoet, toen verdween het in de dichtstbijzijnde struiken.

Een marter misschien.

Beatrices keel deed pijn. Een paar keer slikken maakte het er niet beter op. Hopelijk waren dat niet de eerste signalen van een verkoudheid. Het ontbrak er nog maar aan dat ze ook nog ziek werd. 'Weten we de identiteit van het slachtoffer al?'

'Nee. Ik heb echt alleen het allernoodzakelijkste gehoord, de dode is amper twintig minuten geleden gevonden. Kennelijk zijn er dus echt mensen die om vijf uur 's ochtends al gaan joggen.'

Ze parkeerden voor het kapucijnenklooster, waar al twee agenten in uniform op hen stonden te wachten. Een andere collega zat een stukje verderop op een bank naast een in elkaar gezakte gestalte.

Achter een paar ramen van het klooster brandde licht – natuurlijk: monniken zijn vroege opstaanders. Beatrice haalde een keer diep adem voor ze het portier opende. Ze liep op haar geüniformeerde collega's af om zich voor te stellen; daarna wees ze op de bank. 'Is dat de getuige die de dode heeft gevonden?'

'Ja.' De man schraapte zijn keel. 'Het is een vrouw.'

Hoewel ze een deken om haar schouders hadden geslagen zag Beatrice toen ze dichterbij kwam dat de vrouw trilde. Of huilde.

'Hallo. Ik ben Beatrice Kaspary. Ik maak deel uit van het team dat gaat uitzoeken hoe de man die u heeft gevonden om het leven is gekomen.'

De vrouw keek op. Ze was achter in de twintig, niet ouder, en ze droeg een donkerblauw joggingpak met dito Nike-hardloopschoenen. 'Ik durfde hem niet aan te raken,' stamelde ze. 'En ik heb nog wel een EHBO-cursus gedaan. Ik vind het zo erg.'

Beatrice hurkte naast haar neer. 'Leefde hij dan nog toen u hem vond?'

Ze schudde haar hoofd. 'Ik geloof van niet. Maar... wie weet. Ik had zorgvuldig moeten kijken – maar er was zo veel bloed, en...' Ze hield plotseling op en sloeg haar handen voor haar gezicht.

'Misschien kunnen jullie iets te drinken voor haar halen,' vroeg Beatrice een van de agenten. 'Het liefst iets warms. Met een beetje geluk willen de kloosterbroeders misschien zelfs wel thee voor haar zetten?'

Ze keek om of ze Florin zag, maar die was kennelijk al op weg naar de vindplaats.

Haar collega wees naar links, waar zich tegen de hemel in het vale licht van de aanbrekende dag de drie hoge kruizen onder hun stenen baldakijn aftekenden. 'Neemt u de weg eromheen, niet via de trappen,' zei hij. 'Met het oog op de sporen, snapt u.'

Ja, dat snapte ze. Een plotselinge windvlaag veegde haren in haar gezicht en ze trok haar jas dichter om zich heen. Hopelijk was het een ongeluk, dacht ze. Die wens was zuiver egoïstisch, gaf ze beschaamd tegenover zichzelf toe, maar ze hadden het nu al veel te druk. Het idee aan nog een project te moeten beginnen, benam haar de adem.

Bij de lantaarnpaal aan de voet van de trap naar de kruisigingsgroep hadden Florin, twee surveillanceagenten en Vogt zich verzameld. De laatste trok net handschoenen aan. Was Drasche er nog niet?

Toen ze dichterbij kwam zag ze dat Florin er bleek uitzag.

'Kaspary!' riep Vogt haar tegemoet. 'Durft u een snelle blik aan voordat ik me erop stort?' Demonstratief haalde hij een scalpel en een koortsthermometer uit zijn tas.

'Goedemorgen. Dat wil ik zeker. Maar we moeten eigenlijk op de technische recherche wachten.'

'Ach kom. Ik verplaats hem immers niet.' Met een uitnodigend gebaar wees Vogt op de donkere schaduw onder aan de trap. Ze liep erop af.

'Bea...' begon Florin, maar ze had het al begrepen – hem herkend. Aan zijn bruine leren jas en het jeugdige kapsel waarmee hij vast pluspunten had gescoord bij zijn leerlingen. De aanblik van een lijk was moeilijk te verdragen als je iemand kende, en nog moeilijker als je nog maar een paar uur daarvoor samen had gegeten. Toen ze weer ademhaalde mondde dat uit in een hoestbui waar geen einde aan leek te komen. Ze hield haar beide handen voor haar mond, leunde met haar schouder tegen de lantaarnpaal en pas toen ze langzaam weer op adem kwam voelde ze Florins hand, die zachtjes op haar rug klopte.

'Ehrmann,' bracht ze uit op het moment dat ze weer lucht kreeg. 'Godallemachtig.'

Boven bij het klooster begon een motor te loeien, die vervolgens afsloeg. Drasche was aangekomen en zou hier over een paar minuten de lakens uitdelen.

Beatrice dwong zichzelf ertoe dichter naar de dode toe te gaan. Zoals hij erbij lag was een ongeluk theoretisch denkbaar. Als Ehrmann op de trap naar de kruisigingsgroep was uitgegleden, kon hij ongelukkig terecht zijn gekomen en zijn nek hebben gebroken. Maar ze wist dat dat in werkelijkheid niet het geval was geweest. De 'akelige zaak' had opnieuw een mensenleven geëist.

Nog twee stappen. Nu kon ze zijn gelaatstrekken herkennen. Het was Ehrmann, zonder twijfel. Het vriendelijke gezicht dat ze al op zijn profielfoto zo aantrekkelijk had gevonden.

Pas op jezelf, Tina, en denk aan wat ik tegen je heb gezegd.

Het bloed was in één stroompje van zijn hoofd naar de voet van de kruiswegkapel gelopen, zag ze nu. Zijn rechterslaap was heel diep ingedrukt; er zat een diepe, gapende wond. Ze hoorde zichzelf heel hard ademen. Als ze eerlijk met hem had gesproken, hem ervan had overtuigd dat het beter was om samen te werken met de politie... Verdomme, ze had zoveel mogelijkheden gehad. Niet binnen de kaders van wat was toegestaan, maar wie kon dat iets schelen als hij met de dood werd geconfronteerd?

'Wegwezen, Kaspary.'

Een flits. Drasche bediende vandaag zelf de camera, wat ongebruikelijk was, maar Beatrice had geen zin om te vragen waar Ebner uithing. Wat maakte het allemaal ook uit. Had ze maar een vooruitziender blik gehad, dan had ze Dominik Ehrmann kunnen redden.

Iemand trok haar aan haar elleboog terug. Florin, natuurlijk. Wrevelig maakte ze zich los. 'Het gaat wel.'

'Dit is jouw schuld niet, Bea.'

'Nee, gelukkig niet,' antwoordde ze nors. 'Ik heb hem niet doodgeslagen, dat weet ik zelf ook wel. Maar ik heb hem jammer genoeg ook niet beschermd.'

'Had je dan gedacht dat dat noodzakelijk zou zijn? Beschermen we Helen Crontaler? Of Christiane Zach?'

'Nee, maar…' Het had geen zin om verder te discussiëren. Beatrice liet zich door Florin terugbrengen naar het pad en observeerde Drasche en Vogt bij hun werk. Ze voelde zich innerlijk verstard.

Hou op met speculeren. Stop ook met dat gedoe met die foto's en de zinspelingen in de groep. Voor je eigen bestwil.

Zelf was hij heel duidelijk minder voorzichtig geweest. Gek genoeg moest Beatrice aan zijn leerlingen denken. Hoe zouden die op het bericht reageren? Ze wreef haar nek zonder haar blik van Ehrmann af te wenden. Diens toestand werd nu Drasche zijn schijnwerper had neergezet pijnlijk duidelijk. Het bloed op zijn gezicht was voor een deel al gestold en leek op zijn bleke huid bijna zwart.

'Er moet een moordwapen zijn,' riep Vogt alsof dat goed nieuws was. 'Een hard voorwerp met een scherpe kant. Niet zo scherp als een bijl, niet iets met een lemmet. Ik denk eerder aan een soort – breekijzer.'

De zon begon op te komen. Beatrice kon die vanaf de plek waar zij stond zelf niet zien, maar wel heel goed het oranje licht dat de bomen aanraakte, ze in zijn greep nam en uiteindelijk omsloot. Het duurde niet lang meer en dan zou het licht ook Ehrmanns lichaam bereiken om daar de strijd tegen Drasches felle schijnwerperlicht te verliezen. Ze wendde zich af.

De hardloopster was door de kapucijnen gevraagd binnen te komen en zat aan een eenvoudige houten tafel in de refter. Naast haar aan de muur hing een kolossaal kruis. Voor haar stond een kop thee. Om haar schouders had ze nog steeds de deken, die ze tot haar neus omhoog had getrokken.

'Voelt u zich al iets beter?' Het deed Beatrice goed zich om het welbevinden van iemand anders te bekommeren. Dat leidde af, dan hoefde ze zich niet met zichzelf bezig te houden.

'Nee.' De vrouw keek op. 'Ik had niet gedacht dat ik er zo kapot van zou zijn. U kunt zich niet voorstellen hoe ik schrok toen ik hem daar zag liggen.' Er kwamen weer tranen in haar ogen.

Ze gingen tegenover haar zitten. Florin boog zich naar haar toe. 'Kunt u ons vertellen hoe u heet?'

'Tamara Lohberger.'

'Ik ben Florin Wenninger. Mijn collega heet Beatrice Kaspary. Wij zijn van de afdeling Levensdelicten van de recherche. Vertelt u ons alstublieft wat u exact hebt gezien.'

De manier waarop hij iemands vertrouwen wist te winnen door zijn stem een bepaalde klank te geven bleef Beatrice verbazen.

Lohberger raapte zichzelf bij elkaar en staarde afwisselend naar de tafel en naar Florins gezicht. 'Ik ga 's ochtends vaak hardlopen, de berg op naar het klooster, daarom keek ik ook nauwelijks om me heen. Ik ken de omgeving op mijn duimpje, ik concentreerde me alleen op het hardlopen. En op de muziek.' Ze haalde een rode iPod uit haar jaszak. 'Aan het eind sprint ik altijd de trap op naar de kruizen... en ik ging...' Ze onderbrak zichzelf, keek opzij. 'Ik ging bijna in het bloed staan. Ik vind het zo erg, ik heb die man niet eens meer aangekeken, ik ben gewoon weggelopen. Ik geloof dat ik schreeuwde, maar dat weet ik niet meer zo goed. Een van de monniken kwam uit het klooster naar buiten. Hij heeft de politie gebeld.'

'Heeft u soms iemand gezien? Is u verder naar beneden op het pad misschien iemand tegemoetgekomen?'

Ze schudde beslist haar hoofd. 'Nee, ik weet zeker van niet. Ik was helemaal alleen.' De nagalm van die woorden leek haar een ongemakkelijk gevoel te geven. 'Ik geloof niet dat ik hier ooit weer kan hardlopen.'

'Probeert u het zich te herinneren,' spoorde Florin haar vriendelijk aan. 'Was er niet iets wat anders was dan normaal?'

Tamara Lohberger verstrengelde haar vingers; ze vond het zichtbaar vervelend dat ze niet kon helpen. 'Alles was zoals altijd. Ik lette ook niet op de omgeving, alleen op mijn polsslag.' Ze stopte. 'Het enige... nee, laat maar, dat is onbelangrijk.'

'Niets is onbelangrijk. Alstublieft.'

'Oké – de kruisweg. Die bestaat uit zes kapellen, dat weet u vast ook wel. En een ervan... maakte vandaag een smerige indruk. Gisteren was dat nog niet zo. Alsof er viezigheid aan kleefde. Maar het kan ook een schaduw zijn geweest. Ik heb er maar heel even naar gekeken.'

'Dat gaan we in elk geval bekijken,' zei Florin. 'Weet u nog welke kapel dat was?'

Ze trok haar mond scheef terwijl ze nadacht. 'De vierde of de vijfde, schat ik. Aardig ver omhoog.'

'Heel erg bedankt.' Florin drukte de vrouw de hand. 'Een van onze collega's brengt u naar huis. U moet me echt bellen als u nog iets te binnen schiet.' Hij legde zijn kaartje voor haar op tafel. 'U heeft u er dapper doorheen geslagen.'

Toen ze het klooster uit kwamen was het helemaal licht. Het werk op de vindplaats was nog steeds in volle gang. Beatrice stond bij de afzetting en dwong zich ertoe naar Ehrmann te kijken – naar Dominik, om precies te zijn; ze hadden elkaar immers getutoyeerd. Ze had informatie waarmee ze Vogt van dienst kon zijn: het tijdstip waarop Ehrmann zeker nog had geleefd. Wanneer hij gegeten had en wat. De beelden van hun samenzijn stonden haar nog levendig voor de geest; het contrast met de dode bij de trap was bijna ondraaglijk.

Waar was hij na hun ontmoeting naartoe gegaan? Waarom had ze hem niet gevraagd wat hij verder nog van plan was? Ze kon wel huilen.

'Ik had net Stefan aan de telefoon.' Zonder dat ze het had gemerkt was Florin naast haar komen staan. 'Hij informeert Hoffmann en de pers. Ditmaal hebben we immers zonder twijfel met een geweldsmisdrijf te maken.'

Dan zou het niet lang meer duren voor de televisie er was om tenminste het wegvoeren van de lijkkist te filmen. Beatrice had de kop al bedacht: DOOD IN DE SCHADUW VAN HET KRUIS. De plaats delict joeg de fantasie al op hol.

Ze liepen naar de dichtstbijzijnde kruiswegkapel. Beatrice zag meteen wat Lohberger had bedoeld. Op de rand van de muur, onder het hek waarachter een houten Jezus bijna bezweek onder zijn last, zat duidelijk viezigheid. Het leek alsof iemand daar iets had afgeveegd. Het meeste zat aan de zijkant, maar ook over het lichte oppervlak ernaast liep een brede, bruine streep. Florin had zijn mobieltje al aan zijn oor.

'Gerd? Als je boven klaar bent hebben we hier nog werk voor je.'

'Tien minuten,' hoorde Beatrice Drasche antwoorden.

Even rust. Ze ging op de smalle treden zitten van het voetpad dat langs de kapellen liep en negeerde de kou die meteen door haar kleren drong. De uitputting die geduldig in een achterkamer van haar bewustzijn had gewacht, deed zich nu des te sterker gelden. Net als – gek genoeg – de honger. Florin ging naast haar zitten. Hun schouders raakten elkaar, maar hij sloeg zijn arm niet om haar heen. En in zekere zin was ze daar blij om. Niet vanwege het feit dat Drasche dan ongetwijfeld dubbelzinnige opmerkingen zou maken, maar vanwege... Dominik. En omdat ze zichzelf bleef afvragen of Florin zijn arm om haar heen had gehad op het moment dat Dominik de schedel werd ingeslagen.

'Je moet het vandaag niet te lang maken.' Florins laatste woorden gingen bijna onder in het gegeeuw achter zijn hand. 'Rust liever uit en pieker niet te veel, Bea. Je hebt niets verkeerd gedaan. Ik heb elk woord van jullie gesprek gehoord en ik zou op dat moment ook niet bang zijn geweest dat de man een paar uur later dood zou zijn. Het was niet te voorzien.'

Ze wist niet hoe ze hem duidelijk moest maken dat dat geen troost was. Ten eerste was Ehrmann dood. En ten tweede waren alle antwoorden waar Beatrice zo vurig op had gehoopt met hem gestorven.

'Weet jij waarom er DVD achter Nikola's naam staat?'

'Ja, maar van mij zul je dat niet te weten komen.'

Daar had hij gelijk in gekregen. Beatrice had ineens zo'n dichtgeknepen keel dat ze bijna niet meer kon slikken. Het was alsof al hun vragen daar vast bleven zitten, voor eeuwig gedoemd om onbeantwoord te blijven.

Drasche knielde voor de kapel en sprak vast de minst vrome woorden die een knielende ooit had geuit. 'Iemand is in de hondenstront getrapt en heeft die hier afgeveegd. Bedankt dat je me hiernaartoe hebt laten komen, ik had het niet graag willen missen.'

Florin legde zijn hand op zijn schouder, een vriendschappelijk gebaar waardoor Drasches gezicht vertrok. 'Weet je zeker dat er geen aarde bij zit? Als iemand hier zijn schoen heeft afgeveegd zou ons dat toch moeten interesseren. We hebben een getuige die verklaart dat hier gisteren om deze tijd nog geen viezigheid zat.'

'Voor mijn part.' Drasche nam eerst een paar foto's en haalde vervolgens een klein potje met een schroefdeksel uit zijn tas. Met een soort spatel deed hij er een monster van de viezigheid in voor hij zich weer oprichtte. 'Hebben jullie verder nog sporen gezien? Er zou toch ook iets op het pad moeten zitten.'

Dat zou je inderdaad denken, maar op het pad of op de weg was niets te zien wat daarop leek. 'Dan moet hij hierboven hebben gelopen. Een heel stuk wel tenminste.' Beatrice bekeek de met gras begroeide helling die zich parallel aan de weg aan de achterkant van de kapellen uitstrekte.

'Waarom zou iemand de ongemakkelijkste weg uitkiezen?' bromde Drasche terwijl hij er zelf op klom. 'Eens kijken.' Hij tikte met zijn knokkels tegen het dak van de kapel. Het klonk blikkerig.

Ze keken toe hoe hij stap voor stap verderging, terug naar waar ze vandaan waren gekomen. Na nauwelijks tien meter bleef hij staan. 'Goed nieuws!' riep hij. 'Ik heb de hondendrol gevonden, inclusief schoenafdruk. Dan was de ochtend toch niet helemaal zonder resultaat. Als dat geen reden tot feest...' Hij verstijfde midden in de beweging; zijn blik hield hij op de dichtstbijzijnde kruiswegstatie gericht.

'Wat is er?' Beatrice liep de trappen op tot ze op gelijke hoogte met hem was.

Drasche antwoordde niet, maar liep nu veel voorzichtiger en bleef pas staan toen hij de volgende kapel had bereikt. Hij fotografeerde de struiken die erachter lagen en greep erin. Er kwam een staaf tevoorschijn van iets langer dan een meter, vierkant.

'Onze dader is een sukkel,' stelde hij vast, en hij klom terug naar het pad. 'Of hij moest zijn wapen snel kwijt.'

Beatrice kwam dichterbij. Wat Drasche in zijn gehandschoende vingers hield zag eruit als een stuk van een smeedijzeren hek. Donkergroen metaal waarop de opgedroogde sporen nauwelijks te onderscheiden waren.

Hij woog de staaf onderzoekend. 'Zwaar genoeg om iemands hoofd mee in te slaan. Uitstekend. Probleem opgelost, en ik ben optimistisch over de kans dat we er vingerafdrukken op zullen aantreffen.'

'Heel goed,' zei Beatrice zonder dat ze het meende. Wat zich vanochtend langzaam openbaarde bracht haar van haar stuk. Dit was evident een levensdelict. Overduidelijke sporen. Het moordwapen was binnen korte tijd gevonden. Heel anders dan de keren daarvoor, toen het telkens ook zelfmoord had kunnen zijn. Een mogelijkheid die nog steeds niet helemaal van tafel was geveegd – al viel tegen de theorie dat Ira zichzelf om het leven had gebracht niet veel meer aan te voeren dan een portie cannelloni met spinazie, een opgezwollen tong en een schram op haar arm.

Halverwege de weg terug naar de vindplaats kwamen hun al stemmen tegemoet. De pers was gearriveerd. Een van de twee aanwezige camerateams maakte opnames van het klooster. Het andere bestond uit één man die probeerde met een politieagent in gesprek te komen, die echter telkens weer zijn hand voor de lens van diens camera hield.

Beatrice keek snel omhoog naar de trappen – van Ehrmann was niets meer te zien, die was kennelijk al in een lijkkist gelegd. Ze kon niet tegen de aanblik van die aluminium dingen.

Voor het klooster stond de auto van de begrafenisondernemer te wachten en daarnaast stond bleek en zichtbaar nerveus Boris Ribar, in een lichtblauwe jas waar het geruite petje dat zijn kaal wordende hoofd bedekte niet echt bij paste. Toen hij Beatrice herkende stak hij zijn hand op om te groeten, maar liet hem halverwege weer zakken.

'We kunnen nog geen officiële verklaring afgeven,' hoorde ze achter zich Florins vastberaden stem. Hij was blijven staan. Binnen een paar seconden was hij omsingeld door vijf journalisten. 'Wat ik u kan zeggen is dat we hier in de vroege ochtenduren een dode man hebben gevonden. Het betreft waarschijnlijk een geweldsmisdrijf. De identiteit van het slachtoffer staat nog niet met zekerheid vast.'

Ze zouden naam en herkomst niet bekendmaken voordat de familie op de hoogte was gesteld.

'Mevrouw Kaspary?'

Ze draaide zich om naar Ribar, die een paar aarzelende stappen in haar richting zette. 'Ik was hier heel snel, samen met de begrafenisondernemer, daarom...' Hij knikte naar de kruizen. 'Het is Dominik, hè? De volgende uit de groep.'

Beatrice antwoordde niet; ze sloeg alleen haar armen over elkaar en hield afwachtend haar hoofd schuin. Dacht Ribar serieus dat ze hierin trapte? Moest ze geloven dat dit hem raakte? Omdat er een man was overleden die hij nog nooit had ontmoet? Zelfs virtueel kende hij hem nog maar net, hij was amper langer lid van de groep dan Tina Herbert.

'Helen Crontaler heeft na de zielmis een foto van hem gepost,' vervolgde Ribar, en hij haalde zijn opnameapparaat uit zijn jaszak om het meteen weer terug te stoppen. 'En nu dit. Mijn god.'

'Officieel is er nog niets bevestigd,' herhaalde Beatrice Florins woorden. 'Of u dat nu prettig vindt of niet, u zult dus nog een beetje geduld moeten hebben.'

'Daar gaat het immers helemaal niet om!' Hij ademde luid uit. 'Ik voel me niet meer zo prettig, als u begrijpt wat ik bedoel.'

Dat kwam als een verrassing. 'Heeft iemand u soms bedreigd?'

'Nee. Maar iedereen die sterft komt uit Salzburg. Of is in elk geval in Salzburg. Dat is kennelijk geen goede plek voor de leden van de groep, en daar behoor ook ik toe.'

'Dan moet u zich afmelden.'

Hij leek die mogelijkheid te overwegen. 'Tja. Als ik niet meer zou weten wat daar allemaal aan de hand is zou dat mij óók heel ongerust maken, maar...' Hij schoof zijn petje uit zijn gezicht en kwam een stap dichter naar Beatrice toe. 'Heeft u dan nog geen enkel aanknopingspunt?'

Dus toch. Ribar wendde persoonlijke ongerustheid voor om aan informatie te komen. 'Geen aanknopingspunten die ik u zou verklappen. En u? Doet u nog nijver onderzoek op Facebook?'

'Af en toe.'

'Maar heel groot is uw inzet ook weer niet, want anders had u gisteren Ira's zielmis wel bezocht. Mijn collega was verbaasd dat u daar niet kwam opdagen.'

Dat leek Ribar vervelend te vinden. 'Ik zie het zo,' zei hij langzaam, 'dat zulke gelegenheden bedoeld zijn voor familie en goede vrienden. Niet voor vreemden.'

Op dat punt sprak ze hem niet tegen. Hij had haar nu de zijkant van zijn gezicht toegekeerd en keek toe hoe de mannen van de begrafenisonderneming de lijkkist naar de auto droegen. Hij volgde hen met zijn blik tot de achterklep zich sloot.

'Heeft u al onderzocht of zich niet iemand in het bos heeft verstopt?' Als het geen angst was die Beatrice in zijn stem hoorde, dan op zijn minst bezorgdheid. 'En of een van de aanwezigen hier wellicht helemaal geen journalist is?'

Eigenaardige twijfels die Ribar daar uitte. 'U kent uw collega's toch wel, in elk geval van uiterlijk? Die twee daarginds bijvoorbeeld zijn op elke persconferentie die wij geven.'

'U heeft gelijk. Het was maar een idee.'

Samen liepen ze naar de parkeerplaats waar hij zijn zilverkleurige Peugeot had staan, slechts enkele meters bij de auto van Florin vandaan. 'Kunt u al een inschatting maken wanneer Ehrmanns naam en de verdere details worden vrijgegeven?'

'In de loop van vandaag. Dat hangt ervan af wanneer we zijn familie kunnen bereiken.'

'Goed.' Hij stond op zijn voeten te wippen, niet ongeduldig, eerder aarzelend. 'Trouwens, ik weet niet wanneer u voor het laatst een kijkje in de Facebookgroep hebt genomen. Maar er zijn daar een paar mensen die zich – hoe moet ik dat zeggen? Die zich, eh... opvallend gedragen.'

'En wie zijn dat?'

'Tina Herbert en Nikola DVD hebben de gewoonte merkwaardige dingen te posten. Kiekjes en flarden van gedichten. Als ik politieman was zou ik hen allebei in de gaten houden.' Hij glimlachte gereserveerd. 'Ik zou geloof ik een heel goede politieman zijn.' Toen Ribar was weggereden ging Beatrice op de trap van het klooster zitten om te vechten tegen een van haar oude vijanden: het gevoel dat ze op haar levenspad telkens weer doden achterliet. Het was begonnen met Evelyn, de beste vriendin die ze ooit had gehad. Ehrmann vormde het voorlopige eindpunt. Ze hadden elkaar één keer ontmoet, maar dat was voor hem kennelijk voldoende om de volgende dag met ingeslagen schedel te worden aangetroffen.

Dat slaat nergens op, gaf ze zichzelf op haar kop. Als je geen lijken meer wilt zien, moet je ander werk gaan zoeken.

Het was bijna negen uur toen ze de Kapuzinerberg verlieten. Beatrice voelde zich uitgeput en bij het vooruitzicht nog de hele dag voor zich te hebben had ze graag met iemand geruild.

Van alles wat haar te doen stond leek haar laptop opstarten toen ze weer op het bureau was de gemakkelijkste taak. Maar op Facebook heerste rust. Nog niemand had gehoord wat Ehrmann was overkomen, en Nikola DVD hulde zich tot dusverre in zwijgen. In plaats daarvan traden andere leden uit de schaduw. De namen zeiden Beatrice helemaal niets: Olga Gross-Mikel, Timm Kressner, Nadine Rechinger.

Ze stond op het punt de site weer af te sluiten toen ze van gedachte veranderde. Als Ehrmanns naam door de pers werd genoemd zou de hel losbarsten. Wilde ze nog iemand uit de tent lokken, dan was dit het moment.

'Ontbijt, Bea. Belofte maakt schuld.' Florin duwde haar een bord met twee chocoladecroissants onder de neus met een glas sinaasappelsap erbij. 'De koffie wordt gezet.'

Ze dronk het halve glas in één teug leeg en voelde zich daarna beter. De foto van klooster Mülln die ze vanuit de auto had genomen was niet helemaal scherp toen ze hem vergrootte, maar goed genoeg. Ze had ook een passende tekst had gevonden – een fragment uit een volkomen onbekend gedicht, 'Jehuda ben Halevy III' van Heinrich Heine. Met dank aan de zoekmachine:

Toen was 't me zo zonnegoud
En zo purper te moede,
Mijn voorhoofd omkranst door wingerdloof,
Terwijl klaroenen schalden –

Zwijg nu daarover – kapot ligt
Thans mijn trotse triomfwagen,
En de panters die hem trokken,
Zijn gecrepeerd, net als de wijven.

Daarna ging het nog verder, maar de 'gecrepeerde wijven' leken Beatrice goed en schokkend om mee te eindigen. Ze had het gedicht echter alleen gekozen vanwege het prikkelende woord 'panter'. Misschien was dat een soort code die Nikola ertoe zou aanzetten contact met haar op te nemen.

Stop ook met dat gedoe met die foto's en de zinspelingen in de groep. Voor je eigen bestwil, had Ehrmann haar aangeraden.

Sorry, Dominik. Ze drukte op 'plaatsen'.

De deur vloog open en Stefan kwam binnen. 'Over een halfuur wil Hoffmann ons allemaal in de vergaderruimte zien,' kondigde hij aan.

'Oké!' Florins demonstratieve opgewektheid klonk een beetje te luid en te vrolijk om echt te zijn. En Beatrice kreeg er nauwelijks meer uit dan een instemmend gekras. Hoffmann kon ze vandaag niet aan.

Ze deed een paar tellen haar ogen dicht en probeerde gisteravond weer op te roepen. Het moment waarop ze wakker was geworden en de hand van Florin in haar haren had gevoeld. Maar het lukte haar zelfs niet om een zwak aftreksel van het gevoel van welbevinden terug te krijgen dat zijn aanraking in haar had opgeroepen.

Want dat was voor Ehrmanns dood geweest, op een moment dat ze dacht dat ze hem alleen nog maar hoefden te verhoren en dat de zaak dan was opgelost.

'U bent met hem uit eten geweest en nu is hij dood.' Aldus vatte Hoffmann de feiten heel kort samen. Het ontbrak er nog maar aan dat hij er 'zoals je kon verwachten' aan toevoegde. In plaats daarvan zuchtte hij, eerder moe dan hatelijk.

'Hij beweerde de achtergronden van de dood van Ira Sagmeister, Gerald Pallauf en Sarah Beckendahl te kennen.' Beatrice had besloten alles meteen op tafel te gooien. 'Ik heb geprobeerd die informatie uit hem te krijgen, maar het is me niet gelukt.'

Weer was er de kans voor een 'zoals je kon verwachten', maar Hoffmann schudde slechts zijn hoofd. 'Hij is doodgeslagen?'

'Ja.' Florin nam het woord. 'Drasche en Vogt zijn jammer genoeg nog niet terug, anders hadden we nu de eerste aanknopingspunten voor het moment van overlijden en het forensisch bewijsmateriaal. Maar het ziet er in elk geval naar uit dat we het moordwapen hebben veiliggesteld. Een ijzeren staaf.'

'Goed.' Hoffmann knikte minzaam. 'U was bij de mis voor Sagmeister, Florian? En daar heeft u dit slachtoffer toch ondervraagd?'

Terwijl Florin in het kort weergaf welke conclusies hij uit de gesprekken met de rouwgasten trok, dreven Beatrices gedachten af. Ze moest het opgenomen gesprek nog een keer afluisteren. In alle rust en als ze helemaal wakker was. Zich vooral op de momenten concentreren waarin ze haar kans op Ehrmanns vertrouwen had verspeeld en erover nadenken met welke antwoorden ze wél toegang tot zijn kennis had kunnen krijgen.

Toen ze met haar aandacht weer terugkeerde bij de vergadering, werd er allang een ander onderwerp besproken. Hoffmann zou later op de middag een persconferentie geven, dan werd ook Ehrmanns naam onthuld. Florin had er zorg voor gedragen dat hun collega's in Gütersloh de ex en de ouders van de leraar zouden informeren; dat zou de komende uren gebeuren.

Beatrice vermoedde dat er tot dat moment nog rust zou heersen in de groep. Vooropgesteld natuurlijk dat Ribar zijn mond hield.

De post van Tina Herbert mocht op veel belangstelling rekenen.

Ivonne Bauer Ben je wel lekker? 'Wijven', en dat van een vrouw?
Thomas Eibner De groep wordt steeds meer een verzameling gestoorden.
Helen Crontaler Niet beledigend worden, Thomas. Het is een gedeelte uit een van de minder bekende gedichten van Heine. Daar kunnen we geen bezwaren tegen hebben, alleen bevalt de tendens me niet dat er steeds meer fragmenten worden gepost. Een gedicht maakt in zijn geheel de meeste indruk.
Boris Ribar Tina, zou je ons uit willen leggen waarom je er een foto van een klooster bij hebt gezet?

Lieve hemel, Ribar was iets opgevallen wat ze zelf nog niet eens had bedacht. Voor iemand die wist wat er vanochtend bij het kapucijnenklooster was gebeurd, was dat misschien een veelzeggende aanwijzing. Ribar vond Tina Herbert toch al verdacht. Het ontbrak er nog maar aan dat hij opbelde en zijn observatie meldde. Hij vond immers dat er aan hem een goede politieman verloren was gegaan.

'Je zit er misschien niet eens zover naast, Boris,' mompelde ze. 'Je hebt in elk geval een goed combinatievermogen.'

Nu nog afwachten of iemand anders deze dubbele val ook had opgemerkt. Panter en klooster, dat was overduidelijk.

Ren Ate Op de een of andere manier is het een agressief gedicht. Van Heine zijn er veel mooiere dingen.
Phil Anthrop Ik heb net het hele gedicht op internet opgezocht – sorry, maar op mij komt het over alsof Heine dronken was toen hij het schreef.
Nikola DVD Ik kende het nog niet en ik vind het verrijkend. Dank je, Tina.

Olga Gross-Mikel Hallo Tina, ik ben hier nieuw. Ik vind dat je
een heel interessante passage heeft uitgezocht. Taalkundig
sterk. Bedankt en groetjes uit Rüsselsheim.

Nikola had weer van zich laten horen, maar met geen woord gerept
over de panter in het gedicht van Heine. Ze had juist een onschuldige reactie gepost, waarin Beatrice een uitnodiging meende te horen.

Het was het proberen waard. Nikola had haar vriendschapsverzoek nog steeds niet geaccepteerd, maar dat weerhield Tina er niet
van haar een persoonlijk bericht te sturen:

Hallo! Moet je horen, ben jij nu in Salzburg? Dat denk ik namelijk omdat je laatst een foto van het stationsplein had gepost.
Ik woon daar immers en zou het leuk vinden je te ontmoeten.
Heb je zin om samen koffie te gaan drinken en over Rilke te
discussiëren? Groetjes, Tina.

Ze wachtte. Hoopte stiekem dat Nikola meteen op de uitnodiging
in zou gaan, maar zo zat ze kennelijk niet in elkaar. Na vijf minuten
klikte Beatrice de site weg en begon ze met tegenzin aan het verslag
dat ze over Ehrmanns dood moest schrijven.

Om drie uur belde Vogt. 'Ik heb hem op de tafel. Wilt u een eerste
indruk?'

'Heel graag.'

'Afgaand op de rectale temperatuur is hij tussen middernacht en
drie uur 's ochtends overleden. Hij heeft minstens drie flinke klappen gekregen, waarvan één hem een open schedelfractuur heeft bezorgd. De man heeft veel bloed en liquor verloren, maar wat exact
de dood heeft veroorzaakt blijkt denk ik pas tijdens een MRI.'

'Komt als dader ook een vrouw in aanmerking? Hoe zou u die
kans inschatten?'

Hij aarzelde. 'Pin me er niet op vast, maar ik zou eerder gokken
op een man. De klappen zijn met veel vaart en enorm veel kracht

toegebracht. Maar je hebt natuurlijk ook vrouwen die daartoe lichamelijk in staat zijn. Ik zou het dus niet uitsluiten.'

'Bedankt.'

'Eén ding vindt u misschien nog interessant: ik heb verwondingen aan armen en handen aangetroffen. Vier vingers zijn waarschijnlijk gebroken. Als je het mij vraagt heeft er een gevecht plaatsgevonden dat Ehrmann heeft verloren.'

Het eerste slachtoffer dat zich had verweerd? Of werd de dader minder voorzichtig? Kon het hem niet langer iets schelen dat zijn moorden geen zelfmoord meer leken?

'Bedankt, doctor Vogt. Zou u mij verder op de hoogte willen houden?'

Pas 's avonds had Beatrice tijd om haar gesprek met Ehrmann nog een keer af te luisteren. Ze zag er bijna tegen op om de afspeeltoets in te drukken. Het zou allemaal veel ominenzer klinken nu hij dood was. Als een testament. Waarschijnlijk was ze de laatste persoon geweest met wie hij, afgezien van zijn moordenaar, had gesproken.

Het was dan ook meer uit piëteit dan met een bepaald doel dat Beatrice het gesprek nog een keer in zijn geheel afspeelde. Iemands laatste woorden vooruitspoelen vond ze respectloos. Ze zat in kleermakerszit op haar versleten bank, waar ze Florins beddengoed tot een nette stapel had opgevouwen en zocht naar de verborgen betekenis van wat Ehrmann had gezegd. Hetgeen waarop ze wachtte werd pas op het laatst gezegd. Op het moment dat het tot Ehrmann begon door te dringen dat Tina Herbert hem geen geheim kon onthullen.

Het rinkelen van het bestek en het doffe klankgordijn van de gesprekken aan de naburige tafels wekten gisteravond meteen weer tot leven. Gisteren nog maar. Op Beatrice kwam het over alsof het minstens drie dagen geleden was.

Ehrmanns complimenten. De voorzichtige manier waarop hij haar polste, waarvoor ze niet was gezwicht. *Niet aan de bloedplas en zijn ingedeukte schedel denken. Concentreer je.*

Het duurde nauwelijks een uur voordat het gedeelte kwam waarvan ze hoopte dat het tot nieuwe inzichten zou leiden of op zijn minst tot een ander perspectief. Ze moest alleen begrijpen met welke woorden ze er flink naast had geschoten.

'Tina Herbert, ben je hier om mij uit de tent te lokken? Wil iemand een aantrekkelijke val voor me opzetten?'

De stoptoets. Kon dat een toespeling zijn op – hoe moest ze dat noemen? Op een tegenpartij? Was er echt een val geweest, die een paar uur later was dichtgeklapt?

Verder. De ober kwam, bood haar wijn aan die ze afsloeg, waarna ze zich weer tot Ehrmann wendde, ditmaal bot. 'Ik heb geen idee aan wat voor val jij zit te denken. Jij wilde mij per se ontmoeten, niet ik jou. En we kunnen nú een streep onder deze avond zetten en afscheid nemen.'

Hij had haar tegengehouden en de vraag gesteld waarop Beatrice geen antwoord had geweten.

'Waarom heeft Ira de foto van het tankstation gepost? En wat betekent het bijbehorende gedicht?'

Ze drukte opnieuw de stoptoets in. Spoelde terug. Luisterde het nog een keer af.

De laptop stond opengeklapt op de salontafel omdat Beatrice het moment niet wilde missen waarop Ehrmanns dood als een bom insloeg in de groep. Tot nog toe was er tot haar grote verbazing niets gebeurd.

De post met de foto van het tankstation was heel ver naar beneden gegleden, maar ze wist hem te vinden:

Patrouille
De stenen vijanden
Venster grijnst verraad
Takken wurgen
Bergen struiken bladeren ritselen
Snerpen
Dood

De foto was niet meer dan een slecht kiekje. Een vrouw was net klaar met tanken en merkte dat ze gefotografeerd werd. Het kenteken van haar zwarte Golf was goed zichtbaar – SL stond voor *Salzburg Land*, de omgeving van Salzburg, waaruit je kon opmaken dat ze uit Flachgau kwam.

Misschien was het nuttig om uit te zoeken op wiens naam de auto stond. Had Ira de foto gepost vanwege de vrouw die toevallig net bij het tankstation stond? Beatrice vergrootte de opname en bestudeerde haar gezichtsuitdrukking. Ze maakte een verbaasde, maar geen boze of geschrokken indruk. Niet alsof ze iets te verbergen had.

En dan het gedicht, in schril contrast met de alledaagse scène op de foto. Beatrice googelde het – 'Patrouille' was geschreven door August Stramm, een Duitse expressionist die jong was gestorven.

Om precies te zijn: gesneuveld. In de Eerste Wereldoorlog. Nu ze dat wist voelde ze de angst die uit al die korte regeltjes op haar af kwam.

Misschien had Ira het gedicht ook vanuit dat gevoel gepost: angst.

Stramm had er alle reden toe gehad, de oorlog had hem het leven gekost. Op Ira was dat niet van toepassing: zij was dankzij haar moeder in een vreedzaam land opgegroeid.

Beatrice sloot kort haar ogen. Dankzij een moeder die zelfmoord had gepleegd. Was het denkbaar dat Ira het had over de oorlog waarvoor Adina Sagmeister was gevlucht, een oorlog die ze misschien de rest van haar leven met zich mee had gedragen?

Ze spoelde de opname nog één keer terug. Ja, Ehrmann legde meer nadruk op de vraag naar het gedicht dan op die naar de foto. Als Beatrice had geantwoord 'omdat het over de oorlog gaat' – wie weet hoe het dan was verlopen.

Toch was de logica nog steeds zoek. Ook Pallauf en Beckendahl waren dood, terwijl zij noch hun ouders ooit bij oorlogshandelingen betrokken waren geweest. Bij Dulović wist je het niet – hij was geboren in voormalig Joegoslavië, bij hem was dat dus mogelijk. Maar volgens alles wat Beatrice had weten te achterhalen bestonden er geen raakpunten tussen hem en Adina Sagmeister.

Ze hoorde zichzelf zuchten. Ze was nog lang niet op het punt waarop het doek openging en een sluitend beeld liet zien. Beatrice liet de band verder lopen en hoorde Ehrmann antwoorden op haar vraag naar Sarah Beckendahl. Het was niet erg bemoedigend dat ook hij geen idee had hoe het meisje hierin verwikkeld was geraakt. Maar hij vond het dan weer niet verwonderlijk dat ze uitgerekend Gerald Pallauf had opgezocht, en hij beweerde daar diverse goede redenen voor te weten.

Het was om uit je vel te springen. *Was ik maar buiten mijn boekje gegaan, had ik Ehrmann maar mijn politiekaart laten zien en hem geïntimideerd. Dat zou me elke tuchtzaak waard zijn geweest.*

Het gesprek was op het punt beland waarop Ehrmann het had opgegeven om Beatrice – alias Tina – informatie te willen ontlokken. Hij wantrouwde haar, en toen ze Nikola ter sprake bracht werd het alleen maar erger. Ze zag zijn blik nog voor zich. Die bijna geamuseerd was geweest.

Maar waarom, waarom, waarom? Wat zag ze toch over het hoofd?

Nog één keer recapituleren wat ze over Ehrmann wist. Leraar, Duitser, gescheiden en daarna zo te zien single gebleven, heel sociaal betrokken…

Wacht. Daar moest ze echt nog even naar kijken. Beatrice trok de laptop dichter naar zich toe. Tina's vriendenlijst was niet lang en ze had het profiel van Dominik Ehrmann zo gevonden.

Daar. Geen relatiestatus aangegeven, maar massa's informatie over zijn vrijwilligerswerk. Hij zette zich in voor Amnesty International, Greenpeace, het wwf, de Voedselbank en voor Artsen zonder Grenzen, had inzamelingsacties op zijn school georganiseerd en was een zomer lang in Somalië geweest om te helpen bij het slaan van een put. Een 'weldoener' had Stefan hem genoemd.

Ira's oorlogsgedicht. Dominiks rechtvaardigheidsgevoel. Het was denkbaar dat Ehrmann zich ook had ingezet voor oorlogsvluchtelingen en in die hoedanigheid Adina Sagmeister was tegengekomen… vergezocht, maar niet onmogelijk. Er moest een gemeenschappelijke noemer zijn, een soort wachtwoord dat deze losse decorstukken tot één groot geheel zou samenvoegen.

Een wachtwoord. Als dat klopte, kwam er maar één ding in aanmerking.

'Panter,' mompelde Beatrice.

Ze zou het via Google proberen, en telkens weer andere decorstukken combineren. Om te beginnen 'panter' en 'oorlog'.

De eerste link bracht haar naar Wikipedia, naar de tank Panther v, die de Duitsers in de Tweede Wereldoorlog hadden ingezet. Dezelfde oorlog waarop ook de link 'Pantherstellung' betrekking had, een op bevel van Hitler opgerichte verdedigingslinie aan het oostfront. De nazi's hadden kennelijk veel affiniteit met die roofkattensoort gehad.

Ze las elke treffer helemaal door, ook al verwachtte ze er niet veel van. Daarna voegde ze een nieuw woord toe aan haar zoekopdracht.

Panter oorlog Joegoslavië

De eerste twee treffers gingen weer over tanks. Maar de derde...

Onwillekeurig hield Beatrice haar adem in. De link leidde naar een kort bericht van *Der Spiegel* uit 1993 over Duitse huurlingen in de oorlog in Joegoslavië.

Wolven, adelaars en panters
Ze zijn werkloos, hebben een strafblad en behoren vaak tot rechtsextremistische groeperingen, hoewel zelden uit politieke motieven. Op de Balkan vechten op dit moment rond de honderd Duitse huursoldaten, de meesten aan de zijde van de Kroaten. Het gaat hun niet om het geld; wat hen lokt is eerder oorlogszucht, het avontuur. Ze worden in dienst genomen door paramilitaire eenheden of sluiten zich aan bij reguliere militaire formaties. Een van hen is de vierentwintigjarige Uwe Glas uit Eschweiler, die sinds een jaar deel uitmaakt van de Kroatische Defensieraad (HVO). Hij was er bijvoorbeeld bij toen het Servische beleg van Mostar werd gebroken en de stad werd bevrijd.

In de alinea's daarna volgde een interview met Glaser, die vertelde dat hij niet van plan was nog veel langer in het oorlogsgebied te blijven. Het werd met de dag een grotere belasting voor hem. Hij kon niet meer slapen en was bang toch nog het slachtoffer te worden van een machinegeweersalvo of een landmijn.

Frank Heckler is een week geleden omgekomen, aldus Glaser. 'Hij is met zijn jeep op een landmijn gereden en had geen schijn van kans. Eerlijk gezegd zou ik graag teruggaan naar Duitsland, ook al heb ik weinig kans op werk.'

De door Glaser genoemde Heckler was nog maar drieëndertig, behoorde echter tot de huursoldaten met een lange staat van dienst op de Balkan – en tegelijkertijd tot de beruchtste. Hij had zichzelf de veelzeggende strijdnaam 'Panter' gegeven en stelde zich op hetzelfde niveau als Arkan en Leloup, ook wat betreft de ernst van zijn daden. Naar verluidt is hij betrokken geweest bij massamoorden in diverse Kroatische dorpen.

Nu pas merkte Beatrice dat ze de nagel van haar linkerwijsvinger tot op de huid had afgebeten. Daar was hij: de Panter – of in elk geval een panter. Een dode panter.

Ze ging door met het afstropen van het internet. Stuitte op nog vier berichten die de dood van deze Frank Heckler tot onderwerp hadden, de meeste met een voldane ondertoon.

Twintig jaar geleden was het. Wat maakte Heckler ineens weer zo interessant dat Nikola aldoor opnieuw met zijn strijdnaam kwam aanzetten? Ging het wel om hem of was Beatrice nu op een heel aantrekkelijk dood spoor terechtgekomen?

Dat raadsel zou ze vandaag niet meer oplossen. Ze maakte een bladwijzer van de betreffende sites. Daarna zocht ze op afbeeldingen om erachter te komen dat er hele legioenen levende Frank Hecklers bestonden, vooral in de Verenigde Staten. Een daarvan zat zelfs op Facebook, alleen was die nog maar achttien.

Tien uur 's avonds. Ze dacht erover na Florin op te bellen en hem deelgenoot te maken van haar nieuwe inzichten, maar stelde vast dat ze te moe was om hem een samenhangend verhaal te kunnen vertellen. Dan kon ze beter de televisie aanzetten, Ehrmanns dood was vast een van de items op het nieuws.

En meer dan dat. De uitzending opende met een panoramashot van de kruisigingsgroep, glanzend in de ochtendzon. 'Moord op de Kapuzinerberg', luidde de inzet. 'Vanochtend in alle vroegte deed een vrouw uit Salzburg die aan het joggen was een gruwelijke vondst,' klonk de voice-over. 'Afgelopen nacht is een eenenveertig-jarige man uit Gütersloh vlak bij het kapucijnenklooster om het leven gebracht.'

Een take van de twee mannen van de begrafenisonderneming die de aluminium kist naar hun auto droegen. Op de achtergrond twee onduidelijke gestalten, waarin Beatrice zichzelf en Boris Ribar meende te herkennen. 'Deze daad zou weleens geen roofoverval kunnen zijn, aangezien de dode al zijn waardevolle eigendommen nog bij zich droeg. De politie is nu bezig met een reconstructie van de laatste uren van het slachtoffer.'

Een take van Hoffmann, die voor het politiebureau werd geïnterviewd. 'We weten waarom de man in Salzburg was en dat hij hier persoonlijke contacten had. Daarop zullen we ons onderzoek gaan concentreren en ik ben vol vertrouwen dat we al heel gauw een concreet spoor zullen hebben. Mijn team is er vierentwintig uur per dag mee bezig.'

In de close-up werd duidelijk hoe afgemat Hoffmann eruitzag. Zijn gezicht was smal en erg grauw, zijn lippen waren gebarsten. Hij knipperde herhaaldelijk met zijn ogen en schraapte na elke zin zijn keel.

Er vierentwintig uur per dag mee bezig, dat kon je wel zeggen. Beatrice gaapte tot haar ogen ervan traanden en sleepte zichzelf naar de badkamer. Douchen, tanden poetsen en alles wat ze die dag had gedragen in de wasmand gooien.

Daarna voelde ze zich een klein beetje frisser en ze besloot voor ze naar bed ging nog even te kijken hoe het in de poëziegroep ging.

Een misrekening. Op de site verschenen elke seconde nieuwe reacties. De veroorzaker van de lawine was een post van de hoogleraar.

Peter Crontaler Ik heb zojuist vernomen dat de dode die bij ons in Salzburg op de Kapuzinerberg is gevonden Dominik Ehrmann is. Ik heb hem gisteren bij de mis voor Ira ontmoet en we hebben elkaar kort gesproken. Ik had de indruk dat hij een zeer sympathieke en buitengewoon fatsoenlijke man was. Helen en ik zijn diep geschokt door zijn dood. Vooral Helen – jullie kunnen je niet voorstellen hoe ze zich voelt. Ze heeft het er zelfs over om de groep op te heffen. En wie weet is dat ook wel een goed idee. Want hoe moeten jullie, hoe moeten wij hier nog over gedichten praten nu deze ramp alles overschaduwt?

Dat vond niemand leuk. Onder deze post ontbrak het duimpje.

Ren Ate :-((((
Phil Anthrop Ik heb er geen woorden voor. Maar ik denk dat het iedereen nu wel duidelijk is dat er iets helemaal niet pluis is.
Thomas Eibner Ik ben sprakeloos. Je zou bijna in een vloek gaan geloven.
Boris Ribar Wat vreselijk. Het was ook al op het nieuws. Het is onbegrijpelijk.
Christiane Zach Nee toch! Gisteren was hij nog samen met ons in de kerk en hebben we elkaar de hand geschud. Ik word nu echt bang. Misschien is het inderdaad maar beter dat Helen de groep opheft.
Oliver Hegenloh Ik weet niet wat ik hierover moet schrijven. Ik weet het gewoon niet. Ik heb Dominik niet persoonlijk gekend, maar het raakt me heel erg. Jullie hebben gelijk, het begint zo langzamerhand luguber te worden.
Irena Barić De dood is groot, R.I.P. Dominik.

Het gebrek aan slaap van de afgelopen nacht eiste zijn tol. Ook al had Beatrice de gebeurtenissen graag verder gevolgd, ze kon haar ogen niet langer openhouden; haar lichaam smeekte om rust. Ze klapte de laptop dicht, met het vaste voornemen de rest van de reacties morgen meteen te lezen, misschien zelfs voordat ze de kinderen wekte.

Ze lag amper languit in bed toen de slaap over haar heen kwam. Het leek wel een reusachtige, zwarte golf waaraan ze geen enkele weerstand kon bieden en waardoor alles wat zonet nog zin en samenhang had gehad begon te tollen en uit elkaar werd gerukt.

Ik geloof dat ik iets heb begrepen, en als dat geen vergissing is moet ik sneller tot actie overgaan dan ik had gedacht. Aan de rol van degene op wie gejaagd wordt ben ik niet gewend, die bevalt me niet, en ik loop het risico dat ik fouten maak. Sommige herinneringen zijn fragmentarisch, andere glashelder. Ik kon altijd al beter gezichten onthouden dan namen. Maar die ene naam brengt beelden terug waarvan ik allang afscheid had genomen. Anderen hebben dat naar het schijnt niet gedaan.

Ik probeer het allemaal bij elkaar te plaatsen. Leeftijd, geslacht, naam? Niets valt met zekerheid te zeggen. Ik wou dat Ira en ik meer tijd hadden gehad.

Tijd – het trefwoord bij uitstek. Ik heb er heel veel van nodig om alles wat noodzakelijk is voor te bereiden. De wereld is groot en zijn mogelijkheden zijn oneindig. Ook al wil ik het niet, nog een daarvan zal ik ten volle moeten benutten, maar die moet ik goed kiezen.

Die naam. Ik heb hem horen schreeuwen, telkens en telkens maar weer, waarschijnlijk staat hij me daarom nog zo helder voor de geest. Drie nachten geleden hoorde ik het gegil in mijn dromen, en voor het eerst voelde ik angst. Sindsdien vergezelt die angst mij, mijn koffie smaakt ernaar, mijn kleren ruiken ernaar.

Hoeveel mensen heb je nodig om iemand te omsingelen? Op dit moment lijkt één al voldoende.

Zestien

Ehrmann was de volgende ochtend nog steeds het belangrijkste onderwerp in het nieuws. Beatrice had de radio zo hard gezet dat die waarschijnlijk zelfs bij de buren nog te horen was, maar ze wilde niets missen. Woensdag. Achimdag. Ze pakte de slaapspullen voor de kinderen.

'Laat je tas niet in het lokaal staan als je weggaat, Mina.'

'Ík vergeet niets. Maar heb jíj dat stomme slaapkonijntje van Jakob wel ingepakt?' Ze zei het zonder ook maar één keer op te kijken; al haar aandacht was gericht op haar iPhone, waarmee ze nu roze vogels op groene varkens afschoot. 'Hij liep de vorige keer constant te zaniken omdat hij zonder zijn konijntje moest gaan slapen.'

'Pluis is niet stom,' protesteerde Jakob met zijn mond vol cornflakes.

'Mina, eet alsjeblieft je ontbijt op en berg je mobieltje weg.'

'Maar dat heb ik van papa gekregen!'

Dat was natuurlijk geen argument, maar stom genoeg had haar dochter er succes mee. Elke keer dat Beatrice kritiek op haar mobieltje leverde bracht Mina het meteen in verband met haar vader.

'Papa vindt het ook niet goed als je te laat komt. We moeten over vijf minuten de deur uit zijn, dus schiet op!'

Beatrice onderdrukte de neiging het kleine beetje tijd nog te gebruiken om een blik op Facebook te werpen. Maar nee, dat kon ze beter op het bureau doen. Om niet te hoeven zien hoe tergend langzaam Mina at controleerde ze nog een keer de inhoud van de tas. Alles zat erin, ook het konijn.

Toen ze eindelijk in de auto zaten was Beatrice alweer uitgeput. Geen probleem. Als ze Florin vertelde wat ze allemaal te weten was gekomen over de 'Panter' kreeg ze wel weer nieuwe energie.

'Een Duitse huurling die Frank Heckler heet. In augustus 1993 om het leven gekomen door een landmijn.' Ze schoof Florin de laptop toe en wijdde haar aandacht aan haar koffie, waarop het melkschuim knisperde. Misschien vond Florin haar overwegingen niet overtuigend, maar dan kon ze er tenminste met iemand anders dan zichzelf over discussiëren. Dat luchtte op.

'Als het toeval is, dan wel een heel merkwaardig toeval,' stelde hij met zachte stem vast. 'Panter, hm. Ik zal de gegevens over deze man uit Duitsland opvragen. Het is immers mogelijk dat er familieleden bestaan die op de een of andere manier bij onze zaak betrokken zijn.' Florin keek haar over het omhooggeklapte deksel van de laptop aan. 'Valt bijvoorbeeld uit te sluiten dat Dominik Ehrmann zijn neef was? We hebben meer verbanden nodig.'

'Ja.' Na de laatste slok koffie schraapte Beatrice het suikerachtige melkschuim van de bodem en de wanden van het kopje. Het smaakte hemels.

'Ik zou me kunnen voorstellen dat we nu minder problemen hebben om via een gerechtelijk bevel inzage in een paar Facebookaccounts te krijgen.'

'Klopt.' Ze pakte haar laptop weer en opende Facebook. Peter Crontalers post stond nog steeds bovenaan en er waren inmiddels honderdtwaalf reacties op gekomen. Van velen die hun ontsteltenis uitten had Beatrice de naam tot dusverre nog niet één keer gezien. Ze ging chronologisch te werk en las de reacties van gisteren nog een keer door, op zoek naar opvallende posts. Rond één uur 's nachts liet Helen voor de eerste keer van zich horen:

Helen Crontaler Ik zit al drie uur te huilen. Kan niet slapen. Waarom gebeurt dit? Ik moet aldoor aan Dominik denken. Het is zo verschrikkelijk. Ik vraag me de hele tijd af of ik het niet had kunnen voorkomen.
Phil Anthrop Je mag jezelf in geen geval verwijten maken. Dominik kwam naar Salzburg omdat hij dat zelf wilde. Jij kunt er niets aan doen dat hij dood is.

Helen Crontaler Dat zegt Peter ook de hele tijd, maar dat verandert er niets aan. Ik voel me vreselijk rot.

Daarop was een paar uur lang geen antwoord gekomen – geen wonder, iedereen moest tenslotte een keer slapen. Pas om halfzes 's ochtends had weer iemand op Helens mengeling van zelfverwijten en
zelfmedelijden gereageerd:

Christiane Zach Alsjeblieft, Helen, wees nou niet zo hard
voor jezelf. Dat zou Dominik niet gewild hebben. Ik kon vannacht ook bijna niet slapen, en ik hoop dat ze de misdadiger
die dit heeft gedaan snel vinden.

Alsjeblieft, dan had ze toch iets gemeen met Beatrice. Ze las de
thread door tot aan het eind, overtuigd van het feit dat ze dan wel
op de hoogte zou zijn. Ze ging er niet van uit dat er verder nog iets
interessants was gebeurd.
Een misrekening. Beatrice hapte naar adem. Toen ze de eerste regel van de volgende post had gelezen wist ze genoeg: Facebook zou
haar vandaag nog een hele tijd bezighouden.

Tina Herbert Mijn gedachten zijn bij Dominik Ehrmann, die
zo zinloos is gestorven. Het stemt me eindeloos verdrietig. Ik
heb hem op zijn laatste avond nog ontmoet en weet dat hij
een waardevol mens was. Vaarwel, Dominik.

👍 1 persoon vindt dit leuk

'Florin!'
Haar collega zou net de kamer uit gaan en draaide zich in de deur
nog een keer om. 'Ja?'
'Tina Herbert heeft iets gepost zonder dat ik dat weet! We zijn…
gehackt. Tenminste, dat vermoed ik. En degene die erachter zit
weet dat ik Ehrmann heb ontmoet.'

Florin boog zich van achteren over haar schouders; Beatrice voelde zijn adem op haar wang.

'Ik weet zeker dat ik dat niet heb geschreven,' zei ze om de vraag voor te zijn die hij waarschijnlijk helemaal niet gesteld zou hebben.

'Oké.' Hij richtte zich op. 'Ik stuur meteen Stefan bij je langs. Geen overhaaste reacties, akkoord?'

Ze vertrok haar mond tot een scheve glimlach. 'Maak je geen zorgen. Ik zal niet ongeremd uiting geven aan mijn verontwaardiging over de schending van Tina's privacy.' Toen Florin de kamer uit was las Beatrice de eindeloze reeks reacties, waarin ongeloof overheerste.

Christiane Zach Als jij belangrijk wilt doen, Tina, dan is dit het verkeerde moment. Dominik kan je niet meer tegenspreken, hè?

Thomas Eibner Op mij komt dit ook over als gewichtigdoenerij. Er is iemand overleden en het zou voldoende geweest als je je ontsteltenis onder Peters post had geuit, zoals de rest van ons.

Caram Ba Laat haar toch. Als ze hier nou behoefte aan heeft. Ze doet er immers niemand kwaad mee.

Ivonne Bauer Ik vind het storend, die verwijzing naar de ontmoeting. Ze gedraagt zich al zo eigenaardig sinds ze hier geregistreerd is. Kijk maar uit dat je jezelf niet verdacht maakt, Tina. Ik weet zeker dat de politie graag met je zou praten.

Nikola DVD Lijkt wel een dans, de cirkel wordt gesloten waarin verdoofd een grote wilskracht staat.

Ren Ate Nikola, jij en Tina, jullie zijn echt gek. Helen zou jullie uit de groep moeten gooien.

Tina Herbert Jammer dat je beledigend wordt, Renate. Dat zijn wij tegenover jou ook niet. De allerkleinste kringen worden steeds kleiner en binnenkort zullen we zien wie er in het midden staat.

'Klop, klop. Mag ik binnenkomen?'

'Hallo, Stefan. Ja, natuurlijk. Kom hier eens naar kijken.' Ze schoof opzij om plek voor hem te maken. 'Wil je koffie? Misschien kun je wel een kopje gebruiken.'

'O, ja. Graag. Een dubbele, zwart met veel suiker.'

Ze hoorde hem krachttermen uiten terwijl het apparaat zoemende en gorgelende geluiden maakte.

'Shit. Fuck. Iemand is net zo slim geweest als wij. Niet dat dat hier zo'n enorme prestatie is, maar toch... Alleen heeft hij het wachtwoord niet veranderd. Dat zou ik als ik hem was wel hebben gedaan, om te voorkomen dat de echte bezitter van het account me in de wielen zou rijden.'

Beatrice deed veel suiker in de koffie en zette het kopje voor Stefan neer. 'Hebben we een kans om erachter te komen wie dit heeft geflikt?'

'Eens kijken. We zouden het wachtwoord kunnen veranderen, dan staat Tina de Tweede voorlopig voor een dichte deur. Of met de veiligheidsinstellingen kunnen spelen, zodat er altijd om een code wordt gevraagd als iemand vanaf een andere machine toegang wil tot het account. Die code hebben alleen wij; dat zou ook een manier zijn om de hacker voorlopig te stoppen.'

Hij hield zijn hoofd schuin en keek haar trouwhartig aan. 'Maar willen we dat?'

Nee, eigenlijk niet. Wie het ook was die zich haar account wederrechtelijk had toegeëigend, hij zou daar zijn redenen voor hebben – en die redenen wilde zij doorgronden.

'Laat het maar zoals het is. Ik wil weten of er nog iets komt.'

'Oké. Maar we kunnen in elk geval wat onderzoek naar de hacker doen.' Stefan ging naar de veiligheidsinstellingen van het account en klikte op *Actieve sessies*.

Er verscheen een kort lijstje:

Huidige sessie
Locatie: Salzburg, 4, AT (ongeveer)
Apparaattype: Firefox op Windows 7

'Dat zijn wij, nu, op dit moment,' legde Stefan uit. 'Klopt allemaal. Het land, de plaats, de browser. En als je met het muishandje over het woord Salzburg gaat...' – hij deed het – 'laat de site je je huidige IP zien. Het internetadres waarmee je provider je kan identificeren.'

'Ik weet nog hoe dat gaat.' Beatrice onderbrak hem.

'Des te beter. Kijk dan nu eens hier.' Hij wees op het onderste gedeelte van de tekst. 'Daar zie je waar en hoe de login daarvóór heeft plaatsgevonden:

Laatste verbinding: vandaag om 2.36
Plaats: Salzburg, 9, AT (ongeveer)
Apparaattype: Explorer op Windows 7

Stefan gleed met het muishandje weer over de plaatsaanduiding. 'Ik heb zo'n vermoeden dat jij afgelopen nacht niet via Internet Explorer op Facebook hebt rondgeneusd, toch? Dus denk ik dat we hier onze grote onbekende hebben. Hij houdt zich op in Salzburg. Hij surft met een computer, niet met een mobieltje, anders was er als besturingssysteem waarschijnlijk Android of ios aangegeven. En last but not least weten we nu zijn IP-adres, en daarmee hebben we ook zijn provider en kunnen we hem-we hem, paf!, identificeren.'

Stefan klapte in zijn handen en stak ze daarna triomfantelijk omhoog.

'Maar dat is immers verontrustend eenvoudig,' mompelde Beatrice terwijl Stefan een nieuw browservenster opende en www.meinwhois.de in het adresvenster typte.

Informatie over IP-adressen en domeinnamen, luidde de kop.

Wilt u weten welke gegevens er bij een bepaald IP-adres horen, vul dan het betreffende IP-adres op het volgende formulier in en stuur het a.u.b. op.

'Dat gaan we nu doen,' kondigde Stefan aan. Hij kopieerde het nummer in het veld en klikte op *gegevens opvragen.*

Binnen een paar seconden rolde het resultaat eruit, een hele ris afkortingen en getallen waar Beatrice geen wijs uit kon worden.

Information related to	'89.144-192.0-89.144.223.255'
inetnum:	89.144-192.0-89.144.223.255
netnam:	MOBILKOM-MOBILEPOOLS3
descr:	MobilePools
country:	AT
admin-c:	MKAD1-RIPE
tech-c:	MKTC1-RIPE
status:	MOBILKOM-MNT
mnt-by:	MOBILKOM-MNT
mnt-lower:	MOBILKOM-MNT
mnt-routes:	MOBILKOM-MNT
source:	RIPE « Filtered

'Geweldig. En nu?'

'Nu weten we dat onze hacker via een account van Mobilcom op internet gaat en kunnen we bij dat bedrijf naar zijn naam informeren.' Hij zuchtte. 'Maar dan moeten we wel geluk hebben. Als het een prepaidkaart is kan die volledig anoniem zijn. Die kun je inclusief datastick in elke elektronicawinkel kopen.'

Positief denken. Beatrice hoopte nu maar dat de hacker dacht dat Tina Herbert een technische onbenul was en dat ze hem niet aan de hand van zijn IP-adres zou kunnen ontmaskeren – wat haar zonder de hulp van Stefan inderdaad niet zou lukken.

'We gaan het natuurlijk proberen. En ondertussen laten we Tina de Tweede eerst haar gang gaan. Ik hoop alleen dat ze het wachtwoord niet verandert.'

Stefan grijnsde bijna van oor tot oor. 'Als dat gebeurt hacken we gewoon onszelf.'

De hele ochtend keek Beatrice telkens weer naar de geopende Facebooksite, maar de post van haar alter ego gleed steeds verder naar beneden, terwijl het reacties regende op die van Peter Crontaler.

Op een gegeven moment kwam Drasche binnenvallen. 'Het moordwapen is een stuk van een smeedijzeren hek dat niet zo lang geleden is gerenoveerd. Ik vermoed dat ze de staaf hadden vergeten en dat die daar gewoon lag.'

Florin, die een halfuur geleden weer was teruggekomen en sinds-dien helemaal opging in het bestuderen van berichten en foto's, wis-selde een blik met Beatrice. 'Dat is interessant, Gerd. Denk je dat de daad in een opwelling is begaan?'

'Ik denk van wel. Ook omdat ik een hele serie prachtige vingeraf-drukken heb gevonden die we net door de databank halen. De da-der heeft weliswaar geprobeerd ze af te vegen, maar daarbij nieuwe gemaakt – geen beroeps. Theoretisch is het zelfs denkbaar dat hij uit noodweer heeft gehandeld. Ehrmann valt hem aan en duwt hem om. Op de tast vind hij de staaf, hij slaat zijn tegenstander neer en in zijn angst ranselt hij er flink op los. Dan ziet hij wat hij heeft aange-richt, raakt in paniek, probeert het ijzeren ding af te wissen terwijl hij wegrent en trapt in de hondenpoep. Hij verstopt de staaf op de eerste de beste plek, veegt zijn schoenen af aan een andere kapel en verdwijnt in de nachtelijke stad.' Drasche keek van de een naar de ander. Kennelijk wachtte hij op instemming.

'Het zou een mogelijkheid kunnen zijn,' haastte Beatrice zich te zeggen. 'Past alleen helemaal niet bij de andere sterfgevallen, waar-aan zo handig het karakter van een zelfmoord gegeven was. Daar was geen wapen, behalve dat van Pallauf; geen vingerafdruk, behal-ve die van Pallauf; en geen getuigen en geen sporen te vinden.'

Drasche sloeg zijn armen over elkaar. 'Ik kan me ook niet herin-neren dat ik heb beweerd dat Ehrmann het slachtoffer van dezelfde dader is geworden als de anderen. Is de gedachte nog niet bij jullie opgekomen dat het weleens omgekeerd zou kunnen zijn? Dat de vent met de staaf de eerste was die zich succesvol tegen zijn aanval-ler heeft verdedigd?'

Ehrmann als moordenaar van Sarah Beckendahl, Gerald Pallauf, Rajko Dulović en Ira Sagmeister. Nadat Drasche weer was gegaan, zichtbaar genietend van het effect van zijn mededeling, onderzocht Beatrice de houdbaarheid van zijn stelling. Het klonk natuurlijk verleidelijk. Ook Florin had Ehrmann voor geen cent vertrouwd, dat was meer dan duidelijk geweest toen zij als Tina met hem uit eten was gegaan.

Je kon aan iemands gezicht niet zien waartoe hij in staat was. En toch lukte het Beatrice niet om haar persoonlijke indruk van Dominik Ehrmann te laten versmelten met haar beeld van de persoon die Ira voor een rijdende trein moest hebben geduwd.

Resoluut belde Beatrice het politiebureau in Gütersloh op. Ze hing tien minuten in de wacht tot ze de collega aan de lijn kreeg die zich bezighield met het onderzoek naar de contacten van Ehrmann. Een vrouw, stelde ze verheugd vast.

'Goedemorgen, met Maike Bansch.'

'Met Beatrice Kaspary, recherche Salzburg. Kan goed zijn dat mijn naam u niets zegt, maar ik was erbij toen Dominik Ehrmann gisteren werd gevonden. Ik moet een paar dingen controleren en u zou mij daarbij heel erg kunnen helpen.'

'Graag.' De stem van Bansch was sympathiek en hees; tegelijkertijd meende Beatrice er dezelfde matheid in te horen die ze zelf voelde als ze al een berg werk voor zich had en iemand anders er nog een schepje bovenop deed.

'Het is vast niet veel extra moeite,' haastte ze zich te zeggen. 'U bent waarschijnlijk toch al bezig met een onderzoek naar de contacten van Dominik Ehrmann. Misschien zou u daarbij drie gegevens voor mij kunnen controleren.' Ze noemde Bansch de dagen waarop Gerald Pallauf, Rajko Dulović en Ira Sagmeister waren overleden en gaf voor alle drie het globale tijdstip van overlijden.

'Ik wil graag kunnen uitsluiten dat Dominik Ehrmann rechtstreeks iets met die moorden te maken heeft.'

'U wilt een postuum alibi?'

'Precies. U heeft onze verslagen over de zaken vast al gekregen, daarin is alle kennis die we nu hebben vermeld.'

Het ritselde aan de andere kant van de lijn. 'Die Facebookzaak, heftig. Ik ben me net aan het inlezen. Oké, dat met de tijdstippen ga ik uitzoeken. Je moet rekening houden met zeven uur rijden heen en zeven uur terug, toch?'

'Precies.'

Beatrice gaf Maike Bansch de tijd om alles te noteren en laadde ondertussen de Facebookpagina opnieuw. Er waren reacties bij gekomen en een post…

'U heeft het op dit moment heel druk, hè?'

Beatrice schoot in de lach. 'Dat kun je wel zeggen. Voor u vast ook een bekende situatie?'

'Ik bén die situatie.'

Ze lachten allebei, wat een bevrijdend gevoel gaf. Alsof voor het eerst iemand zich helemaal kon inleven in Beatrices leven. Jammer dat Bansch te ver weg woonde om spontaan een kop koffie met haar te gaan drinken.

Bijna automatisch drukte ze op de F5-toets om de pagina opnieuw te laden. Ze kneep haar ogen dicht. Een post die ze nog niet kende.

'Sorry, ik moet ophangen. U neemt contact op als u meer weet?'

'Doe ik. Vanmiddag heb ik een afspraak op de school van Ehrmann, morgen ga ik met zijn ex-vrouw praten.'

'Klinkt goed. Tot binnenkort.' Beatrice hing op en trok de laptop naar zich toe.

Tina Herbert Wisten jullie dat Ira grootse plannen had? Zij en ik speelden onder één hoedje. Nu ga ik ons project beëindigen, alleen. En op mijn manier. Vaarwel, Ira. Wat ik van plan ben zou jou slechts tot op zekere hoogte bevallen, maar ik beloof je dat het ook in jouw geest zou zijn.

Oliver Hegenloh Kun je ophouden met dat eerbiedloze, cryptische geklets? Je bent weerzinwekkend.

Irena Barić Stuur me alsjeblieft een privébericht. Ik wil graag weten wie je bent.

Oliver Hegenloh Dat kan ik je vertellen, Irena. Mensen als Tina zijn de vampiers van internet. Ze leven van de ellende van anderen en bedelen ten koste van hen om aandacht. Ira is dood en kan zich er niet meer tegen verdedigen dat jij beweert met haar onder één hoedje te spelen. Verdomme nog aan toe, Tina.

Phil Anthrop Don't feed the trolls, Oliver. Zo speel je haar alleen maar in de kaart.

Christiane Zach Waarom winden jullie je zo op? Als Tina bevriend was met Ira, dan kan ze dat hier toch vertellen?

Beatrice pakte de telefoon. Zoals de situatie zich nu ontwikkelde was het niet onwaarschijnlijk dat Helen Crontaler, zodra ze de discussie onder ogen kreeg, Tina eruit zou gooien.

'Crontaler.' Haar man nam op.

'Met Beatrice Kaspary van de recherche. Zou u me uw vrouw kunnen geven?'

'Ik...' Hij aarzelde. 'Weet u, het gaat niet goed met haar. Ik heb vandaag mijn college afgezegd om voor haar te zorgen. Ze is enorm aangedaan door de sterfgevallen in de poëziegroep.'

'Is ze online en leest ze wat er geschreven wordt?'

'Op dit moment niet. Ik heb haar beloofd dat ik ondertussen kijk of alles in orde is. Ik wil dat ze afstand neemt, weet u.'

Even was Beatrice bijna jaloers. Het was vast een fijn gevoel om in een crisissituatie iemand als Peter Crontaler naast je te hebben. Mits zijn bezorgdheid oprecht was en niet alleen bestemd voor de buitenwereld.

'Oké. Dan richt ik mijn verzoek nu tot u. Op dit moment gaan ze behoorlijk tegen elkaar tekeer in de groep. De meesten zijn het niet eens met wat Tina Herbert post. We willen haar echter graag observeren. Het zou kunnen dat ze iets weet. Zou u haar willen laten doorgaan met schrijven?'

Hij schraapte zijn keel. 'Tina Herbert, zei u?'

'Ja.'

'Natuurlijk. Ik zal me er niet mee bemoeien. Alleen als de toon onacceptabel wordt, dan wijs ik op Helens verzwakte toestand. Dat moet voldoende zijn – de meeste leden van onze groep kenmerken zich door tact.'

En vooral een daarvan, had Beatrice bijna gezegd.

'Bedankt. Ik waardeer uw hulp heel erg.'

'Maar dat spreekt toch vanzelf. Neemt u alstublieft weer contact op als u iets nodig hebt.'

Na het gesprek telde de thread van Tina Herbert maar liefst 48 reacties. En verbazingwekkend genoeg drie 'vind ik leuks'. Een daarvan kwam van Nikola DVD, die verder geen commentaar had geleverd.

Gloria Lähr Ik wil me tot Oliver richten, wie Tina's post zo tegen de borst stuit. Ik begrijp je gevoel, maar hou er rekening mee dat het er vanuit Tina's perspectief heel anders uit kan zien. Misschien wil ze helemaal geen aandacht, maar heeft ze gewoon de behoefte over Ira te praten. Wie weet heeft ze verder niemand met wie ze dat kan.

Dat was de psycholoog die zich had uitgelaten over Ira's toestand toen de groep ernaar giste of haar iets was overkomen. Nu was het Lähr kennelijk gelukt de gemoederen tot bedaren te brengen – de reacties die daarna volgden waren duidelijk vergevensgezinder. Tina liet niet meer van zich horen.

'Hier hebben we onze Panter.' Florin legde een groene map op tafel en sloeg die open. 'De Duitse instanties zijn vlot. Er is best wat informatie over Heckler. Soms is die tegenstrijdig, maar het is voldoende om je een beeld te vormen.'

Op de eerste pagina een korrelige zwart-witfoto; een man met een mager gezicht, een baard en lang haar keek Beatrice aan. Hij vertoonde geen zodanige gelijkenis met Ehrmann of Dulović dat je de conclusie kon trekken dat ze familie waren. En hij leek al helemaal niet op Pallauf.

Frank Heckler, geb. 17-2-1960, overl. 18-8-1993.

Ze bladerde verder. De man had een uitgebreide militaire opleiding gehad, die kennelijk van kindsbeen voor hem was uitgestippeld. Zijn vader had vele onderscheidingen ontvangen, maar was met slechts één been uit de Tweede Wereldoorlog teruggekeerd. Frank Heckler had eerst bij de Duitse Bundeswehr en daarna bij de Belgische paracommando's gediend. Na die opleiding was hij teruggekeerd naar de Bundeswehr, maar in 1983 was zijn dienstverband beëindigd. De reden voor zijn ontslag viel in het dossier niet te vinden.

Daarna ging het spoor verloren, tot Heckler aan het begin van de jaren negentig weer opdook in voormalige Joegoslavië, waar hij door zijn capaciteiten als militair pijlsnel carrière maakte en terechtkwam aan de top van een paramilitaire eenheid, die ressorteerde onder de Servische geheime dienst en samenwerkte met het Joegoslavische volksleger. Hij nam de strijdnaam 'Panter' aan, waarmee hij niet alleen verwees naar het dier, maar ook naar de tanks van het bataljon waarover zijn vader in de Tweede Wereldoorlog het bevel had gevoerd.

'Hecklers paramilitaire eenheid maakte zich tijdens de oorlog in Joegoslavië vooral in Kroatië schuldig aan massamoorden, verkrachtingen, mishandelingen en martelingen, alsmede aan deportaties,' las Beatrice voor. 'Op 18 augustus kwam Frank Heckler samen met twee van zijn volgelingen om het leven toen zijn jeep in de buurt van Slunj op een landmijn reed.' Ze sloeg de bladzijde om. 'Er is zelfs een foto van de jeep. Compleet met de stoffelijke resten. Krankzinnig.'

'Zeg dat wel.' Florin pulkte aan zijn onderlip. 'Voor zover ik heb kunnen ontdekken geen naaste verwanten die nog in leven zijn. Zijn ouders zijn allang dood. Broers en zussen had hij niet en Heckler is ook nooit getrouwd geweest.'

Niemand die je kon vragen of iemand zich de laatste tijd speciaal had geïnteresseerd voor Heckler – voor een paramilitair die al twintig jaar dood was. Was het denkbaar dat hij alleen als symbool diende? Maar waarvoor? Voor wie?

Beatrice pakte een blaadje en tekende er drie cirkels op, één voor elke persoon die naar voormalig Joegoslavië verwees:

Frank Heckler
Rajko Dulović
Adina Sagmeister

Ze schreef de namen in de cirkels en merkte dat de tekening een goede weergave was van hoe de situatie op haar overkwam. Elke persoon zat op zijn of haar eigen eiland. Er was misschien een verband, die kans was zelfs groot, maar soms bleken omstandigheden als deze, die erom schreeuwden als een spoor te worden beschouwd, blind toeval. Je stopte er eindeloos veel energie in voor je het accepteerde zoals het was.

Ze besloot de stukken over Adina Sagmeister nog een keer door te nemen. Het was niet uitgesloten dat Heckler en zij elkaar aan het begin van de oorlog hadden ontmoet en…

De deur vloog open en Stefan stormde binnen met een nogal sensatiebeluste gratis krant in zijn hand. 'De editie van morgen. Nu hebben we de ellende.'

FACEBOOK BRENGT DE DOOD, luidde de kop. Eronder een foto van Ehrmanns kist, op de achtergrond de drie kruizen in de ochtendzon. Verder waren er foto's van Ira Sagmeister en Gerald Pallauf.

'Jeetjemina,' mompelde Beatrice.

Een serie gewelddadige sterfgevallen in Salzburg schijnt eindelijk een gemeenschappelijke noemer te hebben: alle slachtoffers kenden elkaar via Facebook. De andere gebruikers zijn doodsbang. 'Een paar hebben het over een vloek,' zegt een vrouwelijke insidebron. 'Ik durf bijna niet meer in te loggen.'

Leek het aanvankelijk nog om een golf van zelfmoorden in de stad Salzburg te gaan (een ervan in combinatie met een moord in de relationele sfeer waarvan wij verslag hebben gedaan), nu begint er langzamerhand twijfel te rijzen onder degenen die de betrokkenen kenden. 'Het laatste sterfgeval was stellig geen zelfmoord,' aldus onze insidebron. 'Ik denk dat iemand ons van het leven wil beroven. Zulke krankzinnige seriemoordenaars kenden we tot nog toe alleen uit Amerikaanse films – en nu is er bij ons zo iemand actief.'

Onder het artikel stond een onbekende afkorting, maar Beatrice wist precies wie er in werkelijkheid achter zat. 'Ik vermóórd die Ribar nog,' zei Beatrice, en ze gaf de krant door aan Florin. 'Hij heeft ons beloofd dat hij zijn bek zou houden en nu is zijn geduld op. Verdomme nog aan toe.' Ze vond het mobiele nummer van de journalist en toetste het in. Hij nam na drie keer overgaan op.

'Ja?'

'Meneer Ribar? Met Beatrice Kaspary van de recherche, weet u nog?'

'Natuurlijk.'

'Nou, mooi. Maar wat wij hebben afgesproken, dat weet u niet meer? Dat u niets schrijft wat de zaak en Facebook met elkaar in verband brengt? Voor ons is dat geen grap, ons werk wordt hier heel wat lastiger door.'

Ze was steeds harder gaan praten, ook omdat ze zichzelf moest inhouden om hem niet uit te schelden.

'Ik weet totaal niet waarover u het hebt.' Ribar klonk alsof hij het echt niet wist. 'Ik heb geen woord over Facebook geschreven. U mag het artikel over Ehrmanns dood natuurlijk zien, het verschijnt in de avonduitgave van de *Kurier*.'

Ze beet op haar lippen. Oké, haar telefoontje was overhaast geweest. Maar toch.

'Ik lever regelmatig verhalen uit Salzburg aan landelijke bladen,' legde Ribar uit. 'U mag dat bij de hoofdredactie navragen, die zullen dat bevestigen.'

'Nee, is al goed. Sorry, maar uw naam schoot me meteen te binnen toen ik de kop zag.'

'Maar hoe luidt die dan?'

'Facebook brengt de dood. Kolossaal groot, en u kunt vast wel raden welke krant dat heeft geschreven.'

Hij zweeg een paar tellen. 'Ja. Maar het is niet van mijn hand.'

Ze hoorde duidelijk dat het hem ergerde. Hij onderzocht het verhaal immers al weken. Maar zijn frustratie was nu Beatrices probleem niet. 'Enig idee waar iets uitgelekt zou kunnen zijn?'

Hij schoot in de lach. 'Mijn hemel! Overal. Elk lid van de groep kan naar de pers zijn gestapt. Tot voor kort betrof het immers alleen zelfmoorden, maar een echte moord werpt een heel ander licht op de zaak.'

Op de achtergrond begon een klein kind te huilen, eerst schel, toen gedempt. Ribar dekte het microfoontje kennelijk af met zijn hand, maar toch hoorde Beatrice hem liefdevol op het kind inpraten, dat meteen kalmeerde.

'Ik kan me goed voorstellen dat mijn collega blij was toen iemand contact met hem opnam over het Facebookverhaal,' vervolgde hij, nadat het huilen was verstomd. 'Als ik hem was zou ik dat ook zijn geweest. Het is een goed verhaal, zelfs al zou er maar een piepklein stukje van waar blijken te zijn. En als u een tip wilt: volgens mij was het een van die gebruikelijke kletstantes. Christiane Zach, Ren Ate – of zelfs Helen Crontaler zelf.' Ook Beatrice achtte Crontaler tot zoiets in staat, al leek het niks voor haar om naar een krantje met zo'n twijfelachtige reputatie te stappen. Al met al maakte het niets uit, het kwaad was geschied.

'Het spijt me, meneer Ribar, dat ik u ten onrechte heb beschuldigd. Maar zoals ik zei, uw naam was de eerste die me te binnen schoot.'

'Dat begrijp ik.' Hij zei het nadrukkelijk beleefd en Beatrice vermoedde dat achter die façade heel wat woede verscholen ging. 'Heeft u dan al een spoor? Als ik de informatie een paar uur vóór de rest van de pers zou kunnen krijgen…'

'Sorry, dat gaat niet. Ik ben daartoe niet bevoegd.' Hoffmann zou haar levend villen als ze zomaar uit de school klapte.

'Tja. Dan valt er niets aan te doen.' Ribar hing op.

'Journalistiek beroepsrisico,' luidde Florins enige commentaar toen Beatrice hem beschreef hoe het gesprek was verlopen. 'Misschien belonen we hem de volgende keer met een paar extra details, als dank voor zijn medewerking.'

De auto van de tankende vrouw op Ira's foto was geregistreerd op naam van Margarete Hartl, geboren in 1967. Beatrice vroeg Bechner bij Hartl langs te gaan om te controleren of zij de gefotografeerde vrouw was. 'En als dat zo blijkt te zijn, vraag haar dan of ze zich de dag nog kan herinneren, of de namen van onze slachtoffers haar iets zeggen enzovoorts. Zo nee, dan willen we graag weten wie haar auto vol heeft getankt.'

'Ik vind het heerlijk als jullie mij van die vanzelfsprekende opdrachten geven,' snauwde Bechner. 'Controlfreak,' hoorden ze hem nog net mompelen op het moment dat hij de deur dichtknalde.

'Probeer eens wat meer aan hem over te laten,' grinnikte Florin zonder op te kijken van het autopsierapport van Ehrmann.

'Ik wil er alleen maar zeker van zijn dat hij met de resultaten terugkomt die we nodig hebben. Waarom reageert hij ook altijd zo lichtgeraakt? Ik ben zelf juist altijd blij als iemand anders mijn werk nog een keer checkt en met me meedenkt voordat ik iets ga doen.'

'Ja, hoor. Vooral als Hoffmann dat doet.'

Gespeeld nijdig gooide ze een pen naar zijn hoofd, die hem net miste, maar alleen omdat hij zich over de tafel boog om zijn mobieltje te pakken. 'Gnossienne Nr. 1' van Satie. Anneke.

'Moet ik de kamer uit gaan?' Beatrice was al halverwege de deur, maar Florin schudde zijn hoofd en drukte het gesprek weg.

'Dit is niet het juiste moment voor privézaken.'

'Oké.' Ze ging zitten en keek hem niet aan, omdat ze wist dat ze een onderzoekende blik niet zou kunnen onderdrukken. Dus concentreerde ze zich op Facebook, waar het artikel natuurlijk al door iemand was ingescand en gepost. De dichtende verpleegster Christiane Zach, van wie Ribar vermoedde dat ze de pers had geïnformeerd.

Het zou kunnen kloppen. Dan had ze op hete kolen zitten wachten tot het blad eindelijk uitkwam en ze het aan iedereen kon laten zien...

Ze konden haar niet eens verwijten maken, want niemand had

Zach tot nog toe uitdrukkelijke voorschriften voor de omgang met de pers gegeven. Hoe luidde het citaat in het artikel ook alweer? Ik durf bijna niet meer in te loggen. Hoezo!

Peter Crontaler Wie van jullie heeft met journalisten gesproken? Zonder het eerst aan Helen en mij te vragen! Dat is een enorme schending van ons vertrouwen. Ik hoop dat de politie niet denkt dat wij het waren, want we hadden de afspraak gemaakt om discreet te zijn.

Phil Anthrop Het was toch duidelijk dat iemand op een gegeven moment zou rondbazuinen wat er in de groep allemaal aan de hand is.

Peter Crontaler Ik wil echt weten wie het was en wat hij of zij verder nog aan de grote klok heeft gehangen. We zijn niet voor niets een gesloten groep! Ik ben ernstig teleurgesteld.

Vervolgens bezwoeren heel wat mensen dat zij het niet waren geweest. Christiane Zach hulde zich in een zwijgen dat op Beatrice een nogal beteuterde indruk maakte – voor zover je dat in cyberspace kon inschatten. In elk geval maakte ze geen woord meer vuil aan het artikel.

'Misschien moeten we haar een bezoekje brengen als ze zo mededeelzaam is,' stelde Beatrice voor. 'Kletstantes zijn meestal goed in observeren, want dat levert gespreksstof op. En ze zitten er niet graag naast.'

'Maar ze hebben er ook geen problemen mee om andermans tijd te verdoen,' bracht Florin ertegen in. 'Ik heb haar na de uitvaartmis voor Ira ondervraagd, en ik heb zelden iemand ontmoet die zichzelf zo graag hoort praten. Als Zach ook maar de geringste verdenking zou koesteren stond ze hier allang voor de deur om ons te imponeren met haar alle conclusies die ze had weten te trekken.'

Ja. Waarschijnlijk wel. Toch zocht Beatrice uit wat het adres van de verpleegster was en vroeg ze in het ziekenhuis naar de afdeling waar ze werkte. Als ze geen veelbelovender sporen hadden, was dit hier beter dan niets.

Kort voor het einde van de dag stak Drasche zijn wrevelige hoofd om de deur. 'Geen treffers in de vingerafdrukkendatabase. De dader lijkt een onbeschreven blad. Ik vind dat wel logisch, want we hebben hier vast niet met een beroeps te maken.' Hij geeuwde uitvoerig en zonder zijn hand voor zijn mond te doen. 'Reden tot vreugde, eigenlijk. Amateurtjes vatten jullie toch altijd in no time in hun kraag?'

'Heel grappig, Gerd.' Florin pakte weer zijn mobieltje om opnieuw een telefoontje van Anneke weg te drukken.

Waarom werd Beatrice daar nou zo nerveus van? Ze begreep het pas toen ze naar haar eigen mobieltje keek. Was het denkbaar dat Anneke haar in geval van nood zou opbellen om haar te vragen haar mobieltje aan Florin te geven?

Dan is het onderwerp tenminste ter tafel gebracht en kan ik me er officieel over verbazen dat zij mijn nummer heeft.

Maar Beatrices mobieltje bleef stil.

De eerste avond sinds lange tijd die ze helemaal voor zichzelf had. Beatrice liep de stapel met dvd's door die zich naast de televisie ophoopte. Ze kocht telkens weer films en televisieseries, omdat ze bijna elke uitzending miste. Een grote voorraad, bestemd voor avonden als deze. Waarom was er in de hele stapel niets te vinden waar ze zin in had?

Want het was de laptop die haar lokte. Alweer. Alsof het gevaar dreigde dat de dader zich pontificaal bekend zou maken zodra Beatrice een keer offline was.

En misschien hoefde ze immers alleen maar snel een paar blikken op de nieuwe posts van de gedichtenfans te werpen om daarna gerustgesteld achterover te kunnen leunen.

Maar ditmaal niet als Tina Herbert. Ze zou haar virtuele dubbelgangster niet dwarsbomen. Maar ze had de toegangsgegevens van Gerald Pallauf nog – wie weet, misschien had iemand een nieuw bericht op zijn prikbord achtergelaten. Of hem een privébericht gestuurd.

Ze logde in, vergewiste zich er meteen van dat het account op 'off-line' stond en las de statusmeldingen door die anderen op de tijdlijn van Pallauf hadden achtergelaten.

Veel waren het er niet. Een paar aarzelende 'waarom toch'-reacties, een aantal beledigingen ('perverse moordenaar, ik hoop dat je brandt in de hel'), een sporadisch verdrietig afscheidswoord. Tweemaal 'Ik geloof niet dat jij dat echt hebt gedaan'. Maar de laatste van die posts waren al vier dagen oud; sindsdien was hier niemand meer verzeild geraakt.

Beatrice ging naar de poëziesite, waar het krantenartikel nog steeds veel deining veroorzaakte. Helen Crontaler liet met huilerige teksten weer van zich horen: ze kon er niet meer tegen. Al die verantwoordelijkheid die op haar schouders rustte. En dan viel iemand haar in de rug aan door de groep in een sensatieblaadje verdacht te maken.

Terwijl 'Poëzie leeft' in het artikel met geen woord was genoemd, zoals ook Oliver Hegenloh meteen benadrukte.

Ze waren alleen maar aan het bekvechten, het was niet erg interessant. De nep-Tina had zich de hele avond niet meer laten horen. Zou ze zich afvragen wat er in de echte Tina omging? Waarom die zich er nog niet over had beklaagd dat iemand in haar naam haar account gebruikte?

Beatrice vond het nietszeggende gekibbel en Helens zelfmedelijden zonde van haar avond. Dan kon ze beter uitloggen. Ze klikte terug naar Pallaufs profiel en keek bezorgd naar het ronde, stralende gezicht op de foto. Ze moest ineens weer denken aan haar gesprek met Ehrmann, aan haar poging om erachter te komen of hij wist wat Pallauf en Beckendahl had verbonden. Waarom Sarah uitgerekend bij Gerald haar toevlucht had gezocht, zonder hem te kennen.

Nou, ik zou daarvoor minstens één goede reden weten. Beatrice herinnerde zich nog precies hoe verbaasd en argwanend Ehrmann had gekeken toen hij dat had gezegd.

Was de reden die hij bedoelde misschien op de tijdlijn van Pallauf te vinden?

Om dat vast te stellen moest ze weer aan het werk. Gerald Pallauf was een enthousiast gebruiker van Facebook geweest: drie tot vier statusmeldingen per dag waren geen uitzondering. Beatrice klikte en las, klikte en las. Het betrof computerspelletjes, films, grappige citaten. Niets wat een reden had kunnen zijn voor Sarah Beckendahl om hem als gastheer uit te kiezen.

Maar ze waren immers ook niet bevriend geweest.

Dat betekende dat Ehrmann verwees naar iets wat binnen de groep had plaatsgevonden.

Minstens één goede reden. Beatrice ging weer terug naar de poëziesite, op zoek naar Pallaufs posts en reacties. Dat was een inspannend karweitje en ze had het gevoel dat ze het al eens eerder had gedaan. De posts van de zomer. Van de voorzomer. Van het voorjaar. Overal waar Pallaufs gezicht opdook las Beatrice de hele post, alle reacties. Opnieuw probeerde ze in de gedichten die hij uitkoos een patroon te vinden. Tevergeefs.

'Ik begrijp het gewoon niet,' zei ze zachtjes tegen zichzelf, en ze wierp een blik op de klok. Super, alweer bijna elf uur. Een hele avond verknoeid.

De posts van afgelopen winter, vergezeld van allemaal sneeuwfoto's. Ergens ertussen Pallaufs foto van de kerstmarkt en het gedicht van Theodor Storm.

Wacht even! Had niet een paar dagen later 'Een wit kasteel in witte eenzaamheid' moeten volgen?

Beatrice zocht december, januari en februari af. Ze wist zeker dat Pallaufs post uit een van die drie maanden dateerde, maar hij was niet te vinden. Dus controleerde ze ook maart nog, maar zonder resultaat.

Gewist. Een andere verklaring was er niet. Iemand moest het account van Gerald Pallauf hebben gehackt – en het was heel waarschijnlijk dat hij of zij nu als Tina Herbert in de groep rondwaarde.

Waarom juist dat gedicht? Wat was ermee aan de hand dat iemand de moeite nam zich toegang tot een vreemd Facebookaccount te verschaffen om het te laten verdwijnen?

Misschien lag daar het verband tussen Pallauf en Beckendahl. Op de een of andere eigenaardige, voor buitenstaanders onbegrijpelijke manier. Een wit kasteel, dus de vesting Hohensalzburg, in witte eenzaamheid, dus in wintertooi. Hadden die twee elkaar daar al een keer ontmoet? Niet als je afging op wat Martin Sachs had verteld. Ze had zijn getuigenverklaring minstens vijf keer doorgelezen.

Ik weet vrij zeker dat hij haar helemaal niet kende toen ze bij ons aanbelde. Hij vroeg haar zelfs een paar keer of het geen vergissing was.

Beatrice zou geduld moeten hebben. Op het bureau lag de map met de uitdraaien van de posts van Pallauf en Ira. Er was dus een kopie waar ze op kon terugvallen. Ze zou een lange neus maken naar de hacker.

Zeventien

'Gewist?' Florins blik was even sceptisch als zijn stem. 'Weet je dat zeker?'

'Ik heb gisteravond de posts een voor een doorgenomen. Alle andere gedichten die Pallauf heeft geplaatst staan er nog: het "Kerstlied" van Storm, dat grappige gedicht over de strop van Wedekind, alles precies zoals ik het me herinnerde. Maar niet "Een wit kasteel in witte eenzaamheid". Dat is verdwenen, samen met de foto van de vesting.'

'Aha.'

'Kijk het zelf maar na als je me niet gelooft.' Dat was niet kattig bedoeld geweest, maar het klonk wel zo. Ze haalde diep adem. 'Ik weet het bijna zeker. Iemand heeft Pallaufs account gehackt en het gewist.'

'Of Crontaler heeft het gedaan.' Florin probeerde met een uit elkaar gebogen paperclip iets tussen de toetsen van zijn toetsenbord uit te vissen. 'Als beheerder kan ze toch haar gang gaan?'

Natuurlijk. Waarom was Beatrice daar niet allang op gekomen? 'Je hebt volkomen gelijk.' Ze pakte de telefoon en toetste het nummer in.

'Crontaler.' Ditmaal had ze mevrouw zelf aan de telefoon.

'Met Beatrice Kaspary. Ik zou u graag iets willen vragen. Wist u weleens posts van andere gebruikers in de groep?'

'Wat? Nee, want dat zou immers... onbeleefd zijn. Maar wacht, één keer heb ik dat wel gedaan omdat er ruzie was en ik die onaangename discussie niet wilde laten staan.'

'Weet u nog wanneer dat was en om welke post dat ging?'

Crontaler hoefde maar kort na te denken. 'Friederike Zarg had zelf een gedicht geschreven, over het vliegtuiglawaai in haar woonplaats. Ze had… erg haar best gedaan, maar het was nog niet helemaal geperfectioneerd en een paar andere leden dreven er nogal de spot mee. Als ik me niet vergis was dat afgelopen maart.' Ze zuchtte. 'Dat is ook precies de reden waarom ik liever heb dat we over bekende dichters praten en niet over eigen werk. Daarvoor zijn er op internet andere plekken.'

Beatrice vroeg het voor de zekerheid nog een keer na. 'Heeft u misschien ook een gedicht van Rilke gewist, dat Gerald Pallauf had geplaatst? "Een wit kasteel in witte eenzaamheid" was de titel.'

'Nee, ik weet zeker van niet. Wat Gerald ook gedaan mag hebben, hij had een geweldig taalgevoel. Zijn posts waren doordacht, fijngevoelig en intelligent. Die zou ik nooit hebben verwijderd.'

'En uw man? Zou het kunnen dat hij…?'

'In geen geval. Hij bemoeit zich niet met het beheer van de groep.'

En als hij dat wel doet, dan zegt hij dat vast niet tegen jou. 'Goed, dat was het. Heel erg bedankt.'

'Een momentje, alstublieft!'

Beatrice kwam ernstig in de verleiding net te doen alsof ze het verzoek niet had gehoord en gewoon op te hangen. Ze wist wat er ging komen.

'Bent u de moordenaar van Dominik Ehrmann al op het spoor?'

'Daarover kan ik niet met u praten. Sorry.'

'Ik begrijp het.' Crontalers toon paste totaal niet bij de inhoud van haar woorden. 'Maar als u mijn mening wilt weten, zoekt u dan naar Tina Herbert. Ik krijg zó'n verkeerd gevoel bij die vrouw. Ze heeft vanaf het begin alleen maar onrust in de groep gezaaid. Ik zou me zelfs kunnen voorstellen dat ze Ira ertoe heeft aangezet om zelfmoord te plegen, achter de schermen natuurlijk. En laatst beweerde ze zelfs dat ze Dominik had ontmoet kort voordat hij werd vermoord. Ze heeft er vast iets mee te maken, dat zult u zien.'

Twee dagen geleden zou Beatrice nog hebben gegrinnikt om die wilde speculaties. 'Ik hou mevrouw Herbert in de gaten, echt,' zei ze in plaats daarvan, en ze meende het.

'Goed.' Crontaler klonk gerustgesteld. 'Ik hoop dat u de dader snel vindt.'

Beatrice bedankte haar en beëindigde het gesprek zo snel ze kon.

Natuurlijk had Florin uit wat hij had gehoord al zijn eigen conclusies getrokken. 'Ze zou het nooit toegeven, ook al had ze het wel gedaan.'

'Wie weet. Maar dat is op dit moment sowieso van ondergeschikt belang. Ik ga de post zo nog een keer op papier bekijken. Maar weet je wat? Ze probeerde Tina Herbert bij me zwart te maken. Apart, hè?' Op zoek naar de map met de uitdraaien van Facebook kwam Beatrice een doosje vitaminezuigtabletten tegen. Uitstekend, haar immuunsysteem kon wel wat steun gebruiken. Ze stak er twee tegelijk in haar mond en bood ook Florin een aan.

'Dank je. O, chemische sinaasappelsmaak. Nu weet ik weer waarom ik dat spul had verstopt.' Hij trok een vies gezicht. 'Wat zoek je eigenlijk?'

'De blauwe Leitz-ordner waar ik de uitdraaien van de posts in heb opgeborgen.'

'Die heeft Kossar geleend, weet je dat niet meer? Hij wilde psychologische patronen opsporen.'

Geïrriteerd sloot Beatrice haar ogen. Natuurlijk. Zo kon ze zich het leplazarus zoeken. 'Weet jij of hij vandaag op kantoor is?'

'Ik heb hem nog niet gezien.'

Een kwartier later wist Beatrice dat Kossar een lezing hield voor studenten. Ze liet een bericht achter op zijn voicemail, vroeg hem snel terug te bellen en de map liefst nog die ochtend bij haar langs te brengen.

Het was geen tegenvaller zei ze tegen zichzelf, maar het voelde wel zo. En het feit dat Stefan vijf minuten later met het volgende slechte nieuws kwam binnenvallen, maakte het er niet beter op.

'De informatie van de provider is binnen.' Hij haalde zijn schouders op. 'Ik had zo gehoopt dat we een naam zouden krijgen, maar jammer genoeg is Tina Herbert niet door een sukkel gehackt. De verbinding gaat via datastick. Het is een anonieme, simlockvrije kaart.'

Zou ook te mooi zijn geweest om waar te zijn, dacht Beatrice.

Stefan was nog maar net weg of Bechner stond in de deuropening en keek verwijtend naar het koffiezetapparaat. Beatrice verroerde zich niet, maar Florin kwam glimlachend overeind, alsof hij niets liever deed dan koffiezetten voor norse collega's.

Voor Bechner. En mij. Ze beheerste zich en legde al het enthousiasme in haar stem dat ze kon opbrengen. 'Fijn u te zien. Is er iets nieuws?'

Hij draaide met zijn ogen, leunde tegen het deurkozijn en trok een pakje sigaretten uit zijn jaszak dat hij meteen weer terugstopte. 'Margarete Hartl. Ik heb haar gesproken.'

De vrouw bij het tankstation. Beatrice ging rechtop zitten. Bechner deed zo gewichtig, misschien hadden ze hier hun volgende aanknopingspunt.

'Ze was er niet blij mee dat haar foto de ronde doet op internet. Ze heeft me een eindeloze preek gegeven over privacybescherming, en of wij ons alsjeblieft om de privésfeer van de burgers willen bekommeren, blablabla.'

Het zou ook te mooi zijn geweest als Bechner meteen ter zake was gekomen.

Hij wachtte tot Florin hem het volle kopje koffie aanreikte. 'Ze kan zich herinneren dat ze tijdens het tanken door een jonge vrouw is gefotografeerd. Ze wist ook nog hoe de fotografe eruit had gezien – slank, pezig, en met donker haar dat met een doek uit het gezicht werd gehouden. Het moet haast wel Ira Sagmeister zijn, als jullie het mij vragen.' Hij keek verwachtingsvol van Florin naar Beatrice en weer terug.

Een complimentje, dat plezier konden ze hem wel doen. 'Hartstikke goed!' zei ze. Het gaf haar hetzelfde gevoel als wanneer ze Jakob prees omdat hij een sticker in zijn schrift had gekregen.

Bechner knikte minzaam. 'Hartl heeft Sagmeister toen nog ter verantwoording geroepen. Wat ze wel dacht om zomaar vreemde mensen op de foto te zetten.'

Het werd dus toch nog interessant. 'En?'

'Ze beweert dat Sagmeister toen onbeschoft werd. Ze fotografeerde helemaal geen mensen en al helemaal geen hysterische vrouwen in een Golf die in de menopauze zaten.'

Dat was echt helemaal de Ira die Beatrice had leren kennen. Geen wonder dat de vrouw zich de ontmoeting kon herinneren.

'Hartl greep meteen de gelegenheid aan om me te vragen of we Sagmeister niet op de een of andere manier voor haar onbeschoftheid te pakken konden nemen. Wegens belediging en schending van de privacy. Ik heb haar verteld dat ze dood is.' Bechner vertrok zijn mond tot een soort glimlach. 'Daarna deed ze natuurlijk heel geschokt. *Mijn hemel, zo jong nog,* het hele scala van clichés.'

'Goed,' onderbrak Beatrice hem. 'Heeft ze nog iets over Ira verteld?'

'Nee.' Zichtbaar ontstemd dat zijn schildering niet de gewenste weerklank vond, sloeg Bechner de rest van de koffie in één teug achterover. 'Alleen dat ze bij hoog en bij laag bleef beweren dat ze Hartl helemaal niet op de foto had willen zetten. Ze stond zelfs behoorlijk in de weg. Kennelijk heeft Sagmeister daarna nog een paar foto's gemaakt. "Het enige wat me interesseert is deze plek hier," zou ze gezegd hebben.' Bechner keek aandachtig in zijn kopje alsof hij zeker wilde weten dat het ook echt leeg was, zette het daarna iets te hard op tafel en vertrok.

Deze plek hier. Een tankstation. De pen tussen Beatrices tanden smaakte walgelijk metaalachtig. Ze trok een lelijk gezicht en zocht naar de Tic Tacs die ergens naast of onder de stapels papier op het bureau moesten liggen, maar vond niets. Symptomatisch voor haar hele situatie. Haar ogen brandden en ze drukte er met de bal van haar handen tegenaan.

Een tankstation als belangrijke plek. Opgelet, dat was maar een optie. Het stond absoluut niet vast, want het was natuurlijk ook mogelijk dat Ira de vrouw had voorgelogen. Maar stel dat ze eerlijk was geweest – was er dan een parallel met de parkbank die ze niet veel later had gepost? Hadden de plekken iets met elkaar gemeen? Op de foto van de bank in het park waren geen mensen te zien geweest, alleen vuilnis. Er had iemand gezeten, maar nu was hij weg.

Goed. Dan zouden we kunnen aannemen dat iemand bij het tank-station had getankt en daarna weer weg was gereden. Of ook niet.

Dat was allemaal speculatief, zonder kans op concrete resultaten. Letterlijk alles kon van betekenis zijn, bijvoorbeeld ook het feit dat Ira voor haar Facebookpost de foto had gekozen waarop Hartl 'in de weg stond' en niet een van de andere opnames die ze daarna had gemaakt. *Misschien heeft ze de foto alleen gepost om de vrouw die tegen haar had gemopperd een loer te draaien, ook al zou ze de post nooit te zien krijgen.* Beatrice had er geen bewijs voor, maar die theorie vond ze wel passen bij Ira's boosheid op de wereld.

Stel dat het bij de foto toch primair om de plek ging. Was dat dan zo omdat... daar iets was gebeurd? Had Ira daar iets gevonden of... achtergelaten? Hadden ze het tankstation, de parkbank en alle andere merkwaardige fotomotieven uit Salzburg allang aan een onderzoek moeten onderwerpen? Maar waar hadden ze dan naar moeten zoeken?

De pen landde met een klets op het bureaublad en rolde over de rand. Florin keek op, deed een greep in zijn pennenbak en reikte Beatrice meteen een andere aan. 'Gooi liever met deze, hij is toch al kapot.'

'Ik wil eindelijk land zien!' Ze maakte met de tweede pen cirkels over haar schrijfblok, maar hij deed het echt niet meer en ze gooide hem met een zwierig gebaar in de papierbak naast de wastafel.

Raak! 'Dat lukt tenminste wel,' stelde ze vast, en ze klapte haar laptop open. Omdat het zo lang duurde voor die stomme Kossar haar map terug kwam brengen ging Beatrice de posts van Pallauf en Sagmeister nog maar een keer ter plekke bekijken en ze eventueel nog een keer uitdraaien. Wat stom dat ze dat niet meteen had gedaan.

De luxaflex hakte de binnenvallende herfstzon in smalle strepen die over Beatrices bureau heen vielen, en jammer genoeg ook over het beeldscherm van haar laptop. Een sjabloon van licht en donker waardoor telkens een paar leesbare regels werden afgewisseld door een eenzelfde aantal onleesbare. Toch zag Beatrice meteen dat de bovenste en dus meest recente post op de poëziesite van Tina Herbert was.

Het hielp niets als ze het beeldscherm in een andere stand zette. Beatrice sprong op, kantelde de lamellen van de jaloezie en verontschuldigde zich tegenover Florin voor de duisternis waarin ze het bureau dompelde. 'Tina laat weer van zich horen.'

De afgelopen uren had Beatrice een verklaring bedacht waarom uitgerekend haar account was gehackt. Als je namelijk een beetje onderzoek deed was je er al heel snel achter dat er noch in de stad Salzburg noch in de omgeving daarvan een Tina Herbert bestond. Daarvan had Beatrice zichzelf enige tijd geleden vergewist. Het was immers duidelijk geworden dat het voor iemand die echt die naam droeg flink riskant kon worden als het zwarte schaap van de groep op het idee zou komen haar in de echte wereld op te gaan zoeken.

Dan kwam je algauw op het idee dat zich achter de naam iemand anders verstopte. En een fake die gehackt werd zou waarschijnlijk minder tamtam maken dan een 'echte' gebruiker. En ik liet Tina flink opvallen, dacht Beatrice. En dat komt degene die haar heeft geadopteerd misschien wel heel goed van pas…

De gedachte was kennelijk een schot in de roos, in elk geval als je Tina's nieuwste post zag:

Tina Herbert Ik weet nu voldoende. Kleed jullie warm aan, mensen. Voor één iemand hier wordt het echt benauwd.

Thomas Eibner Ik word er gek van. Knettergek. In elk opzicht.

Nikola DVD Weet je wel waar je het over hebt? Ik vind jou een gruwelijke opschepster, Tina.

Tina Herbert Nikola, dat kan me geen klap schelen. Je denkt maar lekker wat je wilt.

Helen Crontaler Zijn jullie echt allemaal zulke egoïsten? Kunnen jullie je niet op z'n minst een paar dagen koest houden, na alles wat er is gebeurd? Toon een beetje respect voor de doden!

Thomas Eibner Ik ben het met Helen eens.

Oliver Hegenloh Ik ook.

Tina Herbert Ik heb respect voor de doden, dat mogen jullie van me aannemen. Ik buig voor hen en ik vergeet ze nooit, zoals anderen dat wél doen.

Phil Anthrop Helen, kun je Tina niet blocken? Ik weet dat het mij niets aangaat, maar ik geloof dat een paar anderen die mening ook zijn toegedaan. Ik heb niets tegen fantasten, maar te veel is te veel.

Oliver Hegenloh Precies. Eerst dat gedoe dat Ira je iets zou hebben toevertrouwd, dan beweer je dat je Dominik Ehrmann hebt ontmoet voor hij werd gedood, en tussendoor die rare gedichten en die zinloze foto's. Ik vind het stuitend.

Ivonne Bauer Mensen veroordelen die je niet kent is ook niet zo netjes. Tina is misschien eenzaam, of ze heeft problemen. Laat haar toch.

Ren Ate Wij zijn geen therapiegroep!

Olga Gross-Mikel Ook al ben ik er nog niet lang bij, ik denk dat de golven snel weer tot bedaren zullen komen. Tina, ik zou het erg voor je vinden als het niet goed met je gaat. Wil je me misschien een privébericht sturen? Ik ben ook op de chat als je iemand nodig hebt om mee te praten.

Florins mobieltje rukte Beatrice uit haar concentratie. Saties parelende pianoklanken kondigden een telefoontje van Anneke aan. Alweer. Dat ze de laatste tijd zo vaak onder werktijd opbelde was ongebruikelijk. Anneke wist vast wel dat Florin dan niet graag privé belde.

Ditmaal drukte hij het gesprek echter niet weg. Hij pakte het mobieltje van de tafel en verliet met snelle passen de kamer.

Het gaat me niets aan. Beatrice begon de Facebookpost nog een keer van voren af aan te lezen om zeker te weten dat ze niets had overgeslagen. Wat bezielde de nieuwe Tina Herbert? Wilde ze alleen maar provoceren? Nee, ze prikkelde de anderen en probeerde ze uit de tent te lokken. Beatrice moest aan zichzelf denken in het gesprek met Dominik Ehrmann, aan haar poging om net te doen alsof ze iets wist om achter de kennis van haar gesprekspartner te komen.

Er verzamelden zich nieuwe reacties onder de post.

Peter Crontaler Ik ben het met Olga eens. We moeten Tina niet veroordelen zonder dat we haar kennen. Als iemand van jullie persoonlijk contact met haar heeft is dit een goed moment om met haar te praten, denk ik. Helen en ik stellen ons ook beschikbaar voor een gesprek, Tina. Neem gewoon contact met ons op.

Phil Anthrop Zijn jullie allemaal bang dat zij de volgende zelf-moordkandidate is?

Tina Herbert Heel aardig van jullie, maar ik heb niemand nodig om mijn hart uit te kunnen storten. Ik wil jou, en als je dit leest dan weet je dat ik jou bedoel. JOU. We hebben iets af te handelen.

Phil Anthrop Bedoel je mij? Nee toch?

Nikola DVD Je bent toch in Salzburg, Tina?

Ren Ate Ik snap er geen bal van. Klets je nou met je ex of zo? Klinkt wel zo.

Tina Herbert We moeten niet langer verstoppertje spelen. Als je mijn woorden leest en weet wat ze betekenen, als je ze leest en bang wordt, dan bedoel ik jou.

Thomas Eibner Tief toch op. Uit welke inrichting ben jij ont-snapt?

Nikola DVD Het begint me zo langzamerhand angst aan te ja-gen, maar om jou, Tina. De laatste dagen zijn er zoveel erge dingen gebeurd dat bij dit soort posts al mijn alarmbellen af-gaan.

Een ongebruikelijke toon voor Nikola, als je het vergeleek met hoe Beatrice haar tot nog toe in de groep had meegemaakt. Nikola was de perfecte aanvulling op Ira's duistere kant geweest, had al haar ge-dichten vol doodsverlangen toegejuicht, en haar eigen posts had-den er veel op geleken.

Dan de panterfragmenten. Wanneer had Nikola de laatste daarvan gepost?

'Kossar, klootzak dat je bent,' mompelde Beatrice na een snelle blik op de klok. Als ze de map hier had gehad was het nu geen probleem geweest om de oude posts op te zoeken zonder dat ze wat er nu gebeurde hoefde te missen.

Tina Herbert Je leest mij. Ik weet dat je mij begrijpt. Denk je aan Ira, aan Gerald, aan die arme, schattige Sarah Beckendahl? Het jaagt je angst aan, en dat moet ook.

Ineens vloog de deur open en Beatrice draaide zich met een ruk om. Haar hartslag hamerde pijnlijk in haar hals en haar oren. 'Jeetje, je laat me schrikken.'

'Sorry, Bea. Ik zou je graag even willen spreken.'

'Nu niet, ik moet hierbij blijven. De nieuwe Tina speelt een heel eigenaardig spelletje. Konden we haar maar lokaliseren. Er klopt iets niet.'

Even kwam Florins gezicht over als een open wond, maar hij vermande zich meteen weer. 'Natuurlijk.'

'Ze probeert iemand naar zich toe te lokken.' Beatrice begon hem de laatste drie reacties van Tina Herbert voor te lezen. Voordat ze daarmee klaar was ging haar telefoon.

'Met Helen Crontaler. Ik weet dat u mijn man hebt gevraagd om Tina Herbert niet te blocken, maar...'

'Ja. En dat verzoek blijft van kracht. Het is het beste als u helemaal niets doet. Ik lees de hele tijd mee – het kan goed zijn dat we waardevolle conclusies kunnen trekken uit wat ze schrijft.'

'Serieus?' Het was minder een vraag dan een verachtelijk gesis. 'Mijn groep als podium voor iemand die een beetje gewichtig loopt te doen en geen respect toont? Dat is wel heel veel gevraagd.'

U gaat er niet dood aan, hoor. 'Ik ben u echt dankbaar voor uw medewerking. Probeert u het allemaal spontaan zijn gang te laten gaan, zonder dat u zich er al te veel in mengt.'

Uit de manier waarop Crontaler ademhaalde meende Beatrice pure verontwaardiging op te maken. 'Ik zal die Herbert niet wissen, maar u kunt mij niet verbieden in mijn eigen groep het woord te nemen en regulerend in te grijpen als ik dat nodig acht.'

'Nee, en ik weet zeker dat u tactvol met deze situatie zult omgaan.'

Het gesprek was op een volkomen verkeerd moment gekomen en nu was Beatrice op Facebook de draad kwijtgeraakt. Ze laadde de pagina opnieuw en zocht het laatste antwoord dat haar bekend voorkwam. Tina Herbert die een onbekende provoceerde door hem onder andere aan die *arme, schattige Sarah Beckendahl* te herinneren. Dat was wel heel erg veelzeggend, want die naam was in de groep tot nog toe niet gevallen. De reacties waren dan ook navenant.

Ivonne Bauer En wie mag Sarah Beckendahl wel zijn?

Christiane Zach Weet ik ook niet. Tina, hou op met die onzin.

Phil Anthrop Ik denk dat Tina achter haar computer in een deuk ligt om ons.

Nikola DVD Ik zou echt heel graag willen weten tot wie je je richt als je schrijft 'dan bedoel ik jou'. Je kunt toch gewoon de naam noemen.

Oliver Hegenloh Was het niet ene Sarah B., die zogenaamd vermoord is door Gerald? De vrouw die naast hem is gevonden?

Phil Anthrop Ik heb van de persberichten een bladwijzer gemaakt, ik ga het nakijken.

Nikola DVD Hoef je niet te doen, Oliver heeft gelijk. Sarah Beckendahl was het meisje dat gewurgd is.

Een idiote gedachte prikkelde Beatrices fantasie. Wat zou er gebeuren als ze als Gerald Pallauf inlogde en zich in het gesprek mengde? Een paar stevige toespelingen uit het hiernamaals, een discussie met Tina... dat druiste vast tegen allerlei voorschriften in, en helemaal als ze dat eigenmachtig deed en zonder het vooraf te bespreken, maar het was wel verleidelijk.

Weer vloog de deur open en Stefan kwam binnen, zwaaiend met

de uitdraai van een e-mail. 'Er doen zich interessante ontwikkelingen voor. Ik heb iets ontdekt, hebben jullie een paar minuutjes?'

Eigenlijk niet. Beatrice bleef naar het beeldscherm staren. 'Ik moet dit in de gaten blijven houden, maar vertel.'

'Ira's moeder, weten jullie nog wel? Adina Sagmeister. Ze kwam uit een Kroatisch dorp dat Gornja Trapinska heet, een mooi plaatsje in het binnenland. Heuvels, bossen, beken, echt idyllisch. In de oorlog is het met de grond gelijkgemaakt en de Panter, die Frank Heckler, schijnt zich daar niet onbetuigd te hebben gelaten.'

Nu draaide Beatrice zich toch om.

'Waar heb je dat vandaan?' Florin stak zijn hand uit naar het blaadje van Stefan.

'Uitgezocht,' verklaarde Stefan niet zonder trots. 'Ik ben begonnen bij de plaats waar Adina Sagmeister vandaan kwam en op heel wat rapporten van mensenrechtenorganisaties gestuit. Wat er in Gornja Trapinska is gebeurd is nooit zo algemeen bekend geworden als de bloedbaden van Srebrenica of Vocin, maar er zijn documenten over.'

'En Frank Hecklers naam duikt daarin op?'

'Ja. Zijn echte en zijn strijdnaam. Gornja Trapinska was niet de enige plaats waar hij zijn sporen heeft achtergelaten, maar wel een van de eerste.'

In Beatrices hoofd begon zich een vaag patroon te vormen, een mozaïek met weinig steentjes. Was wat Adina Sagmeister was overkomen er de oorzaak van geweest dat al die andere mensen gewelddadig aan hun eind waren gekomen? Maar waarom? Noch Gerald Pallauf noch Sarah Beckendahl konden bij die gebeurtenissen van meer dan twintig jaar geleden betrokken zijn geweest. En Dominik Ehrmann – ja, nu werd er een verband duidelijk. Rapporten van mensenrechtenorganisaties, had Stefan gezegd. En Ehrmann had zich daar in zijn vrije tijd veel voor ingezet.

Kon het zijn dat hij daartoe was aangezet door een schuldgevoel dat dateerde uit de tijd van de oorlog in Joegoslavië? Dat was niet erg waarschijnlijk, maar natuurlijk wel mogelijk. Toch wierp dat geen licht op alle gebeurtenissen van de afgelopen weken. Het bleef onduidelijk welke rol de Facebookgroep speelde en het hielp al helemaal niet om degene te vinden die de dood van vier van de leden daarvan op zijn geweten had. Vijf mensen, als je Dulović meetelde. Gornja Trapinska. Beatrice begon in de stapel papieren naast haar computer te zoeken – daar moest toch ergens de kopie van het dossier van Dulović liggen? Een deel van de stapel viel om. Blaadjes gleden over ander blaadjes en uiteindelijk op de grond.

Florin hielp haar met oprapen, ze bedankte hem, maar hij reageerde niet met een van zijn gebruikelijke opbeurende opmerkingen. Zijn blik was naar binnen gericht, alsof zich daar een ingewikkeld, zelfs pijnlijk proces voltrok dat al zijn aandacht opeiste.

Ze zou er later over beginnen. Misschien. Eerst moest ze – ah, daar was het dossier van Dulović. Vluchtig nam ze de eerste jaren door, de eerste gevangenisstraffen wegens mishandeling. Daarna had hij als vrachtwagenchauffeur gewerkt, er was aangifte tegen hem gedaan wegens smokkel, maar hij was niet veroordeeld… Had hij in december 1991 in de gevangenis gezeten?

Nee. In 1989 was hij na een celstraf van drie jaar, die hem was opgelegd na een steekpartij met twee gewonden, vrijgelaten uit de penitentiaire inrichting Stein, waar hij pas in 1998 weer was terechtgekomen, wegens herhaald illegaal drugsbezit. In theorie kon hij dus samen met Frank Heckler in Gornja Trapinska zijn geweest. *In theorie.*

Ondertussen was de discussie op Facebook aangegroeid met meer dan twintig reacties, die hoofdzakelijk draaiden om Sarah Beckendahl en het sensationele nieuws dat ook zij lid van de groep was geweest. Een inzicht dat ze te danken hadden aan de schranderheid van Ren Ate.

Te midden van de algemene verbazing had Tina haar nieuwste bericht aan de grote onbekende geplaatst.

Tina Herbert Kijk, nu weten de anderen het ook. Heeft behoorlijk lang geduurd, vind je niet? Zeg iets, kom op. Ik zou zo graag weten wat je ertoe heeft aangezet. Ira's dood kan ik nog begrijpen, maar waarom Sarah?

Oliver Hegenloh Tina, wil je hier alsjeblieft mee ophouden! Als je iets denkt te weten, zeg het dan gewoon!

Tina Herbert Weet ik meer dan jij, Oliver? Of ben jij degene die ik zoek? Geef je me een signaal?

Oliver Hegenloh Shit, nee!

Pagina vernieuwen. Tina Herberts *Ik weet nu voldoende* was niet meer de bovenste post. Iemand had een nieuwe geplaatst:

Nikola DVD Tina, ik wil je vragen mij hier nú te antwoorden als je echt meent te weten wat er met Ira, Gerald, Sarah en Dominik is gebeurd. Als je alleen maar bluft dan is het nu wel genoeg.

👍 4 personen vinden dit leuk

Irena Barić Bedankt, Nikola.

Helen Crontaler Een redelijk geluid. Daar ben ik ook heel blij om.

Nikola DVD Jullie moeten mij niet bedanken. Jullie moeten hier helemaal niet schrijven. Dit was alleen voor Tina bedoeld.

Het was niet erg waarschijnlijk dat Helen daar niet meer op zou reageren. Als Nikola haar laatste reactie serieus meende, waarom had ze Tina dan geen privébericht gestuurd? Dan was ze er zeker van geweest dat niemand kon meegenieten.

Beatrice merkte pas dat ze op de nagel van haar pink kauwde toen ze een afgebeten stukje daarvan op haar tong voelde. Tina had niet geantwoord, nog niet. Ook in de naar beneden gegleden, door haarzelf begonnen thread liet ze niet meer van zich horen.

Pagina vernieuwen. Niets. Beatrice trommelde met haar vingers op het tafelblad, telde tot twintig. Vernieuwen. Nog steeds niets.

Vernieuwen. Florin ging achter haar staan. 'Kun je me vertellen wat er aan de hand is?'

Vernieuwen. 'De nep-Tina en Nikola DVD sluipen om elkaar heen en gooien elkaar over en weer lokaas toe, tenminste dat is mijn indruk. Tina gedraagt zich alsof ze weet wat er achter de moorden zit. Ze wendt zich de hele tijd tot de moordenaar, daagt die uit. En nu is Nikola een nieuw onderwerp begonnen waarin ze Tina uitnodigt voor een gesprek, maar die is daar nog niet op ingegaan.'

Florins handen op haar schouders. Ze kromp onwillekeurig in elkaar, hoewel de aanraking warm en zacht was.

'Ik heb zonet met Anneke gepraat. Ze zei dat jullie laatst met elkaar hebben getelefoneerd.'

Beatrices maag voelde loodzwaar. Ze zocht naar een zelfverzekerd antwoord. De korte pauze waarin zo'n antwoord nog spontaan en natuurlijk had kunnen overkomen, verstreek.

'Dat klopt,' zei ze eindelijk. Haar stem was hees. Waarom kwam hij uitgerekend nu met die onzin?

'Ik moet iets weten, en ik zal je niet lang ophouden,' zei hij, alsof hij antwoord gaf op een onuitgesproken verwijt van haar kant. 'Heb jij háár gebeld?'

'Nee. Zij mij. In de pizzeria, toen we bezig waren met de reconstructie van Ira's laatste avond.'

'O. Oké.' De greep van zijn handen op haar schouders werd iets steviger. 'Maar waarom heb je me er niets over verteld?'

Ze zuchtte. 'Omdat ik het vervelend vond. Ik ken Anneke niet en ik vond haar telefoontje... niet gepast, maar ik vond het nog vervelender om het aan jou te verklikken. Want zo had dat dan gevoeld.'

'Ik begrijp het. Daar kan ik inkomen. Sorry Bea, dat ze je in zo'n lastig parket heeft gebracht.'

'Dat maakt toch niet uit, ik wilde alleen niet...' Ze zocht naar woorden. 'Ik wilde me er niet mee bemoeien.'

'Dat heb ik ook nooit gedacht.'

Onder de post van Nikola verschenen nieuwe reacties, de ene na de andere. 'Dan zetten we er nu een streep onder,' zei Beatrice snel. 'Ik zit er niet mee en ik ben er altijd voor je als je met me wilt praten, maar dit is een superslecht moment. Kijk, Tina heeft geantwoord!'

Heel kort maar voelde ze Florins mond op haar schedel, zijn adem in haar haren; daarna liet hij haar los. 'Natuurlijk, ik weet het. Sorry, ik gedraag me echt als een idioot. Wat schrijft ze?'

Beatrice schoof een stukje opzij zodat hij op het beeldscherm kon kijken.

Tina Herbert Ik bluf niet, Nikola. Ik weet precies wat ik zeg en ik sta achter elk woord.
Nikola DVD We moeten elkaar ontmoeten. Ik wil dat je me vertelt wat je weet.
Tina Herbert Waarom zou ik jou moeten vertrouwen?

Nikola was kennelijk op zoek naar een goede reden, want het duurde lang voor haar antwoord verscheen.

Nikola DVD Heel soms trekt nog de sluier voor de ogen geluidloos op – dan kan een beeld erdoor.

Weer een stuk uit 'De panter'. Het laatste couplet. Begreep de nep-Tina dat? Ook zij leek voor haar reactie een denkpauze nodig te hebben.

Tina Herbert Je hebt gelijk, ik zou het moeten riskeren. Waar kan ik je vinden?

Als er nu een ontmoetingsplek werd genoemd, was dat een geschenk uit de hemel. Dan ging het sneller dan ze had durven hopen. Alleen alsjeblieft niet op de Getreidegasse of op een ander druk plein. *Spreek af in een café, in een park, wat mij betreft in de dierentuin!*

Nikola DVD Dat kan ik je niet zomaar zeggen, maar je kent de stad immers. Denk aan mijn situatie. Denk aan forel. Denk aan Hitchcock.

Ach nee, alsjeblieft geen raadsels. Vooral geen raadsel dat de nep-Tina in een handomdraai zou oplossen. Maar daar hoefde ze niet bang voor te zijn.

Tina Herbert Ik ben het spoor bijster.
Oliver Hegenloh Wat voeren jullie hier voor toneelstukje op?
Christiane Zach Huh? Ik ken de stad best goed, maar met jouw aanwijzingen kan ik niets beginnen, Nikola.
Nikola DVD Je moet naar het spoor, Tina. Naar het station. Of naar het vliegveld. Het is echt heel simpel.

'Wat schiet jou te binnen bij de trefwoorden Hitchcock en forel?' Het waren retorische vragen die Beatrice aan Florin stelde, omdat hij immers naast haar stond en elk woord meelas.

'Ik weet het niet. Maar Tina ziet het misschien net zo, en dan zal Nikola duidelijker moeten worden.'

Denk aan mijn situatie. Daarmee kon praktisch alles bedoeld zijn. Dat ze bang was, zich bedreigd voelde.

Resoluut logde Beatrice uit op het account van Pallauf en in als Tina Herbert. Als er tussen Nikola en Tina privéberichten werden uitgewisseld wilde ze dat weten.

Maar dat bleek niet het geval. Nikola had zelfs haar vriendschapsverzoek nog niet geaccepteerd. Denk aan mijn situatie... sloeg dat misschien op het feit dat ze in een vreemde stad was? Daar maakte Nikola geen geheim van; zij stelde Tina tenslotte voor elkaar te ontmoeten.

Naar het station, naar het vliegveld...

'Een hotel.'

Voordat Beatrice Google opstartte, laadde ze Facebook nog een keer opnieuw.

Tina Herbert Ik vind het steeds verwarrender. Kun je me geen tip geven die mij iets zegt? Anders stel ik een ontmoetingsplek voor.

Christiane Zach Wat dachten jullie van café Glockenspiel? Dat vindt Nikola vast leuk.

Nikola DVD Slaap! Zoete slaap! Niets lijkt zo op de dood als jij,
Op deze plek wil ik je welkom heten
Want zonder leven leeft het heerlijk mag je weten
Zo ver van 't sterven is doodgaan makkelijk voor mij!

'Als je op reis bent slaap je bij vrienden of in een hotel.' Beatrice was zeker van haar zaak, en zich er volkomen van bewust hoe riskant dat was. Als je verliefd werd op je eigen conclusies werd je blind voor alternatieven.

'Wat denk jij?' Ze keek Florin van opzij aan. 'Zou ik gelijk kunnen hebben?'

'Ja. Maar ze legt wel veel nadruk op sterven en dood. Mijn eerste associatie was een kerkhof, dat zou ook bij Hitchcock passen, hoewel me uit geen enkele film van hem een kerkhofscène te binnen schiet. Het zou ook om een kerk kunnen gaan.'

Niet slecht. Beatrice probeerde het idee in overeenstemming te brengen met de andere aanwijzingen – naar het station, naar het vliegveld – maar ze zag er de logica niet van in. Tenzij Nikola zinspeelde op de dood van Ira, hoewel ze over de details daarvan eigenlijk niets kon weten.

Er werd aangeklopt, en opnieuw was het niet Kossar maar Stefan. 'Ik heb zonet Hoffmann over de laatste stand van zaken geïnformeerd. Op de gang.' Hij grijnsde verontschuldigend. 'Ik hoop dat dat oké is, Florin? Hij vroeg het me en ik kon me niet in zwijgen hullen.'

'Dat is prima, joh.' Zoals Florin het zei klonk het als een verbaal schouderklopje.

'Weet je eigenlijk hoe het met zijn vrouw gaat? Ik durfde het hem niet te vragen.'

'Niet goed. De artsen overwegen te stoppen met de chemo omdat die haar te veel verzwakt.'

'Dat is echt rot.' Stefan veegde met beide handen zijn haar uit zijn gezicht. 'Als hij niet op het bureau is ben ik eerlijk gezegd altijd opgelucht, maar nu voel ik me erg schuldig.'

'Probeer daar dan maar van af te komen door ons te helpen nadenken,' stelde Beatrice voor. 'We zoeken een plek in of rond Salzburg die te maken heeft met de begrippen "forel" en "Hitchcock". Je komt er nadat je het vliegveld of het station hebt verlaten. En hij heeft ofwel met slaap of met de dood te maken, of misschien zelfs met allebei.'

Stefan dacht even na. 'De wijk Forellenwegsiedlung,' zei hij toen. 'In Liefering. Verder wil me bij het onderwerp "forel" niets te binnen schieten. Daar kun je slapen en sterven, zoals overal. Maar Hitchcock... hm.' Hij pakte een blaadje en noteerde de woorden. 'Ik ga erover nadenken.'

'Ja, en lees de thread in de groep door. Op dit moment is het de bovenste.'

De nep-Tina had nog steeds niet op Nikola's gedicht geantwoord, wat, zoals Beatrice het zag, twee oorzaken kon hebben. Ofwel ze googelde zich suf om Nikola's cryptische aanwijzingen op het spoor te komen. Ofwel ze had die inmiddels doorzien en was al op weg naar het ontmoetingspunt.

'Laten we naar die Forellenwegsiedlung rijden,' stelde Beatrice voor. 'Ik neem mijn laptop mee, dan blijven we op de hoogte.'

'Je weet toch wel hoe groot die wijk is?' bracht Florin ertegen in terwijl hij tegelijkertijd sussend zijn handen opstak. 'Ik ben er ook voor dat we erheen rijden, maar laat het duidelijk zijn dat het wel heel toevallig zou zijn als we Nikola of Tina daar tegen het lijf lopen. Vooral omdat we niet weten hoe ze eruitzien.'

Het blonde meisje dat een tand miste grijnsde Beatrice van Nikola's profielfoto tegemoet. Het was onmogelijk om uit die foto sluitende conclusies te trekken over hoe de vrouw er tegenwoordig uitzag. 'Op de een of andere manier zal Nikola de aandacht moeten trekken, anders heeft ook Tina geen schijn van kans haar te herkennen.'

Florin stopte zijn mobieltje in zijn broekzak en zette zijn computer uit. 'Tenzij die twee elkaar al kennen.'

Ze ging op weg naar buiten en een paar meter voor de uitgang gebeurde datgene waar Beatrice niet meer op had gerekend: Kossar kwam hun zwaaiend met de blauwe map tegemoet. 'Sorry! Ik was nog bij een docentenvergadering, *important stuff*. Maar hier heeft u uw stukken, heel interessant trouwens. Ik denk dat ik een paar waardevolle conclusies heb kunnen trekken. Zullen we bij elkaar gaan zitten? *What about now?*'

Kossar bleef Beatrice verbazen. Ze zou hem er bijna om bewonderen dat hij er zo vanzelfsprekend van uitging dat ze alles uit haar handen zou laten vallen om naar hem te luisteren.

'We hebben helaas haast,' legde Florin uit. 'Later dus. Of morgen.'

Beatrice pakte de map en slikte alle opmerkingen in die op haar lippen brandden.

Ze stapten net in de auto toen Beatrices mobieltje ging. Stefan had een geweldige ingeving.

'Je had het toch over een hotel, hè?' riep hij uit. 'Misschien heb je wel gelijk, maar als je Hitchcock er ook bij betrekt moet ik aan een motel denken. Bates Motel, je weet wel, uit *Psycho*.'

'Oké. En wat verder?'

'Als we nu eens aannemen dat de forel voor de hele diersoort staat, dan zou mijn tip zijn dat we bij Motel Fischer gaan kijken, dat ligt net buiten Eugendorf. Zal ik opbellen en vragen of er een vrouw die Nikola heet heeft overnacht?'

Ze overlegde snel. 'Het is misschien beter dat je er samen met Bechner heen rijdt. Ik kan me zo voorstellen dat Nikola niet haar echte naam heeft opgegeven, en misschien logeert ze er ook helemaal niet maar heeft ze het motel alleen als ontmoetingspunt uitgekozen. Rij er gewoon heen, kijk er rond en neem dan weer contact op, oké?'

'Komt voor de bakker.'

Florin zat achter het stuur en terwijl ze het parkeerterrein af reden sloeg Beatrice de ordner open om 'Een wit kasteel in witte eenzaamheid' op te zoeken. Er moest een reden voor zijn dat uitgerekend die post was gewist.

Daar was hij. Ditmaal zou ze elk antwoord bestuderen, op de mogelijkheid van een verborgen boodschap tussen de regels letten, niets als onbelangrijk afdoen.

Een wit kasteel in witte eenzaamheid.
Een stille huiver sluipt door blanke zalen.
De muren zijn begroeid met zieke, schrale
klimop; besneeuwd de weg die naar de wereld leidt.

Besneeuwd, dat was ze, de vesting. Je kon zelfs zien dat er op het moment dat Pallauf de foto had genomen sneeuw was gevallen, slechts heel licht, maar op de schouders, de donkere jassen en mutsen van de voorbijgangers die over de Kapitelplatz wandelden zag je witte stipjes. De eenzaamheid waarover het gedicht ging toonde de foto niet, zoals ook ene Finja Meiner had opgemerkt. Beatrice was haar tijdens haar onderzoek nauwelijks tegengekomen. Iemand die de groep slechts af en toe bezocht; daarvan moesten er honderden zijn in 'Poëzie leeft'.

Daarboven hangt de hemel, kaal en wijd.
Het slot straalt koud. Langs kille, witte wanden
tast het verlangen met verdwaasde handen.
En elke klok staat stil: hier stierf de –

Beatrice stootte een klank uit die maakte dat Florin op de rem trapte. 'Wat is er?'

Ze kon haar blik niet losmaken van de foto. Het was net als bij een zoekraadsel: je staarde ernaar tot je er tranen van in je ogen kreeg en zag niet wat erin verscholen ging. Maar had je het eenmaal gevonden, dan sprong dat ene, speciale detail je bij elke keer dat je het weer bekeek meteen in het oog.

'Keer om,' zei Beatrice. Er leek iets in haar keel omhoog te komen, zodat haar stem hees klonk. 'Of nee, rij verder. Ik weet het nog niet. Mijn hemel. We hebben meer mensen nodig.'

Achttien

Ik neem de aanwijzingen aan Tina Herbert in me op en trek mijn conclusies. Start de auto. Tijdens de rit laat ik de browser open, want Nikola geeft me meer speelruimte voor interpretatie dan me lief is en ik ben nieuwsgierig naar verdere aanwijzingen.

De zon verblindt me, verzamelt zich in de slierten op de voorruit, daar waar de ruitenwissers resten van verpletterde insecten in een halve cirkel hebben verdeeld.

Een lichte dag, vriendelijk. Anders dan toen, heel anders, en toch kruipt de kou in mijn nek omhoog alsof die de jaren op een verscholen plekje tussen mijn schouders heeft doorstaan, om nu de beelden die zich sinds een paar weken weer aan me opdringen een heel kil welkom te bereiden.

Bijna kerst. Onder vrachtwagenbanden spuit sneeuw uit die door rupsbanden in evenwijdige patronen wordt geperst, er valt meer sneeuw in dikke vlokken uit de hemel als we het dorp eindelijk bereiken. Groot is het niet, hebben ze tegen ons gezegd, maar er zijn bijna alleen maar Kroaten en er is flink wat te halen.

Dragan is een halfuur geleden opgehouden met jammeren. Hij slaapt nu, of hij is dood. Naast hem op de laadvloer van de vrachtwagen zit Rajko, met de kalasjnikov op zijn knieën. Hij heeft een loopneus en zijn lippen bewegen, ze vormen gebeden of vloeken, geluidloos.

Ik heb het koud. Kutland.

Het eerste wat links van ons opduikt is een onafgebouwd

huis, een betonmolen ervoor sneeuwt langzaam onder. Ja, ze hebben hier geld; in Duitsland, Oostenrijk of waar ook maar hebben ze keihard gewerkt, de poen gespaard en nu bouwen ze als gekken.

Het is pas middag, maar aardedonker. Niemand op straat; misschien weten ze dat we komen. Ik por Momcilo met mijn elleboog in zijn ribben, zodat hij langzamer gaat rijden. Door zijn ongeduld zijn we laatst al bijna de pijp uit gegaan, hij begrijpt niet dat het slimmer is om achter de tanks aan te rijden in plaats van ervoor uit.

Nu komen de eerste rijen huizen. Onvoorzichtig licht achter dakramen. Tussen weggegleden gordijnen een kerstster van lichtpuntjes. Hij explodeert in het eerste schot van Gruja, op de knal volgt het huilen van een kind, en dat is elke keer het signaal, het teken dat het begint.

Deuren springen open en de mannen schreeuwen, slepen en ranselen de mensen de huizen uit. Zosim, in de voorste tank, rijdt naar de kerk, op het plein daar is straatverlichting die op rennende vluchtelingen valt. Een paar ervan verdwijnen nabijgelegen huizen in, de meesten verschuilen zich in de kerk. Telkens dezelfde fout, telkens weer.

Laat het gemeentehuis en de twee gebouwen ernaast met rust, beveel ik Zosim, schiet het slot van de massieve houten deur open en stuur mensen het gebouw in zodat ze de boel een beetje opruimen. Ik heb geen zin in vervelende verrassingen in mijn onderkomen.

Niemand van het dorp verzet zich, tot nog toe. Ze hebben het niet zien aankomen, die stomme boeren. Nu proberen een paar van hen 'm te smeren, maar het zijn er te veel en wij zijn goed. Rajko schiet een van de oude baardmansen in de rug als hij probeert er door een zijstraat vandoor te strompelen. Achter ons branden de eerste huizen, de wind jaagt de vonken onze kant op.

'Eindelijk wordt het warm,' schreeuwt Momcilo en hij schiet eerst in de lucht, daarna in de menigte die op het kerkplein bijeen wordt gedreven.

Geschreeuw. Gehuil. 'Kop houden,' brult Rajko. Hij geeft zijn mensen een teken. Die trekken een paar mannen uit de groep, duwen ze op hun knieën en geven hun een nekschot.

Te vroeg. Daar is morgen ook nog wel tijd voor. Als Rajko, Zosim en hun kameraden nu hun haat op de Kroaten botvieren duurt het bloedbad de hele nacht. Is me vandaag te veel. Ben te moe.

Rajko ziet dat ik het gebaar maak dat ze moeten kappen, begrijpt wat ik wil en gehoorzaamt meteen. Het gaat anders in dit land. Beter. Je wordt niet ontslagen als je je tegen je baas verzet of hem een gebroken neus bezorgt, maar je krijgt zonder veel discussie een kogel in je gezicht. Ze zijn recht voor z'n raap.

Zosim is niet zo snel van begrip, ze moeten hem wegtrekken bij de oude man wie hij net de keel heeft doorgesneden. 'Panter zegt stoppen,' schreeuwt Rajko, en hij geeft eerst Zosim en dan de dode aan diens voeten een schop. 'Mannen naar links, vrouwen naar rechts, en vlug!' commandeert hij.

Een stuk verderop in de hoofdstraat stijgt een vuurkolom op in de nachthemel. Iemand wilde kennelijk niet luisteren en was in zijn huis gebleven.

'We hebben het gat omsingeld,' kraakt de stem van Negovan door de mobilofoon.

'Begrepen.' De omsingeling werkt als een visnet. Soms mogen er mensen doorheen, maar sieraden en geld blijven hangen. Zonder uitzondering.

Een paar vrouwen huilen en drukken hun snotneuzen tegen zich aan, maar verder is het nu rustiger. Bijna geen schoten meer, geen granaatexplosies. Ik ga zo staan dat ze me allemaal kunnen zien.

'Jullie dorp is jullie dorp niet meer,' brul ik. 'Wie slim is geeft zijn geld en alles wat waardevol is vrijwillig af.' Een machinegeweersalvo op enige afstand onderstreept wat ik zeg. Niemand grinnikt om mijn accent.

'Wie is de burgemeester hier?'

Eerst verroert niemand zich, dan schuiven ze een dikzak met een snor naar voren. Ik pak hem bij zijn trillende onderkin. 'Zeg tegen je mensen dat ze moeten samenwerken. En jij, geef zelf het goede voorbeeld.' Ik duw hem in de richting van het gemeentehuis. De dikke haalt een sleutel uit zijn broekzak, laat hem vallen, zoekt er met zijn blote vingers in de sneeuw naar. Als hij het ding heeft gevonden trek ik het uit zijn hand. 'Is immers allang open, sukkel. De kas. Waar is die?'

'In mijn kamer. Tweede verdieping. Ik laat het u zien.'

De trappen op, wij met z'n vieren, hij alleen. Hij is langzaam en hijgt, de vetzak. Momcilo prikt hem met zijn bajonet in zijn kont. Niet heel hard, maar wel zo dat de dikkerd eindelijk opschiet.

Zijn kamer wordt mijn onderkomen, dat is duidelijk. De bank in de hoek is breed en ziet er zacht uit. In de kas rinkelt kleingeld, ertussen een paar bankbiljetten, veel is het niet. Nu moet de dikzak het ontgelden omdat Momcilo teleurgesteld is. Hij jammert door zijn gebroken neus heen en probeert zijn kloten met zijn handen te beschermen, maar zijn buik zit hem in de weg. Doet me goed, eindelijk iets te lachen na zo'n lange dag.

Het gebouw links van het gemeentehuis is de school. Daar sluiten we de vrouwen op in de bovenste lokalen, de mannen drijven we samen in de verwarmingskelder.

'Waarom maken we ze niet meteen dood,' moppert Zosim, die het allemaal te lastig vindt. Ook Dragan, die tegen alle verwachting in nog leeft, uit de vrachtwagen het gemeentehuis in dragen beschouwt hij als een zinloze krachtsinspanning. 'Die crepeert sowieso. In dit gat is er geen dokter, alleen een dierenarts.'

Daarentegen vinden we genoeg te eten, de provisiekamers van Gornja Trapinska zijn gevuld. In een van de leeggehaalde huizen ga ik met Rajko en een fles slivovitsj voor de televisie zitten. We steken onze middelvinger op tegen de orerende Franjo Tuđman voordat Rajko het apparaat kapotschiet.

Dan is de fles leeg en Rajko vol, en hij begint aan één stuk door te leuteren. Waarom de Serviërs in hun recht staan en de Kroaten misdadigers zijn. Waarom dat wat wij doen juist en goed is.

Ik luister maar met één oor naar hem. Politiek kan me geen donder schelen. Ik ben hier om te pakken wat ik hebben wil. Rajko zou me een gat in mijn buik schieten als hij dat wist. Het interesseert me niet aan welke kant ik vecht, als het maar de kant van de overwinnaar is. Serviërs, Bosniërs, Kroaten – als het aan mij lag mochten ze elkaar allemaal openrijten en langzaam wegrotten, dan zou het een land zonder mensen zijn. Dat zou een hele verbetering zijn, omdat het echt een mooi land is.

Voor we gaan, keren we in het huis alles ondersteboven. Onder een matras ontdek ik geld – gladde bankbiljetten, bijeengehouden door een roodwollen draadje. Maar geen sieraden, geen spaarbankboekjes. Maakt niet uit, morgen vinden we meer, we krijgen immers hulp.

Daarna wil Rajko natuurlijk nog de school in om iets voor zichzelf uit te zoeken. Het vergaat mij precies zo. Het meisje heeft bruine krullen en een flinke bos hout voor de deur. Ze zegt niets, verweert zich niet als ik haar het lokaal uit sleep.

Onderweg naar het gemeentehuis komen we Momcilo tegen, die dronken en in opperbeste stemming is. Hij zwaait naar ons met een arm die niet van hemzelf is.

De volgende dag glinstert in de zon, wit en koud. We ontbijten met ham en bier aan een grote tafel. Dit moet ooit een vergaderzaal zijn geweest.

Dragan leeft nog steeds, een van zijn mensen heeft jenever over zijn ontstoken wond gegoten, hij brulde als een mager speenvarken. Nu is hij bij bewustzijn; hij kauwt ergens op, maar gebruikt bij het eten slechts één hand, omdat hij met de andere zijn AK-74 omknelt. Hij kijkt ons aan alsof hij ons niet meer vertrouwt, mompelt een paar woorden die ik niet versta.

'De mannen in de kelder hebben vannacht geprobeerd te ontsnappen,' zegt Zosim. 'We moeten ze doodschieten, of nog beter de boel in de fik zetten in plaats van ze te bewaken.'

'Negovan vindt dat we ze gewoon moeten laten gaan,' brengt Momcilo ertegenin. 'Allemaal een schop en hup het bos in.'

'Voel ik niks voor.' Voor Zosim is dit iets persoonlijks: iedere dode Kroaat maakt de wereld mooier. 'De vrouwen wat mij betreft. Die zijn tenminste nog ergens goed voor.' Hij grijpt lachend in zijn kruis. 'Maar de mannen zijn d'r bij. Ik doe het ook alleen hoor, als jullie dat willen.' Eerst knikt hij naar mij, daarna naar Momcilo. 'Gaat bij het volksleger ook zo.'

Het grietje dat ik gisteren heb gehaald wringt zich uit de deur van de kamer van de burgemeester. Ze heeft haar kleren weer aan. 'Mag ik gaan?'

'Verdomme, natuurlijk niet!' Zosim springt op, duwt het meisje terug in de kamer en slaat de deur achter hen tweeën dicht. Kort daarna begint ze te huilen. Ze houdt niet meer op.

'Zosim, hè? Die kan er wat van,' grinnikt Momcilo.

Er komt nog meer geschreeuw bij, ditmaal van buiten. Ik sta op en kijk uit het raam. Een paar van onze jongens hebben drie mensen op het plein bij elkaar gedreven. Een vrouw, twee kinderen.

'Waar is de Panter?' wil de aanvoerder van het kleine groepje weten. Een van mijn mannen wijst met het geweer naar het gemeentehuis. Onder mijn laarzen kraakt de houten vloer, wat me aan thuis herinnert en mijn humeur verpest. Net als het geschreeuw uit de kamer. Ik hamer met mijn vuist op de deur. 'Verdomme, Zosim!' Kort daarop houdt het lawaai op. Je kunt Zosim verwijten wat je wilt, maar hij is gehoorzaam.

Buiten slaat de kou tegen mijn voorhoofd en boort zich onder mijn muts. 'Wat is er?'

Ze duwen de drie naar me toe. Een vrouw, een jongen en een meisje, allemaal met een gezicht dat opgezwollen is van het huilen. De soldaat die me zonet riep, wijst met de loop van zijn geweer naar de vrouw. 'Wilden het dorp uit. Negovan heeft ze niet doorgelaten, hij dacht dat ze wel iets voor jou zouden zijn.'

Hoezo dat? De vrouw is niet zo knap als de vrouwen die Negovan anders *terug laat gaan*, zoals hij dat noemt. En hij weet ook dat ik niet op jongens of kleine kinderen val.

'Heeft hij gezegd waarom?'

'Je moet met ze praten.'

De vrouw kijkt me aan. Haar ogen zijn groen en zitten waar ze wit zouden moeten zijn vol rode adertjes. 'Jullie hebben mijn man doodgeschoten. Hij heeft alles gedaan wat jullie wilden, maar jullie hebben hem toch doodgeschoten.'

De jongens die om ons heen staan lachen. Ik sla mijn armen over elkaar. Wil dat mens bij ons een klacht indienen? 'En?'

Ze kijkt me aan alsof ze iets zoekt wat er niet is. 'We willen hier alleen maar weg. Het dorp uit, het platteland op. *Bitte.*'

Het laatste woord zegt ze in het Duits. Aha, waait de wind uit die hoek? Negovan wil me een paar vertrouwde klanken laten horen. Of me er weer eens aan herinneren dat ik niet een van hen ben, ook al heeft Milan Martić zelf me tot aanvoerder van onze groep benoemd.

Ik antwoord haar in het Duits, alleen al omdat ik het heerlijk vind dat de jongens zo nerveus worden als ze niet weten waar we het over hebben. 'Jullie komen uit Duitsland?'

Ik zie dat ze hoop krijgt. 'Daar wonen we sinds tien jaar. Darica is in Stuttgart geboren.'

Stuttgart, burgerlijke kutstad. 'En dan komen jullie hiernaartoe? Hoe stom kun je zijn, nou?'

'Maar voor drie dagen. Mijn schoonmoeder is overleden, we wilden...'

Ik onderbreek haar met een handbeweging. 'Interesseert me niet,' zeg ik, weer in het Servo-Kroatisch.

Momcilo is het gemeentehuis uit gekomen, hij gaat naast me staan. Ik ruik de worst waarop hij kauwt. 'Wat is er met hen?'

'Niets. Negovan wilde dat ik ze ontmoette.'

'*Können wir gehen?*' De vrouw probeert vriendelijk te lachen. Ze spreekt alweer Duits, dat stomme wijf. Denkt ze echt dat ze daarmee bij mij scoort?

'Een vriendin van je?' Momcilo spuugt een stuk worst in de sneeuwblubber en steekt een sigaret op. Hij laat zich niet graag door buitenlanders de wet voorschrijven, hoe hoogopgeleid ze ook zijn. Ik moet hem er telkens weer aan herinneren wie mij als commandant van onze eenheid heeft aangesteld.

'Nonsens. Ik ken geen Kroaten.'

'Alsjeblieft,' zegt de vrouw, alweer. 'Ik heb alles achtergelaten. Het geld, mijn ketting. De auto ook, hij staat voor het...'

'Kan me geen zak schelen.' Dat is de zuivere waarheid. Waarom houdt ze haar bek niet? Ze is zo stom, ze zou nog geen vijf kilometer ver komen. En niemand moet mij kunnen verwijten dat ik mijn landgenoten beter behandel dan een willekeurige Joegoslaaf.

De vier soldaten kijken verbaasd als ik mijn pistool trek en de vrouw tussen haar ogen schiet. Clean, snel. Ze heeft niet eens de tijd om te schreeuwen.

Maar het meisje begint wel te krijsen, ze valt naast haar moeder op haar knieën, veegt met haar beide handen het bloed uit haar gezicht. *Mama, mama.* Overal hetzelfde gejank, ik ben het zat en bovendien heb ik koppijn van de slivovitsj. Het achterhoofd van het kleintje kan ik gemakkelijk raken, maar dan springt haar broer vanaf de zijkant in de schootslijn. Hij huilt ook, maar zachtjes.

'*Nicht,*' zegt hij, ook in het Duits. '*Sie ist erst sieben Jahre alt.*' Daarna herhaalt hij het allemaal in het Servo-Kroatisch.

Momcilo haalt de sigaret uit zijn mond, pakt de jongen bij zijn haren en trekt zijn hoofd in zijn nek. 'Nou? Van jou zouden we een echte cetnik kunnen maken.' Hij duwt hem tegen de grond. 'Zeg: Die kut-Kroaten kunnen verrekken.'

De jongen krabbelt een beetje overeind. 'Die kut-Kroaten kunnen verrekken,' zegt hij snikkend.

'Dat overtuigt me nog niet,' snauwt Momcilo. 'Harder!'

We draaien ons met een ruk om als er twee straten verderop een huis in de lucht vliegt. Mijn hoofdpijn wordt nog een graadje erger. 'Welke hufter kan er niet wachten tot wij hier klaar zijn?' schreeuw ik in de richting van de steeg waaruit een stofwolk op ons af komt. Roet en modder kleuren de sneeuw zwart.

Als we een dorp verlaten zetten we brandende kaarsen op de bovenste verdieping van de huizen en beneden draaien we het gasfornuis open. De rest gaat vanzelf.

Terwijl Momcilo en ik de maskers voor ons gezicht doen en op zoek gaan naar de eigenmachtige idioten die verantwoordelijk zijn voor de explosie, ziet de jongen zijn kans schoon. Ik zie hem verdwijnen in de richting van de school. Hij trekt zijn zusje mee en verdwijnt met haar een steegje in.

Pech gehad, daar ben ik gisteren namelijk ook geweest. Een doodlopend straatje dat eindigt in de oprit van een garage.

De rook maakt mijn hoofdpijn erger. Ik wenk Momcilo en een paar andere soldaten naar me toe. Zosim en Negovan had ik er ook graag bij gehad, maar goed. Die dingen worden toch rondverteld; ik heb het niet zelf gezien dat Dragan twee weken geleden een boer aan zijn eigen staldeur vastspijkerde, en toch ken ik de details.

Als een aanvoerder zich te kakken laat zetten, vergeten zijn mensen dat nooit. Dus slenteren we het steegje in. Het ligt er volkomen rustig bij, ook uit de werkplaats komt geen geluid. Ik trek mijn pistool en ik vergewis me ervan dat de jongen niet in de dode hoek staat te wachten om me met een krik op mijn hoofd te slaan.

Maar de werkplaats is donker en leeg, tot een van mijn mensen een lichtschakelaar vindt en de loods in flikkerend, bleek tl-licht is gehuld. Niets verroert zich. We verspreiden ons, schuiven oude banden aan de kant, schoppen tegen verroest blik.

'Daar staan jerrycans,' roep ik en ik steek er een omhoog. 'We fikken de boel af.'

Een zacht, nauwelijks hoorbaar gejammer van links. Daar is de smeerkuil, waar olie wordt ververst. Dat jong is echt slim.

We gaan eromheen staan. De kinderen zijn nauwelijks te herkennen, ze zijn allebei zwart van de afgewerkte olie. Het meisje
ademt met open mond; linksboven mist ze een snijtand.

'Had ik jullie toestemming gegeven om te gaan?'

De jongen pakt zijn zusje bij haar schouders. 'Nee. Maar ze is
zo bang.' Zijn ogen lichten wit op in het gezicht vol olievegen.
Hij knippert niet. Hij kijkt me aan als een tegenstander die zijn
kansen inschat.

Ik steek hem mijn hand toe. 'Kom eruit.'

Hij denkt even na; dan schuift hij zijn zus naar me toe.

'Nee. Niet zij. Jij.'

Op het moment dat hij haar loslaat begint ze te schreeuwen.
'Nikola, blijf hier, Nikola, nee, laat me niet alleen, Nikòòòò...'

Ik trek de jongen omhoog. Zijn arm is pezig als die van een
sporter. 'Nu zij!' zegt hij. Hij knielt naast de smeerkuil en steekt
zijn hand naar beneden.

Ik pak hem bij zijn haar. 'Niet zo snel.'

'Nikola, ga niet weg, ik ben bang, Nikola!' Het gehuil van het
meisje wordt steeds schriller; elke toon slijpt de messen die in
mijn hoofd tekeergaan.

'Ik ga niet weg, natuurlijk niet.' De jongen klinkt volkomen
rustig. Ik heb zijn haar nog maar net losgelaten of hij grijpt alweer naar beneden om de hand van zijn zusje te pakken.

'Mama, ik wil naar mama,' huilt het meisje.

Het zijn zijn kalmte en mijn hoofdpijn en daarbij de vragende
blikken van de mannen die de doorslag geven. Ik onbloot mijn
tanden tot een glimlach.

'Hoe oud ben je, Nikola?' vraag ik hem in het Duits.

'Vijftien.'

'En je zus is zeven?'

'Ja. Ik pas altijd goed op haar.'

'Nou, mooi. Zing je weleens voor haar?'

Hij neemt me argwanend op. 'Niet vaak, maar... ja.'

'Ik ken namelijk een liedje dat nu heel toepasselijk zou zijn.'

Ik ga nog dood van de koppijn, maar dat maakt niet uit, dit hier duurt niet lang meer. Ik schraap mijn keel.

'Haasje in de groeve, zat en sliep, zat en sliep,' zing ik. 'Haasje, haasje ben je ziek, dat je niet meer springen kan?'

Het meisje kijkt me verstard van schrik aan. 'Ik wil naar mama,' fluistert ze toonloos. 'Nikola?'

Ik haal mijn schouders op en ontgrendel het pistool. 'Je hebt het gehoord. Ze wil naar mama.'

Hij begrijpt een tel te laat wat ik doe, te laat om zich nog tegen mij aan of tussen ons in te kunnen gooien. Het schot weerkaatst oorverdovend tegen de muren, in mijn hoofd explodeert het met zo'n hevigheid dat ik even denk dat ik zelf ben getroffen. Maar hier mag ik niet over mijn nek gaan, al helemaal niet in deze situatie.

Nu schreeuwt hij, de jongen. Hij heeft de hand van het meisje niet losgelaten, en nu brult hij alsof hij zelf wordt gevild.

Ik richt me op, het gaat beter dan ik dacht. Momcilo biedt me een sigaret aan.

'Nee,' zeg ik, omdat mijn hoofd zo'n pijn doet dat ik het niet wil schudden.

'Zullen we hem ook?' Met zijn hand maakt hij een snijbeweging over zijn keel.

'Maakt niet uit. Schiet hem maar dood of stop hem bij de mannen in de verwarmingskelder. Kan geen kwaad dat ze horen wat er boven allemaal gebeurt.'

Dan loop ik de werkplaats uit, de steeg door. De jongen schreeuwt nog steeds, en ik vind geen plek waar ik onopgemerkt over mijn nek kan gaan. Mijn schedel doet ondraaglijk veel pijn.

Over het plein naar de ingang van het gemeentehuis. De trappen op naar de kamer van de burgemeester. 'Wie me stoort is dood,' zeg ik tegen de jongen die de wacht houdt voor mijn kamer. Hij knikt. Hij is hoogstens drie jaar ouder dan die Nikola die er nu waarschijnlijk geweest is.

De plee van de burgemeester is schoon en ruikt naar kersen en chemicaliën.

Later op de dag gaan we de huizen doorzoeken op waardevolle spullen. Mijn hoofdpijn is nog maar een schaduw achter mijn voorhoofd, maar ik weet dat hij elk moment weer klauwen en tanden kan krijgen.

Voor ik vertrek kijk ik de vergaderzaal rond, waar van ons alleen nog een paar van de jongsten zitten – en Zosim, die zijn voeten op tafel heeft gelegd en opschepperige verhalen vertelt. In zijn hand houdt hij een fles jenever die al halfleeg is; alleen al de geur legt een ijzeren klem om mijn slapen. 'Weet je nog hoe het dorp heette waar we ze allemaal van de brug lieten springen?' roept hij.

'Nee. Moet je Negovan vragen, die kan goed namen onthouden.'

Zosim knikt goedmoedig en gaat verder met zijn verhaal. Niemand van de luisteraars durft de zaal te verlaten, hoewel ze vast weten dat het vandaag betaaldag is. Onze soldij is een lachertje, maar wat we vinden mogen we houden.

Onderweg door de steegjes komen we geen enkele dorpsbewoner tegen. De mensen die we niet hebben opgesloten of laten gaan, zitten kennelijk nog in de kelders. Ook achter de deuren waarvan we het slot openschieten is niemand meer. Alleen de heel oude mensen treffen we in hun bed of in een leunstoel aan, met dekens vol gaten over hun knieën. Ze zijn amper een blik of een kogel van ons waard. Alleen Rajko flipt als ze hem met hun waterige ogen knipperend aankijken.

Als het donker wordt zijn we klaar, en het resultaat verbetert onze stemming. Een goede keus om hiernaartoe te komen. Een goede dag. Alleen Dragan moppert, hij heeft last van zijn been. Rajko, die hem nooit heeft gemogen, haalt een kettingzaag uit een van de kelders en biedt hem aan de kwestie met het been voor eens en altijd op te lossen. Het is een van de beste avon-

347

den in lange tijd, en op de eerste verdieping van de school tref ik een blond meisje aan dat Magda of Marta heet en zich uitkleedt zodra ik de deur van de kamer van de burgemeester achter me sluit.

De volgende ochtend is het alsof ik nog nooit hoofdpijn heb gehad. We maken ons klaar voor vertrek. Nu kunnen de kaarsen aangestoken en de gaskranen opengedraaid worden.

'Panter?'

De naam irriteert me nog steeds, maar hij is nuttig. Laat me mijn herkomst vergeten, maakt me tot een ongrijpbare grootheid. 'Ja?'

Zosim haalt het automatische geweer van zijn schouder. 'Wat doen we met de school?'

Ik hoef maar even na te denken. Een goede aanvoerder zorgt ervoor dat de stemming onder zijn mannen goed blijft, en als het volksleger hier langskomt moeten ze zien dat we niet hebben lopen lanterfanten. 'Doe de deuren open. Jaag ze maar een beetje op. En wie zin heeft in schietoefeningen is welkom.'

Mijn vrachtwagen is de eerste die het dorp verlaat. We passeren een afgebrande kerk, huizen met gaten in de muren, twee puinhopen waaruit meubels oprijzen. In het begin wijkt Gruja, die achter het stuur zit, nog uit voor de lijken die dwars over de weg liggen, maar op een gegeven moment heeft hij daar genoeg van. Boven ons gaat de hemel open, achter ons verscheuren schoten de ochtend. De sneeuw glinstert in de zon alsof die vermengd is met diamanten. Soms komen de goede dagen allemaal achterelkaar.

Negentien

Beatrice en Florin kamden de Forellenwegsiedlung twee keer van de ene kant tot de andere uit, zonder iets opvallends te zien. Als iemand de aandacht trok was het Beatrice zelf, die met haar laptop onder haar arm om de vijf minuten afkoerste op een parkbankje, hem openklapte en naar nieuwe aanwijzingen op Facebook zocht. Maar de nep-Tina had Nikola's tips vast begrepen – geen van tweeën had nog van zich laten horen.

Ze waren al op weg terug naar de auto toen Beatrices mobieltje ging. De beller was een van de collega's die ze naar het adres van Boris Ribar had gestuurd. 'Hij is niet thuis. Zijn vrouw wel, maar zij weet ook niet waar hij naartoe wilde. Ze wil nu per se weten wat er aan de hand is. Wat moet ik tegen haar zeggen?'

'Dat we wel weer contact opnemen.' Beatrice hing op en probeerde Stefan te bereiken, maar die nam niet op. Dit was een van die dagen waar ze een bloedhekel aan had. Niks lukte.

Ze wierp een blik op haar horloge. Bijna halfvijf. De hoogste tijd om het boetekleed aan te trekken. Ze woog de twee mogelijkheden die zich aandienden tegen elkaar af en koos voor de minst aangename.

'Bea? Wat is er aan de hand?'

'Hallo, Achim. Zou jij de kinderen van school kunnen ophalen? Ik kan niet weg. Anders zou ik mama moeten opbellen, maar jij hebt immers zelf gezegd dat ik jou als eerste moet vragen.'

Ze kende hem goed genoeg om te weten hoe moeilijk hij het vond om haar niet scherp van repliek te dienen. *Had je dat niet wat eerder kunnen bedenken? Andere mensen zijn wél op tijd klaar met hun werk...*

349

'Is goed, maar dan moeten ze hier ook slapen. Ik vind het niks om de hele avond oproepbaar te zijn en me af te vragen of het jou misschien nog behaagt om contact op te nemen.' Wat vond hij het toch heerlijk om naar zijn gevoel in zijn recht te staan!

'Natuurlijk. Ze vinden het vast leuk. Bedankt.'

Ze stapte aan de passagierskant in en klapte de laptop opnieuw open. Nog steeds niets nieuws, alleen Helen die Nikola tot de orde riep en kort daarna alle leden bedankte omdat ze zich zo beschaafd gedroegen en dat er inderdaad geen reacties meer op de post waren gekomen.

Florin had de motor nog niet gestart. Hij had de blauwe map tegen het stuur gezet, opengeslagen bij 'Een wit kasteel in witte eenzaamheid'. Zijn blik was gericht op de foto, alsof hij per se wilde uitsluiten dat het toch een vergissing was geweest.

'Ik wou dat we de foto konden vergroten,' zei hij. Met zijn wijsvinger raakte hij de kinderwagen aan die in de rechterbenedenhoek knalpaars het beeld in kwam. Erachter bevond zich een man die Beatrice pas opmerkte toen haar aandacht niet meer op de vesting geconcentreerd was. In een groen windjack, met een witte wollen muts op zijn hoofd en een tevreden glimlach om zijn lippen liep Boris Ribar over de Kapitelplatz. Hij keek niet in de camera, maar had zijn hoofd opzij gedraaid en praatte met een jonge vrouw die haar arm in de kinderwagen stak, misschien om een van de meisjestweeling een speentje in de mond te stoppen. Het echtpaar glimlachte; het was vast een mooie wandeling geweest.

Zij waren maar twee van de minstens vijftien mensen op de foto, die deels hun gezicht, deels hun rug naar de camera toe keerden. Dat zag je vaker in delen van de stad die door toeristen werden overspoeld: je kon ze niet fotograferen zonder dat er mensen door het beeld liepen.

Ribar had van de huisgenoot van Pallauf tegen betaling de lijst met wachtwoorden gekregen – het was dus heel goed mogelijk dat híj de post had gewist. En hij zou Beatrice daarvoor een goede reden moeten noemen. Zijn gezicht verscheen voor Beatrices geestesoog en ze probeerde het te matchen met een ander gezicht, maar dat lukte haar niet.

Gornja Trapinska. De naam van het dorp liet haar niet meer los; op de een of andere manier speelde wat zich daar aan het begin van de jaren negentig had afgespeeld een rol. Als je de in gedichten verhulde aanwijzingen van Nikola en Ira goed las verwezen ze niet alleen naar dood en sterven als zodanig, maar ook naar oorlog. En naar een huursoldaat die al meer dan twintig jaar dood was.

Maar waarom dan al die moeite?

Florin klapte de ordner dicht en gaf hem terug aan Beatrice. 'Ik zou graag naar Ribar toe gaan om te kijken of zijn vrouw niet voor hem heeft gelogen.'

'Dat kunnen we doen, maar zonder gerechtelijk bevel kunnen we haar niet dwingen ons binnen te laten als ze dat niet wil.' Beatrice zocht in haar aantekeningen; ergens had ze immers Ribars mobiele nummer genoteerd... ja, daar was het. Ze belde met afgeschermd nummer en luisterde naar de kiestoon. Eén keer, twee keer, drie keer. De voicemail stond kennelijk uit. Acht keer, negen keer. Ze hing op. Toetste het nummer van Stefan in en kreeg na de vierde keer overgaan de voicemail.

'Hallo, met Stefan Gerlach. Ik kan op dit moment de telefoon niet opnemen, wilt u uw boodschap achterlaten na de piep. Bedankt.'

Een langgerekte piep. Beatrice schraapte haar keel. 'Hallo, Stefan! Wil je me alsjeblieft heel snel terugbellen. Hoe is het bij Motel Fischer? Is je daar iemand opgevallen? Het ziet ernaar uit dat de Forellenwegsiedlung een slag in de lucht was. Neem je even contact met ons op?'

Nadat ze de verbinding had verbroken keek ze besluiteloos op haar mobieltje. Ze wilde met elke vezel van haar hart Tina en Nikola vinden, dat ging haar boven alles. Omdat die twee wisten waar het om ging, net als Ehrmann. Ze had hem laten gaan in de overtuiging dat ze de volgende dag opnieuw de kans zou krijgen hem te ontlokken wat hij wist, iets wat ze zichzelf nog steeds niet kon vergeven. Die fout zou ze geen tweede keer maken. Als Nikola en Tina eerst maar voor haar stonden, dan was de zaak binnen een paar uur opgelost. Dus probeerde ze het bij Bechner, misschien nam die zijn mobieltje wel op. 'Ik ben net op weg naar huis,' zei hij.

'O.' Ze slikte haar teleurstelling in. 'Betekent dat dat jullie Tina en Nikola niet hebben gevonden?'

'Wat? Waar heeft u het over?'

Haar hand sloot zich steviger om het mobieltje heen. 'Dat Stefan samen met u een motel zou onderzoeken.'

'O. Dat heeft hij me helemaal niet verteld. Kennelijk heeft hij me niet bereikt, ik had het vanmiddag druk met twee verhoren en had mijn mobieltje uitgeschakeld. We hebben immers ook nog andere zaken waaraan we moeten werken.' Bechner laste een korte stilte in. 'Nou ja, misschien is hij met iemand anders op pad gegaan.'

Of hij was alleen gegaan, tegen alle voorschriften in. 'Oké, bedankt voor de informatie. Prettige avond nog.'

Ze hing op, koos nog een keer Stefans nummer. Weer geen reactie, alleen de voicemail, net als daarnet.

Florin, die had meegeluisterd met het gesprek met Bechner, startte de motor en zette hem in de eerste versnelling. 'We rijden naar Eugendorf. Wil jij de meldkamer informeren en hun vragen meteen contact met ons op te nemen als Stefan opduikt of zich meldt?'

Beatrice hoefde niets te vragen: één blik op Florins gespannen gezicht was voldoende om te weten dat hij zich even ongerust maakte als zijzelf. Ze gaf de dienstdoende collega alle noodzakelijke gegevens door. Ze had Stefan zelf naar Eugendorf gestuurd en ze hoopte van ganser harte dat hij verstandig genoeg was geweest om een begeleider te zoeken.

Motel Fischer was gesloten en je kon je goed voorstellen waar dat aan lag. Op het modderige grasveld voor de ingang lag grofvuil te wachten tot het werd opgehaald, een van de ramen was ingeslagen en iemand had met blauwe en rode graffiti op de muren zijn naam vereeuwigd. Het gebouw, dat hoogstwaarschijnlijk ooit een boerderij was geweest, ademde de deprimerende sfeer van een volkomen fiasco.

Stefans auto stond een stukje verderop, scheef, met twee wielen in het gras, afgesloten. Beatrice en Florin inspecteerden het voertuig aan de buitenzijde, op zoek naar aanwijzingen waar Stefan of zijn mobieltje waren. Als hij het per ongeluk in zijn auto had laten liggen was dat weliswaar een ernstige fout, maar tegelijkertijd een geruststellende verklaring voor het feit dat hij geen contact opnam. Nee, het was nergens te zien.

Overal om hen heen domineerden velden en kleine bosjes het beeld. Het dichtstbijzijnde huis lag op ongeveer vierhonderd meter afstand. Achter het hek blafte af en toe een hond.

Florin liep voorzichtig naar een stoffig raam om een blik in het motel te werpen. Hij schudde zijn hoofd. 'We kunnen daar niet alleen naar binnen gaan. Ik ga versterking vragen.' Beatrice liet hem bellen en volgde de weg waar ze stonden een paar stappen in de richting van het bos. Een gedeukt, verkleurd metalen bord gaf aan dat driehonderd meter verderop GARAGE BRUCKER lag.

Stefan zou ook die richting in geslagen kunnen zijn. Ze wachtte tot Florin zijn gesprek had beëindigd en wenkte hem naderbij. 'Ik wil die garage met je bekijken. Als Stefan hier even weinig heeft gevonden als wij is hij daar misschien een kijkje gaan nemen.'

Of hij was naar het huis gelopen dat je vanaf hier kon zien om de bewoners te ondervragen en zat nu achter een kop koffie met een stuk taart aan de keukentafel te kletsen. Dat hoopte Beatrice vurig, ook al was het onwaarschijnlijk.

De weg ging eerst naar links en vervolgens naar rechts, tussen losjes verspreide beuken en sparren door, tot uiteindelijk een laag gebouw zichtbaar werd waar een auto naast geparkeerd stond die Beatrice bekend voorkwam. Een zilverkleurige Peugeot... wie reed er ook alweer in een zilverkleurige Peugeot?

Toen ze dichterbij kwam werd haar duidelijk dat de garage niet zo verlaten was als ze er op het eerste gezicht uitzag. Er kwamen geluiden uit. Gerinkel. Daarna was het stil.

Florin hield Beatrice tegen door haar arm vast te pakken. Wacht, zei zijn blik.

Een mannenstem die iets beval. Een tweede, zachter, smekend. Geen van beide klonken ze als de stem van Stefan.

Ze waren op ongeveer tweehonderd meter genaderd, zo dicht als verantwoord was zonder versterking. Florin belde nog een keer de meldkamer en gaf fluisterend hun nieuwe positie door. 'We hebben minstens vier man nodig. Het kan zijn dat hier een collega in de problemen zit, dus stuur uit voorzorg ook meteen een ambulance mee. We nemen contact op als er nieuws is.'

Het laatste woord werd overstemd door een doffe klap, waarop een kreet volgde. Verrassing? Pijn? Pijn, concludeerde Beatrice. 'Als dat Stefan is kunnen wij niet wachten,' zei ze. Florin had zijn dienstpistool omgegespt, weerloos waren ze niet. 'Laten we er tenminste dichter naartoe gaan. We gaan achter de auto in dekking.' Ze wachtte niet op zijn antwoord, maar sloop half bukkend achter de bomen verder. Florin zou haar volgen, dat stond buiten kijf.

De lak van de Peugeot vertoonde diverse krassen, en een deuk in de achterbumper getuigde van een mislukte parkeermanoeuvre. Ook de deuk had Beatrice al een keer eerder gezien. Net als het blauwe geurboompje dat aan de achteruitkijkspiegel bengelde... Ze richtte zich nog wat op.

'Ribar,' fluisterde ze. 'Dat is de auto van Ribar.'

Had ze te hard gepraat? Florin had haar bij haar arm gepakt en naar beneden getrokken naar waar hij zat. Hij was geconcentreerd tot in elke vezel.

In de garage was de rust nu weergekeerd. Beatrice hield haar adem in en luisterde ingespannen, maar de lichte wind die was opgestoken bewoog de boomtoppen heen en weer en het geruis ervan overstemde alles.

Hoe lang zou het nog duren voordat er versterking kwam? Ze had het nog maar net gedacht of ze kreeg een helder en lawaaierig antwoord: te lang.

Met een gigantisch kabaal vloog de deur van de garage open en Stefan stond in de uitgang, of om preciezer te zijn: hij werd vastgehouden door iemand wiens gezicht Beatrice niet kon zien. Ze zag alleen zijn lichaam, dat overduidelijk niet dat van Ribar was, en vooral zijn hand, die een mes tegen Stefans keel hield.

'Ik weet niet wie hier rondsluipt, maar hij moet tevoorschijn komen.' De stem van de man met het mes klonk rustig. 'Ik tel tot drie, dan is het afgelopen met deze jongeman. Eén...'

Ze sprongen allebei tegelijk omhoog. Florin hield zijn beide handen ter hoogte van zijn schouders en liet zien dat hij niets in zijn handen had. 'We zijn ongewapend en we willen u niets doen.'

'Wat heeft u hier te zoeken?'

Met zijn kin wees Florin naar Stefan, die amper op zijn benen kon blijven staan. Zijn vuurrode haar was op zijn slapen donkerrood en kleefde aan elkaar; er liep bloed in zijn linkeroog.

'We zochten onze vriend.'

'Interessant.'

Nu draaide hij zich om, zodat Beatrice zijn gezicht kon zien. Er kwam een vaag gevoel van herkenning bij haar op. Ze had de man al eens eerder ontmoet, maar waar? De herinnering liet zich niet dwingen, als een naam die op het puntje van haar tong lag, en slaagde er niet in de laatste hindernis te nemen en haar bewustzijn te bereiken.

De man leek er geen problemen mee te hebben. 'Ik herken u. Van dat restaurant – u had rood haar en zat met Dominik Ehrmann te eten.'

In één klap was het beeld er weer. De toerist van wie Stefan had gedacht dat hij aansluiting zocht. Die tegen zijn tafel was gaan staan en een gesprek met hem had aangeknoopt terwijl zij had geprobeerd Ehrmann zijn geheim te ontlokken.

De man hield geïnteresseerd zijn hoofd schuin. 'Wie bent u?'

Beatrice aarzelde geen seconde. 'Tina Herbert.'

'Maar dan kennen wij elkaar.' Hij lachte. 'En die slimmerik met wie je op stap bent? Zo stel ik me Phil Anthrop voor. Ben jij het, Phil?'

Florin zei geen ja en geen nee. Hij bleef zijn handen omhooghouden, zodat er geen enkele twijfel kon rijzen of hij wel ongevaarlijk was. 'Laat u alstublieft onze vriend los.' Hij zei het rustig en langzaam, zonder aan te dringen.

De man trok sceptisch zijn mondhoeken naar beneden. 'Als ik hem loslaat valt hij in het lemmet. U moet echt beter nadenken over wat u wilt.'

Het zou niet lang meer duren voor er versterking en een ambulance kwamen. Stefans blik werd al onvast, zijn ogen draaiden naar boven. Als hij echt viel voor de onbekende zijn mes had weggetrokken...

'Ik doe u een voorstel: legt u mijn vriend in het gras, dan ga ik met u mee naar binnen.' Beatrice wees op de garage.

'B... Beter niet. Ik ga en jij blijft hierbuiten. Jij hebt een EHBO-cursus gedaan.' Dat was op het nippertje: bijna had Florin zich haar echte naam laten ontvallen. Hij pakte haar handen vast. 'Ik blijf bij u,' riep hij naar de man met het mes. 'En mijn vriendin zorgt voor de gewonde. Ik weet zeker dat we de situatie kunnen oplossen. Niemand wil immers dat iemand hier schade van ondervindt.'

Nu begon de man te glimlachen. 'Hoe weet u dat zo zeker?' Hij fronste gespeeld peinzend zijn voorhoofd. 'Goed, oké. U kunt die vuurtoren krijgen, maar ik ruil hem alleen tegen Tina. Hup meisje, kom maar gauw binnen.'

Florin ging haar in de weg staan. 'Dat laat ik niet toe.'

Stefan wankelde en de man drukte hem steviger tegen zich aan. 'Da's dan jammer van die rooie hier.'

'Met mij heeft u een veel waardevollere gijzelaar in handen.' Florin deed nog een poging; je kon horen dat hij wanhopig was. 'Met mij heeft u een betere buit.'

De man dacht even na, of deed alsof. 'Dat geloof ik eigenlijk niet. Zou u het niet stom vinden als ik een goed getrainde man zou uitkiezen als "gijzelaar", zoals u het noemt? Iemand die groter is dan ik? Nee, bedankt, ik geef de voorkeur aan Tina's gezelschap.'

'Oké.' Beatrice was zelf verbaasd hoe vast haar stem klonk. 'We hebben tenslotte veel te bespreken.' Langzaam hief ze haar handen en ze glimlachte. Hopelijk trilde haar gezicht niet en hield ze haar gelaatsuitdrukking onder controle. 'Ik kom nu naar u toe.'

Ze zag hoe bleek Florin ineens was en gaf hem een geruststellend knikje, ook al wist ze dat dat hem absoluut niet geruststelde. Maar met elke stap die ze op de onbekende af liep slonk haar angst. Die loste op. Dat was slechts schijn, zoals Beatrice wist, het was gewoon de adrenaline die door haar lichaam gierde en haar in die merkwaardige zwevende toestand bracht waardoor ze meende onkwetsbaar te zijn. Dat bleef niet zo.

Ze vermeed het Florin nog een keer aan te kijken. 'Maak je geen zorgen,' zei ze zachtjes.

Pas toen ze bijna voor Stefan stond moest ze ineens aan Jakob en Mina denken, en dat het unfair van haar was om dit risico aan te gaan, alleen omdat zij dat zelf als juist beschouwde.

Als het misgaat ben ik er geweest, maar dan moeten zij leren om te gaan met de herinnering aan een moeder die op een gewelddadige manier om het leven is gekomen.

Het was verkeerd, helemaal verkeerd om daar nu aan te denken. Ze deed haar uiterste best het optimisme te behouden dat haar zonet nog had vervuld en concentreerde zich volledig op de man in wiens armen Stefan steeds verder in elkaar zakte. 'U kunt hem loslaten, oké?'

'Niet zo haastig, Tina. In mijn jaszak vind je een rol *duct tape*.'

Ze pakte hem zonder aarzelen. Stak de man de zilverig glanzende rol toe.

'Ga nu naar je vriend met het donkere haar en zeg hem dat hij naast de auto moet knielen en met zijn handen de velg moet vastpakken. Dan bind je hem daar vast. Maar wel goed, gooi er niet met de pet naar, oké? Ik kom het controleren.'

Ze deed wat hij vroeg en maakte er haast mee, omdat ze wist dat hun collega's elk moment konden arriveren. Dan zou een ruil niet meer denkbaar zijn en zag ze het somber in voor Stefan.

Florin hielp haar zo goed hij kon. Ze wikkelde het plakband een paar keer om zijn polsen, ging daarna met de rol een paar keer tussen de velg door en maakte hem vast aan de band. Het was een inspannend karweitje, en Beatrice hoopte dat het niet te strak zat. Met een beetje geduld en handigheid zou Florin zich kunnen bevrijden, maar waarschijnlijk was de versterking er eerder. Hopelijk maakten ze niet te veel lawaai. Florin wendde zijn blik niet van haar af. Zijn lippen vormden geluidloos een woord. Eén keer. Nog een keer. *Mobieltje.*

Ja, natuurlijk. Slim. Ze veranderde haar positie zo dat ze Florin aan het zicht onttrok en deed alsof ze controleerde of de tape wel stevig genoeg zat terwijl ze haar hand in de borstzak van zijn jasje stak en het mobieltje pakte.

De onbekende mocht het niet gezien hebben. Dat mocht gewoon niet. Ze weerstond de neiging over haar schouder te kijken om zich daarvan te vergewissen. Met een snelle beweging liet ze het smalle toestel in Florins mouw glijden, richtte zich op en draaide zich om.

'Klaar,' zei ze. 'Laten we gaan.'

'Tina?'

Het ontroerde haar op een eigenaardige manier om de naam die niet die van haarzelf was uit Florins mond te horen. Ze bleef staan.

'Ja?'

'Je komt er weer ongedeerd uit.' Zijn stem had nog nooit zo geklonken. Diep als een wond.

'Dat weet ik.'

'Ja. Natuurlijk.'

Hij probeerde te glimlachen, maar het mislukte.

'Tot zo.' Ze wendde zich af en liep op Stefan af, hielp hem voorzichtig in het gras neer te leggen. Daarna stapte ze de garage binnen.

De stomp tussen haar schouderbladen kwam zo onverwachts dat ze amper de tijd had haar val met haar armen op te vangen. *Waarom*, wilde ze vragen, maar ze had er geen adem meer voor. Iets gooide zich met grote kracht tegen haar lichaam, drukte haar op de grond, dwong haar armen op haar rug.

Een scheurgeluid. Haar polsen werden tegen elkaar aan gedrukt, omwikkeld, een paar keer.

Ze probeerde haar hoofd op te tillen. Rechts van haar was iets groots, voor de muur, tussen schaduwen die scheuren of gereedschap konden zijn.

Gerinkel. En nog een geluid – een vochtig, intens gerochel.

Beatrices kin brandde, ze was er kennelijk mee tegen de ruwe vloer geslagen toen ze viel.

'Zo.' Het gewicht verdween van haar rug; de lichte sportschoenen van een man kwamen in haar gezichtsveld, zijn verende pas. Daarna ging hij op zijn hurken voor haar zitten. 'Tina Herbert. Ik wist wel dat er met jou iets niet klopte.' Hij trok haar op haar benen en duwde haar in de richting van een stapel autobanden. 'Ga zitten.'

Ze zag nu wat dat grote ding was. Een mens. Hij stond met zijn armen boven zijn hoofd gestrekt tegen de wand. Of hing hij? Ze kon het niet zien: er viel te weinig licht in dit deel van de garage en de kleine, stoffige bouwlamp waarvan het snoer links van Beatrice over de vloer kronkelde verlichtte iets heel anders. Een foto die ze kende, maar nu vele malen vergroot.

Blond haar, een paardenstaart, de ontbrekende tand. Het meisje lachte ondeugend vanaf de wand; de foto was vastgeplakt met de duct tape die ook om Beatrices polsen knelde.

'U bent van de politie.' De man vroeg het niet, hij stelde het vast. Toch brandde er bij Beatrice een 'nee' op de tong, want achter de façade van Tina Herbert voelde ze zich duidelijk veiliger.

'Ik heb in de jas van uw roodharige collega een politiekaart gevonden, en als ik een beetje bij u ga zoeken wed ik dat ik er ook een tevoorschijn haal.'

De man die aan de tegenover liggende wand hing maakte weer van die doffe geluiden, als door een volgezogen spons. Het was Ribar die daar was opgehangen, Beatrice wist het zogoed als zeker. Door de lengte die klopte, en ook de lichaamsomvang, maar vooral doordat zijn auto voor de deur stond.

Als het Florin lukt om te bellen en onze situatie uit de doeken te doen sturen ze een speciale eenheid naar ons toe. Geluidloze, snelle scherpschutters. Geen blauwe zwaailichten a.u.b.!

De geluiden die de geboeide man maakte werden harder. Hij probeerde zich duidelijk door zijn knevel heen verstaanbaar te maken.

Haar gijzelnemer draaide zich om en pakte een schroefsleutel die zo groot was als een arm. 'Jij houdt je kop en wacht tot je aan de beurt bent,' siste hij. Het gereedschap vloog door de garage en raakte Ribar in zijn buik. Die begon luid te kreunen en te kronkelen. Weer dat gerinkel: hij was kennelijk met kettingen vastgemaakt.

'Vooruit.' De man veegde zijn handen af aan zijn spijkerbroek en nam Beatrice met een schuin hoofd op. 'Wie heb ik voor me?'

Ze wist waar ze haar politiekaart had. In de linkerbinnenzak van haar jasje. Die was zo gevonden en haar gesprekspartner zag er niet uit alsof hij zachtzinnig te werk zou gaan als hij haar grondig fouilleerde.

'Beatrice Kaspary. Ik ben van de Salzburgse politie. Maar ik ben ook Tina Herbert. Onder die naam zit ik op Facebook.'

De man trok zijn wenkbrauwen op en glimlachte, waardoor hij er op slag sympathiek uitzag. 'Dat is toevallig. Dan zijn we immers onder elkaar. Tina Herbert en Tina Herbert.' Hij wees eerst naar zichzelf en daarna naar Beatrice.

'U heeft mijn account gehackt.'

'Ja. Als je weet hoe dat moet is het niet zo'n grote klus. Ik was verbaasd dat de echte Tina na mijn inmenging haar wachtwoord niet had veranderd en zich ook nergens luidkeels beklaagde, maar nu begrijp ik dat natuurlijk. U wilde observeren wat er zou gebeuren.'

Ze knikte. Probeerde tegelijkertijd verbanden te leggen, maar keurde het ene na het andere weer af. De man had Tina Herberts account gehackt, maar aan de wand hing de profielfoto van Nikola DVD. Het gesprek tussen haar en Tina, de verwijzingen naar forellen en Hitchcock hadden haar hier gebracht. En Ribar waarschijnlijk ook.

'U bent in de war door de foto, hè?'

Inderdaad. En waarschijnlijk was dat het wat Beatrice wekenlang op het verkeerde been had gezet. De foto van een meisje, een vrouwelijke naam, en meteen had ze al een helder beeld, dat zich onwrikbaar vastzette en de plek innam die concreet onderzoek niet had kunnen innemen.

Nikola. Nikola Tesla. Een van de bekendste uitvinders van de vorige eeuw. Geboren in Servië. En een man.

'U bent Nikola, hè?'

'Ja. Nikola Perkovac.'

Mijn god. Geen wonder dat Ehrmann haar had doorzien. *Ik weet dat Nikola in de stad is. Ze heeft een post op Facebook geplaatst.* Vanaf dat moment had Ehrmann geweten dat Beatrice geen idee had wie de personages in dit spel waren.

Nikola keek haar afwachtend aan. Het was verontrustend dat hij zijn identiteit zo bereidwillig had prijsgegeven. Dat betekende dat hij niet van plan was haar te laten gaan. Of dat hij voor zichzelf geen kansen zag om dit heelhuids te doorstaan. Dat maakte hem tot een gevaarlijke en onberekenbare tegenstander.

'U komt uit voormalig Joegoslavië?'

Een tijdlang antwoordde hij niet, keek haar alleen aan. 'Ik ben er niet geboren, maar ik heb mijn wortels in Kroatië.' Zijn ogen vernauwden zich. 'En mijn familie.'

Weer het gerinkel. Beatrices blik ging snel naar Ribar, die een vertwijfelde en uitzichtloze strijd tegen zijn ketenen voerde.

'Goed,' zei Nikola. 'We gaan ons met hem bezighouden.' Hij draaide de bouwlamp zo dat die Ribar recht in zijn gezicht scheen.

De journalist was lelijk toegetakeld. Zijn neus was gebroken, eronder zat geronnen bloed en een van zijn ogen was bijna helemaal dichtgezwollen. Over zijn mond zat een lang stuk zilverkleurige duct tape geplakt. Het kostte hem vast ongelooflijk veel moeite om ondanks de knevel en zijn ingeslagen neus te ademen.

'Hij krijgt nauwelijks lucht.'

'Klopt,' constateerde Nikola tevreden.

Beatrice deed even haar ogen dicht en probeerde zich bij elkaar te rapen. Ze meende te weten om welke reden hij de journalist hiernaartoe had gelokt, want er was een zekere gelijkenis, lastig om de vinger op te leggen, maar onmiskenbaar. Je moest hem dertig kilo slanker maken en het minder bolle hoofd haar en een baard geven…

'Misschien vergist u zich,' zei Beatrice.

'Nee. Ik ben niet de enige die hem heeft herkend.' Nikola stapte op Ribar af en pakte hem bij zijn keel. 'Met Facebook ben je verbonden en deel je alles met iedereen in je leven,' zei hij. 'Voor mij is dat op verbazingwekkende wijze bewaarheid.'

Over Nikola's schouder heen ving Beatrice een smekende blik op van Ribar. 'Haalt u in elk geval de knevel uit zijn mond.'

'Zeker. Later. Hij moet ons tenslotte iets kunnen vertellen.'

Het was nu zaak om tijd te rekken. Het was niet uitgesloten dat Florin er al in geslaagd was zich te bevrijden of in elk geval te bellen. Beatrice zag het als een goed teken dat er vanbuiten niets te horen was. Minder prettig was dat je uit de garage niet naar buiten en omgekeerd van buiten niet naar binnen kon kijken. De grote garagedeur was dichtgetrokken, de bovenlichten zaten veel te hoog en de twee ramen op ooghoogte waren met golfkarton afgedekt. De verlichting was diffuus en schemerig, afgezien van de bouwlamp met zijn verblindende licht waarvan Ribars ogen inmiddels begonnen te tranen.

Nikola leek geen haast te hebben met wat hij van plan was. Hij bekeek Ribars gezicht nog een keer van alle kanten. Daarna keerde hij hem zijn rug toe en ging op een andere stapel banden zitten. Peinzend speelde hij met de dop van de jerrycan aan zijn voeten.

'Weet u dat Sarah Beckendahl mijn vriendin was?' Hij keek onderzoekend naar Beatrices gezicht, trof daar kennelijk de verbazing aan waarop hij had gehoopt en knikte tevreden. 'Een soort van, tenminste. We sliepen met elkaar en ze hield van mij. Dat beweerde ze althans.'

Uit haar onderzoek was gebleken dat Beckendahl single was. Beatrice slikte en deed haar best haar stem rustig te laten klinken. 'We hebben het nagetrokken. Niemand van Sarahs vrienden of familieleden heeft u genoemd.'

'Omdat ik het niet wilde. Ik wilde helemaal geen relatie, maar ik kon Sarah niet zo gemakkelijk afschudden. Ze had zich in het hoofd gezet dat ze me wilde laten zien hoe mooi het leven kan zijn en hoeveel ik voor haar betekende.'

Zijn gezichtsuitdrukking was zachter geworden. Misschien een goed moment om emotioneel tot hem door te dringen. 'Ik wil per se horen wat u te vertellen hebt. In alle rust. Laten we naar een andere plek gaan.'

Nikola deed zijn hand voor zijn mond alsof hij een glimlach wilde verbergen. 'Tina – of nee, Beatrice, denk je dat ik zó dom ben? Eindelijk ben ik waar ik wil zijn sinds ik die foto heb gezien en ik ga hier niet weg tot alles is afgehandeld.'

Wat hij daarmee bedoelde zei hij niet, maar zijn op Ribar gerichte blik sprak boekdelen.

'Ik neem aan dat Sarah ook op de hoogte was van de foto?'

Nikola ademde hoorbaar uit. 'Ja. Die heeft haar het leven gekost. Ik had hem uitgeprint, een paar keer. Vergroot. Voor een paar vrienden met dezelfde belangstelling.'

'En u denkt dat die man daar Frank Heckler is, hè?'

Iets donkers versluierde zijn blik. 'Ik wéét het. Als u in mijn plaats was had u zijn gezicht ook herkend. Maar ik was niet degene die hem op Facebook ontdekte. Dat was Marja, en u mag me geloven dat ook zij hem nooit was vergeten nadat hij een hele nacht intensief met haar bezig was geweest. Heel veel mensen hebben Heckler nooit uit hun hoofd gekregen.'

Zolang Nikola aan het woord was deed hij niets gevaarlijks. Beatrice zag aan hem dat het hem opluchtte om te praten. Mooi. De druk van de ketel halen. Tijdrekken.

'U was vast nog heel jong toen u voor de oorlog bent gevlucht.'

'Vijftien. We waren alleen maar op bezoek in Gornja Trapinska. We kwamen er met z'n vieren aan, maar ik heb het alleen verlaten.' Hij bestudeerde zijn handen en de dop die hij van de jerrycan had geschroefd. 'Een vergissing, Frank,' riep hij tegen Ribar. 'Je had twee keer moeten schieten.'

Van een afstandje hoorde je motorgeluiden en Beatrice hield haar adem in. Was dat al de bijzondere eenheid? Misschien. Het motorgeluid stierf weg.

'O,' zei Nikola glimlachend. 'Wacht u op een team dat u komt bevrijden? Ik had het u meteen al moeten zeggen, sorry. Zodra iemand zonder dat ik het wil deze loods hier binnen komt, gaat de boel de lucht in.' Hij wees op iets wat vlak bij Ribar op de grond lag. Acht aan elkaar geplakte en met koperdraden verbonden doosjes. 'Ik laat het exploderen op het moment dat ik dat nodig vind. Wat me wat u betreft echt zou spijten, want ik vind u aardig.'

Een bom. Beatrice wist niet veel van explosieven, maar deze hier zag eruit alsof je er veel meer mee kon opblazen dan alleen een voormalige garage.

'Dat zal niet nodig zijn,' zei ze zonder te kunnen verhinderen dat haar stem trilde. 'Ik zou alleen graag mijn collega informeren, zodat hij ervan op de hoogte is. Hij zal er dan voor zorgen dat niemand ons hier stoort.'

Door Ribars knevel drong een jammerend geluid heen. Hij zag zijn kans op bevrijding door Beatrices voorstel kennelijk slinken. Misschien gaf dat de doorslag.

'Waarom niet.' Nikola stond op van zijn stapel banden. 'Ik wil dit hier netjes afhandelen. Leg uw vriend de situatie uit. Als het buiten onrustig wordt of als iemand zich toegang verschaft komen wij drieën hier met heel veel kabaal heel snel aan ons eind. En maar een van ons zou redenen hebben om daar blij om te zijn.'

Hij trok haar omhoog en sleepte haar tot vlak voor een schuifdeur die hij op een kier zette, net voldoende om er een arm doorheen te steken. 'Nu. Vooruit.'

Door de smalle spleet kon Beatrice niet meer onderscheiden dan een modderig weiland met een paar bomen erachter. Geen bijzondere eenheid, niet eens Ribars auto, die te ver naar links stond om hem door de opening te kunnen zien.

Ze haalde diep adem. 'Florin?' Het weiland lag maar een stap van haar verwijderd, als ze met haar hoofd de spleet groter maakte en ervandoor rende...

Het was verleidelijk. En uitgesloten. 'Florin, hoor je mij?'

'Ja. Gaat het goed met je?' Zijn stem kwam uit de richting van de auto. Heel waarschijnlijk was hij nog steeds geboeid. En zou hij als het allemaal misging samen met hen in de lucht vliegen.

'Alles oké. Maar er is iets waar we rekening mee moeten houden. In de garage is een bom en die wordt tot ontploffing gebracht als iemand probeert binnen te komen. Of ons op een andere manier... te storen.'

'Ik begrijp het.' Zijn stem trilde. 'Maak je geen zorgen, ik let erop dat het rustig blijft.'

Van achteren pakte Nikola haar bij haar geboeide handen, trok haar terug en schoof de deur weer dicht tot die knarsend in het slot viel.

'Goed gedaan.' Hij trok Beatrice door de garage, maar niet terug naar haar stapel met banden. Hij zette haar op een krukje dat dichter bij de plek stond waar Ribar aan zijn haak hing en wikkelde extra tape om haar dijen en de zitting van het krukje. 'Ik kan er niet de hele tijd op letten dat jij op je plek blijft,' legde hij uit.

Op slechts een paar passen afstand, maar toch ruimschoots buiten handbereik, ontdekte Beatrice op de grond een soort afstandsbediening. Je hoefde niet te vragen waarvoor die was.

Nikola's blik was de hare gevolgd. 'Maak je geen zorgen, ik zal er niet per ongeluk op gaan staan.' Hij pakte de draadloze ontsteking op en legde die op een ongelooflijk smerige werkbank links van hem.

Ook daar hield Beatrice het ding goed in de gaten. Ze kon haar blik haast niet afwenden. Zou ze nog voelen dat haar lichaam uit elkaar werd gescheurd als Nikola op de knop drukte? Of ging alles gewoon ineens op zwart? Uitgewist?

Ze dwong zich haar hoofd de andere kant op te draaien – naar Ribar, die nog geen vier meter bij haar vandaan stond, met zijn witte, bloedeloze handen boven zijn hoofd, onregelmatig en piepend ademhalend.

'Ik vind dat we erachter moeten zien te komen of u gelijk hebt met uw verdenking,' zei ze. Het kwam er iets te onbekommerd uit en maakte juist daardoor een krampachtige indruk. Beatrice schraapte haar keel. 'U wilt toch niemand schade berokkenen die onschuldig is? Laat meneer Ribar dan op zijn minst antwoord geven op datgene waarvan u hem beschuldigt.'

Was ze overtuigend geweest? Hopelijk, want in haar eigen hoofd kwamen steeds meer details op die erop wezen dat Nikola's aanname juist kon zijn. Ook al liet je de gelijkenis tussen de foto van de huursoldaat en de aan de muur geketende vijftiger voor wat die was – Ribar was hier met zijn eigen auto naartoe gereden. Dat betekende dat hij de aanwijzingen had opgevolgd die Nikola als broodkruimels had rondgestrooid om haar slachtoffer te lokken. Om journalistieke redenen? Of om zich te ontdoen van mensen die zijn vroegere ik hadden herkend? Zoals Ira? Zoals Ehrmann?

Als die theorie klopte had Frank Heckler zijn nieuwe bestaan beschermd met de middelen die hij in de oorlog had geleerd. Mijn god, hij had kinderen, een jonge vrouw – tot de plotselinge confrontatie met zijn verleden had hij zich vast veilig gewaand.

Maar wie had hem daarmee geconfronteerd?

De papiersnipper tussen de vingers van Sarah Beckendahl kwam haar weer voor de geest. Wat had Nikola daarnet ook alweer gezegd? Dat hij de foto had uitgeprint. Een paar keer. Voor vrienden. Had Sarah willen bewijzen dat ze van hem hield door Heckler voor hem op te sporen? Was ze zo naïef geweest?

Door de conclusies die Beatrice ineens begon te trekken vergat ze bijna dat ze een voorstel had gedaan. Ribar moest praten, en kennelijk vond ook Nikola dat daarvoor nu het moment was aangebroken.

Met één ruk had hij de journalist de tape van zijn gezicht getrokken. Maar hij hielp hem niet de verfrommelde doek uit zijn mond te krijgen. Het kostte Ribar zichtbaar inspanning, maar ten slotte lukte het hem zich van het ding te ontdoen. En hij haalde snikkend adem terwijl hij door zijn knieën zakte, alsof de knevel hem op de been had gehouden.

'De mond,' zei Nikola. 'Die smalle onderlip, terwijl hij zo'n volle bovenlip heeft. De ogen. De hele gezichtsuitdrukking. Als u de foto hebt gezien weet u hoe Heckler glimlacht. Net als toen, op het moment dat hij mijn moeder doodschoot.'

'Niet waar,' bracht Ribar met moeite uit. 'Mevrouw Kaspary, helpt u mij toch alstublieft! U kent mij al jaren. Ik heb niets gedaan, niets!'

Uit alle macht probeerde Beatrice zich nog een keer de foto van de huursoldaat voor de geest te halen. De opname van Frank Heckler. Die volgens alle documenten in 1993 om het leven was gekomen.

'Doet u toch iets!'

Nikola gaf hem een klap in het gezicht en Ribar brulde het uit. 'Hou je mond als ik je niets heb gevraagd. Hoe was het eigenlijk voor je toen jullie Gornja Trapinska verlieten? Hoe lang hebben jullie het verbrande vlees nog geroken? Nou?'

Hij keerde zich om naar Beatrice. 'Zijn mensen hebben me opgesloten in de verwarmingskelder van de school, samen met zoveel andere mannen dat niemand kon zitten. Opeengepropt. En toen hebben ze het gebouw aangestoken. Brandbommen. Ik was dun en lenig en stond vlak bij een van de twee bovenramen. Daardoor ben ik eruit gekomen. Net als zeven anderen. Maar de rest...' Hij sloeg Ribar nog een keer, harder. 'De rest is levend verbrand! Hebben jullie dat geroken in jullie vrachtwagens en tanks? Kregen jullie er honger van?' Nog een klap. 'Nu heb ik je iets gevraagd, dus antwoorden alsjeblieft!'

Ribar jammerde, er liep vers bloed uit zijn neus. 'Ik weet niet wat u bedoelt.'

'Dit is niet de juiste manier,' hoorde Beatrice zichzelf zeggen. 'Als Boris Ribar echt Frank Heckler is wordt hij berecht voor het Joegoslaviëtribunaal in Den Haag. U moet de politie haar werk laten doen, Nikola.'

Zijn woede, die zonet nog op Ribar geconcentreerd was geweest, richtte zich nu op haar. Hij draaide zich om en ging op een paar centimeter afstand voor haar staan. Beatrice kneep haar ogen dicht, in afwachting van een klap die niet kwam.

'U moet de politie haar werk laten doen,' bauwde hij haar na. 'Dat hebben we geprobeerd, weet u dat? Niet ik, ik verwachtte er nooit veel van. Maar Marja heeft zich ertoe kunnen zetten om er aangifte van te doen dat Frank Heckler nog leefde. Irena Barić ook. Heeft u haar weleens ontmoet? Ze heeft aan haar rechterhand nog maar drie vingers. De twee andere heeft een van Hecklers mannen er langzaam met een mes afgesneden. Ze waren zelfs van plan haar een oog uit te steken, maar ze heeft ze kunnen overreden om dat niet te doen. U wilt niet weten hoe.'

'Wat vertelt u daar nou,' schreeuwde Ribar. 'Ik weet daar niets van, laat u mij gaan.'

'Kop dicht!' Nikola's stem sloeg over; hij schudde zijn hoofd en wreef met zijn handen over zijn gezicht. Toen hij ze weer liet zakken maakte hij een kalmere indruk. 'Marja en Irena zijn bij de politie geweest. Daar hebben ze hen eerst van het kastje naar de muur gestuurd, om uiteindelijk tegen hen te zeggen dat Frank Heckler dood was. Vast en zeker. Ze moesten zich vergist hebben en de politie kon niet alle tips natrekken. Vooral niet als die van hysterische, getraumatiseerde, niet al te best Duits sprekende schoonmaaksters kwamen.'

Omdat jullie echt van die politieagenten zijn. Heel vriendelijk als jullie iets willen. Maar niet bereid om te luisteren als iemand uit zichzelf iets wil vertellen. Want dat zou kunnen betekenen dat jullie aan het werk moeten.

Daar had Ira Sagmeister kennelijk naar verwezen.

'Marja en Irena kenden de naam niet waaronder Heckler nu leefde. Hoe moesten ze die ook weten? Ze hadden alleen die foto van de man achter de kinderwagen, en bij de politie nam geen sterveling de moeite om uit te zoeken wie dat was.'

Dus hadden ze het zonder de politie geprobeerd. Irena, Marja, Nikola – en wie nog meer? Dominik Ehrmann, die waarschijnlijk niet persoonlijk betrokken was, maar de anderen door zijn vrijwilligerswerk kende. En Ira, van wie de moeder uit Gornja Trapinska kwam.

'Hoe wist u waar de andere overlevenden terecht waren gekomen?'

'Ik heb altijd contact gehouden.' Nikola pakte een verroeste moersleutel en woog hem op zijn hand. 'Ik heb het vooral aan Adina en Marja te danken dat ik levend Kroatië uit ben gekomen. Zij hebben me beschermd en we hebben elkaar veel brieven geschreven. Later mailtjes, en nog weer later hadden we contact via Facebook. Maar Adina niet. Zij heeft me tot het laatst alleen geschreven.' Hij keek naar het plafond en ademde luidruchtig uit. 'Ik zal het mezelf nooit vergeven dat ik haar niet heb kunnen helpen haar herinneringen te verdragen.' Opeens, zonder voorafgaande waarschuwing, ramde hij met de moersleutel tegen Ribars knie. 'En hem ook niet.'

Het gebrul moest buiten hoorbaar zijn. Beatrices maag draaide zich om. 'Alstublieft,' zei ze. 'Dat mag u niet doen. Een geboeide man slaan, dat is nooit goed, in geen enkele situatie.'

Het was alsof Nikola geen woord had gehoord van wat ze zei. 'Adina wilde het zo graag vergeten – alsof dat had gekund. Marja heeft haar diverse malen opgebeld om haar bij te staan in haar depressieve buien, tot ze doorkreeg dat Adina daardoor helemaal van de kook raakte. Onze stemmen, zelfs onze taal, ze kon er allemaal niet meer tegen.'

Waren dat de schokkende telefoontjes geweest die Ira door middel van een telefoontap had willen tegengaan? Wie weet.

'En toen heeft ze zichzelf van het leven beroofd,' siste hij de huilende Ribar in het oor. 'Kort nadat ze Ira had opgebiecht dat die aardige meneer Sagmeister helemaal niet haar vader was. Haar vader was een van jouw smerige cetniks. En misschien zelfs jijzelf wel. Heb je daar al eens over nagedacht? Dan zou je je eigen dochter vermoord hebben.'

Hij draaide zich om naar Beatrice. Het zweet stond op zijn voorhoofd. 'Ira's reactie was vreselijk, ze heeft het me later verteld. Ze was volkomen vertwijfeld, voelde zich alleen nog maar smerig en is weggelopen. Kennelijk heeft dat voor Adina de doorslag gegeven.'

Hij spuugde Ribar in het gezicht. 'Hoe heb je het eigenlijk gedaan? Nou? Hoe heb je Ira vermoord?'

Ribar jammerde alleen maar. Nikola gaf hem opnieuw een klap in zijn gezicht, maar er kwam geen antwoord. Dus draaide hij zich om naar Beatrice.

Ze schudde zwijgend haar hoofd. 'We hebben ons een hele tijd afgevraagd of het toch geen zelfmoord was,' zei ze. 'Wat u zonet hebt verteld moet Ira ongelooflijk uit het lood hebben geslagen. Eerst hoort ze dat ze het kind is van een verkrachter, dan pleegt haar moeder zelfmoord omdat ze denkt dat haar dochter haar veracht.' Het woedende, kettingrokende meisje stond haar weer voor ogen. 'Ze heeft zichzelf vast enorm veel verwijten gemaakt.'

Een snuivend lachje. 'O ja. Maar toch zou ze zichzelf nooit van het leven hebben beroofd. Wij hadden een gezamenlijk doel, zij en ik. De waarheid. Gerechtigheid. Heckler moet een goede smoes hebben bedacht om haar ertoe over te halen hem te ontmoeten. Contact opnemen was immers niet moeilijk meer, omdat ze elkaar op Facebook kenden.'

Het eten in de pizzeria, Ira's cannelloni. Ze had op iemand gewacht, met haar laptop op tafel. Ribar hoefde alleen maar buiten op haar te wachten, haar in zijn auto te slepen, haar computer af te pakken en onder haar naam al die posts vol doodsverlangen te schrijven. Een passend gedicht was zo gevonden.

Ik wil afscheid van jullie nemen. Ik kap ermee hier, maar voel je niet beledigd. Ik kap er sowieso mee. Niet alleen hier. Beatrice gaf zich over aan haar gedachten; dat verdreef de angst die telkens weer in haar dreigde over te koken als haar blik op de bom viel. *Morgen is het te laat* was het antwoord geweest op Beatrices aanbod om Ira te ontmoeten, en ook dat was logisch. Ira was voor haar dood geslagen, ze had schrammen, had in haar tong gebeten...

Iemand ongemerkt voor de trein duwen was vast lastig. Maar Heckler was een huursoldaat geweest, een expert in doden, vermommen, oorlog voeren en snel toeslaan. Het was mogelijk, en Beatrice vond het steeds waarschijnlijker worden.

'Ira heeft alles samen met mij voorbereid,' vervolgde Nikola zachtjes. 'Zij heeft deze plek hier uitgezocht, Heckler achtervolgd en de plekken gefotografeerd waar ze hem zag. Ze hield ons op de hoogte. Ze beschouwde het altijd als een schikking van het lot dat Heckler zich in dezelfde stad had gevestigd als waar zij woonde, en dat Gerald Pallauf hem toevallig op zijn foto had staan zonder te weten wat hij daarmee op Facebook postte.' Hij kwam nog een stap dichter naar Ribar toe, zo dichtbij dat hun gezichten elkaar bijna aanraakten. 'Ze had hier vandaag willen zijn, voor haar moeder en voor Marja en Irena. Die twee hadden ook genoegen genomen met het Joegoslaviëtribunaal. Maar Ira deelde mijn mening. Het ging er niet meer om dat we de Panter uitleverden aan justitie. We weten immers allemaal hoe tandeloos het hof in Den Haag is. Sommige beulen en verkrachters uit de jaren negentig zijn nu minister of commissaris van politie en hebben nog nooit een cel vanbinnen gezien.'

Vastgetapet op haar kruk voelde Beatrice zich steeds hulpelozer. Wat moest ze doen als Nikola er nu mee begon Ribar met gelijke munt terug te betalen? Hem martelde, verminkte, langzaam doodmaakte – en zij gedwongen werd toe te kijken?

'Als Ribar al deze mensen om het leven heeft gebracht – Ira, Sarah, Gerald en Ehrmann – dan komt hij zijn hele leven niet meer uit de gevangenis,' zei ze. 'Dat beloof ik u. De rechters in Den Haag zijn niet bevoegd om daarover te oordelen.'

'Dat is nog eens een troost,' antwoordde Nikola droogjes.

'Ik was het niet!' Ribar zwaaide aan zijn ketting. 'Het is allemaal een vergissing. Volkomen nonsens. Ik schríjf immers alleen over die zaken! Ik heb Ehrmann voor het eerst gezien toen hij dood onder de kruizen lag!' Waren de muren zo geluiddicht of was het buiten de garage zo rustig? Ze hoorde geen stemmen, geen motoren.

'Weet je wat, Frank? Dat jij met Ehrmanns dood niets te maken hebt, daar zijn we het over eens. Die zou niet gevaarlijk voor jou zijn geworden.'

Maar voor jou misschien wel. Beatrice probeerde haar boeien losser te maken, en ook al voelde ze dat ze geen enkele kans had, ze hield er niet mee op. Nikola was in het Republiccafé geweest en hoefde Ehrmann alleen maar te volgen. Zich bekend te maken als ze elkaar niet al kenden. En daarna hadden ze ruzie gekregen over hoe het verder moest als Heckler voor hen stond...

Ze vond het wel iets voor Ehrmann dat hij zich tegen Nikola's gewelddadige plannen had willen verzetten. Sinds ze de dode onder de kruizen had gezien, had de fout in het patroon haar niet meer losgelaten. Deze daad onderscheidde zich qua handschrift volkomen van de andere moorden. Hij kwam over als een spontane gewelddaad zonder voorbedachten rade. Maar toch – mijn god. Op de ijzeren staaf zaten vingerafdrukken, en als je die met de vingerafdrukken van Nikola vergeleek...

Ze keek naar hem en vervolgens naar beneden en vroeg zich af of er nog sporen van hondenpoep aan zijn schoenen zaten. De gedachte dat hij waarschijnlijk al eerder iemand had gedood deed de angst die ze met moeite wist te onderdrukken opnieuw opvlammen.

Je hebt geen bewijzen, raak niet verstrikt in je eigen fantasieën.

Leid hem af. Probeer informatie te krijgen. Ze durfde er geen eed op te doen, maar ze meende buiten gedempte stemmen te horen.

'Zegt de naam Rajko Dulović u iets?' Ze stelde de vraag terloops, zonder een van de twee mannen aan te kijken. Ribars 'nee' kwam meteen.

'Maar dat zou wel moeten. De man die dood in de Salzach is gevonden? Onder de drugs? Heeft u daar niets over geschreven? Echt niet?'

Op Ribars opgezwollen gezicht las ze het besef dat zijn overhaaste antwoord een vergissing was geweest.

'Er was een Rajko in Hecklers eenheid.' Nikola zei het langzaam, bijna alsof hij ervan genoot. 'Geen idee hoe hij verder nog heette, maar ik herinner me hem. Van gemiddelde lengte en lelijk. Hij heeft vijf oude mannen doodgeschoten, als slachtvee, de ene na de andere. Het ergste is dat ik er blij om was, want daardoor lette hij helemaal niet op ons en liet hij ons voorbijlopen.'

Nikola's hand sloot zich om Ribars keel. 'Maar jij, jíj hield ons wel in de gaten.'

'Ik weet niet wat u bedoelt.' Ribars woorden kwamen er hees uit. 'Ik ben nog nooit in Kroatië geweest, sowieso nog nooit in Joegoslavië. Ik heb met dat alles niets...'

Zonder waarschuwing vooraf, als uit het niets, begon Nikola tegen hem te schreeuwen in een taal die Beatrice niet verstond. Hij duwde met zijn hand tegen Ribars borst, stelde hem vragen, telkens opnieuw.

'Ik begrijp er geen woord van,' onderbrak Ribar hem, zichtbaar wanhopig.

Nikola laste een korte pauze in. Hij sloeg glimlachend zijn armen over elkaar en toen hij begon te praten klonk het vriendelijk. Prikkeldraad omzwachteld met fluweel.

Ribar deed zijn best een neutrale blik op te zetten en keek naar de grond. Ineens sperde hij zijn ogen open. Zijn hoofd schoot opzij, en hoewel hij die beweging meteen onderbrak was ze Nikola niet ontgaan. Evenmin als Beatrice.

'Wat heeft u tegen hem gezegd?'

'Dat blijft onder ons. Hij heeft het begrepen en hij geloofde me. Maar weet u wat? Ik wil hem nog iets vragen, ditmaal in het Duits.' Hij wipte op de bal van zijn voeten. 'Wat zou je ervan zeggen als ik je liet gaan? Onder één voorwaarde kun je blijven leven.' Een kort knikje in de richting van Beatrice. 'Facebook levert zoveel informatie. Ongeveer een week geleden heb ik het profiel van Boris bekeken. Daar is geen foto van hem te vinden, natuurlijk niet, maar hij verklapt ons wel iets anders. Dat hij kinderen heeft bijvoorbeeld. Een tweeling waar hij zo trots op is dat zelfs vreemden het moeten weten.' Hij pakte Ribar bij zijn schouders alsof hij een vriend begroette. Of afscheid van hem nam.

'Ik zou graag iets voor je kinderen willen zingen. Als je het er vandaag levend afbrengt, hoe dan ook, doe ik dat.' Hij schoot in de lach. 'Waarom kijk je me zo raar aan? Geloof je niet dat ik ook kan zingen? Nou? Wacht maar af. Misschien maak ik je niet dood, maar laat ik je hier gewoon hangen en smeer ik 'm. Zolang ik de draadloze ontsteking heb doet niemand me iets, toch?'

Hij blufte natuurlijk. Zijn kansen om verder dan drie, vier kilometer weg te komen waren minimaal, maar Ribars ogen stonden wijd open van ontzetting.

'Weet je wat ik ga zingen?'

'Ik...' Weer een hulpeloze blik naar Beatrice. 'Ik bén Frank Heck-ler niet,' zei hij. 'Ik ben Boris Ribar. U kent mij toch, zegt u het tegen hem...'

'Dat klopt,' zei Beatrice, en ze legde alle vastberadenheid in haar stem die ze kon opbrengen. 'Ik ken hem en zijn werk al jaren.' Ze zou doen wat ze kon om Ribar hier levend uit te krijgen. Wie hij was en wat hij had gedaan zouden ze daarna wel ophelderen.

'Zing het.' Nikola liet zijn schouders los, liep naar de wand en trok de foto eraf. Even bekeek hij het blonde meisje, voor hij de foto voor Ribars gezicht hield. 'Zing!'

Geen reactie. Behoedzaam legde Nikola de foto opzij; daarna gaf hij Ribar een harde stomp in zijn maag. Twee keer, drie keer.

'Hou op!' Schel galmde Beatrices stem door de garage, wurggelui-den en wanhopig gehap naar adem overstemmend.

'Zing.'

Ribar deed zijn mond geluidloos open en dicht. Hoestte. 'Ik... kan het niet.' Zijn ademhaling ging zwaar.

Het leek alsof Nikola groeide en nog dichter naar Ribar toe schoof, maar hij bewoog geen millimeter. Elke spier in zijn lichaam was gespannen, hij kon elk moment weer toeslaan. 'Zing.'

Nikola tilde de lange moersleutel op van de vloer.

Met hese stem begon Ribar de eerste woorden van 'Strangers in the Night' te stamelen. Melodie of ritme zaten er niet in.

De klap met de moersleutel kwam bliksemsnel, tegen zijn ribben. Ribar krijste het uit, maar Beatrice overstemde hem.

'Hou er meteen mee op de man te mishandelen!' Ze zou zich opzij laten vallen als Nikola's volgende klap op haar zou neerdalen, maar hij draaide zich niet eens naar haar om.

'Er is één lied dat ik van je wil horen, en jij kent dat. Ik vraag het je nog één keer, en als je er weer naast zit sla ik je tanden uit je mond. Het maakt me dan ook niet meer uit of je me voor de gek wilt hou-den of dat je het je niet meer kunt herinneren.'

'Doe het alstublieft niet.' Beatrice zei het eerst zachtjes, daarna harder, maar het leek alsof ze lucht was. Bij het idee dat het zware gereedschap Ribars gezicht aan gruzelementen zou slaan verkrampte haar hele lichaam. Welke kans had hij om uit miljoenen liedjes het juiste te halen?

De spanning tussen de mannen was bijna fysiek te voelen. De wereld om hen heen leek verdwenen. Nikola lette niet meer op de afstandsbediening op de werkbank. Dit zou het perfecte moment voor een inval zijn, alleen kon Beatrice niemand een teken geven. *Maar doe het, doe het, kom nu binnen…*

De zwijgende worsteling voor haar kwam ten einde. Ribar wendde zijn hoofd opzij, begon te snikken en probeerde tevergeefs achteruit te deinzen. Een laatste, vertwijfelde blik naar Beatrice en daarna deed hij zijn mond open. Er kwam niet meer uit dan een zucht, nauwelijks hoorbaar.

'Harder!' beval Nikola.

'Haasje… in de groeve…'

Beatrice liet haar hoofd zakken en staarde naar haar voeten. Zo meteen zou de moersleutel Ribars mond in een bloedende puinhoop veranderen en het was misschien laf, maar ze wilde dat niet zien.

'… zat en sliep. Zat en sliep…'

Ze keek weer op en begreep niet wat er aan de hand was, begreep de details niet. Alleen dat Ribar kennelijk het juiste liedje had uitgekozen. Dat hij zich gewonnen had gegeven.

'Haasje, haasje ben je ziek, dat je niet meer springen kan…'

'Ze was zo bang.' Nikola's stem was vol tederheid en leek nu van een andere plek te komen.

Die plek moest hij snel weer verlaten; die was duisternis, vol pijn – en lag maar al te dicht bij de draadloze ontsteking en de jerrycan met benzine.

'In de aanwezigheid van getuigen,' zei ze harder dan nodig was. 'Hij heeft het in de aanwezigheid van getuigen toegegeven. U bent Frank Heckler? Ik zou graag willen dat u het zegt.'

De man tegen de wand keek haar aan, maar met een lege blik. 'Ik was Frank Heckler.'

Een verklaring die onder een dergelijke druk was afgelegd zou door geen enkele rechtbank worden geaccepteerd, maar dat maakte nu niet uit. 'Maar wie is er dan in 1993 met zijn auto in de lucht gevlogen? Nee, laat u maar, ik denk dat ik het weet. Een arme stakker die Boris Ribar heette, hè?' De minachtende toon in haar stem was gespeeld. Met een beetje geluk zou Ribar – ze kon hem voor zichzelf nog niet Heckler noemen – haar als bondgenoot zien en ingaan op haar aanbod. Maar hij zweeg.

Had hij niet door dat ze tijdrekte? Als hij met details kwam die ook Nikola interesseerden nam de kans toe dat het interventieteam een manier zou vinden om de situatie zonder bloedvergieten te beëindigen.

Nikola draaide de schroefsleutel tussen zijn handen. 'Zolang je praat, leef je,' mompelde hij. 'En als ik jou was zou ik in elk geval proberen niet te liegen.'

Wantrouwen en hoop streden om de voorrang op Ribars opgezwollen gezicht. Beatrice vermoedde dat dit soort situaties hem niet vreemd waren. Alleen had hij vroeger altijd aan de andere kant gestaan.

Uiteindelijk vermande hij zich. 'De man kwam uit Dubrovnik.' Weer hoestte Ribar, hij boog zich voorover en het duurde even voordat hij voldoende lucht had om verder te kunnen praten. Maar toen hij zichzelf eindelijk had vermand, was zijn houding veranderd. Alsof de herinnering hem een deel van zijn vroegere ik had teruggegeven.

'Een journalist, drie jaar jonger dan ik, ambitieus. Maar niet al te slim. Hij wilde een reportage over onze eenheid schrijven en had zich helemaal met ons verbroederd. Met ons meegezopen. Hij vertelde me hoe onafhankelijk hij was – geen familie, alleen grootouders, geen vriendin. Ik legde hem uit dat dat een perfecte basis was voor een leven als huursoldaat. De derde dag wilde hij weten hoe dat voelde. Toen bood ik hem aan een paar uur met mij te ruilen. Uniform, auto, alles. Op dat moment was het voor mij op de Balkan om allerlei redenen al niet meer zo prettig geworden en ik wilde het liefst spoorloos van de aardbodem verdwijnen.' Ribar vermeed het Nikola aan te kijken terwijl hij praatte. 'Het was vroeg in de ochtend, de meesten van mijn mannen sliepen nog. Onderweg naar de jeep kwam ik maar twee jongens tegen, die ik opdroeg zich voor de lol door het journalistje te laten commanderen. Ik zei tegen hem dat de jeep echt een fantastische terreinwagen was, dat ik er veel mee door de omgeving scheurde en dat hij dat wat mij betrof mocht uitproberen, en dat hij dan het beste de velden naast de weg kon nemen.' Hoewel zijn handen boven zijn hoofd waren vastgebonden probeerde Ribar zijn schouders op te halen, waarna hij zijn gezicht pijnlijk vertrok. 'Hij had geen enkele argwaan. De twee jongens die met hem in de auto zaten schreeuwden nog tegen hem dat hij daar niet moest rijden, maar hij had te veel gedronken…' Hij hoestte opnieuw. 'Hij heeft zijn kans gehad. Maar zijn spullen had ik hoe dan ook gehouden.'

'Vooral zijn papieren.' Nu moest Beatrice het gesprek op gang houden.

'Ja. Die zaten in zijn jas. En ik was officieel dood.'

'En uw huurlingenvrienden dekten u?'

Ribar sloot zijn ogen, zichtbaar uitgeput van de klappen en van het vele praten. 'Niet veel mensen wisten het. Momcilo, Rajko en Zosim heb ik het eerlijk verteld – en die hebben me geholpen. Zosim en Rajko wilden ook naar Duitsland en hoopten dat ze dan op mij zouden kunnen rekenen…'

Daar was de naam. 'U bedoelt Rajko Dulović, toch?' Uit haar ooghoeken zag Beatrice dat Nikola opnieuw de foto van het meisje in zijn handen nam en die bestudeerde alsof op het vrolijke gezichtje geschreven stond wat er moest gebeuren. Voor de garage rammelde iets, maar hij keek niet op. Dat was goed. Hopelijk.

'Ja. Dulović, de klootzak. Hij volgde me steeds op de hielen, wilde overal een slaatje uit slaan. Is me zelfs achterna verhuisd naar Salzburg. "Als het slecht gaat met mij, dan ook met jou," zei hij vaak. En dat hij me er zo bij kon lappen.' Ribar likte over zijn droge lippen. 'Ik had hem graag geloosd, maar ik wilde mijn nieuwe bestaan niet in gevaar brengen.'

En nu was hij toch dood. Verdronken, nadat hij eerst in elkaar was geslagen.

De stilte die viel duurde te lang. Nikola, wiens blik onafgebroken op de foto van het meisje met het spleetje tussen haar tanden gericht was geweest, hief zijn hoofd op. 'Je nieuwe bestaan,' bauwde hij hem na en hij keerde zich om naar Ribar, die ondanks zijn boeien opnieuw probeerde achteruit te deinzen.

'Laat hem met rust!' Ditmaal had Beatrices stem niets schels maar klonk er een gezag in door waarvan ze niet wist waar ze het vandaan haalde. 'Het is me duidelijk dat hij u veel schuldig is, maar míj is hij vooral een bekentenis schuldig. Heeft u Rajko Dulović gedood? Hem eerst mishandeld, daarna gedrogeerd en toen in de rivier geduwd?'

De kettingen rinkelden. 'Ik vertel u alles als u mij hieruit krijgt!' De paniek die hem overviel bij het vooruitzicht van nog meer klappen, nog meer pijn, was hem duidelijk aan te zien.

'Dat kan ik niet. Vertelt u mij wat er gebeurd is. Hij heeft immers gezegd dat hij u met rust laat als u praat.'

Pas toen Nikola twee stappen in zijn richting deed begon Ribar weer te spreken, sneller dan daarvoor.

Hij had niet alleen een paar oude oorlogscontacten onderhouden, maar in Duitsland ook nieuwe vrienden gemaakt die hem van pas konden komen. Met zijn oorlogsbuit was hij slim omgegaan, hij had die in Kroatië begraven en pas veel later opgehaald. Een deel had hij geïnvesteerd in twee Salzburgse kroegen van twijfelachtige reputatie. In een daarvan waren kortgeleden twee jonge mensen verschenen die iedereen een foto van Ribar lieten zien.

'Een van de obers daar is met mij bevriend en belde me. Hij zei dat er iets merkwaardigs aan de hand was, dat iemand me zocht en een foto had waarop ik achter een kinderwagen liep, en dat diegene beweerde dat ik Frank Heckler heette. Toen ik dat hoorde dacht ik meteen dat Rajko erachter zat,' fluisterde hij. 'We hadden nog maar een paar dagen daarvoor ruzie gehad. Hij had er heel vaak mee gedreigd dat hij me zou verlinken. Dat was echt iets voor hem. Het op zo'n achterbakse manier doen. Het iemand anders laten opknappen en zichzelf niet laten zien.'

'U heeft hem dus onder handen genomen.'

Vermoeid schudde Ribar zijn hoofd. 'Dat waren vrienden. Oude vrienden.'

Natuurlijk begreep ze wat hij bedoelde. *Vrienden van toen.* Ze dacht aan de beide lijken in het bos, aan Gerald en Sarah. Ook dat kon Ribar moeilijk alleen hebben opgeknapt. 'Een moordbrigade?' Hij gaf geen antwoord.

'Zeg nou iets, voor hij u nog een keer iets aandoet,' drong Beatrice aan.

'Momcilo en Zosim waren het,' begon hij eindelijk, zacht. 'Die twee waren me nog iets schuldig, ik heb hun drie jaar geleden een alibi verschaft. Dus kwamen ze meteen naar Salzburg toen ik opbelde, er was immers haast bij. Hoe minder mensen de foto te zien kregen, hoe beter.'

Buiten rammelde er iets, daarna werd het weer rustig. En dat bleef het, alsof er niemand meer was, alsof ze het hadden opgegeven. Alleen het zachte zoemen van een stationair draaiende motor was te horen, maar dat geluid kwam duidelijk van een eindje verderop.

'Ze hebben eerst Rajko een beetje door de mangel gehaald,' vervolgde Ribar. 'Maar die bezwoer dat hij er niets mee te maken had. Toch hebben ze hem een flink pak slaag gegeven, en daarna zijn ze op zoek gegaan naar het stel met de foto. Dat was niet moeilijk: ze verschenen weer in hetzelfde café, omdat het hun daar kennelijk beviel, en Momcilo bekeek de foto en zei meteen dat hij me kende. Ze moesten blijven wachten, hij zou ervoor zorgen dat ik langskwam.' Ribar likte over zijn lippen. 'Kan ik een slok water krijgen?'

'Is hier niet,' zei Nikola zonder zijn hoofd op te tillen. Het was alsof hij alleen oog had voor de vieze garagevloer, voor de rondslingerende vettige schroeven en moeren. 'Ga door.'

Het was Ribar aan te zien dat hij het volgende gedeelte graag had overgeslagen, en Beatrice kon zich voorstellen waarom. Wanneer hij zou beschrijven dat Sarah heel blij geweest was dat hun zoektocht zo snel succes had opgeleverd en dat die vreugde kort daarop waarschijnlijk in paniek was omgeslagen, mocht hij blij zijn als het bij klappen bleef.

'Ik heb niets gedaan,' zei hij haperend. 'Alleen gevraagd waar de foto vandaan kwam, en dat hebben ze me verteld. Pallauf zei constant dat het niet zijn bedoeling was geweest, dat hij alleen de vesting wilde fotograferen... alsof dat iets uitmaakte. De foto stond op internet, voor iedereen zichtbaar, en iemand had mij daarop herkend.'

Met de punt van zijn schoen schoof Nikola viezigheid en schroeven op een hoopje. 'Marja,' zei hij in gedachten verzonken. 'Herinner je je haar nog? Donker haar, vroeger was ze heel knap. Zij heeft ons meteen geïnformeerd. De Panter is niet dood, zei ze. Hij is oud en dik geworden, maar hij is het, dat weet ik. En ze had gelijk. Vertel verder.'

Het speeksel in Ribars mondhoek had zich verdikt tot een witte substantie die draden vormde als hij sprak. 'Ik dacht de hele tijd: het meisje liegt.'

'Sarah. Ze heette Sarah.'

'Ja. Sorry. Ik dacht: Sarah liegt. Ze had iets eigenaardigs bedacht. Dat mijn zoon me zocht. Daar bleef ze bij. En ze wilde me zijn naam in geen geval geven, ook al...'

Hij onderbrak zichzelf toen hij Nikola's vertrokken gezicht zag.

'Ja? Ook al wat? Ook al sloegen jullie haar? Ook al was ze bijna gek van angst?'

'Nee! Nee, dat bedoelde ik niet.'

'Ze is niet mishandeld.' Ditmaal slaagde Beatrice er slechts ten dele in haar stem iets autoritairs te geven. 'Daarvan zouden we de sporen hebben aangetroffen.' Ze vermeed bewust het woord 'autopsie' om niet nog meer bloederige beelden in Nikola's hoofd te laten opkomen.

'Goed. Maar wel gewurgd, daar zijn we het toch over eens, of niet?' Hij draaide de moersleutel in zijn hand. 'Door wie?'

Even deed Ribar zijn ogen dicht. 'Zosim, denk ik. Hij was altijd al heel pragmatisch.'

Nikola was lang op zijn plek blijven staan, en nu hij met twee snelle passen letterlijk op Ribar af sprong, schreeuwde die van verbazing.

Een nieuwe klap, stevig genoeg om de geboeide man zijn evenwicht te laten verliezen, waardoor zijn lichaam aan de ketting heen en weer slingerde. 'Kom er nou niet mee aanzetten dat jij het niet was. Dat is gewoon zielig.'

Mobilofoons, waren dat mobilofoons die Beatrice meende te horen ruisen? Korte, hortende gesprekken? Ze wist het niet, wist niet eens zeker of ze het wel moest willen, of ze bang was voor een inval, bang dat het niet snel genoeg zou gaan. Of juist te snel.

Ribar stond weer op zijn beide benen; uit zijn neus liep vers bloed. Tegelijkertijd meende Beatrice in zijn houding iets weerbarstigs te zien. Voor het eerst kon ze zich voorstellen dat deze man in een oorlog had gevochten en bevelen had gegeven.

'Natuurlijk had ik er de hand in.' De zin kwam er onduidelijk maar rustig uit. 'Ik heb Momcilo en Zosim verzocht ervoor te zorgen dat de foto niet verder rondging. Ze vroegen me hun de vrije hand te laten en daar heb ik ja op gezegd.'

Momcilo en Zosim. Het zou een kwestie van uren zijn om de achternamen te achterhalen, vooropgesteld dat Beatrice erin slaagde levend uit deze garage te komen, want nu bukte Nikola zich naar de jerrycan met benzine. Bijna terloops. Hij rook er glimlachend aan.

O god. Beatrice rukte aan de tape, ze moest het verhinderen, en ze moest hier vooral weg. Plotseling drong de angst, die ze de hele tijd had in bedwang had gehouden, als een wild dier en met alle macht aan de oppervlakte.

'Niet doen!' schreeuwde ze. 'U heeft immers wat u wilt. Een bekentenis. En mij als getuige. Niet doen, alstublieft!'

Ook Ribar was weer in beweging gekomen. Zijn polsen waren door het trekken aan de boeien allang opengeschuurd en nu verspreidde zich in de loods een scherpe urinelucht. Het drupte uit zijn broekspijpen. Beatrice begreep dat deze man wist hoe branden-de mensen eruitzagen en hoe lang het duurde voor je dood was in de vlammen.

Nikola schonk geen enkele aandacht aan Beatrice. De jerrycan was open en hij leegde die boven Ribars hoofd, doordrenkte zijn kleren ermee, wachtte tot de laatste druppel zich had losgemaakt van de rand. Daarna haalde hij zijn aansteker uit zijn broekzak.

Mijn god, de bom. Ribar begon in paniek te brullen en Beatrice ging staan. Ze kon zich ondanks de kruk die aan haar hing oprich-ten en kleine pasjes maken.

Nikola pakte haar bij haar arm. 'Blijf bij hem uit de buurt!'

'Bent u blind? De bom ligt vlak naast hem, als hij afgaat zijn we al-lemaal dood!' Ze schreeuwde de woorden uit, zo hard ze kon, in de hoop dat iemand ze buiten kon horen en de juiste beslissingen zou nemen – snel, maar niet overhaast. Ze hoorden Ribar vast schreeu-wen. Met een felle ruk bevrijdde Beatrice zich uit Nikola's greep en strompelde verder, naar de doosjes met de draden. Die kon ze niet optillen, alleen wegschoppen. Maar stel dat ze dan al ontploften?

Beatrice zocht Nikola's blik. De man beantwoordde die zwijgend en knikte. 'Ga je gang.'

Misschien was dit het laatste wat ze ooit zou doen. Het bloed klopte in haar slapen, in haar hals, achter haar ogen, terwijl ze lang-zaam, heel langzaam met haar rechtervoet tegen de doosjes duwde. Die een stukje verschoven. En nog een stukje.

Het krukje dat nog aan haar vast hing irriteerde haar, maakte haar bewegingen onzeker. Nog een stukje. Ze rook de benzine, voel-de het zweet in haar ogen lopen. Schuiven. Voorzichtig. Tot het roestige rek, daarna kon ze niet verder. Maar ze had in elk geval ge-zorgd voor een afstand van ongeveer vier meter tussen Ribar en de springlading.

Zwaar ademend en met de kleine pasjes die de om haar dijen ge-wikkelde tape mogelijk maakte liep ze terug naar de plek waar ze had gezeten. Ditmaal bleef ze staan.

Ribar jammerde nu alleen nog maar. Hij had zijn ogen stijf dichtgeknepen, er drupte benzine uit zijn haar en van zijn neus, en hij sperde zijn ogen pas weer open toen Nikola zijn aansteker hoorbaar open en dicht liet klikken.

'Ik heb u toch alles al gezegd. Alstublieft. Ik kan niets ongedaan maken, maar ik kan me aangeven. Ik ben niet meer degene die ik ooit was.'

Ribar was vast niet dom, en het moest hem duidelijk zijn dat zijn verklaring dat hij ondertussen was veranderd na alle doden van de laatste weken niet al te geloofwaardig overkwam. Maar toch onderbrak Nikola hem niet.

Een gekraak, van buiten. Het geluid van een megafoon die wordt ingeschakeld. Vervolgens een stem die Beatrice niet kende.

'Komt u alstublieft naar buiten, met de handen omhoog. Wij garanderen dat u niets overkomt als u ongewapend bent.'

Geen schrik op Nikola's gezicht, alleen een milde glimlach. 'Nou, als dát niet vriendelijk is. Zie je, Frank? Zo doe je dat. Helpt natuurlijk niet altijd, jouw methode met de gasfornuizen was effectiever, hè?'

Ribar staarde naar het verduisterde raam, een brandend verlangen in zijn ogen. 'Laat me leven. Ik geef me aan,' fluisterde hij. 'Ik zal alles bekennen.'

Klik, deed de aansteker. 'Laten we het dan over Ira hebben. Je hebt er een handje van mij de mensen te ontnemen die me het dierbaarst zijn.' De nuchterheid waarmee hij sprak riep bij Beatrice veel meer angst op dan wanneer hij hard had geschreeuwd.

'Ze zat me op de hielen.' Er liep een druppel benzine in Ribars oog en hij kneep het gepijnigd dicht. 'Ze plaatste bijna elke dag een foto van een plek waar ik kort daarvoor was geweest. En dan telkens die toespelingen op de Panter. Ik wilde weg, het land uit, maar ik had meer tijd nodig. Mijn identiteit was nog onaangetast, zelfs Ira wist niet onder welke naam ik hier leef. Toch had ze me diverse keren de bus zien nemen, en ze hield de lijn in de gaten. Het zou een kwestie van dagen zijn geweest, dan had ze mijn spoor naar de redactie of mijn huis gevonden.' Hij keek Beatrice smekend aan. 'Ik had alleen maar tijd nodig! Als ze me met rust had gelaten was er niets gebeurd. Niets!'

Nikola klikte de aansteker aan. 'Als je haar moeder met rust had gelaten, was er niets gebeurd. Niets!' bauwde hij hem na.

'Maar dat kan ik immers niet meer veranderen,' jammerde Ribar. 'Ik ga echt rekenschap afleggen, ik...'

'Met uw toestemming willen we een arts naar binnen sturen.' De door een megafoon versterkte stem die Ribar onderbrak was van Florin. 'We vermoeden dat er gewonden zijn. Kunt u ons daar informatie over geven?'

Alleen al het feit dat Beatrice hem hoorde gaf haar het gevoel dat ze er niet meer helemaal alleen voor stond. Er was weer contact met de wereld buiten de naar benzine en pis stinkende garage.

Nikola haalde diep adem en greep de afstandsbediening. Met zijn andere hand pakte hij Beatrice bij de schouder en trok haar naar het met golfkarton verduisterde raam. Er streek een zacht briesje over haar gezicht; waarschijnlijk was de ruit kapot.

'Zeg hun dat we nog tijd nodig hebben. Dat ik de springlading meteen tot ontploffing breng als iemand zijn neus hier naar binnen steekt. En dat ík hier de regels van het spel bepaal.'

'Oké.' Ze schraapte haar keel. Waarom roerde een zuchtje frisse lucht haar ineens tot tranen?

Het is maar een dunne wand die mij scheidt van veiligheid, van verdergaan met leven, van de kinderen, van Florin...

Hou je in. Laat je stem vast klinken. Hij moest zich niet meer zorgen maken dan nodig was. 'Florin?'

'Ja! Ja, ik hoor je.'

'Het gaat goed met me. We hebben nog meer tijd nodig, er worden hier nu net een paar belangrijke dingen opgehelderd. Geef ons die tijd alsjeblieft, de springlading is hier nog steeds en als jullie iets verkeerds doen, dan...'

Haar stem begaf het en ze was bang dat zo meteen ook haar knieën zouden beginnen te knikken. Nee. Niet, zolang ze nog een kans had deze dag heelhuids te doorstaan.

384

'Mag ik uw naam noemen?' vroeg ze zacht.

Nikola haalde zijn schouders op. 'Ik denk dat dat niets uitmaakt.'

'Goed.' Ze had haar stem weer onder controle; hij sloeg ook niet over toen ze naar buiten riep: 'Nikola zegt dat hij de regels bepaalt voor hoe het verdergaat. Neem dat serieus. Jullie moeten ook weten dat er hierbinnen benzine is uitgegoten, hou dus voor noodgevallen alles paraat.'

Ze had het laatste woord nauwelijks uitgesproken toen Nikola haar terugtrok. 'We hadden niet afgesproken dat je het over de benzine zou hebben.'

'Oké,' hoorde ze Florins versterkte stem antwoorden. 'Nikola? Ik wil u graag spreken. In alle rust. We kunnen u een oplossing voor deze situatie aanbieden waar u waarschijnlijk mee kunt leven.'

Nikola schudde slechts zijn hoofd en nam Beatrice mee terug naar de werkbank. Naar Ribar.

'Neemt u de tijd om erover na te denken,' hoorde ze Florin roepen.

In de tussentijd had Ribar zich vermand. Misschien was het Florin gelukt bij hem hetzelfde vertrouwen op te wekken als bij Beatrice: het volkomen irrationele gevoel dat er voor de loods iemand was die zich om haar bekommerde en haar beschermde.

'We zouden het over Ira hebben,' zei hij.

De aansteker werd open- en weer dichtgeknipt.

'Het was een heel slim meisje,' begon Ribar. 'Weet u, ik had moeten inzien dat ik mijn verleden niet zomaar kan negeren zolang er nog iemand lijdt onder wat ik heb gedaan. Het was niet voldoende om een nieuw, beter leven te beginnen, maar ik wilde het zo graag behouden.' Zijn niet-dichtgezwollen oog begon hevig te knipperen.

'Laat ik meteen met een bekentenis beginnen: ik was het die Rajko in de rivier heeft geduwd. Niet dat ik daarmee zit, trouwens.' Zijn toon smeekte om goedkeuring, maar Nikola's gezichtsuitdrukking bleef als van steen. 'Nadat Sarah en Gerald waren gevonden wachtte hij me op voor de redactie, hij stond als een gek te schreeuwen en het kostte me moeite om hem te kalmeren. Stom genoeg had hij uit de vragen die Momcilo en Zosim hem hadden gesteld de juiste conclusies getrokken – dat hij in elkaar was geslagen omdat ik dacht dat de twee jonge mensen met de foto door hem waren gestuurd. Hij sloeg wartaal uit. Dat hij met de politie ging praten, alle kaarten op tafel zou leggen enzovoorts.' Weer tastte hij Nikola's gezicht met ogen af, waarschijnlijk in de hoop dat hij met de dood van Dulović punten scoorde. 'Ik heb hem gerustgesteld. Ben wat met hem gaan drinken en we hebben samen een wandelingetje door het park gemaakt. Daar heb ik hem ertoe aangemoedigd een shot te nemen. Spul van hemzelf, dat ik had gekocht en aan hem had gegeven. Dat viel bij Rajko wel in de smaak. Daarna was het gemakkelijk, ik denk dat hij het niet eens heeft gemerkt.'

Ribar was bedreven in taal, natuurlijk, anders was het hem niet gelukt de identiteit van een journalist aan te nemen. Maar tijdens zijn verhaal was nog een andere kant van hem aan het licht gekomen, die Beatrice tot nog toe niet was opgevallen: een manipulatief trekje dat hij handig wist te vermommen als oprechtheid.

'Die slager van je interesseert me niet,' zei Nikola ten slotte. 'Maar Ira wel. Hoe heb je haar gedood? Niet waarom, dat is me duidelijk. Hoe?'

Ribars blik dwaalde naar Beatrice, en ze vermoedde waarom. Als hij iets vertelde wat vriendelijker klonk dan de waarheid, zou ze hem dan verraden?

'Het is snel gegaan,' zei hij aarzelend. 'Ze heeft het nauwelijks gevoeld.'

Een verontrustende glimlach vertrok Nikola's gezicht. 'Dat is blijkbaar je specialiteit, hè? Doden zonder dat het slachtoffer het merkt? Dulović, Ira – en ook mijn moeder heb je heel barmhartig in het hoofd geschoten, net als mijn kleine zusje. Maar anderen in jouw troep hadden meer fantasie, hè?'

Je zag gewoon dat Ribar naar een antwoord zocht. 'Ik heb er nooit plezier aan beleefd om anderen pijn te doen,' bracht hij ten slotte met moeite uit.

'Ira,' herhaalde Nikola zacht, bijna teder. 'Hoe?'

Van buiten waren weer geluiden te horen, die lastig te interpreteren waren. Er werd een dieselmotor werd gestart, er sloeg iets tegen de wand.

Beatrice spande haar spieren en bewoog haar gevoelloze vingers. 'Alsjeblieft,' bracht ze ertegen in. 'Laten we het gesprek ergens anders voortzetten. Zorgt u ervoor dat de publieke opinie te weten komt wat Frank Heckler heeft gedaan. Hij moet berecht worden, Irena en Marja moeten de kans krijgen de confrontatie met hem aan te gaan als ze dat willen. Maar dat is alleen mogelijk als u hem in leven laat.'

Klik, deed de aansteker. 'Hoe?'

Ribar slikte, hij moest een paar aanloopjes nemen voor wat hij ten slotte zei.

'Ik he... heb haar... geduwd.'

'In het water?'

'Voor... een trein.'

Een snelle beweging met de duim en uit de aansteker kwam een vlammetje – eerst was het piepklein, daarna rekte het zich uit.

'Ik heb alles gezegd,' schreeuwde Ribar. 'Alles wat u wilde!'

Was het Nikola's bedoeling, of waren het Ribars wanhopige bewegingen? Beatrice wist het niet, maar ze hoorde wat er gebeurde voor ze het zag. Een geluid alsof iemand een gasfornuis had aangestoken. Daarna een gekrijs, hoog als van een kind. Eerst leek het alsof Ribar in een felblauwe aura werd gehuld; pas daarna werden de vlammen geel.

'Inval!' schreeuwde Beatrice, terwijl ze tegelijkertijd probeerde achteruit te deinzen voor de brandende man, met de belachelijk kleine stapjes die ze door de tape maar kon zetten. 'Inval! Snel! Brand!'

Had Nikola de afstandsbediening? Sloegen de vlammen in de richting van de bom? Ze zag het niet, alles in haar wilde naar de uitgang, het raam, naar buiten, het maakte niet uit hoe.

Haar volgende hulpkreet vermengde zich met het gebrul van Ribar, met verschrikkelijke, onmenselijke geluiden en een heftige klap tegen de wand waar de hele loods van schudde. Of was dat de bom? Nee. Nog niet.

Het vuur lekte langs de vloer; daar was kennelijk benzine overheen gelopen. Beatrice concentreerde zich erop, deinsde verder achteruit, struikelde, probeerde te kruipen, maar zonder handen ging dat niet...

Met een oorverdovend gepiep ging de metalen deur van de garage open, er stroomde lucht naar binnen, de vlammen werden hoger.

'Bea!' Het was Florin die aan haar trok, haar naar de deuropening sleepte, tussen mannen met stormhoeden en groengrijze overals door. Iemand had een brandblusser, daar was er nog één, door het raam werd een slang gestoken... De springlading kon elk moment exploderen. 'Tegen de wand,' riep ze mannen van het interventieteam na. 'Naast Ribar! Kijk...' Het woord 'uit' ging onder in een onbedwingbare hoestaanval die haar doof en blind maakte voor haar omgeving. Met elke nieuwe hectische hartslag verwachtte ze de explosie. Daarna deed ze haar ogen dicht en ze opende die zelfs niet toen ze koele aarde en vochtig gras onder zich voelde.

Er stonden drie ambulances klaar; een vierde was al met Stefan weggereden, lang voordat ze Beatrice uit de garage hadden bevrijd. Florin had haar gerustgesteld: zijn verwondingen waren niet levensbedreigend geweest, maar toch wel zo ernstig dat hij een paar dagen in het ziekenhuis zou moeten doorbrengen.

Beatrice weigerde daarentegen in een ziekenauto te stappen. Ze klampte zich vast aan Florins arm en wendde haar blik geen seconde af van de rookwolken die opstegen uit het dak van de garage.

De bom was niet gedetoneerd en allang naar buiten gebracht: de mannen van het interventieteam waren snel en nauwkeurig te werk gegaan nadat ze Nikola hadden overmeesterd. Nu wachtte ze tot Ribar naar buiten werd gebracht. Voor haar bleef hij die naam dragen; het zou ook amper de moeite lonen aan een nieuwe te wennen.

'Bea, laat je alsjeblieft onderzoeken.' Florin sloeg zijn arm om haar schouders, en pas door die aanraking voelde ze dat ze trilde. 'Je bent vast in shock, dan is het beter dat je even wordt bekeken door een arts.' Hij drukte haar steviger tegen zich aan. 'Ik wil niet nog een fout maken. Het was al erg genoeg dat jij naar binnen moest gaan, dat ik dat niet wist te voorkomen... ach, verdomme.'

'Onzin,' mompelde ze. Een meesje ging op een tak zitten die uitstak boven de smeulende loods. Het hield nieuwsgierig zijn kopje schuin.

Het gaat goed met me, dacht ze, en ze nam een slok water uit de fles die een van de ambulancebroeders haar had gegeven. Ik ben oké.

Maar de volgende windvlaag droeg de geur mee van rook – en van iets anders. Van verbrand vlees.

Bruusk bevrijdde ze zich uit Florins arm, strompelde twee passen opzij en gaf over tot er niets meer uit haar maag kwam.

Florin en de ambulance hadden gewonnen. Het laatste wat Beatrice zag voordat de deuren achter haar sloten was een brancard waarop iets haastig uit de loods werd gebracht. Iemand hield een infuus omhoog.

Hij leefde dus nog.

Twintig

Eén nacht, ter observatie. Ze had een hekel aan ziekenhuizen, maar ditmaal was ze tenminste op het juiste adres. Ribar lag op de intensive care, en hoewel ze haar begrijpelijkerwijs niet bij hem toelieten, zat ze gehuld in een belachelijke badjas voor de sluis in de wachtkamer. Ze wachtte tot ze een arts zag die niet rende en die ze zonder schuldgevoel een minuutje van zijn werk kon houden.

Uiteindelijk werd het een vrouwelijke arts met kort, grijs haar aan wie Beatrice haar politiekaart moest laten zien. 'We hebben al met uw collega's gesproken,' zei de vrouw een beetje ontstemd.

'Ja. Maar ik was erbij toen het gebeurde. Ik voel me verantwoordelijk.'

Een lange blik op haar politiekaart, een zucht. 'Het ziet er niet goed uit. Meer dan tachtig procent van zijn huid is verbrand en het zijn diepe wonden. We proberen wat we kunnen, maar ik kan geen prognose geven.'

'Dank u wel.' Beatrice zakte terug op haar stoel. Florin had aangekondigd dat hij hiernaartoe wilde komen zodra de papierwinkel geregeld was en dat hij haar zou gaan zoeken als hij haar kamer leeg aantrof.

En toch. Het voelde goed om hier nog wat te blijven zitten en haar voeten in de stoffen pantoffels te bekijken.

Ze wreef met haar beiden handen in haar ogen. De geur van ziekenhuiszeep en nog steeds een beetje rook. Er waren een paar vonken in haar haar gekomen waardoor het was verschroeid.

Een geluid deed haar opkijken. De deur van de intensive care ging open. Beatrice herkende de vrouw die naar buiten kwam meteen: Ribars vrouw, met een gezicht dat opgezwollen was van het huilen.

390

Dit was absoluut niet het juiste moment om haar aan te spreken, maar kennelijk had ze Beatrice herkend. Ze kwam op haar af, eerst aarzelend, vervolgens steeds energieker. En ging naast haar zitten.

'U bent toch die vrouw van de politie? Die bij ons thuis was?'

'Ja.'

Nieuwe tranen vulden haar ogen. 'Hoe heeft dit nu kunnen gebeuren? Ik begrijp het niet. Zo'n lieve man...' Ze kon niet verder praten en liet toe dat Beatrice haar in haar armen hield en zacht wiegde. Heen en weer. Zonder een woord te zeggen.

'Het is zo... onrechtvaardig. De artsen zeggen dat...' – ze begon te snikken – 'dat zijn kansen heel slecht zijn. En hij ziet er zo verschrikkelijk uit, maar dat zou me niets kunnen schelen. Het belangrijkste...'

Ze hoefde de zin niet af te maken. Beatrice knikte. Liet haar huilen tot ze rustiger werd en zich oprichtte.

'Weet u...' – ze ademde nog steeds in korte, moeizame stoten – 'weet u wat me niet meer loslaat? Als Boris nu sterft kunnen onze kinderen zich hem later niet eens meer herinneren.'

Beatrice wist niet wat ze daarop moest antwoorden. Ze aaide de vrouw over haar rug tot het snikken afnam en keek haar na toen ze vertrok. Ze moest er niet aan denken hoe de vrouw zou schrikken als ze de waarheid hoorde. En kon zich niet herinneren wanneer ze voor het laatst zoveel medelijden met iemand had gehad.

Beatrice had de volgende dag vrij kunnen nemen, maar toen Florin haar kwam halen en schone kleren bij zich had, stond ze erop met hem naar het bureau te rijden. Ze wilde bij het gesprek met Nikola zijn, hoe dan ook.

'Leeft hij nog?' was het eerste wat Nikola vroeg toen ze de verhoorkamer binnenkwamen.

'Ja.' Zonder verder commentaar. Ze hadden er allebei totaal geen behoefte aan om zijn nieuwsgierigheid te bevredigen.

Nikola deed geen moeite zijn teleurstelling te verbergen. 'O. Ik had gehoopt...'

'Dit is niet echt in uw belang,' zei Florin uiterst koel. 'Ik zou u willen vragen u nu op onze vragen te concentreren en ze niet meer zelf te stellen.'

Het was niets voor hem om zo met verdachten om te gaan, zelfs niet als hun schuld bewezen was. Ze keek hem van opzij aan en schudde zacht haar hoofd. *Good cop* en *bad cop* zouden hier niet nodig zijn. Zoals zij Nikola kende konden ze ervan uitgaan dat hij de kaarten op tafel zou leggen.

'U bent Nikola Perkovac,' begon ze, 'geboren in 1976 in Pula en opgegroeid in München. Klopt dat?'

'Ja.'

'En u bent als Nikola DVD op Facebook geregistreerd?'

'Dat klopt.' Hij maakte een volkomen kalme indruk, alsof dit niets met hem te maken had.

'Waarom wilde u geen advocaat bij dit gesprek?'

Hij haalde zijn schouders op. 'Niet nodig. Voor de rechtbank wel, maar hier heb ik liever dat we onder elkaar zijn.'

Ze zuchtte en pakte het blok waarop ze haar vragen had genoteerd. 'We zouden graag een paar dingen horen zoals u ze heeft ervaren. Bijvoorbeeld wanneer en waarom u zich bij de groep "Poëzie leeft" heeft aangesloten.'

Een glimlach, bijna alsof hij met haar wilde flirten. 'Dat weet u toch. Gerald Pallauf heeft de foto daar gepost. Marja was allang lid van de groep. Haar Duits is nog steeds niet heel goed, maar ze houdt van Duitse gedichten. Marja ontdekte de foto en heeft ons geïnformeerd.'

'Wie waren die "ons" nog meer?'

Hij hief zijn hand, telde op zijn vingers af. 'Irena, Dominik, Ira – Adina was toen al dood. Verder nog Goran, Tomislava en Vesna, maar die hebben in de groep nooit het woord genomen. Ze durfden niet. Hun Duits is te slecht.'

Beatrice had de namen opgeschreven. 'Al die mensen kwamen uit Gornja Trapinska?'

'Ja, of uit de directe omgeving. Na onze vlucht zijn we over Duitsland en Oostenrijk verstrooid geraakt, maar we zijn elkaar nooit helemaal uit het oog verloren. Toen de foto opdook heb ik hem aan iedereen toegestuurd, uitvergroot en via de post. Iedereen herkende Heckler en toen hebben we ons allemaal geleidelijk aan bij de groep aangemeld.'

'Omdat u hoopte dat er nog iemand een foto van hem zou posten?' Florin klonk sarcastisch, hoorde dat zelf kennelijk ook en haalde diep adem. 'Sorry. Ik ga mijn vraag anders stellen. Waarom daar? Waarom heeft u niet uw eigen geheime groep opgericht of gewoon via de mail van gedachten gewisseld?'

Nikola dacht na. 'Zo is het gewoon gegaan. Het voelde bovendien als... het lot. Ik dacht ook dat we daar in de menigte konden opgaan. Als we elkaar foto's en berichten stuurden kon iedereen die zien, en dan zou niemand denken dat er iets geheimzinnigs achter zat. Zelfs al had de veiligheidsdienst onze computers in beslag genomen, dan nog hadden ze er alleen discussies over gedichten op aangetroffen.' Hij lachte. 'Het is misschien paranoïde, maar we voelden ons er allemaal prettig bij.'

Beatrice omkringelde met haar stift de volgende vraag op haar lijst. 'Laten we het over Sarah hebben. Ik vermoed dat zij niet in de plannen was ingewijd.'

'Nee.' Zijn gelaatstrekken verslapten. 'Wat er met haar is gebeurd, is mijn schuld. Ze was er zo op gebrand mij een plezier te doen.' Hij keek geconcentreerd naar zijn handen. 'Op een avond betrapte ze me. Huilend en met de uitgeprinte Facebookpagina met Pallaufs foto en het gedicht in mijn hand. Ik wilde haar niet de waarheid vertellen – mijn verleden was altijd taboe – dus zei ik tegen haar dat de man daarop mijn vader was, die me in de steek had gelaten toen ik nog een kind was, en dat ik de foto bij toeval op internet had ontdekt. Sarah zag natuurlijk waar die foto vandaan kwam, ze zat zelf immers ook op Facebook. Ze heeft de groep opgespoord en Pallaufs adres in het telefoonboek opgezocht. Tegen mij zei ze dat ze naar Aken ging om vrienden op te zoeken, maar in werkelijkheid ontmoette ze in Salzburg Pallauf. Kennelijk heeft ze hem overgehaald haar te helpen bij haar zoektocht naar mijn zogenaamde vader. Hij was tenslotte de maker van de foto, voor hem moest dat toch ook een avontuur zijn, of niet? Zo dacht ze altijd – zo onbekommerd. En ze kon dan heel overtuigend zijn, ik vermoed dat Pallauf nauwelijks de kans kreeg haar af te wijzen. En toen zijn ze hem alle twee rechtstreeks in de armen gelopen, toch?' Hij sloeg zijn hand voor zijn mond, deed zijn ogen dicht. 'Dat vind ik zó erg.'

Beatrice schonk nog een glas water in voor hem en voor zichzelf. 'Hoe zat het met Ira? U zegt dat u van plan was om samen met haar Heckler aan te geven.'

Hij knikte, glimlachte en werd meteen weer serieus. 'Ira was een leeuwin. Ze heeft op hem gejaagd tot ze hem had. Ze stond op het punt zijn nieuwe naam en adres te ontdekken en was al meer dan een week op stap, op zoek naar de juiste plek voor ons om... met hem alleen te zijn. Ik had haar via Skype mijn hele verhaal verteld. Daarom vond ze garage Brucker zo toepasselijk.'

Hij slikte, keek opzij. Ineens kwam hij veel jonger over dan hij was. 'Heeft u me al gevraagd wat DVD betekent? Dat heeft geen betrekking op films, weet u dat?'

Beatrice had een vaag idee, maar ze wilde het liever van hem horen. 'Dominik Ehrmann zei dat hij het wist, maar hij heeft het me niet verklapt.'

Hij keek omhoog. 'Dubravko, Velina en Darica.' Zijn stem was toonloos. 'Mijn vader, mijn moeder en mijn zus. Gedood op 19 december 1991.'

De geboortedatum die hij op zijn Facebookprofiel had opgegeven. Nikola Tod. Weer een cirkel die zich sloot. Bleef er nog één kwestie over die opgelost moest worden.

'U zult zich ook voor de dood van Dominik Ehrmann moeten verantwoorden. De vingerafdrukken op het moordwapen stemmen overeen met die van u.'

Hij knikte. 'Natuurlijk. Ik heb veel vreselijke fouten gemaakt, maar dat was misschien wel de ergste.' Knipperend met zijn ogen keek hij naar het plafond. 'Een van de goede mensen, begrijpt u? Hij heeft zich telkens weer voor Marja ingezet en deed mee aan onze zoektocht, hij offerde zijn tijd op, terwijl hij niet eens persoonlijk getroffen was.' Nikola's stem was volkomen rustig, maar er liepen tranen over zijn gezicht. 'Hij wilde naar de politie, wilde Heckler laten arresteren. Met wat ik van plan was ging hij niet akk...'

De deur ging open en Bechner kwam binnen.

'Is hij dood?' Nikola's vraag kwam vliegensvlug.

Bechner onthaalde hem op dezelfde geïrriteerde blik als bijna alles in zijn omgeving. 'Stefan Gerlach? Nee, met hem gaat het goed. Een week met ziekteverlof, zeggen ze. Een hersenschudding. Maar daarom ben ik hier niet?' Hij gaf Florin een knikje. 'Hoffmann wil dat jij de persconferentie voor je rekening neemt. Zijn vrouw mag vandaag naar huis.' Hij zuchtte en schudde zijn hoofd alsof hij daarmee wilde onderstrepen dat dat geen goed nieuws was. 'Kan ik tegen hem zeggen dat jij hem vervangt?'

'Natuurlijk. Doe hem maar de groeten.'

'Van mij ook,' zei Beatrice snel. Ze luisterde naar haar innerlijke stem en stelde vast dat ze het oprecht meende. 'Ik wens zijn vrouw het allerbeste.'

'Oké.' Bechner keerde zich om om te gaan.

'De journalist,' riep Nikola. 'Ribar. Weet u al iets nieuws over hem?'

'Daar gaat het ook klote mee,' mompelde Bechner, 'en daar zal niet zo snel verandering in komen.' Hij deed de deur achter zich dicht.

Beatrice hoorde dat Nikola onder de tafel nerveus met zijn voeten wipte. 'Als Ehrmann dood is en Heckler overleeft het, dan...' Hij maakte zijn zin niet af.

De rest van het verhoor was hij weinig spraakzaam. Hij had Ehrmann tijdens een ruzie doodgeslagen, zonder vooropgezet plan, en wilde daarvoor bestraft worden. Maar hij wilde vooral graag een proces waar hij ter sprake kon brengen wat er in Gornja Trapinska was gebeurd. 'Dat interesseert niemand meer,' zei hij moe. 'Dat kan niemand een klap schelen. Darica zou nu negenentwintig zijn geweest. Misschien zou ze nu arts of lerares zijn, misschien zou ze kinderen hebben. Maar dat zullen we nooit weten, hè?'

'Nee.' Ditmaal lag er geen enkel sarcasme in de toon van Florin. 'Het is een vreselijk verlies en ik wil u daarvoor al mijn medeleven betuigen.'

Nikola verstrakte. 'Bedankt.' Toen er twee bewakers binnenkwamen om hem weer terug te brengen naar zijn cel stond hij op. In de deuropening keerde hij zich nog één keer om. 'Houdt u me op de hoogte?'

Beatrice aarzelde, daarna knikte ze. Ze voelde de vermoeidheid als een loden rugzak op haar schouders. Ze zou graag willen dat ze er zin in had om met Florin een hapje te gaan eten, maar alleen al van het idee werd ze nog vermoeider dan ze al was.

Ten slotte kwamen ze in de Mirabellgarten terecht en ze wandelden tussen de bloemborders met hun herfstplanten door. Op een gegeven moment sloeg Florin zijn arm om Beatrices schouder, eerst voorzichtig en daarna steviger. 'Anneke,' zei hij.

Wilde ze daar wel over praten? Nu? Ze onderdrukte een zucht. 'Ja?'

'Ik heb gisteravond met haar gebeld, en... ik heb tegen haar gezegd dat ik geen toekomst meer zie voor onze relatie. Maar dat ik die niet zomaar over de telefoon wil beëindigen.'

Gisteren dus, toen Beatrice in het ziekenhuis was. Ze probeerde zich het gesprek voor te stellen, zocht tegelijkertijd haar innerlijk af naar de gevoelens die erbij hoorden. Medeleven? Ja, dat wel. En een beetje blijdschap gepaard met schuldgevoelens.

Geen halve dingen meer. Nooit meer 'Gnossienne Nr. 1' tijdens het werk. Of erna. Ze knikte peinzend. Pas toen ze Florins onderzoekende blik opmerkte, drong tot haar door dat hij wachtte tot ze iets zou zeggen.

'Dat vind ik netjes van je,' ontglipte haar. Het klonk veel te vrolijk, en voor de volgende zin nam ze meer tijd. 'Nou ja, om er niet via de telefoon een punt achter te zetten, bedoel ik. En ik vind het natuurlijk heel erg jammer. Dat weet je toch, hè?'

Het grind onder hun voeten knerpte op de maat van hun passen, waardoor hun zwijgen bijna hoorbaar werd.

'Wanneer ga je?' vroeg ze ten slotte.

Hij schoot in de lach. 'Ik ga helemaal niet. Het maakt Anneke namelijk niets uit hoe de relatie wordt beëindigd. Dat geld kun je je besparen, zei ze, en ze zei ook dat ze het al een tijdje wist. En dat ik er nog spijt van zal krijgen, maar dat ik niet bij haar hoef aan te kloppen als ik erachter kom wat ik met haar verlies. En dat is onbeschrijflijk veel.'

'Heeft ze dat echt gezegd?'

'Hm. Ook nog een paar andere dingen.'

Beatrice voelde de druk om haar schouders steviger worden. Haar naam was gevallen, dat stond buiten kijf. En het viel niet uit te sluiten dat haar nog een paar interessante telefoontjes uit Amsterdam te wachten stonden. Ach, wat maakte het uit.

Opnieuw keek Florin haar van opzij aan; hij wachtte er duidelijk op dat ze naar de 'andere dingen' zou vragen, maar haar hoofd stond er niet naar. Ze wilde een wandeling door dit park maken met het gevoel de tijd te hebben.

Er was iets afgesloten. En iets anders stond op het punt te beginnen. Misschien.

'Kijk!' Florin was blijven staan. Hij wees op een parkbank met pal ernaast een overstromende papierbak. 'Die lijkt heel erg op de foto van Ira. Zou weleens dezelfde bank kunnen zijn.'

Op het eerste gezicht in elk geval wel. Beatrice bekeek hem beter, raakte het groen geverfde hout aan, dat warm was van de zon. Misschien was dit een goede plek om een punt achter de zaak te zetten. In alle rust, met de blik gericht op de vesting Hohensalzburg, die aan de overkant op haar vestingberg lag. Een wit kasteel.

Florins mobieltje doorbrak rinkelend haar gedachten. Het was de harde, doordringende bureauringtone. 'Neem gerust op.'

Ze ging zitten, liet zich verwarmen door de bank en haalde haar laptop uit haar schoudertas.

'Ach, Bechner, hallo. Wat is er voor nieuws?'

Ze maakte verbinding met internet en startte Facebook op.

'Wat? O. Begrijp ik. Bedankt.'

Beatrice begreep het ook. Ze wist al dat Ribar was gestorven voordat Florin haar het nieuws toefluisterde terwijl hij het microfoontje van zijn mobieltje afdekte. Ze klikte op de link naar 'Poëzie leeft'. 'Ja? En wat verder nog?' Hij draaide zich opzij. 'Dat meen je toch niet! Oké, voor mijn part, verbind maar door.' Hij liep een paar passen bij haar vandaan en Beatrice hoorde hem alleen nog 'Dag mevrouw Crontaler' zeggen.

Ze zocht de foto met de bank. Daar was hij. En nee, het was toch niet dezelfde als waar ze nu op zat, maar hij leek er veel op, en de Mirabellgarten was groot.

Verder terug in de verslagen, posts van doden en levenden.

Al is hij nog zo dik en zwaar,
eens scheurt de strop toch uit elkaar.
Want ook de dikste strop kan scheuren,
al zal dat niet altijd gebeuren.

Hoewel ze wist dat het was gewist, zocht ze naar 'Een wit kasteel in witte eenzaamheid', naar de foto van de glimlachende, ongedeerde Ribar met zijn vrouw. Zijn weduwe. Maar natuurlijk was die er niet.

Verder terug. Ze scrolde en scrolde maar door, op zoek naar iets wat ze nog niet kende. En ten slotte vond ze een post van Ira waaraan ze tot dusverre geen aandacht had geschonken. Hij was vier maanden oud:

Ira Sagmeister Hoe vonden jullie het gedicht over de roos gisteren? Het blijft maar in mijn hoofd zitten.

Somber en mooi, zo werd het beschreven door een zekere Silke Hernau, terwijl Irena Barić eraan twijfelde of het wel echt over een roos ging. Irena, de vrouw die twee vingers miste. Kort daarop Nikola, die zich nieuwsgierig afvroeg waar Ira die roos had gezien. En hij kreeg antwoord: bij een put bij een kerk. Beatrice scrolde verder naar beneden, op zoek naar het gedicht dat erbij hoorde en vond het.

Ira Sagmeister
'k zag de laatste roos van de zomer staan,
het leek of die kon bloeden, rood;
toen zei ik huiverend in 't voorbijgaan:
zo ver in 't leven is te dicht bij de dood!

Dat was echt een mooi gedicht, vond Beatrice. Ze dacht erover na of Ira Boris Ribar misschien bij de Residenzbrunnen had gezien, slechts een paar passen verwijderd van de Dom.

Ira was een leeuwin, had Nikola gezegd.

Een leeuwin, een panter.

Een roos.

Zo ver in 't leven is te dicht bij de dood.

'Veel te dichtbij,' mompelde Beatrice. Ze hoorde Florins passen over het knerpende grind naderen.

'Ik kan en wil u verder geen informatie geven,' snauwde hij in zijn mobieltje, nogal luid voor zijn doen. 'Maar bij gelegenheid ben ik gaarne bereid u uit te leggen wat de kerntaken van de politie zijn. Díe vervullen wij. Prettige dag nog.'

Toen hij voor haar stond schudde hij zijn hoofd met een geforceerde glimlach, die echter werd naarmate hij haar langer aankeek. 'Vraag er maar niet naar. Zullen we verdergaan?'

'Zo meteen.'

Ze las het gedicht nog een keer. Ging met het muishandje over Ira's naam en daarna onder het gedicht. Voordat ze haar laptop dichtklapte klikte ze op 'vind ik leuk'. Toen pakte ze Florins uitgestoken hand.

EINDE

VERANTWOORDING GEDICHTEN:

'Een wit kasteel in witte eenzaamheid', Rainer Maria Rilke, vertaald
   door Gerda Baardman
'Ik doof het licht', Hugo von Hofmannstahl, vertaald door Gerda
   Baardman
'Al is hij nog zo dik en zwaar', Franz Wedekind, vertaald door Gerda
   Baardman
'Een glimlachende ster zie 'k schijnen', Theodor Storm, vertaald
   door Gerda Baardman/Bonella van Beusekom
'Jij vult me aan als bloed de verse wonde', Gottfried Benn, vertaald
   door Huub Beurskens
'In het ravijn dat lynx en panterkat bewonen', Charles Baudelaire,
   vertaald door Peter Verstegen
'Vlecht mij van rode rozen dan een kroon', Gustav Falke, vertaald
   door Gerda Baardman
'Zijn handen nog altijd blinde', Rainer Maria Rilke, vertaald door
   Gerda Baardman
'De panter', Rainer Maria Rilke, vertaald door Gerda Baardman